ハヤカワ文庫SF

〈SF2438〉

デューン　砂丘の子供たち

〔新訳版〕

〔下〕

フランク・ハーバート

酒井昭伸訳

早川書房

9040

CHILDREN OF DUNE
by
Frank Herbert

Translated by
Akinobu Sakai
Published 2024 in Japan by
HAYAKAWA PUBLISHING, INC.
This book is published in Japan by
arrangement with
HERBERT PROPERTIES LLC
c/o TRIDENT MEDIA GROUP, LLC
through THE ENGLISH AGENCY (JAPAN) LTD.

デューン　砂丘の子供たち〔新訳版〕〔下〕

登場人物

レト…………………………先帝ポール・アトレイデスの息子

ガニーマ……………………レトの双子の妹

ジェシカ……………………ポールの母

イルーラン…………………先帝妃

アリア………………………双子の摂政。ポールの妹

ダンカン・アイダホ………演算能力者《メンタート》。アリアの夫

スティルガー………………タブールの群居洞《シエチ》の指導者《ナイーブ》

ガーニー・ハレック………ジェシカの右腕

ファラッディーン…………コリノ家当主

ティエカニック……………コリノ家当主付き上級大佐《バシャール》

ジャヴィード………………アリア配下の司祭

ナムリ………………………背徳のフレメン

サビーハ……………………ナムリの姪

ムリーズ……………………フレメンの〈棄民《きみん》〉

アサーン・タリーク………〈伝道者〉の道導者《どうどうしゃ》。ムリーズの息子

〈伝道者〉…………………謎の辻説法者

あのパスワードは、アラキーンの地下牢で死んだ男から教わったんだ。教わった場所はほら、カメをあしらったこの指輪、これを買ったあそこさ。あのころ、反政府派にかくまわれて、帝都外の市場《スーク》に潜伏していただろう。パスワード自体かい？　まあ、あれから何度となく変えたけどね。当初のパスワードは〝頑迷固陋《パーシスタンス》〟。合言葉は〝カメ《トータス》〟だった。おかげで、生きてあそこを脱出できたよ。この指輪を買ったのは合言葉を忘れないためさ。

――タジール・モハンディス

ある友人との会話

レトが砂漠のかなり奥まで進んだとき、背後から蟲《ワーム》の進行音が聞こえてきた。起震杭《サンパー》の発する音と、人狩り虎《レイザ・タイガー》の周囲に撒いてきた香料粉《スパイス》に魅き寄せられてきたのだろう。計画のすべりだしとしては上々の徴候だった。この地域で蟲《ワーム》の姿が見られることはめったにない。蟲《ワーム》の存在は必須ではないものの、きてくれればおおいに助かる。〝消えた死体〟の説明を、ガニーマがする必要がなくなるからだ。

この時点ではもう、レトにはわかっていた。ガニーマが自己催眠により、兄が死んだと信じこむことに成功したことはまちがいない。だが、ガニーマの意識内には、ほんとうの記憶を閉じこめた、ごく微小な独立意識のカプセルが残っており、それはこの宇宙全体においてふたりだけが共有する、古代言語のキーワードを口にすることでのみ解放される。セケル・ネブウ——〈黄金の道〉。そのことばを聞いたとき……ガニーマははじめて兄の生存を思いだす。それまでレトは死んだままだ。

それだけに、レトはいま、心底からの孤独をひしひしと感じていた。

砂漠にとっては自然音でしかない音だけを立てながら、ランダムな歩法で歩いていく。レトの通った跡には、人間が通ったことを後方の蟲《ワーム》に知らせるものはいっさい残らない。これはレトの心身に深く刷りこまれた歩法であり、とくに意識せずとも歩くことができる。足がひとりでに動く。その足運びにそれとわかるリズムはない。レトの足が立てるのは、風の音や重力で砂丘が崩れる音など、自然のものにしか聞こえない音のみ。ここを通った人間は〝だれもいない〟のである。

　蟲《ワーム》が後方での役目をすませると、レトは砂丘の風下側にうずくまり、砂丘の頂《いただき》ごしに〈随伴巌《ずいはんいわ》〉のようすを探った。うん、これで充分に遠くまできた。おもむろに、起震杭を砂に打ちこみ、〝足〟を呼びよせにかかる。後方の蟲《ワーム》はすみやかにやってきたので、背に乗る準備をととのえたときには、蟲《ワーム》はすでに起震杭をひと呑みにしていた。横を通過していく蟲《ワーム》の側面に〈産砂《うぶすな》〉フックを打ちこみ、背中に登ってから、体節環の端にある敏感な誘導縁《ゆうどうえん》を開き、思考力のない巨大生物を南東へ向けさせる。小型ではあったが、力の強い蟲《ワーム》だった。砂丘を貫いて驀進《ばくしん》していくあいだ、くねる巨体からは躍動感が伝わってきた。追い風はつねに熱を運んでくる。経路後方で体表と砂表との摩擦熱が発生しているためだ。蟲《ワーム》はこの摩擦熱を利用して、体内で前香料塊を作りだしているのである。

　蟲《ワーム》が移動にいそしむあいだ、レトの心も物思いにいそしんだ。はじめて蟲《ワーム》乗りに連れていってくれたのはスティルガーだった。記憶を開放すれば、レトにはスティルガーの声を聞くことができた。冷静で要を得た、いまとは別時代の礼節ある声。ことスティルガーにかぎっては、香料酒《スパイス》で酔っぱらい、フレメン特有の険悪な千鳥足で歩くこともない。ことスティルガーにかぎっては、昨今のフレメンとちがって、大声で怒鳴りちらすこともない。

なぜならスティルガーには務めがあるからだ。彼は帝族の教師だったのである。

「そのむかし、鳥はその鳴き声から命名されていたものです。風にも強さに応じた名前がありました。時速六キロの風はパスタサ、時速二十キロの風はクエシュマ、時速百キロの風はヘイナリ――人押し風、ヘイナリ。ほかに、開けた砂漠には魔風が吹きます。これの名はフラシカリ・ワラ――肉喰らい風です」

すでにそういったことを知っていたレトは、先人の知識を教えてくれる叡知に対して、謝意をこめてうなずいただけだった。

しかし、スティルガーの話には多くの貴重な示唆が含まれていた。

「古《いにしえ》の時代には、〝水狩り族〟として知られる部族がいくつかありました。そういった部族の者を指す呼称はイデュアーリー――つまり〝寄水虫〟。他のフレメンの水を盗んで憚《はばか》らなかったからです。砂漠にひとりきりでいるとき、この手のやからと遭遇したなら、肉体の水分まで残らず奪われてしまったものでした。そのような部族が集まって暮らしていた拠点があります。呼び名はジャクルートゥーの群居洞《シエチ》。あるとき、他部族が広く手を組み、このイデュアーリーを一掃しました。はるか遠いむかし――カインズもきていないむかし――わが高祖父の時代にあった話です。そのとき以来、ジャクルートゥーを訪ねてゆくフレメンはひとりもいません。タブーなのです」

この物語から、レトは先人たちの記憶に埋もれていた知識を思いだした。それは先人の記憶を活用する方法を学ぶうえで重要な教訓となった。たんに記憶を持っているだけでは活かせない。たとえ過去におけるその記憶の持ち主が、レトと同様、多重記憶の持ち主であったとしても、その使い方を学び、その価値を検証するために表面へ呼びだせなければ、宝の持ち腐れなのである。ジャクルートゥーは、貯水池や導風器等、あらゆるフレメンの群居洞《シェチ》と変わらない機能を持ち、それに加えて、あるかけがえのない価値、それゆえ他のフレメンを寄せつけない価値を持っていた。若いフレメンの多くは、ジャクルートゥーという場所があったことすら知らない。当然、ジャクルートゥーの別名であるフォンダクのことは知っている。しかしそれは、密輸業者の拠点としてだ。

〝死者〟が身を潜めるところとしては、フォンダクは最適の場所だった。密輸業者たちがひしめいているうえ、異なる時代の遺物でもあるのだから。

（ありがとう、スティル）

夜明け前に蟲《ワーム》が力つきた。レトは巨体の体側をすべりおり、蟲《ワーム》が砂丘の下へ潜りこんでいくのを眺めた。この生物にとっては通常の、ゆっくりとした動きだった。砂の底深くへ潜ったあとは、しばらくじっとしているだろう。

（夜が明けたら、日暮れ近くまで待たないといけないな）

レトは手近な砂丘の頂に立ち、全周を見まわした。荒涼たる空無、空無、空無。単調な地形を破るものは、砂中に消えた蟲《ワーム》による蛇行跡だけだ。

おりしも、東の地平線にそって糸のようにか細い緑光がきざし、夜明けに抗議するかのように、一羽の夜鳥がものうげな鳴き声を響かせた。レトは砂丘に穴を掘って潜りこみ、自分をすっぽりとおおう保水《スティル》テントを膨らませると、空気を取りこむ砂中シュノーケルの先端を砂上に突きださせた。

悶々としてなかなか眠れず、テント内に横たわったまま、強制的に作った暗闇の中で、自分とガニーマが下した決断のことを考えた。けっして簡単な決断ではなかった。とくにガニーマにはつらかっただろう。妹には自分が観《み》た幻視のすべてを打ち明けてはいないし、そこから導きだされる行動方針についてもすべてを話してあるわけではない。いまレトの思いにあるのは、ひとつの幻視、夢ならぬ幻視だった。ただし、この幻視は特殊なもので、幻視の中の幻視という形で観えている。父ポールの存命を確信させる証拠があるとすれば、それはまさに、この幻視の中の幻視にあった。

（あの預言者の人生は、ぼくたちをその幻視に固定している）とレトは思った。（そして、預言者というものが自分の幻視から脱けだすためには、その幻視と食いちがう形で自分の死を演出するしかない）

すくなくとも、二重の幻視にはそのように見えている。レトはこれが、自分の行なった選択に関係があると考えていた。

(気の毒な洗礼者ヨハネ。彼にほかの形で死ぬ勇気さえあったなら……。とはいえ、彼の選択は、おそらくもっとも勇敢なものだっただろう。ほかにどんな選択肢があったのかは、ぼくにわかるはずもない。しかし、父にどんな選択肢があったのかはわかる)

ためいきをついた。父に背を向けることは神を裏切るのに等しい。しかしアトレイデス帝国には、刺激を与えて覚醒させてやる必要がある。帝国はポールが観た幻視のうちでも最悪の形に堕してしまった。なんと安易に、帝国は人々を抹消していることか。それも、深い考えもなく。宗教的狂気の主因は固くネジを巻いた時計のように、いまもカチコチと動きつづけている。

(人類は父の幻視に縛りつけられたままなんだ)

この狂気を脱するには、〈黄金の道〉をたどるしかない。それはレトにもわかっている。父も同じ道程を観《み》ていた。人類が〈黄金の道〉を経て、ムアッディブの時代を顧みたとき、あのころはよかったと慨嘆する可能性もあるだろう。しかし、人類はムアッディブ以外の選択肢も経験しておかなくてはならない。さもないと、人類が持つさまざまな神話を理解できずにおわる。

（治安……平和……繁栄……）

選択肢を与えられたとき、帝国に住む市民の大半がどれを選ぶかには疑問の余地がない。

（ただし、ぼくを憎むだろうな）とレトは思った。（ガニーマもぼくを憎むだろう）

右手がかゆい。幻視の中の幻視で観た〝畏《おそ》るべき手袋〟のことを考えた。

（たぶん、そうなる。うん。きっとそうなる）

レトは祈りを捧げた。

（アラキスよ、われに力を）

レトのいる惑星は、自分の下でも周囲でもまだまだ力強い。砂は周囲から保水テントを押しつけてくる。〈デューン〉は貯めこんだ財産を数える巨人だ。美しくもあると同時にはなはだ醜い、魅力的な存在でもある。地元の商人たちが、唯一、身をもって知る通貨は、自分たちの力の脈動しかない。その力がどのように蓄積されたのかはさておいても。この惑星を囲おうとする商人たちの姿勢は、男が捕われの淑女を囲うのに似ている。あるいは、ベネ・ゲセリットが修女《シスター》たちを囲うのに似ている。

スティルガーが商人／司祭たちを毛ぎらいするのもむりはない。

（ありがとう、スティルガー）

レトは過去をふりかえった。そのむかし、群居洞《シエチ》の流儀、帝国式の技術主義が入りこむ前の暮らしは美しかった。スティルガーの夢が流れゆくにつれ、レトの精神も流れてゆく。発光球やレーザーが紹介されるよりも前――羽ばたき飛行機《オーニソプター》や移動式香料採取工場《スパイス・ハーヴェスター》である這行車《クローラー》が導入されるよりも前の暮らしは、まったくの別物だった。褐色に陽灼けした母親たちが赤ん坊を腰抱きに抱き、ランプでは濃厚なシナモン臭を放つ香料《スパイス》オイルを燃やし、指導者《ナイーブ》たちが――部族の者が強要には応じないと熟知しているがゆえに――部族の方針を決めるつど、いつも説得にこれ努めていた時代。それは暗い洞窟の中で群居する時代でのことだった……。

（あの畏るべき手袋は、この惑星のバランスを取りもどすことになる）

ほどなくして、レトは眠りに落ちた。

あの子の血を見た。鋭い鉤爪で引き裂かれた彼のローブの切れはしも。妹は二頭のトラをはっきりと見た、トラに襲われたことはまちがいないと断言している。一味のひとりを訊問してみたが、ほかの者たちは死んだか、拘留されているかのどちらかだ。すべてがコリノ家の策謀を示している。訊問にかけた者の証言内容は読真師《どくしんし》の検証を受けた。

——領主会議《ラーンスロード》委員会におけるスティルガーの報告

ファラッディーンはスパイ回路を介してダンカン・アイダホを観察し、この奇妙な男のふるまいを理解する手がかりを得ようとした。時刻は正午をまわったばかり、アイダホはレディ・ジェシカに割りあてられた区画の外で、レディに目通りがかなうのを待っている。はたしてレディは会うだろうか。もちろん、レディは監視されていることを知っている。

それを承知で、アイダホに会うだろうか？

ファラッディーンがいまいる部屋、ティエカニックが人狩り虎《レイザ・タイガー》の訓練を監督するさいに使った部屋は、違法性の塊もいいところで、トレイラクス会《トレイラクスー》やイクスが製造した非合法の監視機器であふれている。右手でいくつかのスイッチを操作しさえすれば、六つの角度でアイダホのようすを見ることができるし、レディ・ジェシカの続き部屋を覗き見ることもできる。続き部屋の各所に設置してあるのも、やはり高度に洗練された監視装置だ。

気になるのは、アイダホの眼球だった。トレイラクス会が変生胎《アホロートル》タンクで偶人《ゴウラ》を育てるさいに装着する、小孔だらけの金属眼球は、被移植者に他の人間とは著しく異質な外見をもたらす。ファラッディーンは自身の目に片手を持っていき、まぶたの上から押さえた。香料《スパイス》中毒で青く染まっていることを隠すため、白目部分までを被《おお》う常時装着型コンタクトレンズをはめているので、感触が硬い。アイダホの眼球は、異なる宇宙を記録しているにちがいない。そうでないはずがあろうか。できれば、トレイラクス会の外科医を探しだし、その答えをききだしてやりたいところだ。

（なぜアイダホは自死しようとしたのか？

そもそも、ほんとうに死ぬつもりだったのか？　そんなことはわれわれが許容しないと知っていたはずだ。

アイダホは依然として、危険で得体が知れない）ティエカニックはアイダホをサルーサに幽閉するか、殺すかを提案している。おそらく、それが最善だろう。

正面からの映像に切り替えた。アイダホはレディ・ジェシカが収まる続き部屋の前で、扉の横に置いてある硬いベンチにすわっていた。そこは窓のない玄関の間で、明るい色のウッドパネルには、槍の首につける三角旗が何枚か飾ってある。アイダホがあのベンチにすわって一時間以上——あのまま永遠にすわっていそうな雰囲気だ。ファラッディーンは画面に顔を近づけた。アトレイデス家に忠誠を誓う剣聖にして、ポール・アトレイデスの師範だった人物は、アラキスを再訪して以後、ずっと厚遇されてきた。ここへきたときの足どりも若々しいものだった。もちろんそれには、現地で恒常的に香料《スパイス》食を摂取していたことも寄与しているだろう。それに、トレイラクス会の変生胎《アホロートル》タンクが例外なく付与する、あの驚異的な代謝バランスも影響しているにちがいない。アイダホはほんとうに、タンク以前の記憶を思いだしたのか？　トレイラクス会が蘇らせた偶人《ゴウラ》でそんなことを主張する者はほかにひとりもいない。あのアイダホという男は、なんと謎多き人物であることか！

アイダホの死に関する報告書は図書室にあった。アイダホを殺した親衛兵《サーダカー》はアイダホの武勇を称えていた。アイダホを討ち果たすまで、急襲隊のうち十九人が殺されたという。

サーダカー十九人！　剣聖の遺体は再生タンクに送る価値があるほど損傷がすくなかったそうだ。しかし、トレイラクス会はアイダホを演算能力者《メンタート》として復活させた。再生された肉体で生きるとは、なんと奇妙な存在だろう。また、数々の才能に加え、人間演算体でもあるというのは、どんな感じがするものなのだろう。

（なぜアイダホは自死しようとしたのか？）

　ファラッディーンは自分の才をわきまえており、自分の能力に幻想をいだいてはいない。第一に、自分は歴史家＝考古学者だ。それに、人を見る目もある。必要に駆られて自分に仕える者を見定める目も養われたし——アトレイデス家を詳細に研究する必要上からも、その能力は培《つちか》われた。常日頃から、これは貴族に求められる代償だと考えている。統治を行なうには、自分の権力を代行してふるう者たちについて、正確かつ的確に判断しておくことが肝要だ。配下のミスや暴走で失脚した統治者は、けっしてひとりではない。

　アトレイデス家を詳細に研究するうえで明らかになったのは、家臣の選び方に卓越した才が見られることだった。アトレイデス家の当主たちは、いかにすれば忠誠心が維持され、いかにすれば戦士たちの旺盛な戦意をかきたてられるのかを熟知していたと見える。

　だが、アイダホのとった行動は、あの男らしからぬものだった。

（なぜだ？）

ファラッディーンは目をすがめ、この男の皮膚を透かして内面を見きわめようとした。アイダホには持久力に富み、疲弊しにくそうな感触がある。自制的で、適切に整理され、しっかり統合された全体があるようにも見受けられる。トレイラクス会の変生胎《アホロートル》タンクは、あの男に人間以上の要素を盛りこんだらしい。ファラッディーンにはそれが感じられた。あの男はあたかも万古《ばんこ》不易《ふえき》の法則に基づいて動いているかのような、なにかをなしとげるたびに一からリセットされるような、自己更新じみた機能を持っているようにも思える。アイダホは不断の忍耐をもって、自己の周囲をめぐる固定軌道を周回しているかのようだ——まるで恒星の周囲をめぐる惑星のように。圧力を受けようとも軌道の周回が停止することはない。わずかに軌道をずらすことはあっても、基本的な軌道はいっさい変わらない。

(なぜ自分の手首を切った?)

動機はどうあれ、それがアトレイデス家のため、仕える主家のための行為であることはまちがいない。周回軌道の中心にある恒星は、自分ではなくアトレイデス家なのだ。

(どういうわけか、おれがレディ・ジェシカをこの惑星に匿《かくま》うことで、アトレイデス家も強化されるとアイダホは信じこんでいる)

そこでファラッディーンは、自分に念を押した。

(しかもそれは、演算能力者《メンタート》が演算して出した結論だ)

この着眼点はプリンスの思考をいちだんと深いものにした。演算能力者《メンタート》も計算ちがいはする。しかし、めったにするものではない。

この結論に達したファラッディーンは、アイダホともどもレディ・ジェシカを追いやるため、秘書官たちを呼ぼうとしかけ——すんでのところで思いとどまった。

あのふたりはどちらも——偶人《ゴウラ》＝演算能力者《メンタート》もベネ・ゲセリットの魔女も——この権力ゲームにおいて、いまだ正体の知れぬ勢力の対抗馬だ。アイダホは送り返さねばならない——そうすれば確実にアラキスの情勢を悪化させられる。ジェシカはこの惑星に残さねばならない——あの女の奇妙な知識を吸いあげ、コリノ家の役に立てるために。

ファラッディーンは、自分がプレイしているのが微妙かつ死となりあうゲームであることを承知している。それでも、このときに備え、何年もかけて準備を進めてきたのは、ある日のこと、自分がまわりのだれよりも賢く、鋭敏なことに気づいてしまったためだ。子供にとって、それは恐ろしい発見だった。だからプリンスは、自分は政治に向かないと思いつつも、図書室を避難所兼教師とし、このときに備えてきたのである。

しかしいま、ファラッディーンのそのような考えは変わりつつあった。じつは自分は、このゲームにはけっこう向いているのではあるまいか。母親は遠ざけた。これで母親には相談できなくなったわけだが、母親が政治方面ですることと、どれも自分にとって危険なものでしかなかった。あのトラはなんだ！　訓練するのは非道の極み、実地に投入するのは愚かの極み。あんなものを使ったら、たちまち足がついてしまうではないか！　追放程度ですませたことに感謝してほしいくらいだ。この件に関し、レディ・ジェシカがくれた助言は、プリンスの利害に見合う、きわめて適切なものだった。アトレイデス家の考え方を聞きだすうえでも、やはりレディにはここにいてもらう必要がある。

自分の志向に関する考えは薄れだし、思いはサーダカーのことに移っていった。麾下《きか》のサーダカーは、自分が命じた厳しい訓練や、贅沢の排除などを通じて、ふたたび頑健かつ俊敏になりつつある。かかえているサーダカー軍団はいまだ小規模だが、一対一でなら、かつてのようにフレメンと互角の勝負ができる状態にまで育っていた。アラキーン条約により、各惑星に許容される軍備の上限は厳密に定められているため、いくら個々の能力が優れていても、現状ではまったく勝負にならない。サーダカーは数で圧倒されてしまう。ただし――内戦でフレメンを疲弊させ、弱体化させれば話は別だが。

現状では、サーダカーをフレメンと正面きって戦わせるには早すぎる。時間が必要だ。不満をかかえている大領家や力をつけてきた新興小領家とも気脈を通じておく必要がある。ＣＨＯＡＭ《チョーム》から資金を調達する手立ても練らなくては。とにかくにも必要なのは時間だ。サーダカーが強くなり、フレメンが弱くなるまでの。

ここで改めて、画面に目をもどした。偶人《ゴウラ》は依然として、辛抱づよく待っている。なぜアイダホは、こうした状況下でレディ・ジェシカに会いたがるのだろう？　ふたりとも、自分たちが常時監視されており、一言半句、一挙手一投足の例外もなしに記録され、分析されていることを知っているはずなのに。

（なぜだ？）

　ファラッディーンはモニターから目を離し、制御卓の横にある棚に視線を移した。電子機器が放つ淡い光のもとで、アラキスの最新情勢を記したいくつものスプールが見える。送りこんだスパイたちの調査は徹底していた。この者たちなら信用が置ける。報告書には希望と光明をいだかせる情報がいろいろと記してあった。目をつむれば、報告書の要点が、きちんと整理された形でまぶたの裏をよぎっていく。これは情報を有効に活用するため、スプールの内容を自分で編集した成果だった。

（アラキスが肥沃《ひよく》になるにつれて、フレメンは土地の呪縛から解放され、新たに生まれたコミュニティは伝統的な群居洞《シエチ》＝牙城としての性質を失っていく。古い群居洞《シエチ》文化では、フレメンは幼少のころより、いろいろなおとなたちからこう教わってきた。

〝みずからに関する知識と同様、群居洞《シエチ》はみずからの確固たる拠点であり、おまえたちはここから世界へ、宇宙へと出ていくのだ〟

伝統的フレメンはいう――〝中央山塊を見よ〟

これは、主要科学は法に等しいという意味だ。

だが、新しい社会構造では、そうした古い法的縛りがゆるみ、規律もゆるんできている。新時代のフレメン指導者たちは、大むかしから継承されてきた略式教理問答と、歌の中に神話の形で埋めこまれた歴史でしか過去のことを知らない。新しいコミュニティに属する者たちは、古来のフレメンより軽薄で開放的だ。頭に血が昇りやすく、しかるべき権威を尊重する意識も薄い。古い群居洞《シエチ》の民は、昨今の民よりも規律を重んじ、集団行動を好み、身を粉にして働く。資源に対する気の使いようも大きい。古い民はいまでも、秩序だった社会は個人が自分を律した結果の反映と信じている。若者は、そうした信念とは無関係に育つ。ゆえに、いまも残る古い文化の生き残りたちは、こういってその手の若者を嘆く。

〝死の風により、あの者たちの過去は侵蝕されてしまった〟

ファラッディーンは自分の要約の辛辣さが気にいっていた。アラキスに見られるようになった多様性はかならず暴力を呼ぶ。その基本的な概念はしっかりスプールに書きこんである。

（ムアッディブを崇める宗教は、伝統的な群居洞《シエチ》文化を強固な基盤としているのに対して、新しい文化は群居洞《シエチ》の規律から遠くへ遠くへと進んでいる）

もう何度めになるだろうか、ファラッディーンは改めて、ティエカニックがあの宗教に傾倒するのはなぜだろうと自問した。あの宗教で植えつけられた新たな倫理観に基づき、上級大佐《バシャール》は奇妙な行動をとるようになっている。きわめて誠実だが、自分の意志に反して動いているようにも見える。まるで旋風《つむじかぜ》の強さをたしかめようと足を踏み入れたところ、風威に圧倒され、自力では動けなくなったかのように。ティエカニックの改宗でなによりファラッディーンを悩ませているのは、その非個性的な完全主義だった。それはきわめて古いサーダカー流儀の復古でもある。上級大佐《バシャール》の例は、若いフレメンも同じように復古へ走りかねず、古くから群居洞《シエチ》に深く染みつく伝統が優勢になる恐れを示唆するものだ。

ファラッディーンは再度、報告書スプールの内容を考えた。報告書にはひとつ、不安をかきたてる要素が記されていた。フレメン最古の時代からなおも生き残る文化的残滓《ざんし》——〈生誕水〉の概念である。出産時の破水は保存され、蒸留されて真水となり、生まれ出た新生児に産水《うぶみず》として与えられる。この水を与えるのは伝統的に教母の役目で、そのときに口にすることばも決まっていた。

〝ここに汝を育《はぐ》みし生誕水を与う〟

若いフレメンでさえ、自分の新生児に産水を与えるさいはこの伝統にしたがっている。

（汝を育みし生誕水、か）

自分が入っていた羊水を蒸留した水。そんなものを飲むことには抵抗を感じてしまう。生き残った双子の片割れ、ガニーマがその奇怪な水を飲んだとき、母親は亡くなっていた。ガニーマはあとになって、母親との奇妙な絆を表わす水に違和感をおぼえたのだろうか。おそらく、おぼえなかっただろう。ガニーマはフレメンとして育てられた。したがって、フレメンにとって自然で受け入れやすいことならば、ガニーマにとっても自然で受け入れやすいことだったはずだ。

つかのま、ファラッディーンはレト二世の死を残念に思った。この点をレト二世と論じあうのは、きっと興味深い経験になっただろう。たぶん、それをガニーマと論じる機会は、いずれ持てる。

（なぜアイダホは自分の手首を切った？）

監視モニターを見るたびに、この疑問を新たにする。ファラッディーンの考えは疑問に対する答えの求め方についても変わりつつあった。かつてポール・ムアッディブがそうであったように、神秘的な香料《スパイス》トランスにひたる能力がほしい、行く末を探りあて、自分の疑問に対する答えを得たい——そう思っていた時期もある。しかし、どれほど香料《スパイス》を摂取しても、とくに特殊なものでもない自分の意識は、不確定の宇宙を反映した、いま現在という単一の流れにとどまったままだ。

監視モニターを見ているうちに、レディ・ジェシカの部屋のドアが開き、中から侍女のひとりが現われた。侍女に手招きされて、アイダホはベンチから立ちあがり、ドアの中へ入っていった。あの侍女は、あとで詳細な報告書をあげてくる手はずだ。だが、ふたたび強い好奇心がこみあげてきて、ファラッディーンは制御卓のスイッチを操作し、カメラを切り替えた。レディ・ジェシカの区画にある居間へと、外からアイダホが入ってくる姿が映った。

いまの演算能力者《メンタート》はごく冷静そのものに見える。そして、その偶人《ゴウラ》の目の、なんと計り知れぬことだろう。

なによりもまず、演算能力者《メンタート》は専門家ならぬ万能家であらねばならない。大いなる決断を下すさいには、万能家の助言を受けることが賢明である。玄人《くろうと》や専門家のいうことを聞いていれば、たちまち混沌に陥ってしまう。専門家は無駄な細部にこだわり、カンマひとつのあるなしにも大騒ぎする。それに対して、演算能力者《メンタート》＝万能家は、意思決定を健全な常識に基づいたものにしなくてはならない。自分の宇宙で起こっていることを広く観望し、それらから自分を切り離して考えてはならない。そして、このように発言できる状態を維持しておかなくてはならない。

「いまこのとき、この問題に不明な要素はない。いまわれらが望むものはこれだ。のちに誤りが判明しようとも、そのときがきたら修正するまで」

演算能力者《メンタート》＝万能家は、われわれが自分の宇宙として認識できるものはすべて、より大きな現象の一部でしかないことを理解しておく必要がある。専門家はうしろだけを見る。見るのは自分の専門範囲のせまい標準だけだ。万能家は外を見る。そして生存のための方針を探しもとめる。そのような方針が変化し、発展することをよく知っているからである。演算能力者《メンタート》＝万能家が注目するべき要素は、その変化の性質そのものにほかならない。そのような変化を載せた永久不変のカタログなどあろうはずもない。そのようなハンドブックやマニュアルがあろうはずもない。演算能力者《メンタート》は能《あと》うかぎり先入観を排して変化を見きわめ、こう自問しなくてはならない。

「これはいま、なにをしているのか？」

――『演算能力者《メンタート》の心得』

〈クウィサッツ・ハデラック記念日〉。ムアッディブを崇める信徒の一年で最重要の聖日。それは神格化されたポール・アトレイデスを――〝あらゆる場所に同時に存在する者〟であり、〝祖先の男性・女性をともに不可分の力で混淆《こんこう》させ、〈個にして全〉となった男性ベネ・ゲセリット〟を祭る日である。信徒は故人を追悼し、死してその存在を〝あらゆる場所で不朽のもの〟にした記念に、この日を〈アーイル〉――〈殉難日〉と呼ぶ。

逮捕命令が出ているにもかかわらず、〈伝道者〉がふたたび〈アリアの大聖堂〉前の広場に姿を現わすことを選んだのは、この記念日の早朝だった。アリアの司祭会と蜂起した砂漠の各部族とは、一触即発の休戦状態が維持されているが、この休戦自体、アラキーンじゅうの人間を不安に陥らせるほど存在感の強いものだった。〈伝道者〉はしかし、ただよう不穏な空気を払おうとはしなかった。

この日はムアッディブの子息の葬儀が行なわれてから二十八日めであり、内乱で遅れた〈古道〉での追悼礼からは六日がたっている。しかし、内乱状態にもかかわらず、巡礼《ハッジュ》の来訪がやむことはなく、この日の広場が巡礼客でごったがえすことを〈伝道者〉は知っていた。巡礼の大多数は、〝ムアッディブの聖日に〈クウィサッツ・ハデラック〉の聖なる存在を感じる〟ため、〈殉難日《アーイル》〉をはさんでアラキスに滞在することを選んだからである。〈伝道者〉は払暁《ふつぎょう》とともに姿を現わし、広場が早くも信徒であふれている状況に直面した。若い道導者《どうどうしゃ》の肩に軽くかけた片手ごしに、若者の歩き方から伝わってくるのは、冷笑的なプライドだ。〈伝道者〉が近づいていけば、群衆の目は若者の動きの端々にまで注がれる。そんな形で注目を浴びるのが、若い道導者にはまんざらでもないらしい。〈伝道者〉はといえば、この注目もやむをえないことと受けとめていた。〈大聖堂〉の石段の下から三段めに立った〈伝道者〉は、群衆が静まり返るのを待った。

沈黙が波紋のように広がっていき、広場のはずれで説法を聞こうと駆けつけてくる足音が聞こえるようになると、〈伝道者〉はやおら咳ばらいをした。周囲にはまだ未明の寒さが残り、広場は〈大聖堂〉の陰になって朝陽が射してはいない。広大な広場が灰色の静寂に沈むのを待って、〈伝道者〉は語りはじめた。

「われはレト・アトレイデス二世に敬意を表し、追悼の辞を述べんがために罷《まか》り越した」

砂漠の蟲《ワーム》乗りを思わせる力強い声で、〈伝道者〉は告げた。「レト二世を悼む者すべてと、われは心持ちを同じくするものである。ここに、死せるレトが学びしことを話し聞かそう。それはすなわち、明日はいまだきたらず、このままこぬのではないかということだ。この宇宙においては、いまこの瞬間こそが、われらにとって唯一観測可能な時空にほかならぬ。ゆえに、汝らに告げん、この瞬間をとくと堪能せよ、この瞬間が教えるものを理解せよ。また汝らに告げん、政府の成長と死は、まぎれもなくその市民の成長と死であると」

困惑ぎみのざわめきが広場に広がった。〈伝道者〉はレト二世の死を嘲《あざけ》っているのか？いまにも警固司祭たちが駆けつけてきて、〈伝道者〉を逮捕してしまうのではないか？

だが、近くから状況を観察していたアリアは、〈伝道者〉をそのような形で妨害してはならないことを心得ていた。この日、〈伝道者〉の邪魔をいっさいしてはならぬと厳命を下したのは当のアリアなのである。しかも、アリアみずから上等の保水《スティル》スーツを着こみ、鼻と口を隠すため保水マスクをつけ、目を引く赤毛を覆って特徴のないローブのフードをかぶり、みずから群衆にまぎれこんでいた。立っている場所は、〈伝道者〉が立つ石段の、ひとつ下の段だ。その位置から注意深く〈伝道者〉を観察する。これはポールだろうか。年月が容貌をこうも変えてしまうことはあるかもしれない。それにポールは〈操《からく》り声〉の名手だった。ということは、弁舌だけで本人かどうかを判断するのは困難だということだ。それにしても、〈伝道者〉は声を操るのがじつにうまい。ポールでさえここまでうまくはできなかっただろう。この男に対してなんらかの行動を起こす前に、まずは正体を知っておく必要がある。この男のことばは、なんと心を刺激する力に満ちていることか！〈伝道者〉のことばには皮肉というものが感じられなかった。聴き手を魅了する、意味の明確な表現を用いて、誠意を強く感じさせる口調で語りかけるからだ。聴衆は、はじめのうちこそ説法の内容にとまどうが、やがてそれがとまどわせることを目的とした言辞で、とまどいを呼び水に教えを垂れているのだと気づく。

そんな聴衆の反応を的確にとらえて、〈伝道者〉はこういった。

「皮肉はしばしば、想定外のことに考えをめぐらす力の欠如を押し隠す。われは皮肉などいわぬ。かつてガニーマは汝らにいった——あの者の兄の血を洗い流すことはできぬと。宣《むべ》なるかな。

レトは父親の赴きし場所へ赴いたといわれる。父親が為《な》したことを為したといわれる。ムアッディブの教会はいう、レトは人として独自の道をゆくことを選んだ、その道は愚かかつ無謀なものに見えるかもしれぬが、歴史はその行ないを評価するであろうと。しかし、その歴史は、こうしているいまも書き換えられている。

汝らに告げん、父子の生と終焉《しゅうえん》からは、また新たに得られる教訓があるであろう」

アリアは一語一語に耳をそばだて、なぜ〈伝道者〉は〝死〟ではなく、〝終焉〟ということばを用いたのだろうといぶかった。名をあげたふたりのうち、片方、もしくは両方が、じつは死んではいないという含みか？　どうしてそのようなことがありうる？　読真師《どくしんし》はガニーマの話が真実だと断言した。では、この〈伝道者〉はなにをいわんとしている？　この者が話しているのは神話なのか、それとも現実なのか？

「心して聞け、その新たなる教訓を！」〈伝道者〉は両手を高々とかかげ、雷鳴のごとき声で告げた。「汝ら、人の心あらば、宇宙に干渉するなかれ！」

〈伝道者〉はそういって両手をおろし、ぽっかりとあいた左右の眼窩《がんか》をアリアに向けた。まるでアリアに向けてじかに語りかけているかのようだった。何人かがその露骨な動きに気づき、どういうことかとアリアをふりかえって見た。アリアは〈伝道者〉のすさまじい圧に身ぶるいをおぼえた。これはほんとうにポールかもしれない！　いや、ポールだ！

「しかし、われが見るところ、人は純然たる現実に耐えられぬ」〈伝道者〉はつづけた。「大多数の者の人生は自覚からの逃走にほかならぬ。大多数の者は安定という形の真実を好む。汝らは牛小屋の仕切り棒に頭を固定され、ただ安息を貪《むさぼ》り、満足して死にゆくのみ。ほかの者のいいように利用されるばかりで、一度たりとも畜舎の外で生きることはなく、こうべをあげて自分自身のあるじとなることもない。そのような実態を汝らに告げるべく、ムアッディブは現われた。彼《か》の者のメッセージを理解もせず、真にムアッディブを崇めることなどできるものか！」

聴衆のだれかが——おそらく、巡礼に扮した司祭だろう——ここでついに我慢できなくなったと見えて、耳ざわりな声を大きく響かせた。

「おまえはムアッディブの生を送ったとでもいうのか！　他人にムアッディブの崇め方を強要するなど、何さまのつもりだ！」

「なんとなれば、ムアッディブが死んだからだ！」〈伝道者〉は一喝した。

アリアはだれが〈伝道者〉に異論を唱えたのかと、声のしたほうに顔を向けた。人波で姿は見えなかったが、群衆の頭ごしに、同じ声がふたたび怒鳴るのが聞こえた。

「ムアッディブがほんとうに死んだと信じているなら、この先ずっと、おまえはだれにも相手にされぬぞ！」

　まちがいない、あれは司祭だ。しかし、だれの声かはわからない。

「われはたったひとつの問いをするためにきた」〈伝道者〉はいった。「ムアッディブの死後、すべての人間が倫理面の後追い自死を迎えたのか？　それは一救世主の死が招く、避けえぬ結果なのか？」

「では、ムアッディブを救世主と認めるのだな！」同じ声が叫んだ。

「いかにも、われは彼《か》の者の時代の預言者なれば」

〈伝道者〉の口調と態度には、きわめて冷静な確信が感じられたため、例の声でさえ黙りこんでしまった。群衆から困惑ぎみのざわめき、動物のような唸り声があがった。

「いかにも」〈伝道者〉はくりかえした。「われはこの時代の預言者なのだ」

〈伝道者〉に集中していたアリアは、〈操《から》り声〉特有の微妙な歪みを探知した。あの男は明らかに群衆を操っている。ベネ・ゲセリットの修行を受けたことがあるのか？　これもまた保護伝道団《ミッショナーリア・プロテークティウァ》の仕込みなのか？　この男はポールでもなんでもなくて、連綿とつづくパワーゲームの一環でしかないのか？

「われは神話と夢を世に伝える者！」〈伝道者〉は声を張りあげた。「赤子を取りあげ、その赤子が生まれたことを告げる医師だ。しかるにわれは、今際《いまわ》の際《きわ》にも汝らを訪れる。そうと聞いて動揺はせぬか？　するであろう、汝らの魂は揺さぶられるであろう！」

〈伝道者〉の挑発的な物言いに、アリアは怒りをおぼえたものの、たしかに聴く者を魅了する力はあった。気がつくと、自分も聴衆とともに石段を昇り、砂漠の衣装に身を固めた長身の男にじわじわと近づいていた。そこで気になったのが、あの若い道導者だ。なんとぎらついた不遜な目をしていることか！　ムアッディブなら、はたしてこうもシニカルな若者を雇うだろうか。

「わが目的は動揺させることにあり！」〈伝道者〉が叫んだ。「それがわが意図なるぞ！われはこの地へ、汝らの因習的かつ制度化された宗教のペテンや幻想と戦うためにきた。この種の宗教がすべてそうであるように、汝らの宗教も守りに入っている。凡庸、惰性、自己満足の道へと進んでいる」

怒気を含んだざわめきが群衆の中央部分であがりだした。

緊張が高まるのを感じとり、心中、ほくそえみながら、これはもしかすると暴動に発展するかもしれない、とアリアは思った。〈伝道者〉はこの緊張をさばききれるだろうか。できなければ、いまこのとき、この場で命を落とすかもしれない！

〈伝道者〉は群衆のひとりを指さし、大声で呼ばわった。

「そこな司祭、われに食ってかかった者！」

（この男、気づいている！）

アリアは身内にぞくぞくする感覚をおぼえた。根底にあるのは官能的ともいえる興奮だ。この〈伝道者〉が指しているのは危険なゲームだが、じつにうまくコマを進めている。

「汝、平服を着た司祭よ」〈伝道者〉は呼びかけた。「汝は自己満足教の施設付き司祭であろう。われはムアッディブを糾弾するために参じたのではない、汝らを糾弾するために参じたのだ！　汝になんの負担も強いず、さりとてなんの危険も担わぬ宗教は本物か？　汝をぬくぬくと肥え太らせる宗教は本物か？　その名において暴虐を働く宗教は本物か？　本来の啓示からかくのごとく堕落したのはなにゆえだ？　答えよ、司祭！」

だが、言挙げをした司祭は沈黙したままだった。アリアは群衆がふたたび〈伝道者〉の一語一語に耳をそばだてていることに気づいた。司祭会を指弾することで、群衆の共感を得たのだ！　そしてアリアのスパイたちが正しければ、アラキスにいる巡礼とフレメンの大半はこの男をムアッディブだと信じている。

「ムアッディブの息子は危険を冒した！」〈伝道者〉は声を張りあげた。その声が涙声になっていることにアリアは気がついた。「ムアッディブもまた危険を冒した！　そして、ふたりともに代償を払った！　にもかかわらず、ムアッディブが得たものとはなにか？　みずからの教えから離反しようとしている宗教ではないか！」

（これがポール本人の口から出たとして、どれほどのちがいがあっただろう）とアリアは思った。（この男の正体を見きわめなくては！）

石段の上を動きだしたアリアのあとから、ほかの者たちもついてくる。目の前の人波をかきわけかきわけ、やがてあとすこしで謎めいた預言者に手のとどくところまで到達した。〈伝道者〉からは砂漠のにおいがした。香料《スパイス》と燧石《すいせき》のにおいだ。本人も道導者の若者も、全身が砂にまみれ、つい最近、砂床《さしょう》からやってきたかに見える。保水スーツの気密袖から出た〈伝道者〉の手には、くっきりと血管が浮き出ていた。左手の指の一本には、かつて指輪がはめてあったらしく、窪んだ跡が残っている。ポールもあの指に指輪をはめていた。アトレイデス家のタカ紋をあしらった印章指輪だ。あれはいま、タブールの群居洞《シエチ》に保管してある。レトが生きていれば、それはあの子がはめていただろう……帝位につくことをこのわたしが認めていたならば。

〈伝道者〉はふたたび、虚ろな眼窩をアリアに向けて、じかに語りかけてきた。ただし、そのことばは群衆に向けたていをとっていたが。

「ムアッディブは汝らにふたつのものを見せた。確実な未来と不確実な未来だ。完全なる意識をもって、ムアッディブはより大いなる宇宙における、究極の不確実さと相対した。盲《めしい》となることで、この世界における自己の立場から脱出したのだ。それによって彼《か》の者が率先して示したことは——人はつねに、彼の者と同じようにせねばならぬ、確実さよりも不確実さを選ばねばならぬということであった」

アリアは気がついた――この口説の最後のほうにおいて、〈伝道者〉が懇願するような口調になっていたことに。

周囲を見まわし、腰に差した結晶質《クリス》ナイフの柄《つか》にそっと手をかける。

（いまここでこの男を殺せば、聴衆はどうするだろう？）ふたたび、ぞくぞくする感覚が身内を走りぬけた。（この男を殺したうえで、自分の正体を明かし、この〈伝道者〉なる者は騙《かた》りだった、異端者だったと糾弾したら？）

だが、聴衆がこれはポールだと決めつけたらどうする？

そのとき、うしろから押されて、アリアはいっそう〈伝道者〉へ近づく格好になった。目の前まできてみると、抑えようと努めねばならないほどの怒りがくすぶるいっぽうで、この人物に魅了されている自分に気がついた。これはポールなのか？　地下なる神々《どうしょう》よ！　わたしになにができる？

「もうひとりのレトがわれらのもとから奪いとられた。それはなぜだ？」

〈伝道者〉は語気を強めた。その声には本物の苦悩がにじんでいた。

「答えてみよ、汝らに答えられるものならば！　ああ、レトたちのメッセージは、なんと明確であったことか。そのメッセージとはこうだ――確実さを捨てよ！」

〈伝道者〉は大音声を発し、同じことばをくりかえした。

「確実さを捨てよ！　それこそは、生のもっとも深い要求にほかならぬ。それこそが生の希求するものだ。人は未知なるものに分け入り、不確実なものに踏み入る。なぜ汝らにはムアッディブのことばが聞こえぬ？　確実さなるものが、〝絶対不変の未来を絶対不変のものとして知る〟ことならば、それは確実を装った死でしかない！　そしてかくのごとき未来は、いままさに訪れんとしている！　ムアッディブが汝らに示したのはそういうことなのだ！」

　ぎょっとする正確さをもって、〈伝道者〉はまっすぐにこちらへ手を伸ばし、アリアの腕をぐっとつかんだ。手探りするでもなく、ためらうでもなく、こちらが見えているかのように。アリアはその手をふりはらおうとしたが、〈伝道者〉は痛みを感じるほど強烈に腕の締めつけをつづけ、ひとりアリアのみに語りかけてきた。異様な行動に、まわりの者たちが動揺してあとずさる。

「ポール・アトレイデスは汝になんと告げた、女人《にょにん》よ？」〈伝道者〉は問うた。

（どうしてわたしが女だとわかるの？）

　内なる先人たちのあいだに埋没し、その庇護を求めたかったが、内なる世界はぎょっとするほど静まり返っている。どの先人も、過去から蘇ったこの人物を前にして、気死《きし》したようになっているのだ。

「ポール・アトレイデスは汝に告げた、完全とは死に等しいと！」〈伝道者〉は叫んだ。

「絶対的な予知は完全なるもの……ゆえに、死に等しい！」

アリアは再度、逃れようとした。ナイフを抜いて斬りつけ、手をふりはらいたいところではあったが、そんな気概が持てない。いままで生きてきて、これほどに圧倒されたのははじめてだった。

〈伝道者〉はこうべをかかげ、アリアごしに群衆へと呼びかけた。

「ここにムアッディブの言を伝えん！　かつて彼《か》の者はかくのごとく説けり。

〝余はそなたらの顔にそなたらが避けんとするものをこすりつける。そなたらの信じたいことが耳に心地よいことだけであったとしても、余は驚かぬ。さもなくばどうして、人がみずからを凡庸へ導く罠を生みだすはずがあろうか。さもなくばどうして、人がこれほど臆病になろうか〟

これがムアッディブによる汝らへのことばだ！」

だしぬけに、〈伝道者〉はアリアの腕を放し、群衆のほうへ強く押しやった。うしろに群衆の壁がなければ、あおむけに倒れこんでいただろう。

「存在することは目だつことにほかならぬ、背景から独立してだ」〈伝道者〉はつづけた。

「汝らは思考しているとも真に存在しているともいえぬ――みずからの実在を判断するにあたって、みずからの正気を疑う危険を冒さぬかぎり、それは不可能だ」〈伝道者〉が歩みよってきて、またしてもアリアの腕をつかんだ――たしかな足どりで、ためらいもなく。もっとも今回は、いましがたほど力をこめてはいなかった。身をかがめ、アリアの耳にだけ聞こえるように声を落として、〈伝道者〉はいった。

「わたしを背景に引きもどそうとするな、妹よ」

そののち、片手を若い道導者の肩にあて、群衆に向かって石段を下りはじめた。奇妙な二人組のために道があけられた。いくつもの手が伸びてきて〈伝道者〉に触れた。ただし、おそるおそるといったていで、みなそっと手を伸ばしている。汚れたフレメンのローブをまとう者――その正体を知るのが恐ろしいかのように。

アリアはひとり呆然と石段に立ちつくし、群衆が〈伝道者〉のあとをぞろぞろとついていくさまを見送った。

推測は確信に変わった。あれはポールだ。もう疑いの余地はない。あれは自分の兄だ。アリアはいま、群衆が感じたのと同じ感覚にひたっていた。自分はいままで聖なる存在の前に立っていたのである。周囲の宇宙が完全にひっくり返ってしまったような気分だった。兄のあとを追いかけていきたい。自分自身から救ってほしいと懇願したい。それなのに、足が動かない。群衆は押しあいながら、〈伝道者〉と道導者のあとをついていく。しかしアリアは、絶対的な絶望にからだの自由を奪われ、立ちつくすばかりだった。あまりにも深い苦悩に、ただ身をふるわせることしかできない。自分の筋肉に動けと命令することもできない。

（どうすればいい？　どうすればいい？）何度も自問をくりかえす。

いまのアリアには、寄りかかるべきダンカンもいない、母もいない。内なる先人たちも無言を貫いている。〈大天守《キープ》〉には、厳重な警備のもとにガニーマがいるが、生き残った双子の片割れにこの深い絶望を打ち明ける気には、アリアはなれなかった。

（だれもかれもがわたしに背を向ける。わたしになにができるというの？）

せまい視野でわれわれの宇宙を見るなら、遠くまで見て問題を探してはならない。そのような問題が身近にやってはこないかもしれないからだ。むしろ気をつけるべきは、柵の中にいる狼だろう。柵の外をうろつく狼の群れなど、存在しないかもしれないのだから。

――『アズハルの書』結集《シャムラ》編第一部四章

ジェシカは居間の窓辺でアイダホを待っていた。ここは柔らかな長椅子と古風な椅子が用意された居心地のよい部屋だ。与えられた区画にあるどの部屋にも浮揚椅子は存在せず、発光球はすべて前時代的なクリスタルでできている。区画があるのは二階で、この部屋の窓からは中庭の庭園が見わたせた。

侍女が控えの間の扉を開く音。アイダホの足音が聞こえてきた。板張りの床を踏む音が絨緞を踏む音に切り替わった。ジェシカはふりかえりもせず、足音に耳をすましながら、中庭で木漏れ日がまだらに照らす緑の絨緞を眺めていた。心の中で音もなく戦われている感情の熾烈な鬩《せめ》ぎあいを、いまは抑えなくてはならない。神経と筋肉組織《プラーナ＝ビンドゥー》の鍛練に基づき、深呼吸をくりかえすことで、強制的に冷静さを循環させることができた。

天に高く昇った太陽から降りそそぐ光を受けて、一本の木漏れ日の箭《や》が土ぼこりの条《すじ》を浮かびあがらせている。その光の箭は、シナノキの枝に張った円網《えんもう》型のクモの巣を銀色に輝かせていた。枝々の梢はいまにも窓に触れそうだ。室内はひんやりとすずしかったが、気密窓の外側では、凶悪な熱波を受けて空気が揺らいでいる。コリノ城が建っているのは空気のよどんだ一帯で、中庭の緑からは屋外の苛酷な気温などとても実感できない。

アイダホの足音がすぐうしろまできてとまった。

ふりかえることなく、ジェシカはいった。

「ことばの才は欺瞞《ぎまん》と空言《そらごと》の才よ、ダンカン。わたしとことばを交わしたいのはなぜ？」

「わたしたちのうち、生き残るのはどちらかひとりだけかもしれません」

「あなたの努力について、よい報告をしてほしいの？」

ジェシカはふりかえった。アイダホはごく冷静なようすで目の前に立ち、こちらを見ていた。グレイの光沢をたたえた例の金属の目は、どこに焦点が合っているのかわからない。

なんと虚《うつ》ろな目だろう！

「ダンカン、あなたが歴史における立場を守るのに汲々《きゅうきゅう》としている——そんな可能性はありうる？」

なじるような口調でそういったとたん、以前もダンカンとこんなふうに相対したことを思いだした。あのときダンカンは酔っぱらっていた。ジェシカを監視するように命じられ、務めと忠誠心のはざまで苦しんでいたのだ。しかしそれは、偶人《ゴウラ》になる前のダンカンの話。あのダンカンとこの男はまったくの別人でしかない。務めと忠誠心の股裂き状態になっているわけでもない。

ジェシカの指摘は的確だったらしい。アイダホがほほえみ、こういったからである。

「歴史は歴史の法廷を開き、歴史として判決を下すもの。わたしに対する判決が下されるとき、わたしの意志は関係がないでしょう」

「ではなぜ、ここにいるの？」

「あなたがここにいるのと同じ理由です、マイ・レディ」

この簡潔な返答から受けた衝撃は、面《おもて》にこそ出さずにすんだものの、ジェシカは猛烈な勢いで頭を働かせた。

（ダンカンはほんとうに、わたしがここにいる理由を知っているの？）

　どうして知っているはずがあろう。知っているのはガニーマだけなのに。もしかすると、演算能力者《メンタート》として答えを導きだすに足るデータを持っていた？　それはありうる。かりにそうだとして、わたしをこの惑星から追放させるような発言をしたらどうする？　いや、もしわたしがここにいる理由を知っているのであれば、そんな発言をするとも思えない。自分たちふたりは、一挙手一投足、発言ひとつひとつにいたるまで、ファラッディーンやその部下に監視されている。それはダンカンも知っているはずだ。

「アトレイデス家は深刻な十字路に差しかかっているわ。身内同士が骨肉の争いをしだすありさま。あなたはわたしの公爵さまの、もっとも信任厚き忠臣だったわね、ダンカン。あのとき、ハルコンネン男爵が――」

「ハルコンネンの名を出すのはやめましょう。あれはもはや異なる時代のできごとです。それに、あなたの公爵閣下は亡くなりました」

　そういって、アイダホは思った。

（アトレイデス家にハルコンネンの血が流れていることは、ポールから聞かされているが……その可能性に思いがおよばないのか？）

　この秘密を明かすことは、ポールにとってはきわめて大きな危険をともなう行為だった。しかしそれにより、ポールと偶人《ゴウラ》ダンカン・アイダホの距離は縮まった。これほど絶大な信頼のしるしはない。これを打ち明けるには、よほどの覚悟が必要だったろう。なにしろポールは、アイダホが男爵の一族にどれほどの仕打ちをされたのか知っていたのだから。

「アトレイデス家は死んではいないわ」ジェシカがいった。

「アトレイデス家とはなんです？　あなたがアトレイデス家ですか？　それともアリア？　ガニーマ？　アトレイデス家に仕える者たちのことですか？　あの者たちを見るにつけ、筆舌に尽くしがたい苦労の跡が色濃くうかがえます。あの者たちがアトレイデス家とは、とうてい言いがたい。ご子息はその状況を指して、かつてこのようにおっしゃいました。〝苦労と受難はわたしについてくる者の宿命だ〟。わたしはその宿命から逃れたいのです、マイ・レディ」

「ほんとうに、ファラッディーンの下についたの？」

「ついたのは、あなたではありませんか、マイ・レディ。あなたはここへ、〝ガニーマと結婚すれば両家のかかえる問題がすべて解消される〟とファラッディーンに納得させるためにきた。そうでしょう？」

（これは演算で出した結論かしら？　それとも、わたしたちを監視しているスパイたちの耳目を意識しての発言？）

　ジェシカは心の中でそう思い、アイダホにはこう応じた。

「アトレイデス家はつねにひとつの理念を重視してきたの。あなたも知っているでしょう、ダンカン。わたしたちは忠誠心を忠誠心で購《あがな》うのよ」

「それもいまや、領民に対する建前でしかありませんがね」アイダホは皮肉な声で答えた。

「あなたの公爵閣下がそう口にされるところは何度も耳にしましたが。閣下もいまごろ、岩の祠《ほこら》で歯嚙みしておられることでしょう、マイ・レディ」

「わたしたちがそこまで堕ちたと、本気で思っているの？」

「マイ・レディ、フレメンが反乱を起こしたことはごぞんじなかったのですか？　彼らはみずから〈奥砂漠の反体制組織《マキ》〉と名乗り——アトレイデス家はもとより、ムアッディブさえ憎んでいるのですよ？」

「反乱のことはファラッディーンの報告書で知ったわ」

　ジェシカはそう答え、アイダホがこの話をどこへ誘導しようとしているのだろう、その目的はなんだろうと考えた。

「あんな生やさしいものではありません。ファラッディーンの報告書にあった程度の蜂起ではない。わたしはこの耳で反乱軍の呪詛《じゅそ》を聞いたのです。こういう内容でした。

〝炙《あぶ》られてあれ、アトレイデス！　きさまらに心はない、霊魂もない、肉体もない。影も魔法も骨もない、体毛も言説もことばもない。きさまらに墓は持てぬ、家も墓穴も墓標も持てぬ。庭園も持てねば、高木も低木も持てぬ。水も持てねば、パンも光も火も持てぬ。子供も持てねば、家族も跡継ぎも部族も持てぬ。頭も持てねば、腕も脚も持てず、歩法も知りえず種も持てぬ。どの惑星にもきさまらの居場所はない。きさまらの魂は地の底より出ることを許されず、地上に暮らす資格を認められることはない。シャイー＝フルードを目《ま》のあたりにすることはついぞなく、最下層の辺土にいつまでも縛られ、きさまらの魂が栄《は》えある光のもとに出ることは金輪際ありえぬ〟

この調子で連綿とつづくのです、マイ・レディ。フレメンがこのような呪詛を吐くなど想像できますか？　フレメンはアトレイデス家の者をことごとく亡者の左手に委ねてやる、燃え盛る〈女の太陽〉で焼きつくすといっているのですよ」

ジェシカは身ぶるいを抑えきれなかった。アイダホが並べたてた呪詛は、まぎれもなく耳にしたままの語調で再現したものだろう。なぜアイダホはこのようなことをコリノ家に聞かせるのか？　部族の者たちを前に猛《たけ》りたち、すさまじい怒りに全身を震わせて太古の呪詛をぶちまけるフレメンの姿が目に浮かぶようだ。ファラッディーンが監視していると知りながら、なぜアイダホはこのようなことをいう？

ジェシカはいった。

「ガニーマとファラッディーンの婚姻について、ずいぶん強硬に意見を主張するのね」

「アトレイデス家はつねに、問題に対して直截《ちょくせつ》的アプローチをしてきました」アイダホは答えた。「ガニーマはフレメンです。あの子が結婚できる相手は水年貢《ファイー》を払う必要のない者、保護の代償に税を納める必要のない者にかぎられます。コリノ家はご子息に対して、保有するＣＨＯＡＭ《チヨーム》の全株式と後継者全員を差しだしました。いまもファラッディーンが生きていられるのは、アトレイデス家のお情けゆえです。そして、思いだしてください、あなたの公爵閣下が、アラキスにタカ紋旗を打ち立てたときのことを。あのとき閣下は、こうおっしゃいました。〝われここに在《あ》り、以後もわれ、ここに在《あ》らん〟おことばどおり、閣下の遺骨はいまなおアラキスにあります。そして、ファラッディーンもアラキスに移り住まねばならなくなるでしょう――サーダカーを引き連れて」

アイダホはかぶりをふった。この同盟関係を考えただけで気が重くなるという顔だった。

ジェシカは冷たい声で応じた。

「古諺《こげん》にいわく、〝問題は玉葱《タマネギ》のごとし、剥いても剥いてもつぎの皮が現われる〟」

そして、こう思った。

（わたしに講釈をたれるとは、えらくなったものね。ただしこれが、ファラッディーンの耳目を意識してのパフォーマンスなら別だけれど）

アイダホはいった。

「わたしにはどうにも、フレメンとサーダカーが同じ惑星で共存できるとは思えません。それは〝剝こうとしても剝けない玉葱の皮〟です」

ジェシカは依然として、アイダホのことばに懸念をいだいていた。ファラッディーンとその助言者たちがこの話をどう受けとめるか、わかったものではない。だからジェシカは、ことば鋭くこう答えた。

「アトレイデス家はいまもこの帝国の法よ！」

そのかたわら、心の中ではこう思った。

（アイダホはファラッディーンに信じさせたいの？　アトレイデス家の協力ぬきで帝座を奪還できるなどと？）

「ああ、たしかに」アイダホはいった。「忘れかけていましたよ。アトレイデス家は法！　もちろんそれは、〈黄金の霊薬《エリクシル》教〉の司祭たちによる言い換えだ。目をつむればいつでも、あなたの公爵閣下のおことばが聞こえます――領地というものは例外なく、暴力そのもの、または暴力をちらつかせることでのみ獲得され、維持されるものだ、というおことばがね。〝奇貨、居《お》くべし〟ですよ、ガーニーがよく歌っていたように。もしくは、目的は手段を正当化する？　あるいは格言が入りまじっているかもしれませんが。ともあれ、鎖手袋をはめたこぶしをおおっぴらにふりまわすのが、フレメン軍団であれ、サーダカーであれ、どちらでもいい。こぶしがアトレイデス家の法にこっそり仕込んであろうとなかろうと、関係ありません。こぶしが厳然とそこにあることには変わりがないんですから。そして、玉葱の皮はこれ以上は剝けません、マイ・レディ。さて、ファラッディーンが求めるのは、どちらのこぶしでしょうね？」

（ダンカンはなにをしようとしているの？）

　コリノ家の者たちは、このやりとりを聞いて、さぞほくそえんでいるでしょう。

「するとあなたは、司祭会がガニーマとファラッディーンを結婚させないというのね？」

　ジェシカがあえてこう斬りこんだのは、アイダホが話をどの方向へ持っていこうとしているかを見きわめるためだった。

「させない？　地下なる神々よ《まさか》！　司祭会などはアリアの言いなりだ。アリアがみずからファラッディーンと結婚するといえば、そのとおりになるんです！」

（ここが狙い目かしら？）

「そうではありません」アイダホはつづけた。「そこは問題じゃない。帝国の臣民には、もはやアトレイデス家の政府と〈けだものラッバーン〉の政府との区別がつかなくなっている。アラキーンの地下牢では、日々、人々が死んでいます。わたしがアラキスをあとにしたのは、自分の剣技をあと一時間でもアトレイデス家に捧げることが耐えられなかったからにほかなりません！ わたしがいっている意味がわかりませんか？ もっとも身近なアトレイデス家の代表であるあなたのもとへ、ご相談に出向いた理由がわかりませんか？ アトレイデス帝国は裏切った――あなたの公爵閣下を、ご子息を。ご令嬢のことは愛していました。しかし、もうたがいの道は決定的に分かれてしまった。婚姻の問題については、ファラッディーンにガニーマの手をとるよう進言しましょう。とる手はアリアのものでもいい。ただし、それにはファラッディーンの利益になることが前提です！」

（そうだったの……ダンカンはアトレイデス家に対して正式に退任届を出したかったのね。自己の尊厳を守るために）

しかし、いまアイダホが口にしたことのうち、退任以外のことについては、ジェシカにしてみればきわめて都合よくことが運んでいる。はたしてアイダホはそれに気づいているだろうか。ジェシカは眉根を寄せてダンカンを見つめた。

「わたしたちの会話、一言残らずスパイたちに聞かれていることは承知ね？」

「スパイたち？」アイダホはくっくっと笑った。「これだけあけすけに話しているのに、スパイもなにもあったものじゃない。わたしの忠誠心がどのようにして反転したか知っていますか？ わたしは何夜となく、たったひとりで砂漠で過ごしてきました。砂漠とは、フレメンがいうとおりの場所でしたよ。砂漠では、とくに夜間は、想像もつかない危険に出くわすものです」

「フレメンがわたしたちを呪詛する声も、その夜の砂漠で聞いたの？」

「そのとおり。アル・オルーバで。〈伝道者〉に指示されてあそこのフレメンに加わったときのことでした。われわれは自分たちのことを、〈ザール・サドゥス〉――〝司祭会にまつろわぬ者たち〟と呼んでいます。わたしはここへ、アトレイデス家の一成員に対し、自分が敵方に寝返ったことを正式に通告するためにきたのです」

ジェシカはじっとアイダホの顔を観察し、微妙な表情の変化を探ったが、とくに偽りを話しているようすも、秘めた意図があるようすも見られなかった。アイダホはほんとうに、ファラッディーン陣営にいってしまったのか？　思いだされたのは、修女会《シスターフッド》のこのような格言だった。

〝人の営みにおいて、永続するものはなにもない。人の営みはつねに螺《ら》旋《せん》を描いて回転し、回転の勢いがつけばよそへ飛んでいく〟

アイダホがほんとうにアトレイデス陣営を離れたのだとしたら、ここでのふるまいにも説明がつく。アイダホは回転の勢いがつき、よそへ飛んでいってしまったのかもしれない。これはひとつの可能性として考慮する必要がある。

（けれど、なぜダンカンは、〈伝道者〉の意を受けて動いたことを強調したのだろう）

ジェシカはめまぐるしく頭を働かせ、他の可能性をあれこれ検討してみて、アイダホを殺さねばならないかもしれないとの結論に達した。自分が望みを託してきた計画は非常に微妙なもので、いかなる干渉も許容できない。どのような干渉もだ。そして、いまの発言内容からするに、アイダホはこちらの計画を知っているらしい。ジェシカは室内における彼我《ひが》の位置関係を計算し、向きを変え、アイダホに致命的な一撃を加えられそうな場所へ移動した。そして、アイダホにいった。

「つねづね思っていたの、身分制度《ファウフレルーチェス》の正常化はわたしたちの強さの柱であるべきだと」

なぜ急に話題を変えて身分階層のことを持ちだしたのか、アイダホにはけげんに思わせておこう。「領主会議《ラーンスロード》の大領家《だいりょうけ》委員会も、各小域会議《シュセルロード》も、すべてはわたしたちの――」

「陽動は無意味ですよ」

アイダホは押しかぶせるようにしてさえぎり、ジェシカの言動がこんなにも読みやすくなったのはなぜだろうと考えた。ジェシカのほうに隠しごとをする気がなくなったのか、それとも、おれのほうがついにベネ・ゲセリットの修行で得られる心の障壁を突き破れるようになったのか。これは後者だ、とアイダホは断じた。ただし、その原因はジェシカの側にもある――齢《とし》をとって衰えつつあるのだ。アラキスにいるあいだ、新世代フレメンが旧世代の先達に比して軟弱化していくのを見るのはつらいものだった。砂漠を渡ることは、人間にとって貴重ななにかをもたらす経験なのだろう。そのなにかを具体的にいうことはできないが。同様に、レディ・ジェシカに訪れた変化についても具体的に説明することはできなかった。

いっぽうジェシカは、もはや自分の反応を抑制しようともせず、驚愕の表情もあらわにアイダホを見つめていた。この男はいつ、こんなにやすやすとわたしの心が読めるようになったのだろう？

「あなたではわたしを殺せませんよ」アイダホはそういうと、フレメン流の表現を用いて警告を与えた。「わがナイフにご自分の血を飲ませぬことです」

（おれもすっかりフレメンになってしまったな）

アイダホはそう思い、心の中で苦笑した。第二の人生を過ごしてきたあの惑星の流儀にすっかり染まり、習い性になっていたことを実感したからだ。

ジェシカがいった。

「退出ねがったほうがよさそうね」

「退出する前に、アトレイデス家への退任届を受理していただきましょう」

「受理しますとも！」

ジェシカは吐き捨てるように答え——いまのひとことが反射的に口をついて出たことに

気づいたのは、そう答えてしまったあとだった。本来なら、じっくり検討して返答すべきことがらなのに。どうしてアイダホには、自分がこういう反応を示すとわかったのだろう。香料《スパイス》の力で〈時〉を超える能力を得たとは思えないが。

了承をえたアイダホは、ジェシカの前からあとずさり、背後にドアを感じたところで、足をとめて一礼した。

「マイ・レディ——とお呼びするのは、これが最後になります。ファラッディーンには、あなたをワラックへ送るよう進言するつもりです。もっとも早く、軋轢《あつれき》のすくない機会をとらえて、ひそやかに、かつすみやかに。そこらに置いておくには、あなたはあまりにも危険すぎる玩具《おもちゃ》ですからね。もっとも、ファラッディーンがあなたを玩具と見ているとは思いませんが。あなたは修女会のために動いているのであって、アトレイデス家のために動いているのではない。このごろでは、はたしてあなたがアトレイデス家のために動いていた時期がいっときでもあったのかと疑うようにさえなっています。あなたがた魔女は、深謀と暗躍の度合いが深すぎて、たんなる定命《じょうみょう》の一般人からすれば、とても信用できる相手ではありません」

「偶人《ゴウラ》が定命の一般人だとでも？」ジェシカは相手のことばじりをとらえた。

「あなたにくらべれば」

「出ていきなさい！」

「もとより、そのつもりです」

アイダホは戸口から室外にすべりでると、奇異な目で見ている侍女の前を通りすぎた。侍女がずっと立ち聞きしていたことは明らかだ。

（打つべき手は打った）と、アイダホは思った。（監視していたファラッディーンたちにすれば、いまの顚末《てんまつ》にはたったひとつしか解釈の余地がないはずだ）

　ムアッディブの正確な未来視は、数学の分野においてのみ理解できる。その過程はこうだ。まず空間内に任意の数の点次元があるものと仮定する（これは古典的なn次元のn重拡張集合である）。このフレームワークにおいて、一般に理解されているところの〈時間〉は、一次元の性質を持つ集合となる。これをムアッディブの現象にあてはめてみれば、われわれが直面しているものが〈時間〉の新しい性質なのか、それとも（無限解析を経た還元により）n体の性質を持つ分離した系であるのかが明らかになる。ムアッディブの場合、われわれは後者だと想定している。還元で示された結果、n重点次元は〈時間〉の異なるフレームワークに分離系の形でのみ成立する。かくして、〈時間〉の分離次元が並存することが立証された。この不可避の状況においてムアッディブの予知が成立するためには、彼が

n重を拡張集合ではなく、単一フレームワーク内で行なわれる演算として知覚することが必要条件となる。要するに彼は、自分の宇宙を凍てつかせ、彼の〈時間〉観という一個のフレームワークに押しこめているのである。

――パリンバシャ

タブールの群居洞《シエチ》での講義

レトは砂丘の頂《いただき》で腹這いになり、開けた砂漠を隔てて、曲がりくねった巨巌《きょがん》の露頭を眺めていた。こうして見ると、巨巌は砂上に現われた巨大な蟲《ワーム》のようだ。朝陽のもとで、長々と平坦に連なる巨軀《きょく》はいかにも威圧的に見える。付近に動くものはなにひとつない。岩の上空を飛びまわる鳥もいなければ、岩のあいだをちょろちょろと動きまわる小動物もいない。だが、目をこらせば、〝蟲《ワーム》〟の背側、ほぼ真ん中あたりに、導風器のスロットが見える。つまり、巨巌には水があるということだ。岩の蟲《ワーム》には、馴じみ深い群居洞《シエチ》独特の雰囲気もあった。異なるのは、近辺に生物の姿が見当たらないことか。レトは音もなく、腹這いになったまま、砂丘に融けこんでようすを探りつづけた。

眺めているうちに、ガーニー・ハレックの歌のひとつが浮かんできて、心の中で単調にくりかえされた。

丘の麓《ふもと》でキツネが小走り、
木漏れ日は照らす明々と、
愛しい男《ひと》の眠れる石碑を。
ウイキョウ茂る丘の麓で、
私は窺《うかが》う、目覚めぬ男《ひと》を。
あの男《ひと》隠れて密かに眠る、
奥津城《おくつき》の立つ、丘の麓で。

あの群居洞《シエチ》の入口はどこだろう？

ここがジャクルートゥー／フォンダクであることには絶対の確信があるものの、動物の動きがないことのほかに、ここにはどこか妙なところがあった。そのなにかが知覚できる限界ぎりぎりのところでちらつき、警告を発している。

丘の麓にはなにが隠されているのだろう？

なにより気になるのは、動物がいないことだ。それがフレメンの警戒意識をかきたててやまない。

（砂漠の生存においては、なにかがあることよりもないことのほうが雄弁にものをいう）
しかし、導風器はあそこに見える。であれば、あそこには水があり、それを使う人間がいるということだ。あれはフォンダクの名に隠れた禁忌の場所であり、そのもうひとつの名はたいていのフレメンの記憶からさえも失われている。鳥もけものも付近にはいない。
そして、人間も——。それでも、〈黄金の道〉はここから始まる。

父ポールはかつてこういった。

「ありとあらゆる瞬間に未知のものがある。そここそが知識を求めるべきところだ」

砂丘の頂にそって右を眺めやる。最近、大規模な砂嵐があったらしい。石膏平原である純白のアズラク湖が、砂の被《おお》いを払われてあらわになっている。フレメンの迷信によれば、ビヤーンすなわち〈白き地〉を見た者は願いをひとつかなえられるが、それは両刃《りょうば》の剣で、願いをまちがえれば自分に災いがふりかかるという。だが、レトが石膏平原の光景を見て思うのは、かつてアラキスのここに水が存在したという事実だけだった。

その水は、やがてまた存在するようになるだろう。

上に目を転じ、なにか動くものはいないかと周囲を見まわした。砂嵐の名残《なごり》を宿す空は、砂塵《さじん》雲のあちこちに穴があき、そこから射しこむ陽光で、あたりは乳色の色合いを帯びて見える。昇りゆく銀色の太陽は、砂塵のヴェールに隠れて見えない。

曲折する巨巌にふたたび注意をもどした。保命《フレム》キットから双眼鏡を取りだし、自動焦点レンズを巨巌に向け、むきだしになった灰色の岩塊を——そのむかしジャクルートゥーのフレメンが住んでいた岩の露頭を——観察する。拡大してみるとサボテンの群生が見えた。夜の女王《ダイリンチュウ》と呼ばれる種類だ。サボテンが群生しているのは裂け目の影で、もしかすると、あの裂け目が古い群居洞《シエチ》の入口なのかもしれない。露頭を端から端まで双眼鏡でなぞる。やがて銀色の太陽は赤く燃え、灰色にくすみ、長い露頭全体に力ない散乱光を投げかけるようになった。

レトは横に転がり、ジャクルートゥーに背を向け、まわりの環境を双眼鏡で見まわした。荒涼たる砂表には、人が通った跡は残っていない。自分の足跡は強風でかき消されていて、昨夜、蟲《ワーム》から飛びおりたところに、うっすらと丸い跡が残っているだけだ。

改めてジャクルートゥーに目をやった。導風器を除けば、人があそこにいる形跡はない。そして、曲がりくねる長い巨巌を除けば、白い石膏平原、および地平から地平まで広がる砂漠のほかに、人の注意を引くものはなにもない。

唐突に、レトは感じた——自分がここにいるのは、父祖が遺した制度に閉じこめられることを拒否したからなのだと。周囲の者たちが自分を見る目を思いだす。自分を見る目はどれもこれも曇っていた。例外はガニーマの目だけだ。

（先人たちのうっとうしい記憶の群れは別として、この子供が子供であった例《ためし》はない。とにかく、自分たちで下した決断の責任はとらないと）

もういちど、巨巌の端から端までを走査した。あらゆる細部から判断して、これこそはフォンダクであり、ここ以外にはジャクルートゥーなどありえない。この場所にともなう禁忌と相通じる奇妙な関係性が感じられる。ベネ・ゲセリットの〈観法〉により、精神をジャクルートゥーに開放して、いらない知識を排除した。知識は学びの妨げとなる。短いあいだ、自身をただ共鳴させるだけで、なにも求めず、なにも問わない心境に置いた。

問題は動物生命がいないことのなにかにある。そのなにかがひっかかってしかたがない。

ややあって、ようやくそのなにかに思いあたった。腐食鳥の姿が見あたらないのである。ワシもいなければ、ハゲワシもタカもいない。ほかの動物が身をひそめているときでも、腐食鳥だけは活動しているものなのに。この惑星の砂漠にある水場では、生態系の連鎖が成立している。連鎖の末端に位置するのは遍《あまね》く存在する腐食動物だ。それなのに、砂丘の頂に横たわる人間を調べにきた鳥は一羽もいない。〝群居洞《シエチ》の見張り〟こと、タブールの絶壁で上縁にずらりと並んだ腐食鳥のことはよく知っている。死体があればありつこうと待ちかまえる原始的な清掃係だ。フレメンのあいだでは〝われらが競争相手〟といわれている。もっともそこには、敵愾心《てきがいしん》などない。周囲に目を光らせている腐食鳥は、しばしばよそ者の接近を教えてくれるからである。

（フォンダクが密輸業者にすら捨てられていたらどうする？）

レトはいったん観察をやめ、蓄水ポケットからチューブで水を飲んだ。

（ほんとうに、あそこに水がなかったらどうする？）

自分の置かれた状況を見直してみた。昨夜は二頭の蟲《ワーム》を乗り継ぎ、半死半生の状態まで乗りつぶしてここにきた。ここは奥砂漠のまっただなか、密輸業者の拠点があるはずだ。こんなところで生物が存在するなら——存在できるなら——それは水場のそばでなくてはならない。

（その水がなかったら？　ここがフォンダク／ジャクルートゥーではなかったら？）

改めて双眼鏡を導風器に向けた。外装は砂傷だらけで、補修の必要な状態ではあるが、あらかた形状をたもってはいる。であれば、水はあるはずだ。

（しかし、なかったら？）

廃群居洞《シエチ》では、水は空気中に蒸発することもあれば、ほかの末路をたどることもある。腐食鳥がいないのはなぜだ？　水を取るために殺されたのか？　だとしたら、だれに？　どうやって腐食鳥を全滅させた？　毒か？

（毒の水）

ジャクルートゥー伝説には、貯水池に毒を放りこまれたとの話はないが、可能性はある。当初の住民が皆殺しにされて以来、貯水池の水がそのままにされていたなら？　寄水虫《イデュアーリー》の一族が一掃されたのは何世代もむかしで、毒が使われたという話は伝わっていないが……。もういちど、巨巌を双眼鏡で走査した。ひとつの群居洞《シエチ》全体の住民を一掃する——そんなことが可能なのだろうか。一部は攻撃をまぬがれたはずだ。所属する住民全員が群居洞《シエチ》にそろっていることはまずない。砂漠を巡回している集団や都市まで出かけていた集団は、いくつもあっただろう。

断念して吐息をつき、双眼鏡をしまいこんだ。群居洞《シエチ》と反対側の斜面をすべりおりると、自分がここにいることを示す痕跡が残らないよう、充分に気をつけて穴を掘り、その穴に潜りこんで保水《スティル》テントを膨らませた。日中の暑い時間帯はこの内部で過ごすことになる。暗闇に包まれると、疲労がじわじわと四肢に広がるのをおぼえた。その日は日中の大半を、汗ばむテントでとろとろとまどろみ、あるいは自分が犯したかもしれない失敗を検討して過ごした。見る夢も言い訳がましい夢ばかりだった。もっとも、自分とガニーマが選んだこの試みには、自己弁護が許される余地など存在しない。失敗すれば、ふたりともに魂を焼き焦がされてしまう。香料《スパイス》入りビスケットをかじって眠り、目覚めては同じものを食べ、水を飲み、また眠りにもどった。ここにいたるまでの長い旅路は、子供の筋肉にはまさに苛酷な試練だった。

日暮れちかく、すっかりリフレッシュして目を覚まし、生物の徴候に耳をすましたのち、砂中に埋もれたテントからそっと這いだした。空を見あげれば、高みの砂塵雲が一方向へ流れていたが、顔を打つ砂粒は、その流れとは反対方向から飛んでくる。天候が変化する兆しだった。嵐が近づいているのが感じられる。

用心深く砂丘の頂まで這い登り、ふたたびあの謎多き巨巌を眺めやった。彼我を隔てる空気は黄色がかっている。やはりコリオリの嵐が——腹に死を呑んだ狂風が——近づいてきているのだ。砂を巻きあげながら襲いくる、緯度にして四度にもまたがる巨大な風の渦。降りかかる砂塵を受けて、むきだしだった石膏平原の表面は、すでにうっすらと黄色味を帯びていた。夕闇のもたらす偽りの平安がレトを押しつつむ。ややあって日は昏《くら》くなり、一瞬にして夜が訪れた。奥砂漠に特有の、急激な日の入りだった。姿を見せた第一の月が投げかける白光《びゃっこう》を浴びて、巨巌の切りたった峰々は、霜でも降りたかのようにうっすらと白く光って見える。砂嵐の前兆である砂礫《すなつぶて》がちくちくと皮膚を刺すのが感じられた。遠い太鼓の音のように轟いたのは、砂天の霹靂《へきれき》だ。そのとき、月明かりに照らされた岩肌と、影をよぎるシルエットが見えた。コウモリだった。それも、複数。翼をはばたかせる音や、キーキーという小さな鳴き声も聞こえる。

（コウモリ）

意図的なものか偶然か、巨巌はいかにも廃棄された雰囲気をただよわせていた。なかば伝説化した密輸業者の拠点、フォンダクにふさわしい。だが、もしあれがフォンダクではなかったら？ いまだ禁忌が砂漠を支配しており、あれがジャクルートゥーの亡霊じみた抜け殻でしかないのだとしたら？

レトは砂丘の風下側にうずくまると、夜が本来のリズムに落ちつくまで待った。忍耐と用心――用心と忍耐。その間《かん》、気晴らしに、チョーサーが『カンタベリ物語』で描いた、ロンドンからカンタベリ大聖堂へいたる巡礼ルートを反芻《はんすう》し、訪問地をつぎつぎにあげて楽しんだ。ロンドンのサザックを皮切りに、二マイルいくと聖トマスの水飲み場があり、五マイルいくとデットフォード、六マイルいくとグリニッジ、三十マイルでロチェスター、四十マイルでシッティングボーン、五十五マイル進んでボウトン・アンダー・ブリーン、五十八マイルでハーブルダウン、六十マイルでカンタベリだ。チョーサーの名前を聞いて大むかしの詩人を思いだす者も、ロンドンといわれて惑星ガンサリードの村以外の場所を思いつく者も、この宇宙にはほかにいないだろう。そう考えると、時空を超えた高揚感をおぼえた。聖トマスは『オレンジ・カトリック聖典』と『アズハルの書』に名前が残っているが、聖トマス廟があるカンタベリ大聖堂もあの都市のことも、人々の記憶から消えてしまっている。そもそも、カンタベリがあった惑星の記憶さえも失われている状況なのだ。レトの心の中には先人たちの膨大な記憶が山をなしており、いまにも呑みこまれてしまいそうだった。

カンタベリ大聖堂へ赴く巡礼の旅は、一度、心の中で追体験したことがある。しかし、いま現在のこの旅はもっと長く、もっと危険なものだ。

ほどなく、砂丘の頂を乗り越えて、月光が照らす巨巌に向かいだした。影に融けこみ、砂丘の頂を順次そっと越えていく。自分の存在が知られそうな音はいっさい立てない。

砂礫は降りやんでいた。嵐の前は往々にしてこうなるものだ。夜は月明かりで明るい。巨巌に近づくにつれて、日中は鳴りをひそめていた小動物たちが暗闇の中で活動する音が聞こえだした。

とある砂丘と砂丘の谷間では、トビネズミの家族と遭遇した。レトが近づいていくと、トビネズミたちはちょろちょろと逃げていった。つぎの砂丘をそっと乗り越える。心にはぬぐいがたい不安が宿っていた。あのとき見た裂け目――あれは奥への入口だろうか？ほかにも気がかりなことはある。古い時代の群居洞《シエチ》には、かならず侵入者対策として罠が仕掛けられていた。たとえば、落とし穴の底に仕込んだ毒槍や、植物の葉に仕込んだ毒棘などだ。フレメンの福音にいわく、〝夜は音に心せよ〟。だからレトはごくかすかな音も聞き漏らすまいと耳をすませた。

　いまはもう、灰色の露頭は目の前にそそりたっている。間近でみるとそうとうに大きい。聞き耳を立てるうちに、ここからは見えない崖上から鳥たちの声が聞こえてきた。猛禽が小さく鳴き交わしている。あれは昼行性の猛禽の鳴き声だが、夜だというのに鳴き騒ぐ？　なぜ夜になっても活動しているのだろう。人間という獲物を見つけたからだろうか。

　その瞬間、レトはとっさに砂上で動きをとめた。崖の上に火が見えたからである。夜の黒いとばりを背景にして、神秘的にきらめく宝石じみた光がいくつも踊っている。あれは砂床《さしょう》をさまよう者に群居洞《シエチ》が送る信号らしい。この巨巌に住んでいるのは何者なのか？　絶壁の麓の、もっとも濃い闇の中へそっと入りこみ、岩壁に手を這わせ、岩肌に張りつくようにして移動しつつ、朝方の光で見た裂け目を探しにかかった。八歩めで探りあてると、保命《フレム》キットから砂中シュノーケルを取りだし、それで裂け目の中の暗闇を探る。そうして探りながら裂け目の中に入ったとたん、なにかが上から降ってきて、肩と腕にからみつき、身動きがとれなくなった。

（拘束蔦《ヅタ》だ！）

　もがきそうになるのを必死にこらえる。もがけばもがくほど、蔦はいっそう強くからみついてくるだけだ。砂中シュノーケルを落とし、あいた右手の指を曲げ伸ばしして、腰のナイフをつかもうとした。迂闊《うかつ》だった。裂け目に入るまぎわ、すこし離れてからなにかを投げこみ、暗闇の中に危険がないかを確認するべきだった。これではまるっきり、実年齢そのままの子供ではないか。それだけ崖上の火に気をとられていたということか。
そろそろと右手を動かすたびに、拘束蔦が食いこんできた。が、やっとのことで指先がナイフの柄《つか》に触れた。目だたぬよう、ひそかに柄を握り、鞘《さや》から抜きにかかる。

　まばゆい光輝に包まれたのはそのときだった。すべての動きがあらわになった。

「——おうおう、まんまと網にかかってくれたもんだ」

　背後から聞こえてきたのは、力強く野太い男の声だった。この口調にはぼんやりと聞き覚えがある。レトはふりかえろうとした。が、あまり大きく動かすと、この蔦の性質上、骨折も避けられないことに気がついた。

　相手の姿も見えないうちに、何者かの手が腰のナイフを奪いとった。その手はつづけて、慣れた動きでうしろから身体検査をし、レトとガニーマが生存のために携行してきた小型装置も取りあげた。男はなにひとつ見逃さず、髪にまぎれこませていた高張力金属繊維《シガワイヤー》の絞殺具までも抜きとっていった。

　この時点でも、まだ男の姿は見えていない。

男の指が拘束蔦になにかしたかと思うと、呼吸するのが楽になった。だが、男はいった。

「もがくんじゃないぞ、レト・アトレイデス。おまえの水分《いのち》はおれのカップの中だ」

　意志の力をふりしぼって冷静さをたもちつつ、レトはいった。

「ぼくの名前を知っているのか？」

「あったりまえだろうが！　罠を仕掛ける以上は、とらえたい対象がいる。特定の獲物をとらえるには、その獲物のことをよく調べにゃならん。ちがうか？」

　レトは無言のまま、思考をめまぐるしくめぐらせた。

「裏切られたと思ってるな！」と野太い声。

　両手が伸びてきて、うしろを向かされた。やんわりとながら、有無をいわさぬ力だった。子供の力では成人男子に抵抗できないことを強く思い知らされた。

　目の前に立つ男を見あげる。一対の浮揚発光球が放つまばゆい光を背景に、黒々としたシルエットが浮かびあがっていた。保水スーツのマスクとフードを着用しているようだ。目が慣れてくるにつれて、フードとマスクのあいだに覗く浅黒い肌と、影になった眼窩の奥の、メランジ中毒を表わす青い目が識別できるようになった。

「なぜこうもまわりくどいことをするのか、不思議だろうな」男がいった。

　目から下をおおうマスクごしに、くぐもって聞こえるその声は、妙に平板な感じだった。まるで訛りを隠そうとしているかのようだ。

「もうずいぶん前から考えなくなっているんだ、アトレイデス家の双子に死んでほしがる連中がおおぜいいる理由はね」とレトはいった。「動機は明白だからさ」

しゃべりながらも、レトの心は縛《いまし》めを脱する方法を探ると同時に、この不可解な状況を解明しようと必死に答えを探した。特定の獲物をとらえる罠？　だが、ここにくることはガニーマしか知らないはずだ。ありえない！　ガニーマが兄を裏切ることは絶対にない。とすると、自分をよく知るだれかが行動を先読みした？　それはだれだ？　祖母か？　なぜわかった？

「こんな無茶をやらせていいはずじゃなかったがなあ」男はいった。「無謀きわまりない。こりゃあ、帝位につく前に、ひとつ教育してやらにゃなるまいて」

白目のない青い目が、じっとレトを見おろしている。

「おまえのようなやつにどうやって教育を施せるんだ、と思ってるな？　おまえの頭にはおおぜいの記憶がぎっしり詰まってるんだろう？　それが問題なんだ！　おまえは自分の教育が充分だと思ってる。しかし、いまのおまえは死んだ先祖どもの知識ではちきれそうな、おまえ自身の人生を送った経験がないんだ。おまえは先祖どもの容《い》れ物でしかない。歩く知恵袋にすぎん。先祖どもの目的はたったひとつ——死ぬことだ。統治者としては、いいもんじゃないぞ、死を求めるなんてえのはな。まわりに死体の山を築くことになる。

たとえば、おまえの父親がそうだった。あいつにはついに理解できなかったが——」

「父を指して、よくそんな言い方ができるものだね」

「こんな言い方なら、何度だってしてきたさ。あいつはただのポール・アトレイデス——それだけでしかない。というわけで、小僧、ようこそ、おまえの学校へ」

男はローブの下から片手を出し、そっとレトの頬に触れた。たちまち、強い衝撃で気が遠くなり、レトの意識はぐるぐるまわりながら暗黒の中へ沈んでいった。沈みゆく暗黒の中には緑の旗が翻《ひるがえ》っていた。それは昼と夜のシンボルを描きだした、アトレイデス家の緑の旗だった。〈デューン〉旗の旗竿には給水チューブが隠してあり、無意識に包まれていくなかで、ゴボゴボと水が流れゆく音が聞こえた。それともこれは、だれかが喉の奥で笑う声か？

「われわれはいまもハイゼンベルクより前の黄金時代を憶えている。そのハイゼンベルクは、人類に対し、われわれの定められた議論を封じこめる壁の存在を提示してみせた。わが心にひしめくあまたの命は、このことをおもしろがっている。知識とは、目的なくしてはなんの役にもたたないが、その目的こそは、封じこめの壁を築きあげるものだからだ」

――レト・アトレイデス二世
その弁舌

気がつくと、アリアは〈大聖堂〉の玄関広間で、警固司祭たちをきびしく叱責していた。九人とも、郊外巡邏《じゅんら》隊の緑の制服を砂ぼこりにまみれさせ、さきほど帰りついたばかりで、いまも荒い息をしており、汗をかいている。背後の扉からは夕陽が射しこんできていた。

巡礼たちの姿はもう、玄関広間にはない。
「では、わたしの命令を頭から無視したというのか」アリアは難詰した。
自分の怒りを見すえ、怒りを抑えこむのではなく、解き放つ。緊張を解放したことで、全身がわなないていた。アイダホは去ってしまった……レディ・ジェシカもだ……どこにいったのか、まともな報告はない……ただふたりがサルーサにいるといううわさが流れてくるのみ。なぜアイダホはなんのメッセージも送ってこない？　いったいなにがあった？　ついにジャヴィードとの関係を知ってしまったのか！

アリアが着ている喪服はアラキスで服喪を表わす黄色――フレメン史からとった燃える太陽の色だ。もうすこししたら、〈古き裂け目〉で催される、二度めの――そして最後の葬儀を主宰することになっている。落命した甥の石碑を完成させるのだ。フレメンを導く運命にあったはずの者に敬意を表し、葬儀は夜間に行なわれる予定だった。

警固司祭たちは、怒るアリアを前にしても、恥じいるどころか挑戦的な表情を浮かべていた。アリアの眼前に整列する九人は、陰りゆく陽光に縁どられて立っている。その汗のにおいは、都市の住民が使う軽量で能率の悪い保水《スティル》スーツごしにはっきりと嗅ぎとれた。九人を指揮するカザーゥすなわち班長は、ケイドラムの一族に伝わるブルカのシンボルを保水スーツにつけた、長身で金髪の男だ。声をはっきりと伝えるため、スーツのマスクをはずし、顔の横にのけている。その声はいかにも、かつてアッビールの群居洞《シエチ》を支配していた一族の裔《すえ》ならではの、誇り高いイントネーションに満ちていた。

「そうです、たしかにあの男を捕縛しようとしました！」班長《カザーウ》は明らかに、アリアに譴責《けんせき》されて腹を立てていた。「あの男は不敬なことばを口にしたのですよ。ご命令は承知しています。が、われわれはこの耳で、あの男の不敬ぶりをはっきりと聞いたのです！」

「命令に違反したうえ、捕縛もしそこねた、と」アリアは低い声で、なじるようにいった。

警固司祭女のひとり、背が低く若い女が、言い訳がましく答えた。

「群衆が部厚すぎたからです！　群衆はまちがいなくわれわれを妨害していました！」

「あの男を追います」ケイドラム一族の裔がいいはった。「われわれも、いつも失敗するわけではありません」

アリアは眉根を寄せた。

「わたしのいう意味を理解もせず、指示にもしたがわないのはなぜ？」

「マイ・レディ、われわれは——」

「どうするつもりなの、〝親に捨てられた仔羊《ケイド・ラム》〟の裔？　あの男をつかまえて、まぎれもなくわが兄であるとわかったときには、どうするつもり？」

ことさらに語源を強調した意味を、班長《カザーウ》はあえて無視したらしい。しかし、それなりの教育を受けていなければ、そしてそれを活かせる知恵がなければ、警固司祭にはなれない。この男、そんなにも殉教したいのだろうか。

班長《カザーウ》はごくりとつばを呑み、いった。

「あの男はわれわれの手で殺さなくてはなりません。無秩序を生みだしているからです」

ほかの警固司祭たちは、この件に関しては及び腰のようだが、それでも挑戦的な態度は崩していない。いまの発言に同感なのだ。ケイドラムの男はつづけた。

「あの男、アリアさまに反旗を翻《ひるがえ》すよう、各部族を煽っているのですよ」

この男のあしらいかたはもうわかった。静かな口調、事実だけを淡々と述べる口調で、アリアはいった。

「いいでしょう。進んで殉教したいといいはるのなら、あの男を公衆の面前に連れてきて、自分が何者であり、なにをするか公言したうえで、為《な》さねばならぬことを為すがいいわ」

「進んで殉教……」ケイドラムの男はことばを失い、同僚たちを見やった。

このグループの班長《カザーウ》に指名された者として、この者には一同を代表して話す権利がある。とはいえ、いまはさすがに、口をつぐみたがっているようだった。ほかの警固司祭たちは居心地悪そうに身じろぎしている。追跡の興奮さめやらぬままに、この者たちはアリアに挑戦的な態度をとった。だが、すこし頭が冷えてきたいま、〈天の子宮〉であるアリアに挑戦的な態度をとることの不敬さが身に染みてきたのだろう。気まずそうにしている他の者と班長《カザーウ》とのあいだには、ささやかな隙間風が吹きはじめていた。

「教会の名誉を守るためにも、われわれの公式な反応は厳格なものでなくてはならない」

アリアはいった。「それはわかっているわね？」

「ですが――」

「あの男の発言はわたし自身も聞いたわ。けれど、あれは特殊な事例よ」

「あれがムアッディブであるはずがありません、マイ・レディ！」

（どうしてこんなにも道理がわからないの！）

「公の場であの男を捕縛するリスク、余人に見られかねない場所で危害を加えるリスクは冒せないの。もちろん、あの男がまた姿を見せる機会があればの話だけれど」

「昨今、あの男のまわりには、つねに群衆が群がっています！」

「だとしたら、おまえには辛抱してもらうしかないわね。いうまでもないけれど、もしもわたしの指示にそむくというのなら……」

そこから先はあえて明言せず、含みを持たせたが、意図は充分に伝わったようだった。

ケイドラムの男は野心家で、じっさい、洋々たる前途が開けてもいる。

「ご指示にそむくつもりはありません、マイ・レディ」ケイドラムの男もようやく自制を取りもどしたようだった。「性急にことを運びすぎました。いまならそれがわかります。どうかお赦しを。ですが、あの男は――」

「なにも起こらなかった。であれば、赦すことなどなにもないわ」

アリアはフレメンの慣用表現を用いて答えた。これは部族の中で波風を立てないための、山ほどある回避策のひとつで、このケイドラムの男もそれを憶えている程度には古株だということだ。この男の一族は指導者として長い伝統を持つ。指導者《ナイーブ》の鞭というべき懲罰はほどほどにふるわねばならない。フレメンという民族は、罪悪感や怒りをいだかぬときにこそ、もっともよい働きぶりを示す。

ケイドラムの男はアリアの裁定の意図を理解し、こうべをたれた。

「わが部族の名誉のために、承りました」

「では、下がって休みなさい」アリアは指示した。「もうじき葬送がはじまるわ」

「かしこまりました、マイ・レディ」

九人はそそくさと立ち去った。動作のひとつひとつに、急場をしのげてほっとしているようすがうかがえた。

そのとき、アリアの頭の中でバスの声が響いた。

「ふむふむ、じつに要領のよい処理であったな。あのなかのひとりふたり、まだおまえが

〈伝道者〉に死んでほしがっていると思いこんでおるぞ。いずれかならず、ことにおよぶだろうて」

「うるさい！」アリアは怒声を発した。「だまれ！　おまえのことばになど耳を貸すべきではなかった！　見なさい、おまえが敷いた路線の結果を」

「なに、不死性への道筋をつけてやったまでのこと」

頭蓋の中で響く声を鈍い頭痛のように感じながら、アリアは思った。

（どこにいけば隠れられるだろう？　いいえ、どこにも逃げ場はない！）

「ガニーマのナイフは鋭いぞ」男爵はいった。「それを忘れるな」

アリアは目をしばたたいた。そう、その点は憶えておかなくてはならない。ガニーマのナイフは鋭い。そして、みなが陥っている窮境から自分たちを断ち切ってくれる可能性がある。

あることばを信じるなら、そこに秘められた議論も信じることになる。なにかを正しい、または誤りだと信じるなら——なにかを真実だ、または虚偽だと信じるなら、そのことばが含む仮定を、そこに表明された議論とともに信じることになる。そのような仮定はしばしば欠陥に満ちているが、盲信する者にとっては、きわめてかけがえのないものでありつづける。

——「いかようにも解釈可能な証拠」
「預言者講話《パノプリア・プロフェーティクス》」より

レトの精神は、すさまじい臭気が混じりあう混沌に浮かんでいた。識別できるにおいは、メランジの濃厚なシナモン臭、閉所で労働する肉体が放つ汗のにおい、ふたをしていない遺体取水器が放つ刺激臭、燧石を主体とする多様な微粒砂のにおいだ。複雑微妙な臭気は夢の砂に足跡を残し、荒涼たる地に霧で多様な形を創りだした。混合した臭気がなにかを語りかけてきていることはわかる。しかし、自分の一部はまだそれを聞ける状態になっていない。

さまざまな思いが幽鬼のように心の中をただよっていく。

（いまこのとき、自分には完成された顔がない。自分は頭に宿る先人の集合体にすぎない。砂漠に沈みゆく太陽は自分の魂に沈みゆく太陽だ。かつては偉大だった先人たちも終焉を迎えた。自分はフレメンであり、フレメンとしての最期を迎えつつある。〈黄金の道〉は始まりもしないうちから終わる。それは風に掻き消される砂上の道でしかない。われわれフレメンはみずからを隠すあまたのすべを心得ている。われわれは排便の跡を残さない、水も残さない、足跡も残さない……。さあ、自分の足跡が消えるさまを見ろ）

そのときだった、男の声が耳元でささやいたのは。

「おまえを殺せるぞ、アトレイデス。おまえを殺せるぞ、アトレイデス」

そのことばは何度となくくりかえされ、とうとう意味を失い、レトの夢の中である種の連禱《れんとう》のように反復される意味不明な呪文と化した。

「おまえを殺せるぞ、アトレイデス」

レトは咳ばらいをし、咳ばらいという単純な行為を体感したことで五感を取りもどした。

ひどく乾いた口を動かし、ことばを絞りだす。

「だれ……」

すぐそばから、声がいった。

「おれは教育あるフレメンだ。人間性は殺した。アトレイデスよ、おまえたちはわれらが神々を奪いとった、おまえたちの悪臭ふんぷんたるムアッディブなど崇めてやるものか！　おまえたちの神は死んだ！」

これは本物の背教者の肉声なのか、それとも、これも夢の一部なのか？

目をあけると、硬い寝台の上に寝かされていた。縛めははずしてある。上には岩天井があり、暗い発光球がいくつか灯るなか、保水《スティル》スーツのマスクをつけていない顔が間近から覗きこんでいた。馴じみ深い群居洞《シエチ》食の臭気が嗅ぎとれるほど近い。この顔はフレメンのものだ。浅黒い肌色、険しい顔つき、かさついた皮膚は見まちがえようもない。この男は都市住みの肥えたフレメンとはちがう。砂漠住みのフレメンだ。

「おれはナムリ、ジャヴィードの父だ」フレメンはいった。「これでおれがだれなのか、わかったな、アトレイデス？」

「ジャヴィードなら知っている」レトはかすれ声で答えた。

「そうだ、おまえたちの家族はおれの息子のことをよく知っている。息子はおれの誇りだ。

おまえたちアトレイデスも、いずれ息子のことをいっそう深く知るようになるだろう」

「いったい……」

「おれはおまえの教師のひとりだ、アトレイデス。おれの役目はたったひとつ。おまえを殺すことにある。そのときがきたら嬉々として殺してやる。この学校を卒業したくば生き延びろ。落第すれば、おれの手に命を委《ゆだ》ねられることになる」

掛け値なしの無慈悲さを孕むその声を聞いて、レトは慄然とした。これは人の姿をした〝横暴な敵《ゴム・ジャッバール》〟——人間社会への入口を通る資格があるかどうかを見定めるための試練だ。レトはそこに祖母の意志を感じとった。そして、その背後に控えるベネ・ゲセリットの、顔なき集団も。そう思うと、身悶えしたくなった。

「おまえの教育で先鞭《せんべん》をつけるのはおれだ」ナムリはつづけた。「ぴったりの選択だな。よく考えたもんだ。おれのところで落第すれば手間がかからん。さあいいか、ようく耳をかっぽじって聞け。おれのひとことひとことにおまえの命がかかっている。おれに関するすべてがおまえの死に直結していると思え」

レトは室内にすばやく目を走らせた。周囲は殺風景な岩の壁——岩屋の中にあるのは、この寝台といくつかの暗い発光球だけだ。ナムリの背後には暗い通路が見える。

「おれの横はすりぬけられんぞ」ナムリがいった。それはレトにもわかっていた。

「こんなことをする理由は？」レトはたずねた。

「そいつはもう説明しただろうが。おまえの頭の中にある計画を考えてみろ！　おまえはいまここにいて、いまのおまえの状況に未来を投影することはできん。ふたつ同時は無理なのさ、現在と未来とはな。しかし、ほんとうに過去を知っているのなら——過去をふりかえっておまえがいた場所を顧みられるのなら、なんとか両立できるかもしれん。それが無理なら死ぬだけだ」

レトは気がついた。ナムリの口調はかならずしも敵対的な意志に凝り固まったものではない。ただし、断固たる意志は感じられるし、死うんぬんに関しては威《おど》しでもなさそうだ。

ナムリはしゃがんだまま上をふりあおぎ、岩天井を見あげた。

「そのむかし、フレメンは夜明けになると東を向いたもんさ。エーオースは知ってるか？　大むかしのことばで〝曙〟という意味だ」

屈折したプライドを声ににじませて、レトは答えた。

「そのことばなら話せるよ」

「おれのいいたいことがわからんかったか」

声にナイフのような鋭さを乗せて、ナムリはつづけた。

「夜は混沌の時、昼は秩序の時。おまえが話せるということばが使われていた時代には、そういうものだった。闇は無秩序で、光が秩序だったんだ。だがな、おれたちフレメンはそれを変えた。エーオースという光をおれたちは信用しない。おれたちは月の光を好んだ。でなけりゃ、星の光をな。秩序が強すぎる光は人を蝕《むしば》む。おまえたちアトレイデスという名のエーオースがしたことは知ってるだろう？　人間は自分を護る光だけをありがたがる生きものだ。太陽はおれたちの敵なんだよ、この〈デューン〉ではな」

　ナムリはレトに視線をもどし、問いかけた。

「おまえはどっちの光を好む、アトレイデス？」

　腹をくくったようなナムリの態度から、この問いに重い意味があることをレトは感じた。適切な答えを返しそこねれば、この男は殺しにかかるのではないか？　その可能性はある。ナムリの手は結晶質《クリス》ナイフのつややかな柄《つか》のそばにそっと添えてあった。利き手の指には魔法の亀を象《かたど》った指輪がきらめいている。

　レトは両ひじをついて上体を起こし、精神内でフレメンの信仰を渉猟《しょうりょう》した。こういう古株のフレメンは掟を重んじ、アナロジーで説かれる訓話を好む。月の光だって？

「ぼくは……真実の言語《リサーヌ・ル＝ハック》なる光を好む」レトはそう答え、微妙な反応も見逃すまいとしてナムリを注視した。ナムリは失望したようだったが、手はナイフから離した。レトは先をつづけた。「それは真実の光——完璧な人間の光だ。その中ではアル＝ムタカッリム——

すなわち語り手の影響がはっきり見えるという。人間にとって、これ以外に好ましい光はあるかい？」

「おまえのは丸憶えしたやつの口ぶりだな。信仰から語るやつの口ぶりじゃない」

　ナムリのことばに、レトは思った。

（たしかに、丸憶えしているのは事実だけれど）

　しかし、これでナムリの思考の流れが感じとれるようになってきた。この男が口にすることばは、古くから伝わる謎かけゲームの基本を反映したものだ。フレメンの教育では、こうした謎かけが何千とたたきこまれる。だからレトとしては、このゲームのやりかたに意識を集中し、心にあふれる回答例を拾いだすだけでよかった。たとえばこんなぐあいだ。

〝問い――静寂とは？　答え――狩られる者の友〟

　そんなレトの考えを分かちあうかのように、ナムリは納得顔でうなずき、こういった。

「あるところに洞窟がある。フレメンにとっては命の洞窟がな。こいつは実在の洞窟で、砂漠の中に隠されてる。封印したのはすべてのフレメンの曾祖父《そうそふ》、シャイー＝フルードだ。この話は伯父のジアッマドから聞いた。伯父はおれに、いちども嘘をついたことがない。この洞窟は実在する」

　しゃべりおえたナムリからは、挑戦的な沈黙が感じられた。

（命の洞窟？）

「その洞窟の話なら、曾祖《そうそ》伯父《はくふ》のスティルガーからも聞いたことがあるよ」レトはいった。

「封印されたのは、臆病者がそこに隠れるのを防ぐためだといっていた」

陰になった眼窩の奥で、発光球の光に双眸《そうぼう》をきらめかせて、ナムリは問いかけた。

「おまえたちアトレイデスは封印の洞窟を開放する気か？　おまえたちは聖職者を通じて命を支配してやがる。おまえたちの〈中央情報・寄進《アウカーフ》・巡礼《ハッジュ》聖庁〉を通じてな。長官《ムーラーナー》はカウサルという野郎だ。あいつの出身はニヤージで塩を掘ってた一族だが、そんなやつがずいぶんえらくなっちまったもんさ。聞かせろ、アトレイデス。おまえたちの中央聖庁のどこがまちがっていると思う？」

レトは完全に起きあがった。すでにもうナムリとの謎かけゲームは本番に入っており、ミスをすれば死を招くことに気づいたからである。一回でもまちがえようものなら、この男が結晶《クリス》質ナイフを使う気満々でいることは、ことばの端々からもうかがえる。

レトがそれに気づいたことを見てとったのだろう、ナムリはいった。

「見くびるなよ、アトレイデス。おれは〈岩塊砕き〉——〈鉄鎚《ミルザバ》〉だぞ」

これでレトにもわかった。ナムリは自身をミルザバに——死者の魂が天国に昇るさいの審問において、天使のムンカルとナキールが問いかけをし、正しい答えが得られなかった場合、その魂にふるう鉄鎖に自分をなぞらえているのだ。

（アリアと司祭会が設けた中央聖庁のどこがまちがっているか？）

レトは自分がなんのために砂漠の奥地へきたのかを考えた。小さな希望がもどってきた。〈黄金の道〉が自分の宇宙に現われる可能性はまだまだある。ナムリがいまの問いかけにこめた含みは、じつはムアッディブの息子を砂漠へ駆りたてた動機にほかならない。

「〈道〉を示す方法だよ」とレトは答えた。

ナムリはあんぐりと口をあけた。レトに鋭い目をすえ、念を押す。

「おまえがそれを信じているとは——そんなことがあるのか？」

「そのためにこそ、ここへきたんだ」

「〈道〉を見つけるためにか？」

「自分自身でね」レトは寝台の縁から足をおろした。岩の床には絨緞が敷かれておらず、ひんやりとしていた。「司祭会はその〈道〉を隠すために聖庁を設けたんだ」

「本物の叛逆者のような口ぶりだな」ナムリは指にはめた亀の指輪をなでた。「まあいい、そのうちわかる。よく聞けよ、つぎの問いをするぞ。ジャラール・ッディーンにある高峰、〈防嵐壁《ぼうらんへき》〉は知ってるな？　あの〈防嵐壁〉には、おれの一族の紋章が刻んであるんだ。一族があそこに住みついた当初に彫られたものさ。息子のジャヴィードはそれを見てるし、甥のアバディ・ジャラールもそれを見てる。別の一族のムジャーヒド・シャフカットも、やっぱりおれたちの紋章を見てる。スッカル付近で砂嵐が吹き荒れる時期、おれは連れのヤウクーブ・アブドと〈防嵐壁〉に立ち寄った。風は火脹れができるほど熱くて、まるで〝おれたちに舞を授けた旋風《つむじかぜ》〟みたいだった。紋章を見るのに時間はかけられなかったが、それは砂嵐が行く手に立ちはだかっていたからだ。それでも、砂嵐が通りすぎて砂が吹きとばされたあとには、〈タータの幻〉が見えた。つかのま、シャーキール・アリーの顔が上に現われて、アリーの〈墓碑の都〉を見おろしていたよ。幻はまたたく間に消えたが、おれたちはみんな、たしかにこの目で見た。聞かせろ、アトレイデス。〈墓碑の都〉は、どこにいけば見つかる？」

（おれたちに舞を授けた旋風《つむじかぜ》、か）とレトは思った。（〈タータの幻〉に、シャーキール・アリー）

　これらはどれも〈さまよえる禅スンニ派〉——唯一自分たちだけが砂漠に住む真の民と考えていた者のひとりが残したことばだ。

（そしてフレメンは、墓を持つことを禁じられていた）

「〈墓碑の都〉は、すべての人間がたどる道の行きついた先にある」レトはそういって、禅スンニ派の福音を記憶から引っぱりだした。「それがあるのは、一辺が千歩を数える、黄金の矩形庭園の中だ。そこに入る参道は、長さ二百三十三歩、幅百歩の美しい舗道で、その床には古代のジャイプルから切りだした大理石が敷きつめてある。庭園におわすは、アッラーの化身アル＝ラッザーク——乞う者すべてに食物を施恵《しけい》される方にほかならない。〈応報の日〉において、立ちあがって探す者は、けっして〈墓碑の都〉を見つけることができない。ゆえにこう記される。

〝ひとつの世界で知る対象を他の世界で見つけることはできぬ〟」

ナムリが鼻先でせせら笑った。

「また信仰なき丸憶えだな。だが、いまはよしとしてやろう。自分がなぜここにいるのか、ちゃんとわきまえているようだからな」冷たい笑みがその口によどんだ。「おまえに仮の未来を与えてやる、アトレイデス」

レトはナムリの顔をまじまじと観察した。これもまた、一見そうではないように装った問いだろうか。

「ようし！」ナムリがいった。「おまえの意識は準備万端のようだ。矛《ほこ》は収めてやろう。ただし、あとひとつ。はるか遠い惑星カドリーシュの街々で、まがいものの保水《スティル》スーツを使ってる話は聞いたことがあるか？」

ナムリが答えを待つあいだ、レトはそこに隠された意味を求めて心の中を探った。

（まがいものの保水スーツ？　保水スーツを使う惑星はたくさんあったが）

　そして、こう答えた。

「カドリーシュのばかげた習慣は、むかし話としてよく口の端《は》にのぼる。賢明なけものは周囲に融けこむということだね」

　ナムリはゆっくりとうなずいた。それから、

「おまえを罠にはめてここまで連れてきた男がもうじき会いにくる。この岩屋を出ようとするなよ。死ぬぞ」

　そういって立ちあがり、ナムリは暗い通路へ出ていった。

　ナムリが去ってから長いあいだ、レトは通路を見つめていた。奥のほうで声が聞こえる。当直についている見張りたちの静かな話し声だ。ナムリのいった幻の話が耳に残っていた。それはここにくるまでの、長い砂漠の旅路を思い起こさせた。ナムリが密輸業者でないことはたしかだ。ここがジャクルートゥー／フォンダクなのかどうかはもうどうでもいい。ナムリが仕掛けてきたゲームにはレディ・ジェシカのにおいがする。ベネ・ゲセリットのにおいがする。そうと気づいたことで、身に危険が迫っているのを感じた。しかし、この岩屋から出るルートは、ナムリが消えたあの暗い通路しかない。あの通路の向こうにあるのは奇妙な群居洞《シェチ》——そして、そのまた

外に広がるのは砂漠だ。あの砂漠の苛酷さ、蜃気楼と果てしもなく連なる砂丘の秩序ある混沌——それらもまた、自分が陥ったこの罠の一部といえた。あの砂漠をふたたび越えることは、可能ではある。しかし、越えたところで、どこへいく？　その考えは濁った水のように、けっして渇きをいやしてはくれなかった。

通常の精神は、〈時間〉を一方向に流れるものとして意識したままだ。ゆえに、人類は万事を、連続的で言語志向のフレームワークの中で考えてしまう。きわめて短期的な有効性しか持たない概念と結果、不断の状態、危機に対する予想外の反応などは、すべてこの精神におけるトラップから生まれるものである。

——リエト＝カインズ
『アラキス研究記録』

（ことばと動きは一体不可分）
ジェシカは心得を反芻し、きたるべき対面に備えて必要な心の準備を固めた。
時刻は朝食をおえて間もないころで、サルーサ・セクンドゥスの黄金の太陽は、窓から見える中庭を囲った壁の向こうに顔を出しかけたところだ。服装には気をつかった。黒いフードつきローブは教母のものだが、裾を縁どる金糸の刺繍《ししゅう》にはアトレイデス家の紋章があしらわれている。左右の袖に施されているのも同じ意匠の刺繍だった。ローブのひだをたんねんにととのえると、ジェシカは窓に背を向けて、左腕を腰にあてがい、紋章にあるタカのモチーフが強調される姿勢をとった。

部屋に入ってきたファラッディーンは、アトレイデスの紋章を目にとめるなり、感想を述べた。怒っているふうでも驚いているふうでもなく、むしろその声にはおもしろがっているような響きさえ感じられた。ジェシカに指示されたとおり、ファラッディーンが着てきたのはレオタードで、色はグレイだった。ファラッディーンは椅子を勧められて、低い緑地の長椅子に腰をおろし、右腕を背もたれにかけ、くつろいだ姿勢をとった。

その格好で、ファラッディーンは思った。

（おれはなぜジェシカを信用するんだ？　この女はベネ・ゲセリットの魔女だぞ！）

いっぽうのジェシカは、相手のくつろいだ姿勢と顔をよぎったけげんな表情の行間から、そういった思いを読みとり、ほほえみを浮かべて説明した。

「あなたがわたしを信用するのは、双方が交わした取引が良い内容であることに加えて、わたしの教えを求めているからよ」

ファラッディーンがかすかに眉根を寄せたのに気づいて、ジェシカは左手を横にふり、なだめるようにいった。

「いいえ、あなたの心を読んだわけではないわ。読んだのは、顔、からだの反応、態度、声の調子、腕の組み方。ベネ・ゲセリットの〈観法〉を学べば、これはだれにでも読めるようになるものよ」

「それをわたしに教えてくれると？」

「わたしたちに関する報告書は熟読したのでしょう。じかに交わした約束をわたしたちが果たしそこねたという報告書が、一件でもあったかしら？」

「なかった。しかし……」

「ベネ・ゲセリットが存続していられる理由のひとつは、わたしたちが信用に足る相手であるとして、世間が全幅の信頼を置いているからよ。その点はいまも変わっていないわ」

「筋は通っている……じつは、修行を受けたくてしかたなかったんだ」

「むしろ意外ね、いままでベネ・ゲセリットに教師の派遣を依頼したことがないなんて。修女会は大喜びで請け負ったでしょうに。あなたに貸しを作れる絶好の機会だもの」

「再三、母に派遣を申し入れたが、どうしても聞き入れてもらえなかったんだ。しかし、もう……」肩をすくめた。ウェンシシアの追放を雄弁に物語るしぐさだった。「それでは、はじめようか？」

「ほんとうは、幼少のころにはじめておいたほうが効果的だったのだけれど…… いまからはじめるとなると、なにかとむずかしいし、ずっと時間がかかるの。最初に学ばなくてはならないものは、忍耐。とてつもない忍耐よ。代償が高くつきすぎると思わないでくれることを祈っているわ」

「得られる見返りを考えれば、それはない」

ジェシカはその声に誠意を、期待の圧力を、若干の畏怖を感じとった。はじめる下地はととのっているようだ。

「では、忍耐術の手ほどきといきましょう。手はじめに、脚部と腕部の——それと呼吸に関して、神経と筋肉組織《プラーナ＝ビンドゥー》の鍛練から。手と指の鍛練はのちほど。準備はいい？」

ジェシカはファラッディーンと面と向かうスツールに腰をおろした。

ファラッディーンはうなずいた。顔に期待の表情を張りつかせたのは、急にこみあげてきた恐怖を隠すためだ。レディ・ジェシカの申し出には裏があるにちがいない、修女会で培った企みがあるにちがいない——ティエカニックからはそのように警告を受けている。上級大佐《バシャール》が口にしたことばはこうだ。

「プリンスにおかれましては、レディがふたたび修女会に見切りをつけたとも、修女会がレディに見切りをつけたとも、けっして思われませんよう」

そのときファラッディーンは、憤然と会話を打ち切り……すぐにそのことを悔やんだ。感情的な反応を示したのは、ティエカニックの警告に同感する部分があったからである。いま、ファラッディーンは室内の天井を見やり、弓形《コービング》の張り出し部に宝石のかすかな光をとらえた。あそこで光っているものはみな、宝石ではない。この部屋で行なわれることの一部始終を記録するための監視装置だ。そこに記録されたあらゆる含み、ことば、動きは、解析能力に長《た》けた者たちが分析することになっている。

ファラッディーンの視線に気づいたジェシカは、微笑を浮かべただけで、生徒の注意がどこに向けられているかを把握しているそぶりは見せなかった。

「ベネ・ゲセリットの〈観法〉に関わる忍耐を学ぶためには、まず根本を――この宇宙における生《き》の不安定性を認識しなければならないの。わたしたちは自然を――これはそれが意味するあらゆる局面を総合してのことだけれど――究極の非絶対性と呼んでいるのよ。自分の視野を開放して、いかようにも変化する自然の変動ぶりを自分が認識できるようにするために、まず両手をまっすぐ前に伸ばしてごらんなさい。手の平は上に向けて、その手の平をじっと見つめるの。こんどは手の平を下に向けて、手の甲を見つめて。そのさい、指も注視すること。手の平側も、手の甲側も。やってごらんなさい」

ファラッディーンはいわれたとおりにしたが、馬鹿みたいに思えた。これは自分の手だ。改めて見つめなくてもよく知っている。

「ここで、両手が老化したところを想像するの。あなたの目に見える両手はひどく老いている。とてもとても老いている。肌はすっかり潤いを失って……」

「とくに変化はないが……」

すでにファラッディーンの上腕は筋肉がわななきだしていた。

「そのまま手を見つめつづけなさい。齢をとらせるのよ、想像できるかぎり、めいっぱい。時間はかかるでしょう。けれど、いずれ齢老いて見えるはず。そうしたら、こんどはその過程を逆転させるの。両手を若返らせていく――できるかぎり若く。幼児の手にまで逆行させられたら、ふたたび齢をとらせる。それをくりかえして、老若を自由自在にいったりきたりできるようになさい」

「ちっとも変化しない！」ファラッディーンは弱音を吐いた。もう両肩が痛い。

「感覚に訴えさえすれば、手は変化するわ。時間の流れを望みのままに視覚化するよう、集中するのよ。幼児から年寄りに、年寄りから幼児に。何時間も、何日も、何カ月すらもかかるかもしれない。けれど、かならず達成できるわ。変化の流れを逆行させられれば、あらゆる系を〝相対的安定のもとに回転するもの〟としてとらえられるようになるはず。

あくまでも相対的なものとしてね」

「忍耐を身につける鍛錬をしていると思っていたんだがな」

ファラッディーンの声には怒りがにじんでおり、険《けん》があった。

「それに加えて相対的安定もよ。これは自分ならではの信念を生む視点、それを確保する修行なの。そして信念はイマジネーションで操作しうる。あなたはまだ、宇宙の限定的な見方しか学んでいない。これからは自分自身の創造になる宇宙を生みださねばならないわ。そうすることで、相対的安定を御せるようになるはず——自分の目的に見あった形でね。その目的がなんであれ、イマジネーションの力で制御するの」

「修得にどれくらいかかるといった？」

「そこは忍耐よ」ジェシカは当初の目的を告げた。

ファラッディーンの口元にふっと笑みが浮かんだ。その目が揺らぎ、ジェシカのほうに向けられた。

「手を見なさい！」ジェシカは叱りつけた。

笑みがすっと消えた。視線も伸ばした手にもどり、しっかりと固定された。

「腕が疲れたら、どうすればいい？」ファラッディーンはたずねた。

「無駄口をたたかず、集中、集中。がまんできないほどになったら、中断してもいいわ。

二、三分、休んで、筋肉をほぐす運動をして、またつづけるように。うまくできるまで、ずっとそれをくりかえすこと。いまのあなたの段階では、自分で意義が認識できる以上に重要なことなのよ。これを修得しないかぎり、つぎの段階には進めないわ」

　ファラッディーンは大きく息を吸いこむと、唇を噛み、両手を見つめた。上下の向きをゆっくりと入れかえる。手の平、手の甲、手の平、手の甲……疲労で肩がわななきだした。手の平、手の甲……なにも変化はない。

　ジェシカは立ちあがり、ひとつしかないドアに歩いていった。

手から目を離さぬまま、ファラッディーンは問いかけた。

「どこへ？」

「ひとりきりのほうがうまくいくでしょう。一時間たったら戻ってくるわ。忍耐よ」

「わかってる！」

　ジェシカはつかのま、ファラッディーンを観察した。きわめてまじめに取り組んでいるように見える。この人物には亡くした自分の息子を思い起こさせるところがあり、ふいに胸がつぶれそうな哀しみをおぼえた。吐息をつくことを自分に許して、ジェシカはいった。

「戻ってきたら、筋肉の凝りをほぐす運動を教えてあげましょう。肉体と感覚をどれほど変化させられるかを知ったら、あなたはきっと、肝をつぶすわよ」

そう言い残し、部屋を出た。

廊下を歩きはじめると、天守のあちこちに立つ衛兵のうち、当番兵たちが三歩あとからついてきた。衛兵たちの畏怖と恐怖が手にとるようにわかった。これはみなサーダカーで、ジェシカの恐ろしさを何度となく警告され、アラキスでフレメンに敗れた話を聞かされて育った者たちだ。この魔女はフレメンの教母であり、ベネ・ゲセリットであり、そのうえアトレイデスにほかならない。

ジェシカはふりかえり、衛兵たちの引きつった表情を見た。この顔は彼女が描く計画の里程標といえる。ふたたび前を向き、すこし歩くと階段に出たので、そこから一階に降り、短い廊下を通って、自室の窓から見えていた中庭の庭園に出た。

(これであとは、ダンカンとガーニーがそれぞれの役割を果たすのを待つばかり)

青葉をぬって射してくる金色の木漏れ日のもと、足の裏に小《こ》径《みち》の玉砂利の感触を味わいながら、ジェシカはそう思った。

精神教育のつぎなるステップを完了すれば、統合された通信手段が身につくことになる。これは統一性に関わる機能のひとつで、通信者の意識にデータパスをオーバーレイし、演算能力者《メンタート》のインデックス＝カタログ技術から入力される情報とその複雑さを解決する。この技術はすでにマスターしているはずである。このステップの初期において演算能力者《メンタート》が遭遇する問題は、専門的な主題についての詳細／データの拡散的な集合がもたらす緊張を打ち破ることだろう。警告しておく。演算能力者《メンタート》のオーバーレイによる統合なくしては、バベル問題に陥りかねない。このバベル問題とは、正しい情報から誤った情報の組みあわせを取得する遍在的な危険に対し、われわれが与えた名称である。

――『演算能力者《メンタート》の心得』

衣ずれの音がレトの意識に火花を散らした。自分でも意外だったことに、衣ずれの音が自動的に認識される段階まで感覚を研ぎ澄ませていたらしい。聞こえたのは、フレメンのローブと岩屋の入口に垂れる粗布《あらぬの》の仕切りがこすれる音だった。数分前、ナムリが消えた通路の奥から聞こえてくる。レトが音のする方向に顔を向けたまさにそのとき、通路から男が入ってきた。自分をつかまえたあの男だ。保水《スティル》スーツのマスクとフードのあいだには浅黒い肌が覗いている。そして、見る者を焼き焦がすようなあの目も。男はマスクに手を持っていき、鼻孔の水分回収用チューブを抜くと同時に、マスクを引きおろし、フードもうしろに落とした。あごに走るインク蔦《ヅタ》の傷痕に視線を向けるまでもなく、レトにはその男がだれだかわかった。まず全体像を意識でおおづかみにとらえ、裏づけとして細部まで確認する。見まがいようもない。このずんぐりとしてごつい人間くささの塊、この戦士にして抒情詩人こそは——ガーニー・ハレックそのひとだ！

レトは両手をぐっと握りしめ、そうと気づいたことによる衝撃をひとまず乗り越えた。アトレイデス家の家臣でこれほどの忠臣はほかにいないし、防御シールドを用いた戦いでこの男の右に出る者もいない。ポールの信頼厚き腹心の友であり、教師でもあった男。

そして、レディ・ジェシカの側近でもある男。

以上をはじめとして、さまざまな認識がレトの精神を駆けめぐった。ガーニーは自分をつかまえた人間だ。ガーニーとナムリはこの陰謀で結託している。そして陰謀の背後にはジェシカの影が感じられる。

「仲間のナムリにはもう会ったな」ハレックはいった。「あいつのことばは信じたほうがいい、幼いあるじどの。あいつの役目はひとつ、たったひとつしかない。必要が生じたらおまえを殺すことだ」

レトは反射的に、父親の口調で応じた。

「するとおまえは、敵にまわったわけだ、ガーニー！　まさかおまえが、こんな――」

「悪魔の手管をおれに使うのはやめとけ、小僧」ハレックはいった。「手の内は知ってる。おれにその声はいっさい通じんぞ。おれはおまえの祖母の指示で動いてるんだ。おまえに施す教育プランは最終段階まで綿密に詰めてあってな。ナムリの人選にはレディの許可も出ている。これから行なうことも、おまえには苦行かもしれないが、レディに命令されたことだと思え」

「その命令されたこととは？」

ハレックはローブのひだから片手を出し、フレメンの注射器を取りだした。原始的だが、効果は充分な器具だ。透明の筒に入っているのは青い液体だった。

レトは寝台にすわったままあとずさろうとした。が、岩壁でそれ以上うしろへは下がれない。おりしも、ナムリが岩屋に入ってきて、ハレックのとなりに立った。手には結晶質《クリス》ナイフを持っている。ふたりして、ひとつしかない脱出口の前に立ちはだかった格好だ。

「香料《スパイス》エッセンスだと悟ったようだな」ハレックがいった。「これから蟲《ワーム》トリップに出てもらう、小僧。これはいやでも体験してもらわねばならん。さもないと、おまえの父親が挑戦しておまえが挑戦しなかったことの差が、先々、ずっとついてまわる」

レトはことばもなく、首をふった。自分もガニーマも、こんな状況など切りぬけられるつもりでいた。ガーニーは無知な阿呆のはずなのに！　どうしてジェシカはこんな……。このときレトは、記憶の中に父親の存在を感じとった。心理的防壁をはぎとって、一気に心の中へ入りこんでこようとしている。怒声を発しようとしたものの、唇を動かすことができない。しかしこれは、ことばが介在する余地などない状態、誕生前に覚醒した意識がなにより恐れていた状態だ。これは予知トランス——不変の未来を、その不変性のすべて、その恐怖のすべてとともに読む状態にほかならない。ジェシカが自分の孫息子に対して、このような試練を強いる命令を出すはずがない。だが、ジェシカの存在は心の中に大きくのしかかり、指令を受け入れよと強要している。〈恐怖を退ける連禱《れんとう》〉までもが、単調で反復的な文言でレトを圧倒しようとしていた。

（われ恐れず。恐怖は心を殺すもの。恐怖は全き抹消をもたらす小さな死。われは恐怖に立ち向かう。われは恐怖が身内を通りぬけ、通過するを許す。しかして恐怖が通りぬけしのち……）

古代バビロニアのカルデア王朝が成立して間もなく、早くも存在していた誓言を用いて、レトはからだを動かそう、目の前に立ちはだかる男ふたりに飛びかかろうと試みたものの、筋肉がまったくいうことをきかなかった。すでに予知トランスに入っているかのように、ハレックの手が動き、注射器が近づいてくるのが見える。青い液体が発光球の光を映してきらめいた。注射針がレトの左腕に触れ——ちくっとする痛みが走り、その痛みは筋肉を通じて頭にまで駆け昇った。

だしぬけに、若い女の姿が見えた。黎明《れいめい》の光のもと、粗末な小屋の前にすわっている。レトの目の前で椅子に腰かけた女はコーヒー豆を焙煎しており、赤褐色に仕あがった豆にカルダモンとメランジを加えているところだ。おりしも、うしろのどこから三弦楽器《レベック》の音色が聞こえてきた。調べは反響し、こだまし、共鳴しながらついに頭の中へ入ってきた。調べはからだじゅうに拡散して、自分の全身が大きくなったような、ひどく大きくなったような、もう子供のからだではないような感覚をもたらした。皮膚が自分のものではない。この感覚なら知っている！　われを被《おお》うはわが皮膚にあらず。ぬくもりが全身に広がっていく。と、いましがた黎明の幻視が訪れたときと同様、唐突に周囲の光景が切り替わり、気がつくとレトは暗闇の中に立っていた。いまは夜——星々が明るい夜天《コスモス》から降りそそぐ残り火の豪雨のようだ。

自分の一部は、この幻視から逃れられないことを承知していた。それでも脱出しようと抗《あらが》いはしたが、それも父親の存在が侵入してくるまでのことだった。

［このトランスの中では、おれがおまえを護る。ほかの意識たちに手出しはさせない］

強風に煽られて、レトは大地に転がった。風沙《ふうさ》が金切り声をあげてすぐ上を吹き荒れ、腕を、顔を切り裂き、服を引き裂き、服の用をなさなくなった布の端切れをはためかせている。それなのに痛みは感じない。切り傷はできるかたはしから消えてしまう。それでも肉体は強風で転がされつづけた。それに——われを被《おお》うはわが皮膚にあらず。

（トランスが始まる！）

しかし、その思考は遠く、自分の思考ではないかのようだった。すくなくとも、完全に自分のものというわけではない。自分を被うのが自分の皮膚ではないのと同じように。

とうとう幻視に呑みこまれた。それは立体的な記憶となって膨れあがり、過去と現在に、未来と現在に、未来と過去に分離した。分離された各層は混じりあって三眼的焦点を結び、そこに自分自身の未来存在が持つ多次元的な立体地図《レリーフ・マップ》が感じとれた。

（時間とは空間を測る尺度だ。距離計が空間を測る尺度となるように。ただし、ひとたび計測を行なえば、計測を行なう場所にみずからを固定してしまう）

トランスが深まりつつある。深化によって広がった内部意識は自己同一性を浸出させ、それを通じて自分が変わりゆくのが感じられた。それは生きている〈時〉であり、ほんの一瞬たりとも押しとどめることができない。未来の、過去の、おびただしい記憶の断片が、大洪水となって押しよせてくる。ただしその大洪水は、動きの途中で静止した一瞬一瞬の集合体でしかなかった。一瞬同士の関係は絶えざる舞踏となって変転する。レトの記憶はレンズ――それらの断片をとらえ、単離させて、煌々と照らそうとするサーチライトだ。しかし、どれだけくりかえしても、視界を満たす小やみない変化と修正を抑制することはできない。

自分とガニーマがサーチライトを通じて照らしだせると考えていた計画がすべての上に君臨したいま、レトはその計画に恐怖をおぼえていた。幻視の孕《はら》む現実が痛みをもたらす。批評性のない必然性が自我を萎縮させる。

（しかも……われを被うはわが皮膚にあらず！）

過去と現在が卍《まんじ》どもえの状態でレトの精神を駆けめぐり、恐怖よけの障壁を乗り越えてなだれかかってきた。絡みあう過去と現在を分離することができない。つかのま、自分が

〈バトラーの聖戦《ジハード》〉での出撃を控え、人間の意識をシミュレートする機械を殲滅《せんめつ》しようと勇んでいる人間になった。これは過去にちがいない——すでに終わってしまったことだ。なのに五感は、この経験を現在進行形のものとして感じ、ごくこまかい細部まで吸収している。説教壇から従軍聖職者が宣言する声が聞こえた。

「われわれは思考する機械を否定しなければならぬ。人類は機械に対するガイドラインを設けねばならぬ。これは機械にできることではない。理性はプログラミングに拠《よ》るものであり、ハードウェアに拠るものではない。そして人類こそは究極のプログラムなのだ！」

従軍聖職者の声は鮮明に聞こえた。聖職者がいるこの環境も知っている。そこは広大な板張りのホールで、窓はみな暗い。光源は火花が立ち昇る篝火《かがりび》のみ。従軍聖職者はいった。

「われわれの聖戦《ジハード》は〝廃滅計画《ダンプ・プログラム》〟にほかならぬ。われわれは人間を滅ぼそうとする機械を廃滅せねばならぬ！」

　そしてレトの精神は、演説者がかつて演算機械の奉仕者——機械のことを知りつくし、機械に仕えていた者であったことを把握していた。しかし、その場面は急に消滅し、目の前にガーニーマが立っていた。ガーニーマはいった。

「ガーニーが知ってる。わたしに話してくれたの。これはダンカンのことば、ダンカンが演算能力者《メンタート》として話したときの。〝善行を為《な》すならば悪名を遠ざけよ。悪行を為すならば自己認識を遠ざけよ〟」

これは未来――はるか遠い未来だ。しかし、いま起きている現実に感じられる。そう、記憶の中にあるおびただしい人生の過去と同じほど鮮明に。

レトはつぶやいた。

「そうでしょう、とうさま？」

だが、精神に宿る父親の存在の声には、警告するような響きがあった。

「破滅を招くな！　おまえはいま、ストロボ写真的に、事象を刹那の連続としてとらえる意識を身につけようとしている。これを身につけぬかぎり、自分の立ち位置を通りすぎ、〈時〉における自分の本来座標を見失ってしまうぞ」

浅浮彫《レリーフ》りのイメージは引きも切らない。陸続と押しよせるイメージに打ちのめされた。過去・現在・現在時は、ほんとうの意味では分離できない。分離の不可能なものとともに流れていかざるをえないことはわかっていたが、その流れに乗ることが怖かった。いかにすれば見慣れた時点に戻れるのだろう。だが、抵抗の努力はことごとくいなされてしまう。それは感じていた。つきつけられた新たな宇宙は、静止した各瞬間の――ラベルを貼った一瞬一瞬の連続体としてしか把握できない。それぞれの事象はいつまでも秩序だった状態、定式化された状態のままではいられない。ここで必要なのは、変化のリズムを見いだし、変化と変化の過程それ自体との差異を見つけだすことだ。いつ始まったのかも不明のまま、気がつくとレトは、自分が巨大な至福なる瞬間《モマン・ビヤヌールー》の中を移動し、未来の中に過去を、過去の中に現在を、過去と未来の中に現在時を見てとれるようになっていた。それは鼓動一回と鼓動一回の合間に経験される、何世紀にもおよぶ事象の蓄積だった。

いまやレトの意識は自由自在に浮遊していた。意識を補正する客観的な精神もなければ、障壁もない。ナムリのいう〝仮の未来〟はいまも記憶の中に軽く残留しているが、それは多くの未来と意識を共有している。そして、この多元的に広がった意識の中においては、自分の過去のすべて、内なる数多き意識のすべてがレト自身のものになった。自分の中にあるもっとも偉大な精神の助けを借りて、レトはすべてに君臨した。これらの意識はみな自分のものだ。

(対象を遠くから観察すれば、むしろその本質のみがきわだつ)

こうして距離をとったいまなら、自分自身の生が展望できる。無数の過去とその記憶は、レトにとっては重荷であり、歓びでもあり、必要なものでもあった。そして蟲《ワーム》トリップにより、そこに新たな次元が開放された。父親はもう心の中で息子を護る門番の役をしてはいない。なぜなら、もはやその必要がないからだ。遠く離れたことで、はっきりと見える。過去と現在がはっきりと見える。そして過去は、究極の祖先を提示していた——ハルムと呼ばれる人物である。その人物という手本なくして、遠い未来は訪れない。また、かくも大きく距離をとったことで、新たな本質、新たな共有の次元も開けた。レトがいま、どの生を選ぶにせよ、膨大な経験に基づいた自立的な道をたどることになる。その道は無数の生が複雑怪奇に絡みあっており、レト一代だけで膨大な世代を数えきることなどとうてい無理だ。この数々の記憶人格群は、ひとたび目覚めれば、レトの個性を抑圧する力を持つ。それはみずからをひとりの個人、ひとつの国家、ひとつの社会、ひとつの文明全体の形で顕現させられる。ガーニーがレトを恐れるようにといわれていたのも、ナムリがナイフを構えていたのも、すべてはそれに対する用心からだ。ふたりともレトの中にその力を見ることは許されていなかった。そもそも、その力の全体像を見た者はだれもいないのである――ガニーマでさえも見てはいない。

ややあってナムリだけが残って見張りをしているのに気づくと、レトは半身を起こし、老成した声で語りかけた。

「あらゆる人間にとって、限界の組みあわせはひとつではない。宇宙的予知というものは空虚な神話だ。予知できるのは〈時〉のもっとも強い流れ、局所的な流れのみ。しかし、無限の宇宙にあっては、局所でさえきわめて広大でありうる。そんなものを前にすれば、精神は萎縮しかねない」

わけがわからないという意味で、ナムリがかぶりをふった。

「ガーニーはどこに？」レトはたずねた。

「出ていったよ、おれがおまえを殺すところは見たくないとさ」

「ぼくを殺してくれるのか、ナムリ？」それは殺してくれという嘆願にちかかった。

ナムリはナイフから手を放した。

「殺してくれというからには、殺せんな。もっとも、おまえが無関心な態度をとっていたなら……」

「無関心は多くのものを滅ぼす。無関心の悪いところはそこにある」レトはそういって、自分のことばにうなずいた。「そう……文明でさえも、無関心は滅ぼしてしまう。まるで無関心が代償——複雑さや意識の新しいレベルを獲得するための代償であるかのように」

レトはいったんことばを切り、顔をあげてナムリを見た。

「するときみは、ぼくの中に無関心を探せといわれていたんだね？」

レトはそういいながら、ナムリの中に、たんなる殺人者ではすまない要素を見いだした。ナムリは……狡猾なのだ。

「手綱をつけていない力の表われとしてな」ナムリは答えた。だが、これは嘘だ。

「力への無関心、か」レトは完全に上体を起こし、深々と吐息をついた。「父の人生には、倫理面での気高さなどなかったんだよ、ナムリ。あったのは局所的なトラップ――それも、自分で作ったトラップだけだったんだ」

おお、ポールよ、汝ムアッディブ、
全人類の救世主《マフディー》よ、
汝のつきしためいきは
大嵐《おおあらし》をば巻き起こしたり。

――『ムアッディブの歌』

「おことわり！　結婚しろというなら、挙式の夜にあの男を殺してやる」
ガニーマはとげとげしい声で頑《かたくな》に拒否をつづけた。いまのところ、甘言という甘言を退けている。アリアとその側近たちは、真夜中をまわってもガニーマの説得にこれ努め、その間《かん》、新たに呼ばれる側近たち、食べものや飲み物を運んでくる使用人たちの出入りで帝室区画は落ちつかず、〈大聖堂〉全体も隣接する〈大天守〉も、ことが決まらないため、騒然とした状態にあった。

　ガニーマは緑の浮揚椅子に泰然とすわっている。ここは彼女の所有する区画でも大きな部屋で、周囲は群居洞《シエチ》の岩壁を模した仕上げの粗い黄褐色の壁でおおわれていた。ただし、格子で区切られ、青い光をちらつかせる天井はクリスタル仕立てで、床には黒いタイルが張ってある。調度はそれほどない。小さなデスクが一脚、浮揚椅子が五脚、フレメン式に壁龕《へきがん》の中に設置されたせまい寝台が一台――それだけだ。ガニーマは弔意を表わす黄色いローブを着ていた。

「あなたはね、一生ずっと好き勝手を通せるような、自由な立場にはないのよ」

　アリアがこれをいうのは、もう百回めになるだろうか。

（馬鹿な小娘！　いいかげん、ことの重大さをわからせないと！　ファラッディーンとの婚約にうんといわせなくては。婚約は必須！　結婚してしまえば、あとで殺してもいい。ただし、フレメンの誓言によって公認されるためには、婚約は欠かせない）

「相手は兄を殺した男なのよ」ガニーマは依然として、頑に単調な口調を維持している。「それはだれだって知っているわ。わたしがこの婚約に同意しようものなら、フレメンはわたしの名を聞いただけでつばを吐くでしょう、人の資格なしと蔑《さげす》むほうの意味でね」

（だからこそ、おまえに同意させようとしているんじゃないの）

アリアは腹の中でそう思い、口に出してこういった。

「あれはファラッディーンの母親がしたことでしょう。彼はその廉《かど》で母親を追放したわ。これ以上、なにを望むの？」

「あの男の血よ」ガニーマは答えた。「あれはコリノだもの」

「とはいえ、あの男は自分の母親を放逐したのよ。だいたい、どうしてその他おおぜいのフレメンなど気にかける必要があるの？ わたしたちがそう命じさえすれば、フレメンはしたがうわ。ガニー、帝国の平和はあなたの婚約ひとつに——」

「同意はしない」ガニーマはきっぱりと拒否した。「わたしの同意もなしに婚約なんて、できるはずがない」

ガニーマがしゃべっている最中に、イルーランが部屋に入ってきて、まずはアリアに、ついでそのとなりに悄然と立っているふたりの女性衛士にけげんな目を向けた。見ているうちに、アリアがげんなりした顔で両手をふりあげ、ガニーマと向きあう椅子にすわり、イルーランにいった。

「あなたからも説得して、イルーラン」

イルーランは浮揚椅子をガニーマの前に引いていき、アリアと並ぶ形ですわった。

そのイルーランに向かって、ガニーマはいった。

「あなたもコリノでしょう、イルーラン。立場をわきまえなさい」

ついで椅子から立ちあがり、寝台に歩いていくと、その上で蓮華座を組み、アリアたち四人をにらみつけた。イルーランはアリアと同様、黒い寛衣ローブ《アバー》を着ており、フードをうしろに落として、金髪をあらわにしている。天井付近に浮かんで室内を照らす発光球の黄色い光を受け、金髪が示す哀悼の色が強調されていた。

イルーランはアリアをちらと見て立ちあがり、寝台まで歩いていって、ガニーマの前に立った。

「ガニー、あの男を殺すことで問題を解決できるなら、わたくしが自分で殺してやりたいくらいよ。それに、ファラッディーンはわたくしの血縁者——あなたが親切にも強調してくれたようにね。けれどあなたには、フレメンに対する誓約よりも高次の務めが……」

「あなたがいっていることは、わたしの気高い叔母がいっていることとよりましな内容には聞こえないわ」ガニーマはいった。「兄弟の流した血は洗い流せぬ——これはフレメンの格言に収まらない本質よ」

イルーランは唇を引き結んだ。それから、

「ファラッディーンはあなたのおばあさまを人質にとっているのですよ。それに加えて、ダンカンも。もしもわたくしたちが——」

「納得できないのよ、なぜこんな事態になったのか、あなたがたが説くストーリーには」

ガニーマはイルーランごしにアリアを見やった。「かつてダンカンは、敵にわたしの父を殺させまいとして命を擲《なげう》ったわ。たぶん、偶人《ゴウラ》として蘇った新生ダンカンは、もはや同じ人間では――」

「ダンカンはあなたの祖母の護衛をまかされていたのよ！」浮揚椅子をガニーマのほうにふりむけて、アリアは声を荒《あら》らげた。「護衛する以上、ついていくしかないでしょう！」

そして、こう思った。

（ダンカン！　ダンカン！　こんなことをするはずではなかったのに！）

ガニーマはアリアの声に陰謀の響きを聞きとり、距離を隔てて叔母を見すえた。

「おお、〈天の子宮〉よ、それはうそね。あなたと祖母との確執は耳にしたもの。祖母とあなたのたいせつなダンカンについて、なにか打ち明けるのをはばかっていることがあるようだけれど、それはなに？」

「なにも隠していることなんかないわ」

アリアはとぼけてみせたものの、そう答えるそばから、ガニーマのあからさまな批判と含みに恐怖の疼きをおぼえた。疲労で不注意になっていたらしい。アリアは立ちあがり、語をついだ。

「わたしが知っていることは、すべてあなたも知っているとおりだから」

そこでイルーランに向きなおり、

「ガニーマのことはあなたにまかせるわ。この子には、どうあっても——」

その瞬間、ガニーマは幼い口から出たとはとても思えない、衝撃的で粗野なフレメンの罵倒を吐き、アリアのことばをさえぎった。痺れたような静寂の中、ガニーマはいった。

「あなたはわたしがただの子供だと思っている。時間をかけてじっくり説得しさえすれば、最後には折れると思っている。よく考えてごらんなさい、おお〈天の摂政〉よ。わたしの中の、膨大な年月にわたって蓄えられた知識、そして無数の先人意識を、だれよりもよく知っているのはあなたでしょう？　わたしが耳を貸すのは彼らのことば。あなたのことばではないわ」

アリアは憤然と切り返しそうになるのをかろうじてこらえ、ガニーマをにらみつけた。

(忌み子化？)

この子供は何者だろう。ガニーマに対する新たな恐怖がアリアの中に芽生えはじめた。誕生前に覚醒した結果、意識に流入した先人たちの人格や知識と、ガニーマは自分なりに折り合いをつけられたのだろうか。

アリアはいった。

「あなたにもいずれ、道理がわかるときがくるわ」

「むしろ、わたしのナイフを受けて、ファラッディーンの血が噴出するときがくるというべきでしょう」ガニーマは応じた。「見ていなさい。わたしがあの男とふたりきりになることがあれば、どちらかが確実に死ぬから」

「あなたはおにいさんを、わたくし以上に愛していたと思っているようね」イルーランが語気を強めた。「それは愚かな思いこみというものよ！　わたくしはあの子の母親だもの——あなたの母親でもあるように。わたくしは——」

「兄のことなんか、なんにも知らないくせに！　あなたたちみんながそう。例外なのは、わたしたちをことさらに子供あつかいしようとしていた、愛しい叔母さまくらいのもの。愚かなのはあなたたちのほうよ！　アリアもそれは知っている！　見てみなさい、だからああして逃げようと……」

「わたしは何者からも逃げたりしないわ！」

しかし、そういいながらも、アリアはイルーランとガニーマに背を向け、目の前に立つふたりの女性衛士を見つめた。ふたりとも、このやりとりが聞こえていないようなふりを装っているが、ガニーマを説得する気がないことはまちがいない。おそらく、心情的にはガニーマの味方だろう。アリアは憤然とふたりを部屋から追いだした。ふたりとも指示にしたがったが、その顔に浮かんでいたのは、明らかに安堵の表情だった。

「事実、逃げ腰じゃないの」ガニーマが追い討ちをかけた。

「わたしは自分に見合った生き方をしているだけよ」

アリアはそういって、くるりと向きなおり、寝台の上で蓮華座を組んでいるガニーマを見すえた。この子が恐るべき内なる意識たちと折り合いをつけた可能性はあるだろうか。ガニーマの顔にその徴候を読みとろうとしたが、なにひとつ見いだせなかった。

　アリアは思った。

(むしろガニーマがわたしに徴候を読みとった？　でも、どうやって？)

「あなたはおびただしい先人意識の窓になることを恐れていたわ」ガニーマはなじった。

「けれど、わたしたちは誕生前に覚醒したからこそ知っている。あなたは先人意識たちの窓になるほかない。意識的にであろうと、無意識的にであろうと。あなたには先人意識を拒絶できないのよ」

　いいたてながら、ガニーマは思った。

(そうよ、わたしはあなたの状態を知っている――忌み子化していることを知っている。そして、わたしもまた、あなたがたどったのと同じ道をたどるはず。けれど、いまはまだ、あなたを哀れみ、蔑むことができる)

ガニーマとアリアのあいだに静寂が降りた。手でさわれそうなほど張りつめた緊張に、イルーランの修めたベネ・ゲセリットの修行が警告を発した。ふたりを交互に眺めやり、イルーランは問いかけた。

「ふたりとも、なぜ急に黙りこんだの？」

「ただ考えていただけ。深い内省が必要なことがらをね」アリアが答えた。

「内省するのはひまなときにしてはどう？　愛しい叔母さま」ガニーマが鼻で笑った。

疲労で火のついた怒りを抑えこみ、アリアはぴしりといった。

「いまはこれまで！　ガニーマに考える時間を与えましょう。そのうち道理を聞きわけるかもしれないから」

イルーランは立ちあがり、うなずいて、

「どのみち、もうそろそろ夜が明けることですしね。ガニー、引きあげる前にひとつ――ファラッディーンから届いた最新メッセージを聞く気はあって？　彼は――」

「聞かない」ガニーマは拒否した。「それから、もう二度と、そんなくだらない愛称では呼ばないで。なにが〝ガニー〟よ！　そんな愛称、わたしが子供でしかないという誤った想定をはびこらせるだけじゃない」

「……あなたもアリアも、さっきはなぜ急に黙りこんだの？」

イルーランはガニーマの態度が気にかかり、さきほどの問いをふたたびくりかえした。ただしこんどは、問いかけに微妙な〈操《からく》り声〉を含ませた。

ガニーマは頭をのけぞらせて笑った。

「イルーラン！　あなたごときが、このわたしに〈操《からく》り声〉を使うの？」

「はい？」イルーランはぎょっとした顔になった。

「〝釈迦に説法〟ということよ」

「どういう意味かしら？」

「あなたがいままで聞いたこともないこの表現をわたしが憶えていること――この事実をもって、自分の未熟さを噛みしめなさい」ガニーマは語をついだ。「これはね、あなたのベネ・ゲセリットが浅い歴史しか持たない時代にはまだ残っていた古い表現。格上の者を諭そうとする愚かさをたしなめるものよ。これでもなお、分をわきまえないというのなら、コリノ家の皇帝と正妃があなたにＩｒｕｌａｎ《イルーラン》と名づけた意図をよく考えてみることね。じつはＲｕｉｎａｌ《ボンクラ》のアナグラムだったんじゃないの？」

ベネ・ゲセリットで受けた修行にもかかわらず、イルーランの顔に朱が差した。

「わたくしを愚弄しようとしているのかしら、ガニーマ」

「そういうあなたは、わたしに〈操《からく》り声〉を使おうとしたでしょう。このわたしによ！

わたしは人類が声で人を操る方法を開発しようと取り組みだしたころのことを憶えている。当時のことを憶えているのよ、ボンクラのイルーラン。さあ、この部屋を出ていきなさい。全員がよ」

出ていけとうながされたにもかかわらず、アリアは内なる声に導かれるままに、むしろ興味をそそられて疲労を押しのけ、ガニーマにいった。

「もしかすると……心変わりをさせる提案ができるかもしれないわよ、ガニー」

「まだガニーというつもり！」引きつりぎみの笑いがガニーマの口から漏れた。「それがどんな提案かなんて、考えるまでもない。あなたたちの計画に乗りさえすれば、わたしにファラッディーンを殺す機会を与える――思いついた提案とは、そんなところでしょう。気をつけるべきなのは、むしろ従順な〝ガニー〟よ。こうして腹蔵なくものをいっているうちは、まだだいじょうぶ」

「そう、それがわたしの提案」アリアは答えた。「もしもあなたが……」

「〝兄弟の流した血は洗い流せぬ！〟――暗殺されたわがフレメンの血族に誓って、この格言に背《そむ》くまねは断じてしない。〝断じて許さぬ！　断じて忘れぬ！〟それがフレメンの要理でしょう。ここに警告するわ。あとで公言してもいい。わたしとファラッディーンを婚約させることは絶対に無理。わたしを知る者が、そんな婚約を額面どおりに受けとると思う？　ファラッディーンでさえもなにかあると思うはず。このような婚約を聞きつけたフレメンは、ひそかにほくそえんで、こう語り合うでしょう。〝聞いたか！　ガニーマはあの男を罠にはめた！〟もしもまだ……」

「それはわかっているわよ」

アリアは答え、イルーランのそばに歩みよった。見るとイルーランは、呆然とした顔で黙りこんだまま突っ立っている。この会話がどの方向へ向かっているかに気づいたのだ。

「いいわ、ファラッディーンを罠にはめましょう」ガニーマはいった。「あなたの本音がそれなら、この話に乗ってあげる。ただし、あの男、そうたやすくは罠に落ちないわよ。こんな形ばかりの婚約を空手形に、祖母とあなたのたいせつなダンカンを買いもどせると思っているのなら、そうなさい。あなたの責任において、買いもどすがいいわ。ただし、ファラッディーンはわたしのもの。あの男はわたしが殺す」

イルーランはアリアに顔をふりむけ、いいかけた。

「アリア！　もしも婚約の約定をたがえれば……」

そこでいいよどんだのは、アリアがほくそえんでいたからだ。このときアリアの念頭にあったのは、身分制度《ファウフレルーチェス》の会議が招きうるさまざまな事態だった。各大領家《だいりょうけ》の怒りを買う可能性、アトレイデス家の名誉を信じることが生む破滅的結果、宗教における信仰の喪失、大小星際団体の崩壊……。

「すさまじい逆風が吹くことになりますよ」イルーランが抗議した。「ポールが預言者であると信じている者たちは、すべて破滅。それに……帝国も……」

「なにがまちがいでなにが正しいか、それを決める権利はわたしたちにある。そのことにだれが疑問をはさめるというの？」アリアはおだやかな声で問いかけた。「わたしたちは善と悪を調停するだけよ。わたしとしては、ただ公に……」

「そんなことをしてはなりません！」イルーランは否定した。「ポールの遺功は……」

「教会と国家にとっては、たんなる道具のひとつにすぎないわ」ガニーマが口をはさんだ。

「あんまりばかなことをいわないで、イルーラン」

そこでガニーマは、腰の結晶質《クリス》ナイフに手を触れ、アリアを見あげて語をついだ。

「賢明な叔母さまのことを、〈ムアッディブの帝国で唯一聖なる摂政〉のことを、わたし、見誤っていたわ、ほんとうに、ほんとうに、見誤っていた。あなたがそうしたいのなら、ファラッディーンを帝室の居間にたらしこんでもいいのよ」

「こんなことは無謀です」イルーランはすがるような口調になっていた。

「この婚約、承諾してくれるわね、ガニーマ？」イルーランを無視して、アリアはいった。

「本懐をとげられるなら」ガニーマはうなずいた。手はまだ結晶質《クリス》ナイフに添えたままだ。

「こんなことからは手を引きます」じっさいに手を動かしながら、イルーランは宣言した。

「わたくしは両家に生じた傷を癒すため、真の婚約を成立させる話しあいを――」

「その傷、むしろ修復など不可能なほど広げることになるわよ、アリアとわたしとでね」

ガニーマがいった。「ただちにファラッディーンを連れてらっしゃい、あの男にくる気があるのなら。たぶん、のこのこやってくるでしょう。わたしのことを年齢なりの他愛ない子供だと思っているはずだから。このさい、ここにこずにはいられない、盛大な婚約式の計画を立てましょうか。ただし、婚約式では、あの男とふたりきりになる時間をわたしにちょうだい……ほんの一、二分でいいから……」

イルーランは身ぶるいした。結局のところ、ガニーマは骨の髄までフレメンであって、子供とはいえ、この容赦を知らぬ民族の成人となにひとつ変わるところがない――そんな本性を見せつけられて、慄然としたのである。フレメンの子供たちは戦場で負傷者を殺すことに慣れている。遺体を集め、遺体取水器に放りこむという雑用から女たちを解放する役割をも果たしてきた。そしてガニーマは、しゃべる声こそフレメンの子供のものながら、そのことばににじむ知識に裏づけられた成熟性は――また、身のまわりにオーラのように立ち昇る血の復讐への伝統的な渇望は――イルーランにとって、恐怖の上にも恐怖を重ねさせるものだった。

「それで手を打ちましょう」アリアはガニーマに答えた。心の内にあふれる喜びを声にも顔にも出さずにすますのは、ひと苦労だった。「正式な婚約証書の準備をするわ。署名は公式の大領家会議で確認してもらえばいい。そこまですれば、ファラッディーンもまさか罠とは思わないと――」

「思わないはずはないけれど、それでもここへくるわ」ガニーマはいった。「もちろん、護衛も引き連れてね。とはいえ、その護衛たちも、わたしからあの男を護ろうとは思いもしないでしょう?」

「ポールが為しとげようとしたすべてのことを無為にしないためにも」イルーランは食いさがった。「せめてファラッディーンが事故死したように見せかけなくては。さもないと、外部から批判の嵐が――」

「わたしは喜んで、血に濡れたナイフを同胞にひけらかすわよ」ガニーマがいった。

「アリア、おねがい」イルーランは懇願の口調で、「こんなにも性急で異常な騙し討ちはやめてちょうだい。どうあってもことを構えたいのなら、ファラッディーンに公式決戦《カンリー》を宣言するなり――」

答えたのはガニーマだった。

「あの男に対して、わざわざ公式に血の復讐を宣言してやる必要はないわ。わたしたちの腹の内は帝国全体が知っていることだもの」ガニーマはそこで、自分のローブの袖を指し示した。「わたしたちはこうして黄色の喪服を着ている。これをフレメンの婚礼衣である黒衣に着替えたところで、だまされる人間がいるとでも思う？」

「ファラッディーンがだまされてくれることを祈りましょう」アリアがいった。「加えて、婚約式を見とどけるために訪れる各大領家の代表たちも同様に――」

「その代表たちはみな、ひとり残らず、あなたがたの敵にまわるのですよ」イルーランがいった。「わかりきったことでしょう！」

「的確な指摘ね」ガニーマが答えた。「代表は慎重に選んで、アリア。あとで始末してもかまわない連中をそろえるように」

イルーランは話にならないという顔で両手をふりあげ、きびすを返して出ていった。

ガニーマはアリアにいった。

「甥っ子に警告しないよう、イルーランに見張りをつけておきなさい」

「陰謀の進め方なら、教えてもらわなくてもけっこう」

アリアは言い捨てて背を向け、イルーランのあとを追いかけた。ただし、追いつかないようにペースを落とす。室外で待機していた護衛と側近たちがさっそくあとをついてきた――まるで蟲《ワーム》が砂上に飛びだすさい、生じた砂渦《すなうず》に砂粒が巻きこまれるように。

ドアが閉じられると、ガニーマは悲しげな顔で大きくかぶりをふり、こう思った。

(なにもかも、哀れなレトとわたしが思い描いたとおりに運んでいく。地《あ》下なる神々よ《あ》！
人狩り虎《レイザ・タイガー》どもに殺されたのがレトではなく、わたしだったらよかったのに)

アトレイデス家の双子を意のままに操ろうと画策してきた勢力は多い。そして、レトの死が発表されるや、謀略と逆計の動きは一気に熱を帯びた。各勢力の動機に注目してほしい。修女会は成人した忌み子としてアリアを恐れていたが、アトレイデス家の遺伝子が運ぶ特質はほしくてたまらない。教会の寄進《アウカーフ》・巡礼《ハッジュ》聖庁はムアッディブの子供たちを掌握した場合に持てるはずの力にのみ注目していた。CHOAM《チヨーム》が求めていたのは〈デューン〉なる惑星の富にいたる入口だけである。ファラッディーンと彼が統率するサーダカー軍団はコリノ家の栄光を取りもどすことにしか興味がなかった。航宙ギルドが恐れていたのはアラキス＝メランジの方程式にほかならない。かの香料《スパイス》なくしては航宙ができないからである。ジェシカはジェシカで、自分がベネ・ゲセリットに背いたことから生じた裂け目を繕おうと望んでいた。要するに、双子がいかなる計画を立てているかをたずねようと思いたった勢力はひとつとして存在しなかった。そして双子の計画が明るみに出たときには、すべてが手遅れだったのである。

――『クレオスの書』より

夕食後まもなく、レトはひとりの男がアーチ形戸口を通り、自分にあてがわれた部屋に入ってくるのを見た。レトの心はたちまちその男に魅きつけられた。通路に仕切りはなく、向こう側の活動が見えている。車輪つきの香料《スパイス》籠が三台、たてつづけに押されていった。密輸業者と押している女たちはひと目で外星産とわかる洗練された服装をしていたため、密輸業者と見ていい。レトの興味を引いたこの男も外星人のような服装をしていたが、その動きにはスティルガーのそれを思わせるものがあった。うんと若いスティルガーのような趣《おもむき》だ。

とくに注意を引いたのは独特の歩き方だった。間近で見る恒星のように、レトの意識を〈時〉が満たした。いまのレトには膨大な数の時空を見ることができるが、自分の肉体がどの時点に位置しているかは、探索先を自身の未来に限定してからでないとわからない。寄せては返す、多面的な先人たちの記憶／意識は、いまではすっかり自分のものになっている。それらは寄せ波に似ているが、あまり波が高いときには、静まれと命じさえすればいっせいに退いていき、あとに忠実なハルムだけが残る。

　折にふれて、さまざまな記憶／意識の声に耳をかたむけた。ある意識は、台詞《せりふ》提示係のように舞台の袖から顔を出し、どうふるまうべきかの合図《キュー》を出す。多数の意識を散策していたあるときには、父親のポールが現われてこういった。

「おまえはおとなになる道を探している子供だ。おとなになればなったで、子供であった自分をむなしく探しもとめるだろう」

　精神を散策していないときも、肉体は常時、古くて管理の悪い群居洞《シエチ》につきもののノミやシラミに悩まされていた。高香料《スパイス》食の食事を運んでくる使用人たちは、害虫にたかられても気にはならないらしい。害虫に免疫があるのでなければ、あまりにも長く害虫と共存してきて、不快には感じなくなっているのかもしれない。

　ガーニーのまわりに集まっているのは何者だろう？　どうやってここへきた？　ここはジャクルートゥーなのか？　多数の先人記憶が出した答えは、どれもレトの気にいらないものばかりだった。見た目はどの人物も醜い。なかでも、ひときわ醜いのはガーニーだ。しかし、表面的な醜さの下には、休眠状態で待機している完璧さがあった。

　レトの一部は、自分が香料《スパイス》びたりであることを知っていた。毎食、高濃度のメランジを摂取しているため、中毒状態にあるのだ。子供の肉体は香料《スパイス》中毒を脱したがっていたが、レトの精神のほうは、永遠ともいえる年月分の記憶のうち、手の届きやすい年代の記憶を渉猟《しょうりょう》することに夢中になっていた。

精神が記憶内の散策から帰ってくるたびに、自分はほんとうに肉体から遊離していたのだろうかといぶかしむ。そんな感覚の混乱を強めているのが香料《スパイス》だ。砂床《さしょう》に連綿と連なる三日月形砂丘《バルハン》が、風に煽られ、砂の上に突き出た岩塊の麓にゆっくりと砂の斜面を築いていくように、自己制約の圧力がすこしずつ積みあがっていくのが感じられた。いつの日か、ほんのわずかな砂の流れが岩塊を乗り越え、それを機に後方の砂流が陸続とあとにつづき……ついには露頭を呑みこんで、大空のもとには砂の広がりしか残らなくなる。

それでも、砂表の下には厳然と岩塊が存在する。

(ぼくはまだ香料《スパイス》トランス状態にあるんだな)

もうじき、生と死の分岐点に立つことはわかっていた。トランスから戻ってくるたびに、まだ足りないといわんばかりに、拘束者たちから香料《スパイス》びたりにさせられる。そして戻ってくるたびに、待っているのは、ナイフを手にした危険人物ナムリだ。これまでに数多くの過去と未来を観《み》てきたが、どんな時代を観てくれば、ナムリが——あるいは、ガーニー・ハレックが——満足するのかわからない。ふたりが求めるのは幻視以外のなにからしい。しかし、生死の分岐点には心魅かれるものがあった。自分の生はなんらかの内なる意味、幻視環境より上位に位置する意味を持っているはずだ。それはわかっている。その意味を考えれば、自分の内なる意識こそは真の自分であって、その外側にある部分はトランスのように感じる。そう思うと恐ろしかった。ノミだらけの群居洞《シエチ》には――ナムリのもとには――ガーニー・ハレックのもとには――もう戻りたくない。

（ぼくは臆病者だ）とレトは思った。

しかし臆病者は、たとえ臆病であっても、体裁上は勇敢に死ねるかもしれない。自分をもういちど一体に戻してくれる、その体裁はどこにある？　どうすればトランスと幻視の世界からガーニーの求める宇宙に目覚められる？　その転換点――あてどない幻視からの目覚めなくしては、自分で選んだ牢獄で命を落とすはめになりかねない。目覚めてこそ、ようやく自分をつかまえた者たちと協調できるようになる。宇宙について考察し、冷静な力のイメージを取りもどす英知を――内なるバランスを――どこかに見つけださなくてはならない。そうなってはじめて、自分は〈黄金の道〉を探索し、自分のものならぬ皮膚をまとって生き延びられるのだから。

だれかが群居洞《シエチ》のどこかで九弦楽器《バリセット》を弾き語りしていた。自分の肉体はいま現在にいて、この音楽を聴いているのだろう。背中の下には寝台が感じられる。そして耳はこの調べを聞いている。弾き語りしているのはガーニーだ。あれほど奏でるのがむずかしい楽器を、こうもみごとに弾きこなせるのは、ガーニーの指以外にない。弾いているのはフレメンの古謡で、〝起き伏しの歌《ハディース》〟とも呼ばれる楽曲のひとつだ。この曲がそう呼ばれるわけは、その中に含まれる精神的な語りと声音が、アラキスでの生存に必要なパターンを思わせるからだという。歌詞の内容は群居洞《シエチ》で人間が従事する仕事を歌ったものだった。

古謡を聴くうちに、自分が古代の荘厳な洞窟内をめぐっている感覚が宿った。女たちが香料《スパイス》の残滓を踏んで燃料にする光景、香料《スパイス》を醱酵させている光景、香料《スパイス》入り生地を作っている光景が見える。群居洞《シエチ》のいたるところにメランジがあった。

じきに、古謡と洞窟で働く人々の幻視、この両者の区別がつかなくなる瞬間が出てきた。力織機《りきしょっき》の唸りと糸を打ちこむ音は九弦楽器《バリセット》の反響と弦を鳴らす音だ。だが、レトの内なる目に観えているのは、人間の毛髪、変異体ネズミの長い体毛、砂漠綿花の糸、鳥の表皮をはいだ細長い皮を布に仕立てる光景だった。群居洞《シエチ》内の学校も観えた。楽曲の翼に乗って、〈デューン〉の生態系から生まれた言語が心中を駆けめぐる。太陽光を動力とする厨房や、保水《スティル》スーツの製作と補修が行なわれている細長い岩屋が観えた。砂地から持ち帰った棹を使って天気を読む者たちのようすも観えた。

旅の途中のどこかで、だれかが食事を持ってきて、横たわるレトの頭を力強い腕で支え、スプーンで口に運んでくれた。それはリアルタイムの感覚で把握できたが、心の中に展開する驚異の旅はなおもつづいていた。

主観的には、高香料《スパイス》食を摂った直後のこと——目の前に突如として砂嵐が湧き起こった。砂塵の渦中にうごめくさまざまなイメージが、複眼に映りこんだ黄金の鏡像群に変化し、レト自身の生はちっぽけなアオムシのねばつく這い跡のように矮小化した。

預言者講話《パノプリア・プロフェーティクス》のことば——それが精神を駆けぬけたのはそのときだった。

〝確実なもの、均衡のとれたもの、永遠につづくものなど、宇宙のどこにもない——同じ状態が維持されるものはひとつとしてなく、万事は日々、ときには時々刻々と変化する〟

(むかしの保護伝道団《ミッショナーリア・プロテークティウァ》は自分たちのしていることを心得ていたんだな) とレトは思った。(伝道団は〝畏るべき目的〟のことを知っていた。民衆と宗教をいかに操るかを知っていた。父でさえ伝道団の思惑から逃れることはできなかった——最終的には)

探しもとめていた手がかりはそこにある。観察するうちに、力が肉体に戻ってくるのが感じられた。自分という多面的な存在全体が回転し、宇宙を眺めわたしはじめる。上体を起こすと、そこはあの薄暗い岩屋の中で、ひとりきりでいることに気がついた。光の源は室外へ通じる通路から射しこむ明かりだけだ。ガーニーがあそこから入ってきて、自分の精神を奪っていったのは、もう何万年も前のことに思える。

「われら一同に幸あれ!」レトは伝統的なフレメンの流儀で呼びかけた。

すぐさま、ガーニー・ハレックがアーチ戸口に現われた。外の通路から射す光を背中に受けて、頭が黒いシルエットになっている。

「明かりを持ってきてほしい」レトはいった。

「まだ試練を受けたいのか？」

レトは笑った。

「ちがう。試練を与えるのは、こんどはこちらのほうだ」

「どうだかな」

ハレックはきびすを返して立ち去り、すこしして戻ってきた。明るく光る青い発光球を左腕でかいこんでいる。それを岩屋の中に放ち、発光球がふわふわと天井付近へ浮かんでいくにまかせた。

「ナムリはどこに？」レトはたずねた。

「すぐそこにいる。呼べば声のとどくところに」

「そうか。〈永遠の老父〉だけに、いつも辛抱づよく待っているわけか」

いまのレトには、不思議に解放されたような感覚が宿っていた。いまにも新たな発見をするとば口に立っている気がする。

「ナムリのやつをシャイー＝フルードの別名で呼ぶのはどういう了見だ？」

「ナムリのナイフは蟲《ワーム》の歯だろう」レトは答えた。「だから〈永遠の老父〉さ」

ハレックは苦笑したが、なにもいわなかった。

「まだぼくに判断を下すのを控えているようだね」とレトはいった。「とはいえ、そう、判断を下さないかぎり、情報を交換するすべもない。といって、正確であれと宇宙に願うこともできない」

ハレックの背後から衣ずれの音が聞こえてきたので、レトは警戒した。ナムリだった。岩屋に入ってきたナムリは、ハレックの左後方、半歩のところで足をとめた。

「なるほど。〈忌むべき左手〉というわけか」とレト。

「〈無限〉と〈絶対〉について軽口をたたくのは、賢いことじゃないぞ」

ナムリが唸るような声でいって、横目でハレックを見た。

「絶対的なものを引きあいに出すとは、きみは神か？」レトは問いかけた。問いかけた相手はナムリだが、注意はハレックにすえている。判断するのはハレックの役目だからだ。

ふたりの男は無言でレトを見つめた。

「あらゆる判断は判断ミスの際《きわ》で揺れている」レトは説明した。「絶対的な知識があると標榜《ひょうぼう》すれば異常者あつかい。知識とは不確実性の縁《ふち》にある終わりなき冒険なのさ」

「なんのことば遊びだ、それは」ハレックがきいた。

「しゃべらせておけ」これはナムリだ。

「ことば遊びを仕掛けてきたのはナムリのほうだ」レトは答えた。老フレメンがそうだとうなずくのが見えた。これが謎かけゲームだと気づいたにちがいない。「人間の感覚にはつねに、すくなくともふたつのレベルがある」

「些事とメッセージか」ナムリがいった。

「よくできました！　きみがぼくに伝えたのは些事。ぼくがきみに伝えるのはメッセージ。ぼくはものを見る、聴く、においを嗅ぐ。ものに触れる。温度や味覚の変化を感じとる。時の流れを感じる。感情の見本を味わう。すばらしい！　ぼくは幸せだ。わかるだろう、ガーニー？　ナムリ？　人の生には神秘的なところなんてない。それは解くべき問題ではなくて、経験すべき現実なんだ」

「おれたちの忍耐を試しているのか、小僧」ナムリがいった。「とうとうここで死ぬ腹を固めたか？」

だが、ハレックは片手でナムリを制した。

「第一に、ぼくは小僧じゃない」レトはそういって、右耳のそばで最初の手信号を送った。「きみたちがぼくを殺すことはない。ぼくはきみたちに〈水の責務〉を課したんだから」

ナムリが結晶質《クリス》ナイフを鞘からなかば抜きかけた。

「おまえに背負わされた責務なんか、ひとつもない！」

「だが、神はアラキスを、信徒を教育する場として創りだした」レトはいった。「ぼくはきみたちに自分の誠を見せただけじゃない、きみたちにおのが存在を意識させもしたんだ。生には議論が欠かせない。きみたちは気づかされたんだよ——このぼくによってだ！——きみたちそれぞれの現実が、自分以外の者すべてのそれとはちがうことに。だからこそ、きみたちは自分が生きていると実感できる」

「不敬は危険なゲームだぞ、おれを相手に仕掛けるにはな」

ナムリは結晶質《クリス》ナイフをなかば抜いたままにしている。

「不敬とは、宗教にとってなによりも必要な要素のひとつにほかならない」レトは応じた。「哲学面にとって重要というだけじゃない。不敬とはぼくらに残された、ぼくらの宇宙を試せる唯一の手段なんだ」

「するとおまえは、自分が宇宙を理解していると思っているのか？」

問いかけたのはハレックだった。ナムリとの距離はさっきよりあけている。

「決まってる」ナムリの声には殺意が表われていた。

「宇宙を理解できるものは凪しかない」レトは答えた。「脳の中に全知の理性が君臨しているわけじゃないんだ。創造とは発見にほかならない。神は虚空の中にぼくらを発見した。それは神がすでに知っている背景の前でぼくらが動いていたからだ。背景に広がるのは、一面のなにもない壁。その壁の前を動くものがあったんだよ」

「わかっているのか？　自分が死と隠れんぼをしていることが？」ハレックが警告した。

「だが、きみたちはふたりともぼくの友人だ」レトはそういって、ナムリに顔を向けた。「だれかにきみの属する群居洞《シエチ》の友になってくれと申し入れるとき、きみは引出物としてタカとワシを一羽ずつ殺しはしないか？　そのときの口上はこうだろう？

〝神はご自身に連なる地のひとりひとりに、かくのごときタカを、かくのごときワシを、かくのごとき友を差しつかわすものなり〟」

ナムリの手がナイフの柄《つか》から離れた。なかば見えていた刀身は鞘に収まった。ナムリは目を剝いてレトを見つめている。どの群居洞《シエチ》でも友好を求める儀式は秘密だというのに、たったいま、レトはナムリの群居洞《シエチ》における儀式の枢要部分を口にしてみせたのだ。

だが、ハレックはたずねた。

「ここはおまえの最終目的地か？」

「ぼくからどんな回答を引きだされねばならないかは知っているよ、ガーニー」醜い容貌に希望と疑念が交錯するのを見ながら、レトは自分の胸に手をあてた。「この子供は絶えて子供であったことがない。ぼくの中には父も生きているが、父はぼくとはちがう。きみはわが父を愛した。父は勇敢な人物であり、その行ないは大いなる変革をもたらした。父が為《な》そうとしたのは戦争の循環を断ち切ることだったんだ。ただし、生によって表現される無限の動きを計算に入れていなかった。その動きをラージアという。演算能力者《メンタート》はそれを〝意識への全面的な没入状態〟として知っている。知っているのはナムリも同じか。その動きは、定命《じょうみょう》のどんな人間にも見えるものだから。ただし、未来への可能性をせばめるその動きには——その動きがたどる道には——注意しなくてはいけない。そのような道に入りこんだら最後、人は無限の可能性からはずれて、死の罠にはまりこんでしまう」

「それはおまえの口から聞くはずのことばじゃない」ハレックがいった。

「こいつはことば遊びをしているだけだ」横からナムリがいった。

ただし、ナムリの声には大きなためらいと深い疑念がにじんでもいた。

「ぼくはナムリに味方し、父に抗う。そしてぼくの中の父はぼくに味方し、父を構成する要素に抗《あらが》う」

「なぜだ？」とハレック。

「なぜならそれが、ぼくが人類に与える運命への愛《アモール・ファーティー》、究極の自省だからだよ。この宇宙において、ぼくは自分に味方して、人類に不明をもたらすあらゆる力に抗う。ガーニー！

ガーニー！　きみは砂漠で生まれ育ったわけじゃない。きみの身体はぼくが口にしていることの真実を知らない。だが、ナムリは知っている。広大な砂漠においては、どの方角も等しく価値があるんだ」

「やはりそれは、おまえの口から聞くはずのことばじゃない」ハレックが歯をむきだした。

「こいつは戦《いくさ》をしろといってるのさ、平和を否定してな」ナムリがいった。

「ちがう。それに父は、戦争を否定したわけじゃない。しかし、父が為した結果を見ろ。この帝国において、平和とはたったひとつの意味しか持たない。単一の生き方を維持することだ。きみたちはそれで満足するように命じられている。生はすべての惑星において、帝国政府におけるそれと同じものでなくてはならない。聖職研究での主要な目的は人類のふるまいの正しい形を見いだすことにある。ゆえに、ムアッディブのことばに頼りきってしまった！　どうだ、ナムリ、きみは現状で満足か？」

「いいや」そのことばは平板な、自発的否定となって発せられた。

「では、不敬を働くか？」

「そんなわけがあるか！」

「そういいながらも、きみは満足していない。わかるだろう、ガーニー？　ナムリが証明してくれた。あらゆる疑問、あらゆる問題には、たったひとつの正解があるわけじゃない。

人は多様性を許容しなくてはならない。単一性は不安定なんだ。ではなぜ、きみはぼくにたったひとつの正しい発言を求める？　それはきみの身勝手な判断基準じゃないのか？」

「おれにおまえを殺させたいのか？」ハレックがいった。その声には苦悩がにじんでいた。

「そうじゃない。ぼくはきみを哀れんでいるんだ。祖母にはぼくが協力すると伝えたまえ。修女会はぼくの協力をいやがるだろうが、アトレイデスとして約束をまもる」

「読真師《どくしんし》にかけたほうがいいんじゃないか」ナムリがいった。「アトレイデスのやつらときたら……」

「いいだろう、機会を与えてやろう」ハレックはいった。「おまえの祖母の前で、本来、口にするはずだったことをいう機会をな」

そして、通路の奥にあごをしゃくった。

ナムリは立ち去る前に、ちらとレトを見て、ハレックに苦言を呈した。

「こいつを生かしておくのが、まちがいでなけりゃいいんだがな」

「いくがいい、友人たちよ」レトはいった。「いってよく考えることだ」

ふたりが立ち去ってしまうと、レトは仰向けに寝ころがった。背にあたる寝台が冷たい。仰向けになる動きにより、香料《スパイス》びたりの意識の外で頭が回転した。その刹那、惑星全体が見わたせた。すべての村、すべての町、すべての都市、すべての砂漠、すべての緑地――。

ありとあらゆる地形が視界の野《の》に押しよせてきて、各々の内と外で混淆する要素と親密な関係を結びだす。帝国社会の構造が、帝国に所属する各惑星やコミュニティの物理構造を反映したものとして見えた。心の中で展開してゆく巨大な構図のように、それはあるべき天啓として——社会の陰の、目に見えない部分を覗く窓として見えていた。レトはそれを俯瞰《ふかん》し、あらゆる系にこうした窓があることを実感した。自分自身という系にも、自分の宇宙という系にも、その窓はある。そんな窓の数々を覗きこみ、レトは宇宙的な窃視者《せっししゃ》となった。

　これこそは、祖母と修女会が求めてやまないものだったんだ！　いまならそれがわかる。レトの意識は、新しい、より高次の次元を流れはじめた。自分の身内に過去が内包されているのが感じられる——細胞のひとつひとつにも、あまたの記憶にも、さまざまな想定に取り憑いた多彩な原型《イデア》にも、自分を取りかこむ多様な神話にも、自分が受け継いだ多数の言語とそれらが宿す有史前の名残《なごり》にも——膨大な過去が含まれている。その過去はレトが持つヒトを含めた全生物種の過去のすべてに、いま自分が統括する無数の記憶のすべてに由来するものであり、ここにおいて、それらはついにレトの中で統合された。その結果、レトは感じた——自分がヌクレオチドの干満と潮流に取りこまれた存在でしかないことを。無限の前では、自分は原生動物にすぎない。無限において、生と死とは事実上同じものだ。

ただし、自分は無限であると同時に原生動物でもあり、分子的記憶を持つ生物でもある。

（ぼくたちヒトは、群体生物の一形態なんだ！）

修女会はレトの協力を求めている。協力を約束することで、こんどもナムリのナイフの餌食にはならずにすんだ。修女会が求める協力というのは、矯正者としての協力だろう。

（しかしぼくは、修女会の望む形で世に社会秩序を持ちこみはしない！）

思わず渋面になり、レトの口元は歪んだ。自分が父のように無自覚の害悪を撒き散らすことは――いっぽうで専制政治を敷き、いっぽうで奴隷制度を助長するようなまねは――断じてしない。それは承知している。とはいえこの宇宙は、父の〝古き良き時代〟を希求しているかもしれない。

ここで精神の中の父が、おずおずと、用心深く、けっして強気にではなく、話を聞いてもらえないかというていで、ひとつの提案をしてきた。

それに対して、レトはきっぱりと答えた。

「それはいけない。修女会には、各自の精神を占有する複雑さを許容しよう。修女会には危険から逃れる手段がいろいろとあるからね。ぼくを危険な存在だと見なすのは、ぼくの治世を何千年も経験してからのことになるだろうな。そのとおりだよ、内なるとうさま。ぼくたちは修女会に疑問符をいだかせるんだ」

きみたちの中には、もう罪深さも無垢さもない。それらはすべて過去のもの。罪の意識は死者を苦しめはするが、ぼくは鉄鎚ではない。きみたちあまたの死者は、たんに特定のことどもを行なったにすぎない。そして、そういったことどもの記憶は、わが行く手に延びる道を照らすことになる。

――「レトニ世が多数の先人記憶／意識に与えたことば」

ハルク・アル＝アーダ記

「ひとりでに変化した！」

ファラッディーンはささやき声とほとんど変わらない声で告げた。

ファラッディーンが立っているのは、レディ・ジェシカが横たわるベッドのすぐそばだ。うしろにはふたりの衛兵を連れている。レディ・ジェシカは片手をついて上体を起こした。

ジェシカが着ているのはきらめく重合《パラ》シルクの白いナイトガウンで、頭には銅《あかがね》色の髪にやはり白のヘアバンドをつけている。ファラッディーンのほうは、ついいましがた、この部屋に飛びこんできたところだった。当人が着ているのはグレイのレオタードで、興奮もあらわな顔が汗みずくなところを見ると、天守内の廊下を大急ぎで駆けてきたものらしい。

「いま何時？」ジェシカはたずねた。

「何時？」ファラッディーンはけげんな顔になった。

問いに答えたのは衛兵の片方だった。

「真夜中をまわって三時間めでございます、マイ・レディ」

そこで衛兵はおずおずと、ファラッディーンを見やった。若きプリンスは常夜灯の灯る廊下を、各持ち場に立っていた衛兵ふたりが驚いてついてくるのにかまわず、一心不乱にこの部屋まで駆けてきたのである。

「しかし、変化したんだ」ファラッディーンはくりかえすと、まず左手を、ついで右手を差しだした。「両手が小さくてぽちゃぽちゃしたこぶしになるのを見て、思いだした！あれはわたしが幼児だったころの手だ。それがきっかけで幼児だったころを思いだしたが、記憶が……ずっと鮮明になっていた。当時のことをまざまざと思いだせる！」

「よくできました」ジェシカは答えた。プリンスの興奮がしだいに伝わってきた。「では、両手が老人の手になったときはどうだった？」

「精神の……働きが……鈍くなった。背中も痛くなった。このあたりが」

ファラッディーンはそういって、左の腎臓のあたりを押さえた。

「あなたが得たのはとても重要な成果よ。それがどういう成果か、わかる？」

ファラッディーンは両手を横におろし、ジェシカを見つめた。それから、

「精神が現実を制御するということだな」目を輝かせ、こんどはもっと大きな声になって、

「精神は現実を制御するんだ！」

「それが神経と筋肉組織《プラーナ＝ビンドゥー》バランスの第一歩よ」ジェシカは答えた。「ただし、まだ初歩の初歩でしかないけれどね」

「つぎはなにをすればいい？」

「恐れながら、マイ・レディ」さっき時間の問いに答えた衛兵が、あえて口をはさんだ。

「時刻が時刻ですので」

（この時間帯には、監視がついていないということ？）

ジェシカはそう思い、口に出してこういった。

「下がりなさい。わたしたちにはすることがあります」

「ですが、マイ・レディ」

衛兵は食いさがり、ファラッディーンに恐懼《きょうく》の目を向け、ジェシカを見やり、ふたたびプリンスに視線を戻した。

「わたしがプリンスを誘惑するとでも？」

衛兵は身をこわばらせた。

ファラッディーンは愉快そうに爆笑し、片手をひとふりした。

「聞こえたろう。下がれ」

ふたりの衛兵は顔を見合わせたものの、指示にしたがった。

ファラッディーンはベッドの縁に腰をかけ、「つぎはなにを？」といって、かぶりをふった。「信じたい気持ちはあったが、信じてはいなかった。ところが、いまでは……心が融けてしまったかのようだ。降参するよ。わが精神はあなたに抗《あらが》うのをあきらめた。現実に、変化は起きたんだ。さっきのように！」

そういって、ファラッディーンは指を鳴らした。

「あなたの精神が抗っていたのは、わたしではないわ」

「もちろん、ちがう」ファラッディーンは認めた。「わたしが抗っていたのは自分自身だ。これまで学んできたたわごとのすべてに対してだ。さあ、つぎはなにをすればいい？」

ジェシカはほほえんだ。

「正直いって、こうも早く成果を出せるとは思わなかったわ。修行をはじめてから、まだたったの八日……」

「忍耐づよいからな」そういって、ファラッディーンは破顔した。

「じっさい、忍耐というものを学びはじめているわね」

「学びはじめている？」

「あなたはまだこの修行の一合目に這い登ったところなの。いまのあなたは、ほんとうに幼児でしかないのよ。これまでは……ただ潜在能力があったというだけで、生まれてさえいなかったといえるわね」

　ファラッディーンの口角が目に見えて下がった。

「そうしょげないで。課題をクリアできたことがたいせつなのだから。新生できる人間がどれほどいると思うの？」

「つぎはなにをすればいい？」

「学んだことをくりかえし練習するの。あの変化を自由自在に、なんなくこなせるようになりなさい。そうするうちに、この修行があなたの意識に開いた新たな空間が拡充されていくから。その空間は、あなたが求めるものと整合しないあらゆる現実を検証する能力で満たされていくでしょう」

「わたしがいまするべきは、それだけなのか？　手の変化を――」

「そんなことはないわ。もう筋肉の訓練をはじめてもいいでしょう。どう？　あなたには左足の小指だけを動かすことができる？　からだのほかの筋肉はいっさい動かさずに？」

「左足の……」ファラッディーンの顔に遠くを見るような表情が浮かんだ。左足の小指を動かそうとしているのだ。ほどなく左足を見おろし、小指の部分にじっと見入った。額に玉の汗が吹きだしている。とうとう、吐息を洩らした。「できない」

「いいえ、できます。方法を学びさえすればね。からだじゅうのすべての筋肉について、動かし方を学ぶのよ。自分の手を知ったのと同じように、全身の筋肉を知るの」

　ファラッディーンは前途の長さにごくりとつばを呑んだ。それから、

「わたしになにをしている？　わたしをどうするつもりだ？」

「あなたを宇宙へ解き放とうとしているのよ。自分の心からの望みを認識しさえすれば、あなたはどのような存在にでもなれるわ」

　ファラッディーンはしばしその意味を考えた。

「心からの望みを認識しさえすれば、どのような存在にでも？」

「ええ」

「それはむりだ！」

「むりでしょうとも——自己の現実を制御するすべを学ぶのと同じように、自分の望みを制御するすべを学ばないうちはね」

そういって、ジェシカは思った。

（ここだわ！　ファラッディーンの分析者たちにはこの点を検証させよう。分析者たちは慎重に臨むよう助言するだろうけれど、ファラッディーンはわたしがすでに教育している内容について、一歩理解を深めるでしょう）

プリンスはこういって、自分の推測をたしかめた。

「心からの望みを認識できるようになる——そう告げることはだれにでもできる。しかし、それを実現できるようになるかというと、また別問題ではないか」

「思っていたよりも呑みこみが早いわね。とても優秀。請けあうわ、この学習計画が修了した暁には、あなたは自分を完全に制御できているでしょう。なにをするにせよ、自分がしたいからするようになっているはずよ」

（ただし、読真師《どくしんし》がそれを剝ぎとろうとするだろうけれどね）

ファラッディーンは立ちあがったが、ジェシカに向ける表情はあたたかく、親しみさえ感じさせた。

「もうおわかりのように、わたしはあなたを信じる。なぜかは自分でもよくわからないが、あなたを信じる。そして、そのときなにを考えていようと、修行以外のことは、あなたの前ではけっして口にしない」

そう言い残して寝室を出ていくファラッディーンの背を、ジェシカは見送った。ついで、発光球を消し、ベッドに横たわった。あのファラッディーンというのは、なかなか深みのある人物だ。〝あなたの目論見がすこし見えてきた〟——そういったも同然でありながら、自分の意志でジェシカの陰謀に加担しようとしている。

（ファラッディーンが自分の感情を学びはじめるまで待ちましょう）

そう思ったのを機に、ジェシカはみずからを眠りへ導いた。あすは廷臣たちと非公式の会合が持たれる予定で、毒にも薬にもならない質問に煩わされることになるだろう。

人類は周期的に営みを加速させ、それによって生の活力みなぎる再生と、堕落へ誘《いざな》う頽廃、この両者の鬩《せめ》ぎあいを経験する。そのような鬩ぎあいの時期においては、いかなる休止も贅沢となる。そうした休止のときにこそ、人は考えるのだ、すべてが許容される、すべてが可能になると。

――『ムアッディブ外典』

(だいじなのは砂の感触だ)レトは自分に言い聞かせた。

まばゆい空の下にすわって、砂地についた手には砂粒の感触がある。またしても大量のメランジを強制的に摂取させられたあと、レトの精神は旋風《つむじかぜ》のようにくるくるまわった。答えが得られないままの問いが、漏斗状になった旋風の底深くにわだかまっている。

(なぜガーニーは、ぼくがいうべきはずのことばにこだわるんだろう?)

ガーニーは頑固だ。その点には疑いがない。そしてレディ・ジェシカから指示を受けている。

ガーニーたちはこの〝課題〟のために、群居洞《シエチ》から白日のもとへとレトを連れだした。群居洞《シエチ》からここまでの短い旅のあいだは、奇妙な感覚を味わいどおしだった。というのも、精神の中でいがみあう先の公爵レト一世とハルコンネン老男爵を引き離すのに手いっぱいだったからである。レトが直接的な対決を許さなかったので、ふたりはレトの精神内で、間接的な形で激烈な戦いをくりひろげた。その戦いぶりから、レトはアリアの身になにが起こったのかを知った。かわいそうなアリア……。

(香料《スパイス》トリップを恐れていたのは正しかったな)

そのいっぽうで、レディ・ジェシカに対する憤懣《ふんまん》があふれんばかりにこみあげてきた。祖母のいまいましい試練、〝横暴な敵《ゴム・ジャッバール》〟! この試練を乗り越えられなかったら、自分は死ぬ。本来の形式とはちがって、毒針を首筋に突きつけられてこそいないものの、自分の娘を呑みこんだほどの危機の谷間に、こうして孫を放りこむとは……。

そのとき、フンフンとにおいを嗅ぐような音が意識にすべりこんできた。音は揺らぎ、大きくなったかと思うと小さくなり、ふたたび大きくなったかと思うと……小さくなった。これが現実に聞こえている音なのか、香料《スパイス》がもたらす幻視なのかは判別するすべがない。

いまは腕組みをした形で、上体は前にかしいでいる。尻の下に熱い砂を感じた。眼前に敷物があるが、自分は砂の上へじかにすわらされている。敷物にはひとつの影がすわっていた。ナムリだった。レトは敷物の汚れぐあいを見つめ、その表面が泡だっているような感触をいだいた。レトの意識は現在時にたゆたい、砂漠の地形をうかがった。はるか遠い地平に、蓬髪《ほうはつ》のように乱れた緑地帯のラインが連なっている。

頭の中では太鼓が鳴り響いていた。熱さを、熱を感じる。その熱は燃える圧力となってレトの感覚を圧迫し、肉体から意識を押しだした。その結果、感じる対象が絞りこまれた。自分に迫る危機、動いている影。ナムリとそのナイフ。圧力……圧力……ついにレトは、空と砂のあいだで宙に浮かび、精神をすっぽりと熱に呑みこまれた。その状態でなにかが起こるのを待つ。なにが起こるにしても、それはたった一度きりのできごとで、二度とは起こらない予感がする。

灼熱の陽光がぎらぎらと、静心《しずごころ》なく、容赦もなく、強烈に照りつけてくる。

（ぼくの〈黄金の道〉はどこだ？）

いたるところに虫が這いまわっている。まさしく、いたるところに。

（われを被《おお》うはわが皮膚にあらず）

相手の出方をじっと待つ。そのあいだ、神経経由でつぎつぎと肉体に指示を送りだした。

（頭をあげさせろ）と神経に命じる。

自分のものかもしれない頭がのろのろと上を向き、まばゆい陽光のもとに連なる黒々とした一帯を眺めやった。

　だれかがだれかにささやいた。

「すっかり香料《スパイス》浸けだな」

　返事はない。

　燃える太陽はますます周囲の熱を高めていく。

　ゆっくりと、意識の流れは外に向けてただよっていき、黒々とした緑地帯を通り越した。そこに――重畳《ちょうじょう》する低い砂丘の彼方、連なる白亜の岩壁からわずか一キロの距離に――未来において芽吹きゆく緑地があった。植栽は高く伸びて際限なく広がっていき、一帯を緑で掩《おお》いつくし、緑一色の世界を外へ外へと果てしなく押し広げていく。

　その緑の中には一頭の大型蟲《ワーム》もいない。

　植物は豊かに繁茂しているが、シャイー＝フルードの姿はどこにもなかった。

レトは自分が古い意識の境界を飛び越え、イマジネーションのみに見える新たな領域に侵入したことを感じとった。無気力な人類が〈未知〉と呼ぶ、未来のヴェールそのものを透かして見えているもの――。

それは残酷な現実だった。

自分の生という赤い果実が枝に生《な》り、体液が自分から流れだしていく。その体液とは、血脈を流れる香料《スパイス》のエキスだ。

シャイー＝フルードのいないところ、香料《スパイス》もない。

自分が見ているのは、巨大な灰色の〈蟲《ワーム》／砂の〝蛇〟〉がいなくなった〈デューン〉の未来だ。そうとわかってはいても、このような幻視を観《み》せるトランスから自分の心を引きはがすことができなかった。

ところが、唐突に、意識ががくんと引きもどされた――過去へ過去へと、この恐るべき未来から逆行していく。思考が腹部に宿り、原始的になり、強烈な感情のみで動くようになった。自分の幻視であれ周囲の現実であれ、特定の側面に対し、なぜか意識を集中することができない。ふと、心の中に声が聞こえた。心の声は太古の言語でしゃべっており、レトには完全に理解できた。声は音楽的で快活だったが、語る内容は恐ろしいものだった。

「現在が未来に影響するのではない、汝、愚かなる者よ、未来こそが現在を形成するのだ。汝はすべてを逆行させた。未来が定まったがゆえに、事象の展開は未来を確定させ、この流れは不可避のものとなる」

このことばに、レトは身をすくませた。自分の肉体の中に恐怖が強く根を張っている。

その恐怖ゆえに、自分のからだがまだ存在することはわかったが、仮借なき自然と自分の幻視が有する圧倒的な力は、自分が汚染され、無防備になり、筋肉に信号を出して動かすこともできないとの感覚をもたらした。自分はまたもや、あの集合的先人意識の群れから猛攻を受けている！　一度は自分を現実の存在だと感じさせてくれた、あのおびただしい記憶の群れにだ。恐怖がこみあげてきた。結局は内なる命令に屈してしまうのではないか、ついには忌み子化してしまうのではないか——。

　自分のからだが恐怖で悶えるのが感じられた。

　レトはこのごろ、記憶の人格たちに勝利した結果、新たに勝ちえた好意的協力者たちに頼るようになっていた。ところが、いまやすべての記憶がこぞって攻勢をかけてきている——あの忠実なハルム、信頼しきっていたハルムまでもが。レトはいま、きらめきつつ、根を伸ばせない表面の上に横たわり、自分自身の生にまったく働きかけができずにいる。自分の精神的なイメージに集中しようとしても、無数のイメージ——幼児からよぼよぼの老人にいたるまで、さまざまな年齢のイメージがちらつくばかりで、ひとつに絞れない。

　そのときだった——父が幼少のころに受けた訓練を思いだしたのは。

（両手を幼児の手に、ついで、年寄りの手に）

　だが、全身がこの失われた現実に浸されたいま、いくらイメージを固定しようとしても顔がつぎつぎに変容して、記憶を提供する無数の先人たちの顔になってしまう。

つぎの瞬間、ダイヤモンドの稲妻に打たれ、レトはばらばらに砕け散った。

砕けた意識の断片がただよっていく。だが、それでいて、自分の感覚は存在と非存在のあいだのどこかに保持されてもいる。希望に奮いたち、自分の肉体が呼吸するのを感じた。息を吸って……吐く。大きく息を吸って——陰《イン》——吐く——陽《ヤン》。

把握できる範囲のすぐ外に、至上の独立が確保された場所がある。数多い先人の記憶がもたらす混乱のすべてに勝利する場所——表面的な主導権を得るのではなく、真の勝利が得られる場所が。いまなら前に失敗した理由が理解できる。以前は自分のトランスという現実の中で力を求めることを選び、自分とガニーマが与えあってきた恐怖を見すえようとしていなかった。

（アリアは恐怖に負けたんだ！）

力を求めることで、罠は別の方向へと広がり、自分を空想へと誘《いざな》った。幻想が観えた。その幻想の過程全体がぐるんと半回転したため、幻想の中心がどこにあるのかがわかった。その中心からであれば、多様な幻視が飛びかい、内なる意識たちが行きかうさまを悠然と見わたせる。

高揚感が一気にこみあげてきて、声をあげて笑いそうになったが、そんな贅沢はぐっとこらえた。笑おうものなら、先人の記憶たちが扉に閂《かんぬき》をかけてしまいかねない。

（ああ、わが記憶たちよ。きみたちの幻想は目に収めた。きみたちはもう、新たな幻想を創りだしてぼくに観せることはできない。きみたちにできるのは、新たな幻想の創り方を教えることだけだ。ぼくはもう、古い行跡《こうせき》にはとらわれない）

　この思考は自分の意識全体に、その表面をきれいにぬぐうかのような形で伝わっていき、思考が通過したあとにはみずからの全身が感じられ、あらゆる細胞、あらゆる神経のごく詳細な細部までもが、ひとつの洞察《アインフェレ》として報告された。それを経て意識は恐ろしいほど静かな状態に入った。その静寂の中で、人の話し声が聞こえた。うんと遠くから聞こえていることはわかっているのに、せまい空間で響いているように、はっきりと聞こえる。

　声のかたほうはハレックのものだった。

「摂取量が多すぎたんじゃないのか」

　答えたのはナムリの声だった。

「与えたのは、摂取させろといわれた量ぴったりだ」

「いったん外の砂漠に戻って、もういちどようすを見たほうがいいかもしれん」ハレック。

「サビーハはこの方面が得意だ。なにかおかしくなったらすぐ連絡してくるさ」ナムリ。

「サビーハのやってることは気にいらんがな」ハレック。

「必要悪だよ」ナムリ。

自己の外側はまばゆいほど明るいが、内側は真っ暗だ。しかし、その暗闇はひそやかで、身を護ってくれているようでもあり、暖かい。と、外側の光がいっそう強烈に輝きだした。その光は内側の暗闇から発せられているらしく、輝く雲のように渦を巻いて外へ広がっていく。肉体が半透明になり、上へ引っぱられだした。それでも、すべての細胞や神経との洞察《アインフェレ》的接触は維持されていた。無数の内なる先人たちの記憶は一列に整理され、もはや絡みあっても混じり合ってもいない。レト自身の内なる静寂を反映しているかのように、意識はみんなひどく静かだ。先人たちの記憶は個々に分離され、実体がなく、それ以上は分割不能な存在として収まっている。

ここでレトは先人たちに語りかけた。

「われは諸君の聖霊なり。諸君に理解できる唯一の生なり。どこにも存在せぬ地、諸君に残された最後の居所、そこにひしめく諸君の魂を宿す家、それこそがわれと考えられよ。われなくして理知的な宇宙は混沌へ逆行する。創造性と底知れぬ淵は、われの中において一体不可分に結合され、両者に割って入れるのはわれをおいてなく、われなくして人類は〝知識〟の泥沼と虚栄に沈む。われを通じてのみ、諸君と他者は混沌を脱する唯一の道を見いだしうる。その道とは、〈生きることで理解すること〉にほかならぬ」

　このことばとともに、レトは自分の手綱を放し、自分自身に――過去の万事を理解して取りこんだ自分自身の人格に――帰還した。これは勝利ではない。敗北でもない。自分が選ぶどの内なる先人とも自在に協調しあえる新たな境地だ。レトはこの新境地を堪能し、新境地に自己の全細胞、全神経を所有させ、それまで洞察《アインフェレ》が自分に提示していたものを捨て去り、捨て去ったその瞬間において全体性を取りもどした。

　ほどなく、レトは白い暗闇の中で目覚めた。意識の閃きとともに、自分の肉体がどこにいるのかもわかった。群居洞《シエチ》の北の境界にある岩壁から約一キロの地で砂上に座している。いまならあの群居洞《シエチ》のことがよくわかる。ジャクルートゥーであることはまちがいない。そして……フォンダクでもあった。とはいえ、その実態は、神話や伝説にある物語とも、密輸業者たちがあえて放置していたうわさとも、ずいぶん掛けはなれたものだった。

　目の前の敷物には若い女性がすわっている。まばゆい発光球からはケーブルがたれて、末端を左の袖口に結わえてあり、発光球自体は女性の頭の上にふわふわと浮かんでいた。発光球から目をそらすと、星空が見えた。この若い女性には見覚えがある。以前に幻視で観た女性、コーヒー豆を焙煎していたあの女性だ。女性はナムリの姪《めい》で、やはりナムリと同様、いつでもナイフを抜ける態勢をととのえていた。ナイフはひざの上にある。灰色の保水《スティル》スーツの上から着ているのは、質素な緑のローブだ。サビーハ――それがこの女性の名前だった。そしてナムリは、この女性の役割を決めていた。

レトの目に覚醒の兆しを見てとり、サビーハはいった。

「もうじき夜が明けるわ。あなたはひと晩じゅう、ここで過ごしていたのよ」

「日中もずっとだったろう」レトは答えた。「きみはコーヒーを煎《い》れるのがうまいな」とまどいこそ見せたものの、サビーハはあっさりとこのことばを無視した。それが意味するのは、きびしい訓練を受けていることと、ここでとるべき行動について厳格な指示を受けているということだ。

「いまは〈刺客の刻《こく》〉だが」とレトはいった。「きみのナイフにはもう出番がないよ」そういって、ひざの上の結晶質《クリス》ナイフに視線を向けた。

「それはナムリが判断するわ」

（やはり、ハレックではないか）

サビーハのことばはたんに、すでにレトが知っていることを裏づけただけだった。

「シャイー＝フルードは大いなる清掃動物で、望ましからぬ証拠の湮滅《いんめつ》に長けている」とレトはいった。「自分でもそういう用途に使ったことがあるしね」

サビーハは軽くナイフの柄《つか》に手をかけた。

「ぼくらがどこにすわっているのか、どういう形ですわっているのか、それでいろいろなことがわかる」レトはつづけた。「きみは敷物にすわっているのに、ぼくは砂の上だ」

サビーハの手がナイフの柄を握った。

レトはあくびをし、のびをした。大きく口をあけたため、あごが痛くなった。

「きみが登場する幻視を観たよ」レトはいった。

サビーハの肩からわずかに力が抜けた。

「ぼくらはアラキスに対して一方的でありすぎた。野蛮なくらいにね。ぼくらのしてきたことにもそれなりの意義はあったが、今後はある程度、原状の回復に努めないといけない。よりよいバランスをとるためにも、基準を設ける必要がある」

サビーハがけげんな顔で眉をひそめた。

「ぼくの展望するところ――この〈デューン〉に生命循環のダンスを復活させないかぎり、砂原《すなばら》をゆく竜《ドラゴン》の姿は絶えてしまうだろう」

巨大蟲《ワーム》を示すフレメンの古語を用いたことで、サビーハはようやく、レトのいうことを理解したらしい。

「それは蟲《ワーム》のことね？」

「ぼくらはいま、暗い通路にいる。香料《スパイス》がなければ帝国は崩壊してしまう。航宙ギルドも活動できなくなる。その結果、各惑星は相互の明確な記憶を徐々に失って、内向きになるだろう。ギルドの航宙士が機能しなくなることで、宇宙空間自体が境界になってしまう。ぼくらにしても、砂丘の頂《いただき》にしがみついて、頭上に広がる天のことも、地下での営みのこともわからなくなる」

「ずいぶん奇妙なことをいうのね」サビーハがいった。「あなたの幻視の中で、わたしはなにをしていたの？」

（フレメンの迷信深さたるや！）

レトはそう思い、口に出してこういった。

「いまのぼくは、いわば万国文字《パシグラフ》だ。生きている絵文字《グリフ》となって、これから確実に起こる変化を書き記す。ぼくが書かなければ、きみたちはどんな人間もまだ経験したことのない苦しみに直面することになる」

「それはどんな変化？」

サビーハはたずねた。その手はナイフに軽く添えられたままだ。

レトはジャクルートゥーの岩壁に顔を向け、岩塊の向こうがほんのりと白くなりだしていることに気がついた。夜が明けるのに先駆けて、第二の月が昇ろうとしているらしい。

そのとき、サバク野ウサギが発する断末魔の悲鳴が付近から響き、レトはぎょっとした。

サビーハは震えている。悲鳴につづいて羽ばたきの音——ここにふさわしい夜行性生物、猛禽類のどれかが羽ばたく音だ。燠火《おきび》のように光るいくつもの目が頭上を飛び越えていく。猛禽たちが岩壁の裂け目にある巣に帰ろうとしているのだろう。

レトはいった。

「ぼくは新たな心臓の命じるままに行動しなくてはならない。きみの目に、ぼくはただの子供と映っているだろう、サビーハ。でも――」

「あなたに関する警告は受けているわ」サビーハは答えた。

その肩には、いつしか抜いていたナイフをふるえるよう、力が入っていた。

サビーハの声に恐怖を聞きとり、レトは答えた。

「ぼくを怖がらなくてもいい、サビーハ。肉体面にかぎれば、きみはぼくより八年も長く生きている。その点で、きみには敬意を払っているよ。しかし、ぼくの中には、事実上、無限の先人たちが住んでいてね。きみが人生で知りえた人数よりもはるかに多くが住んでいるんだ。だからぼくのことは子供と見ないほうがいい。ぼくはあまたの未来にアクセスしてきた。その未来の中には、ぼくらが愛情で結ばれるものもある。きみとぼくがだよ、サビーハ」

「いったいなにを……そんなことが……」サビーハは混乱し、その先をいいよどんだ。

「この話、やがて気になってくるはずだ。ともあれ、いまは群居洞《シエチ》へ戻るのに手を貸してもらえないか。いままでずっと遠いところにいっていたから、長旅で疲れて力が出ない。ナムリもぼくがどこへいっていたかを知る必要があるだろう」

サビーハにためらいが見えたので、レトはいった。

「ぼくは〈洞窟の客〉じゃないのかい？　ナムリもぼくが学んだ内容を知る必要がある。この宇宙を劣化させないため、ぼくらにはしなければならないことが山ほどあるんだ」

「わたしには信じられない……さっきの蟲《ワーム》の話」

「ぼくらが愛情で結ばれるということもだろう？」

サビーハはうなずいた。レトにはサビーハの心の中で風に舞う羽のように翻《ひるがえ》る思いが手にとるようにわかった。彼女にとって、レトのことばは魅惑に富むと同時に、反発をもいだかせるものにちがいない。権力者の配偶者となること——それはたしかに、おおいに魅力的だろう。だが、叔父の命令は絶対だ。むろん、いつの日か、ムアッディブの息子がこの〈デューン〉で統治者となり、この宇宙の果てまで支配する可能性はある。とはいえ、サビーハにはいかにもフレメンらしく、洞窟に隠れ住む者ならではの、そういった未来に対する忌避感があった。レトの配偶者になれば万民の注目を浴び、ゴシップや憶測の的となる点も好ましくない。そのいっぽうで、裕福にはなるはずだ。それに……。

「ぼくはムアッディブの息子だ。未来が見える」

　ゆっくりと、サビーハはナイフを鞘に収め、敷物からすっと立ちあがり、レトの横手にまわって、立ちあがるのに手を貸した。つづいて彼女がとった行動を、レトは興味津々の目で見まもった。サビーハが敷物をきちんと折りたたみ、右の肩にかけるさい、たがいの身長をあからさまに比べたのである。心の中でレトのことばを――〝愛情で結ばれる〟ということばを――反芻していることは明らかだった。

（しかし、身長も変化するもののひとつだからな）とレトは思った。

　サビーハはレトの二の腕を軽くつかみ、歩行に手を貸して誘導しようとした。しかし、レトがつんのめるのを見るや、鋭い口調でこういった。

「群居洞《シエチ》まで遠いのに、なにやってるの！」

　これはつまり、無用の足音を立てれば、蟲《ワーム》が引きよせられてくるという意味だ。

　自分の全身が完全に干からびてしまった感があった。まるで虫の抜け殻だ。いや、虫の、というよりも、別のものの抜け殻というべきか。メランジ貿易と、〈黄金の霊薬《エリクシル》教〉――その上に築かれた社会の抜け殻だ。過剰搾取により、社会は救いがたい抜け殻と化した。ムアッディブの崇高な目標は魔術に堕し、寄進聖庁《アウカーフ》の軍需部門の手で世に強制されている。ムアッディブの宗教は、いまや別の名前でも呼ばれていた。〈尖上天《せんじょうてん》教〉である。これはイクスでつけられた呼び名で、〝宇宙を結晶質《クリス》ナイフの切っ先に乗った楽園に変貌させることが可能〟と信じる者たちの狂信と狂気を揶揄《やゆ》するものだ。

もっとも、この呼び名もまた、イクス《IX》という惑星名の意味と同じように変化しかねない。なにしろ、イクスは本来、〝所属する太陽系の第九《Ⅸ》惑星〟という意味でしかなかったのに、その語源どころか、語源を含む母語そのものまでもが忘れられてしまったのだから。

「聖戦《ジハード》は一種の集団的狂気なんだ」レトはぽつりとつぶやいた。

「え？」

サビーハはレトにリズムを排した歩き方をさせ、この開けた砂漠から自分たちの存在を隠す作業に神経を集中させていたので、つぶやきの意味をあまり考えず、これも明らかに疲労の産物だと解釈した。レトの衰弱はいやでも感じずにはいられない。香料《スパイス》トランスによって、心身ともに疲弊させることは、無意味でもあるし、残酷でもあるように思える。ナムリのいうとおり、レトが死なねばならないにせよ、それはすみやかな死であるべきだ。このように無用の脇芝居を経たあげくの死であってはならない。もっとも、その脇芝居の結果、レトは驚くべき天啓を口にした。たぶん、それこそはナムリが求めていたものなのだろう。それこそは、この子の祖母がとった措置の背後に秘められた動機にちがいない。さもなければどうして、われらが〈デューン〉の令母さまが、いたいけな子供にこれほど危険な行為をさせるはずがあろう。

（子供？）

サビーハはふたたびレトのことばを考えた。すでにもう岩壁の基部まできているので、むりに歩かせるのはやめにして、比較的安全なこの場ですこし休憩させることにし、淡い星明かりのもとでレトを見おろして、こうたずねた。

「蟲《ワーム》の姿が絶えるといったわね？　どうしてそんなことが？」

「そういう事態を変える力があるのはぼくだけだ」レトは答えた。「怖がることはないよ。ぼくはどんな事態でも変えられるから」

「でも、それは――」

「疑問のなかには答えがないものもある。ちゃんと蟲《ワーム》がいる未来も見えはした。しかし、そういうと話が矛盾して聞こえて、きっと混乱してしまうかな。ここは変化しゆく宇宙で、ぼくらはそのなかでもとびきり奇妙な変化なんだ。ぼくらはたくさんの影響に反応する。ぼくらの未来は絶えずアップデートしてやらねばならない。いまは取り除かざるをえない障壁があってね。そのためには荒療治が必要になるし、もっとも基本的でもっとも切実な願いを否定しなければならないだろう……。それでもこれは、やらなくてはならないことなんだ」

「そのやらなくてはならないこととは、なに？」

「きみは友人を殺したことがあるかい？」レトはそういってサビーハに背を向け、岩壁の裂け目に入っていった。昇り勾配の斜面を、群居洞《シエチ》の隠された入口へ登りはじめる。香料《スパイス》トランスのもたらした疲労がゆるすかぎり、できるだけ急いで登ったが、追いついてきたサビーハにロープを引っぱられ、立ちどまった。

「友人を殺すって、どういうこと？」

「放っておけば、彼は死ぬ」うしろに向きなおって、レトは答えた。「ぼくなら死ぬのを食いとめられる。かならずしもぼくが手を貸す必要はないけれど。食いとめられることがわかっていてなにもしないのは、自分で殺すのと変わらないだろう？」

「だれなの？　その……死ぬ人というのは？」

「いまは黙っておこう、防げなかった場合を考慮してね。その場合……ぼくは妹を怪物に差しだすことになるかもしれない」

ふたたびサビーハに背を向け、登りだした。こんどはロープを引っぱられても止まりはしなかったし、問いにも答えなかった。そして、心の中でこう思った。

（そのときがくるまで、黙っていたほうがいい）

自然選択は〝環境が選択的に、子孫を作る種をふるいにかけること〟と説明されてきた。しかし、こと人類にかぎっては、これは非常に限定的な視点といわざるをえない。性交を通じた生殖は、もはや実験的・革新的な方面へと向かいつつある。それは多くの疑問を呼び起こす。そのひとつが古くからある疑問――環境は変化が発生したあとで選択のエージェントとなるのか、それともみずからがふるいにかけるのに先だって、その変化を決定する役割を演じているのかという疑問である。〈デューン〉はそんな疑問に正面から答えたことがない。たんに新たな疑問をつきつけるだけだ。その疑問に対する答えは、レトと修女会がこれから五百世代以上をかけて取り組むことになるだろう。

――「〈デューン〉の破局」

はるか遠く、〈防嵐壁《ぼうらんへき》〉のむきだしになった茶色い岩壁が見えている。ガニーマの目に、それは自分の未来を脅かす幻影が具現化した姿に映っていた。ガニーマが立っているのは、〈大天守〉にある屋上庭園の縁だ。背後で沈みゆく夕陽は、夕空にただよう砂《さ》塵雲《じんうん》というフィルターを経て輝き、深いオレンジ色に染まって見える。それは蟲《ワーム》の口縁を思わせる、濃厚な色合いだった。

ためいきをついて、ガニーマは思った。

（アリア……アリア……わたしの運命になること、それがあなたの運命なの？）

内なる先人たちは、このところ目に見えて自己主張がはげしくなっている。フレメンの社会における女性の立場には独特のものがあり――もしかするとそれは、純然たる性差に基づくものかもしれない――原因がなんであれ、女性のほうが内なる先人の干満に影響を受けやすいのである。計画を練っていたとき、その点については祖母からも警告を受けた。ベネ・ゲセリットの蓄積された叡知《えいち》を引きずりこむさいには、ガニーマの中でその叡知を持った脅威の存在たちを目覚めさせかねない。

「忌み子とはね」そのとき、レディ・ジェシカはこう説明した。「誕生前に覚醒した者を指すわたしたちの用語なの。この用語の背景にはつらい経験をつづる長い歴史があってね。ざっくりいえば、内なる先人たちは二系統に分かれるようなのよ。慈愛派と暴虐派にね。慈愛派は御しやすいし、役にたつ。いっぽう暴虐派は、ひとつの強大な精神が他の精神を統合して、誕生前覚醒者の肉体と意識を乗っとろうとするといわれる。乗っとりまでには膨大な時間を要するけれど、その徴候はよく知られているわ」

「どうしてアリアを見捨てたの？」そのときガニーマは、ずばり、そうたずねた。

「わたしは逃げだしたのよ、自分が創りだしたものが怖くなって」ジェシカの声は小さくなっていた。「放りだしたの。そのつけが、いまになってまわってきたわけ……たぶん、放りだすのが早すぎたのね」

「どういう意味？」

「まだ説明はできないけれど、でも……もしかすると……いいえ、だめ！　あだな期待をいだかせるわけにはいかないわ。ガフラは——この場合でいうと、〝忌むべき乱心者〟は、遠いむかしから人類の神話に登場しているの。さまざまな呼称があるなかで、その状態を端的に表現することばは〝憑依《ひょうい》〟かしら。ともかく、そんなふうに思えるのよ。暴虐派の台頭を許せば、あなたは憑依されてしまうわ」

「レトは……香料《スパイス》を忌避していたわね」

いまはもう、祖母との会話を思い返すなかでレトの名に触れても、逆上することはない。だが、敵に大きな代償を払わせてやるという意志はずっとくすぶったままだ。

「香料《スパイス》の忌避は賢明なことよ」とジェシカは答え、それ以上はいおうとしなかった。

だが、かつてガニーマは、内なる記憶たちが暴発するリスクを冒して、奇妙にぼやけたヴェールごしに過去を覗きこみ、徒《いたずら》にベネ・ゲセリット特有の恐怖を増幅させたことがある。アリアを堕落させた原因を解明したところで、恐怖はすこしもやわらがなかった。しかし、ベネ・ゲセリットが蓄えてきた膨大な経験は、内なる先人たちに呑まれる罠から逃れるすべを示していた。ゆえに、はじめて内なる記憶たちと交渉を試みたとき、最初に協調を呼びかけたのは、自分を護ってくれるかもしれない慈愛派の集団、〈融和《モーハラタ》〉だった。

いま、ガニーマは〈大天守〉の屋上にある庭園の縁で、夕陽を背に受けて立ったまま、〈融和《モーハラタ》〉の集団を呼びだした。すぐさま感じたのは、母親の記憶存在だった。ガニーマと遠い〈防嵐壁《ぼうらんへき》〉のあいだの空間に、チェイニーは亡霊となって立っていた。

「ここから先に入れば地獄の底に生える樹《ザックーム》の果実を食べることになるわ！」チェイニーは警告した。「この扉に鍵をかけなさい、わが娘。安全をたもつにはそれしかないの」

たちまち、内なる先人たちの意識が母親の幻影の周囲にまといつき、騒ぎだしたので、ガニーマは逃避し、意識を修女会の信経《しんきょう》に沈めた。修女会を信用しているというよりも、必死の反応だった。心の中ですばやく唇を動かして信経を唱え、無音だった声をささやき程度にまで高める。

「宗教は子供による大人の模倣なり。宗教は過去の信仰すなわち神話の包嚢《ほうのう》なり。神話はすなわち推量——宇宙への信頼に隠された仮定にして、ヒトが個人的な力の模索において得た知識の表明なり、そのすべては啓発の断片と混じりあう。しかして口にされざるその絶対的戒律は、〝汝、問うなかれ!〟。されどわれらは問う。われら当然のごとくにその戒律をば破らん。われらみずからを埋没させしその業《わざ》は、想像力を解き放ち、人類のいと深き創造性にその想像力を結びつける過程にほかならず」

ゆっくりと、秩序の感覚がガニーマの思考に戻ってきた。もっとも、肉体が震えているところから判断して、獲得した心の平安は脆弱なものでしかない——それに、あの奇妙にぼやけたヴェールはまだ心に残留している。

「われに背く者たち《レブ・カマィ》に告ぐ」ガニーマはささやいた。「わが敵の心臓よ、汝がわが心臓になることとあるまじ」

ここでガニーマは、ファラッディーンの顔を記憶から呼びだした。眉が濃く、口を引き結んだ、気むずかしそうな若者の顔。

(憎悪はわたしを強くする。憎悪をまとってこそ、アリアがたどった運命に抗える)

だが、自分の精神内における立場――吹けば飛ぶような立場の脆弱さに変わりはなく、考えられるのはファラッディーンが当人の祖父、故シャッダム四世によく似ているということだけだった。

「ここにいたの！」

ふいに聞こえたのは、イルーランの声だった。右のほうから聞こえてくる。胸壁ぞいに、男性的な歩き方で近づいてきているようだ。声のほうに顔を向けて、ガニーマは思った。

（そしてこの女は、シャッダムの娘）

「いつもいつも、どうしてひとりで脱け出したがるの？」

イルーランはガニーマのそばまでくると、すぐ目の前にそそりたち、険しい顔で小言をいった。

ひとりじゃない、自分が屋上に出るところは護衛たちが目にしている、と思ったものの、口に出しはしなかった。イルーランが怒っているのは、自分がひとりきりで開けた場所に――それも遠くから狙撃できる場所にいるからだ。

「保水スーツ《スティル》を着ていないのね」ガニーマはいった。「知ってるでしょう。そのむかしは、保水スーツなしで群居洞《シエチ》の外に出ているところを見つかったら、その場で殺されたものよ。水分の無駄遣いは部族を危険にさらすことになるのだから」

「水、水、水！」イルーランは憤然とした口調で、「どうして自分をこんなに危険な目にさらして平気なのか、ぜひ知りたいものだわ。さあ、屋内に入りなさい。わたくしたちは、みんな困っているのよ」

「ここにいることのなにがそんなに危険だというの？」ガニーマはたずねた。「叛逆者はスティルガーが一掃したし。アリアの衛士はいたるところにいるわ」

　イルーランは暮色を深めゆく夕空をふりあおいだ。青灰色の空にはぽつりぽつりと星が姿を見せはじめている。

「ここで議論をするつもりはないの。わたくしはファラッディーンからの回答がとどいたことを知らせるよう言いつかってきただけだから。申し出を受け入れるそうよ。ただし、理由は不明だけれど、婚約式は遅らせてほしいとのことだったわ」

「どのくらい？」

「それはまだ。交渉中。でも、ダンカンはこちらに送り返されてくる途中だそう」

「では、祖母は？」

「あの方は当面、サルーサにとどまることを選んだわ」

「当然の帰結ね。あなたもそう思うでしょう？」ガニーマは問いかけた。

「アリアとあんな愚かな諍《いさか》いをするから！」

「適当なことをいわないで、イルーラン！　あれはけっして愚かな諍いではなかったわ。顛末は聞いているもの」

「修女会が恐れているのは――」

「それはほんとうよ。さあ、伝言はちゃんと承ったわ。この機会に、もういちどわたしを婚約させまいと説得してみてはどう？」

「もうあきらめました」

「わたしに嘘が通用しないことは、とうにわかっているでしょ？」

「いいでしょう！　これからもあなたの説得に努めますとも。この婚約は狂っているわ」

ここでイルーランは、ふといぶかしく思った。どうして自分はガニーマにこうもいらいらするのだろう。ベネ・ゲセリットたる者、どんなことにでもいらだってはならないのに。

「わたくしが心配なのは、あなたの身に危険がおよぶことよ。それは知っているでしょう。ガニー、ガニー……あなたはポールの娘だというのに、どうしてそう――」

「それはね、わたしが父の娘だからよ」ガニーマは答えた。「わたしたちアトレイデスは、遠くアガメムノーンにまで先祖を遡れるの。自分たちにどのような血が流れているのかは、よく承知しているわ。それを忘れてはだめ、父の子をなさなかったお妃《きさき》さま。わたしたちアトレイデスは血塗られた歴史を持っている。そして、その血はまだ衰えてはいない」

すっかりとまどって、イルーランはたずねた。

「アガメムノーンとは、何者？」

「あなたたちベネ・ゲセリットご自慢の教育がいかにお粗末なものか、その問いだけでも明らかね」ガニーマはいった。「あなたたちの歴史が省略だらけであることを、ついつい忘れてしまうわ。けれど、わたしの記憶は、遡ること……」

ガニーマはそこで口をつぐんだ。あまたの先人記憶を浅い眠りから目覚めさせる危険は、冒さないに越したことはない。

「あなたがなにを憶えているにせよ」イルーランはいった。「この婚約があなたにとってどれほど危険なことかを理解して――」

「あの男は殺すわ」ガニーマはきっぱりといった。「人ひとりの命、貸しがあるもの」

「できることなら、わたくしはそれを阻止します」

「それはもうわかっているわ。でも、そんな機会はこないわよ。この件に片がつくまで、アリアはあなたを南部にできた新興町《ジャディーダ》のどれかへ追いやるつもりだから」

イルーランは暗然とした顔でかぶりをふった。

「ガニー。わたくしはね。誓いを立てたの、あなたにいっさいの危険がおよばないように護りぬくと。必要とあらば命を賭してもかまわないわ。もしもわたくしが、煉瓦でできた南部の新興町《ジャディーダ》で漫然と過ごしているあいだ、あなたの身にもしものことがあったら……」

「水の道行き《ファヌィ》は——遺体取水器はどこにでもあるわ」ガニーマはおだやかな口調で答えた。「南部の代わりに、取水器送りになる恐れもあるのよ。あの中に送られては、もうなにもできないわね」

イルーランは血の気を失い、手で口を押さえた。つかのま、修行の成果をすべて忘れてしまったらしい。それはイルーランがどれほどガニーマのことばに重きを置いているかのあかしでもあった。ガニーマの指摘によって修行の成果はみな消し飛び、あとに動物的な恐怖だけが残ったのだろう。乱れた感情で唇が震えるのもかまわず、イルーランはいった。

「ガニー、わたくし自身のことなどどうでもいいの。あなたを護るためなら、わたくしは蟲《ワーム》の口の中へだって身を投げだすわ。たしかにわたくしは、あなたのいうとおりの者よ。あなたのおとうさまの子をなさなかった妃。けれどあなたは、自分で産まなかっただけで、それでもわたくしの子供なの。おねがいだから……」

イルーランの目元には涙が光っていた。

喉にこみあげてくるものを抑えながら、ガニーマはいった。

「あなたとわたしには、もうひとつ違いがあるわ。あなたはフレメンであったことがない。かたやわたしは、フレメン以外の何者でもない。これがおたがいを隔てる大きな谷間よ。

アリアはそれを知っている。アリアがアリア以外の何者であれ、それを知っている」

「アリアがなにを知っているかなど、あなたにわかるはずもないでしょう」イルーランの声には辛辣な響きがあった。「わたくしにもわからない。もしもアリアがアトレイデスであることを知らなければ、自分の一族を滅ぼそうとしていると断言していたところよ」

（アリアがまだアトレイデスだと、どうしてわかるの？）

　ガニーマはそう思い、なぜイルーランはこうも状況が見えないのだろうといぶかった。このひとはベネ・ゲセリットなのだから、忌み子の歴史についてだれよりもくわしいはずでしょう？　イルーランはアリアの実態を怪しんでさえいないどころか、アリア本人だということにほんのすこしも疑いを持っていない。もしかして、アリアがこのあわれな女《ひと》になにか魔法をかけたのだろうか。

　ガニーマはいった。

「わたしはあなたに水の責務を負っている。だから、あなたの命は護りましょう。けれど、あなたの甥には罪の償いをしてもらうわ。これについては、もうなにもいわないで」

イルーランはわななく唇を押さえ、涙をぬぐうと、

「わたくしはね、あなたのおとうさまを愛していたのよ」と、ささやくような声でいった。

「そしてそのことを、あのひとが亡くなるまで気づかずにいたの」

「もしかすると、まだ亡くなってはいないのかもしれないわよ。あの〈伝道者〉は……」

「ガニー！ ときどきあなたのことが、ほんとうに理解できなくなるわ。ポールが自分の身内を糾弾するとでも思うの？」

ガニーマは肩をすくめ、ますます暗さを増してゆく空を眺めやった。

「父であればむしろ、それも一興と思うかも——」

「どうしてそんな軽口を——」

「暗黒の深淵を寄せつけないためよ。けっしてあなたを馬鹿にしているわけではないわ。それは神々も知っているとおり。ただし、わたしはまさしく父の娘。アトレイデスの血を伝えてきたすべての先人を内包しているの。あなたは忌み子のことを考えようともしないけれど、わたしは忌み子のことしか考えられない。わたしは誕生前に覚醒した者。自分の中になにがひしめいているかは知っているわ」

「そんなもの、古くさい愚かな迷信——」

「やめて！」ガニーマはイルーランの口を塞ごうとするかのように、片手を突きだした。

「わたしはあますところなく、ベネ・ゲセリットのろくでもない人類血統改良計画の産物。その計画には祖母も加担していたのよ。そしてわたしはその計画を大きく超えた存在でもあるの」

ガニーマはことばを切ると、右手の指先で左の手の平を強く引っかいた。指の爪に血がついた。

「この肉体は若いわ。でも、その経験は……。ああ、神々よ！　イルーラン！　わたしの経験はとてつもない量があるの！　耐えがたいほどに！」近づこうとするイルーランを、ガニーマはまたしても片手を突きだして制した。「父が採訪した未来のすべてをわたしは知っている。気の遠くなる数の先人たち、その全員の叡知がわたしの中にはある。そして、先人たちの無知も……弱さもね、すべてがそろっているの。わたしを助けたいというなら、イルーラン、まずわたしが何者かを理解しなくてはだめ」

　イルーランは本能的に身をかがめ、ガニーマの背に両手をまわし、ぎゅっと抱きしめ、頬ずりをした。

（わたしにこの女《ひと》を殺させないで）とガニーマは思った。（そんな事態にさせないで）

　その思いがガニーマの心にあふれたまさにその瞬間——。

　砂漠全体に夜のとばりが降りた。

一羽の小鳥が汝を呼べり
深紅の条《すじ》引く嘴《くちばし》で
かつて小鳥が鳴きにし場所は、タブール群居同《シェチ》の崖の上
そして汝は赴きぬ、葬送砂漠の彼方へと。

——レト二世に捧げる哀歌

女性の髪に編みこんだ計水環がチリンチリンと触れ合う金属音で、レトは目を覚ました。そこは例の岩屋で、掛け布がかかっていない戸口に顔を向けると、戸口の外にサビーハがすわっていた。香料《スパイス》でなかば朦朧《もうろう》とした意識の中、幻視がサビーハの情報を伝えてくれた。年齢はほとんどのフレメン女性が結婚する齢《とし》か、すくなくとも婚約する齢より、二歳上。すると、サビーハの一族は彼女をなんらかの目的のために……あるいは、だれかのために

——温存していることになる。魅力的な女性ではあった。それはたしかだ。幻視の影響を受けた目に、サビーハは地球における人類の過去から抜け出てきた人物として映っていた。黒い髪と、白い肌。深い眼窩は、青の中の青に染まる目に翠の色合いを帯びさせている。鼻は小さくて、口は大きく、あごは細くて鋭い。つまりサビーハは、ベネ・ゲセリットの血統計画がジャクルートゥーでも知られていることの——あるいは存在を推測されていることの——生きた証拠なのだ。もしや、ベネ・ゲセリットは自分に、神王《ファラオ》が統べる高度に中央集権的な帝国を再誕させようとしているのだろうか。であれば、自分を強制的に妹と結婚させるという話はなんのためだ？　サビーハではそれを阻止できないだろう。しかし、ガーニーたちは修女会の暗躍を知っていた。では、どうやって知ったのか？　ガーニーたちは暗躍に関する幻視を共有してはいない。生が他の諸次元において動く膜となったところをレトとともに経験してはいない。幻視というものの、再帰的で円環をなす主観性の中、サビーハはつねに自分のもの、自分だけのものだった。

　ふたたびサビーハの髪で計水環の触れ合う音が響き、その音で幻視が呼び起こされた。自分がどこにいて、なにを学んだかは知っている。その記憶は何物も消すことができない。いまは巨大〈産砂《うぶすな》〉の上で輿《こし》に乗っているわけではないし、この計水環の響きは、同乗者たちの髪に編みこんだ計水環が奏でる道中歌のリズムでもない。ちがう……自分はここに、ジャクルートゥーの岩屋にいる。そして、あらゆる旅のなかでとくに危険な旅に出ようとしているところだ。すなわち〈スンニ派共同体《アフル・アッ＝スンナ・ワ・ル＝ジャマーア》〉を離れてまた帰還する旅、感覚で知覚する現実世界を離れてまた戻る旅に。

それにしても、髪の計水環を触れ合わせながら、サビーハはなにをしているんだろう？　ああ、なるほど。煎《い》れたコーヒーに香料《スパイス》を混ぜているのか。ガーニーたちは香料《スパイス》で自分をつなぎとめておけると思っているんだ。香料《スパイス》エッセンスを加えた食事と飲料とで、現実の宇宙に対し、残留と遊離とが相なかばする状態を維持させようとしているんだ——自分が死んでしまうか、祖母の目論見が果たされるそのときまで。こんどこそ条件を満たしたと思っても、そのたびにこの岩屋へ連れもどされる。もちろん、レディ・ジェシカは正しい——あの老獪《ろうかい》な魔女め！　なんという難行を課してくれるのか。心に宿る成人たち全員の記憶をただ呼びだしても意味がない——全員のデータを整理し、自由自在に参照できないうちはむりだろう。ひしめく先人たちは無秩序状態の見本といえる。先人全員はもとより、たとえひとりだけでも、レトを圧倒することはたやすい。このジャクルートゥーにおける香料《スパイス》と特殊な状況は、死ととなりあわせのギャンブルだ。

（ガーニーはいま、期待する徴候が見えるのを待っているし、こちらはそれを見せるのを拒否している。ガーニーの忍耐はいつまで持つだろう？）

戸口の外のサビーハを見やる。サビーハはフードをうしろに落とし、こめかみに入った部族の刺青《いれずみ》を露出させていた。はじめのうち、レトにはなんの意匠かわからなかったが、やがて自分がいる場所のことを思いだした。そう、ジャクルートゥーはいまなお群居洞《シエチ》として生きているんだ。

祖母には感謝するべきなのか、それとも憎悪を向けるべきなのか。わからない。祖母が自分に望むのは、本能を意識のレベルにまで引きあげることだ。しかし本能というものは、危機に対処する方法の種族的記憶でしかない。内なる先人たちから直接的に得た記憶には、それよりはるかに膨大な対処法が詰まっている。それらはもうひととおり整理してあるが、その実態を自分からガーニーに明かすことの危険性は承知していた。ナムリに対しては、隠し通すことはむりだろう。しかしナムリはまた別の問題だ。

サビーハが両手で鉢をかかえて岩屋に入ってきた。通路の向こう側から射してくる光に頭髪の輪郭が浮かびあがり、虹色の後光が射して美しい。サビーハは横たわるレトの頭をそっとかかえ、鉢の中身を食べさせはじめた。食物を口にしてはじめて、自分がどれほど衰弱しているかがわかった。そのまま食べさせてもらいながら、心をめまぐるしく働かせ、ガーニーやナムリとのやりとりを反芻した。あのときふたりは、自分を信じた！　とくにナムリは、ガーニーよりも積極的に。しかし、ガーニーでさえ、自分の感覚がすでにこの惑星の実態として告げていることを否定できなかったようだ。

サビーハがローブの袖でレトの口をぬぐった。

（ああ、サビーハ）胸を締めつける別の幻視、あの幻視を思いだしながら、レトは思った。

（開けた水場のほとりでぼくは何夜も夢を見た——上を吹き過ぎる風の音を聞きながら。蛇の巣穴のすぐそばで、ぼくは何夜も横たわり、夏の熱暑の中に立つサビーハの夢を見た。真っ赤に焼けた繊維強化鋼鉄《プラスティール》の薄板上で焼きあがった、香料《スパイス》入りパンをならべるサビーハ。灌漑用水路《カナート》の澄んだ水、きらめきながら、さらさら流れる水。しかし、砂嵐がぼくの心を吹き荒れる。サビーハがコーヒーを飲み、パンを食べる。影の中、その歯は白く輝いて。サビーハがぼくの計水環を自分の髪に編みこんでいるのが見える。その胸は琥珀《こはく》の芳香に包まれ、ぼくの感覚のもっとも深い部分を打ちのめす。その存在そのもので、サビーハはぼくの胸を締めつけ、狂おしい思いをいだかせる）

必死に食いとめようとしたものの、多重記憶は時の凍てついた球状空間の中で爆発した。絡みつく肉体と肉体、セックスの音、ありとあらゆる官能が織りなすリズム。重ねあう唇、混じりあう吐息、熱い息、絡みあう舌と舌。幻視のどこかに黒炭の色をした螺旋状の影がいくつも蠢《うごめ》いており、それらが自分の中で回転しながら脈動するのを感じた。そのとき、ひとつの声が頭蓋の中で懇願した。

「きて、きて、きて、きて……」

自分の股間で、子供のものではない〝高揚感〟が盛りあがったかと思うと、口が勝手に開いた。レトはエクスタシーの桁構造に抱きつき、しがみついた。そして、吐息。しばし甘美なうねりに身をゆだねたのち、崩壊が訪れた。

ああ、これが現実に起こることなら、なんてすばらしいんだろう！

「サビーハ」レトはつぶやいた。「ああ、ぼくのサビーハ」

食事をすませ、レトがふたたびトランスの淵深くに沈んでしまうのを見て、サビーハは鉢を手に立ちあがり、戸口まで歩いていって、ナムリに話しかけた。

「またわたしの名を呼んだわ」

「おまえは戻れ、あいつのそばにいろ」ナムリが指示した。「おれはハレックを見つけて、どうするか相談せにゃならん」

サビーハは鉢を戸口のそばにある台に置き、岩屋に引き返した。寝台の縁に腰をかけ、陰になったレトの顔を見つめる。

ややあってレトが目を開き、手を伸ばしてきてサビーハの頬に触れた。そして、自分とともに暮らしていた幻視のことを語りはじめた。

レトが語りかけているあいだ、サビーハはその手を自分の手でやさしく押さえていた。

この子はなんと愛らしいのだろう……こんなにも愛おしいのは――。いつしかサビーハは、レトの手に支えられて寝台に倒れこみ、意識を失っていた。

それをたしかめて、レトはサビーハの顔の下からそっと手を引き抜き、起きあがった。自分がどの程度衰弱しているかをたしかめる。香料《スパイス》が観《み》せる幻視でかなり体力を削《そ》がれていた。全身の細胞を探り、残っているわずかなエネルギーをかき集め、サビーハを起こすことなく寝台を降りる。ここを出なくてはならない。だが、そう遠くまでいけないことはわかっている。ゆっくりと保水《スティル》スーツを密封し、ローブをまとってから、ひとつしかない通路を通りぬけ、外の通路に出た。外の通路には何人か人がおり、それぞれの作業に従事していた。全員、レトを見知ってはいるようだったが、見張っておく責任はない。レトの行動はハレックとナムリが把握しているはずだ。それに、サビーハもそう遠くにはいないことだし――と、そう思っているのだろう。

横手に手ごろな脇道があったので、レトは堂々とそこへ入っていった。

岩屋で安らかに眠っていたところを、サビーハはハレックに起こされた。

サビーハは起きあがり、目をこすって、寝台にレトがいないこと、ハレックのうしろに叔父が立っていること、ふたりとも険しい顔をしていることを見てとった。

サビーハの顔に浮かんだ疑問に答えたのは叔父のほうだった。

「そうだ。小僧はいっちまった」

「どうしたらレトを逃がせるというんだ！」ハレックが怒りもあらわな口調で、「なにをどうしたらこんなことが起こる？」

「下の出入口方向へ向かったのを見たやつがいる」奇妙に冷静な声で、ナムリがいった。

サビーハはふたりの前で縮こまり、憶えていることをふりかえった。

「なにがあった？」ハレックが語気を強めた。

「わからない。わからないの」

「いまは夜。小僧は弱ってる」これはナムリだ。「遠くまではいけん」

ハレックは鋭くナムリに向きなおり、

「あの子を死なせたいのか！」

「死んだところで、おれは困らんさ」

ハレックはふたたびサビーハに顔をもどした。

「なにがあったのか、話せ」

「あの子がわたしの頰に手を触れたの。それから、幻視のことを語りだして……わたしとずっといっしょに暮らすとかなんとか」サビーハはもぬけの殻になった寝台を見おろした。

「あの子、わたしを眠らせたんだわ。なにかの魔法を使って」

ハレックはナムリを見やった。

「群居洞《シエチ》のどこかに隠れられそうなところはあるか？」

「中にはない。中にいればかならず見つかる。だが、出口へ向かうところを目撃されてるからな。もう外に出ているだろう」

「魔法だわ」サビーハがつぶやいた。

「魔法なもんか」ナムリが否定した。「催眠術だ。もうすこしでおれも引っかかるところだった。忘れたか？ おれは自分であの小僧の友人だといっただろう？」

「レトはそうとう弱ってる」とハレック。

「からだだけはな」とナムリ。「なんにせよ、遠くにいけないことはたしかだ。あいつの保水スーツ、踵圧《しょうあつ》ポンプの機能を使えなくしてある。早く見つけないと水切れで死ぬぞ」

ハレックはいまにも殴りかからんばかりの剣幕で憤然とナムリに向きなおったが、鉄の意志で暴力衝動を抑えた。ジェシカからは、ナムリにレトを殺せとの指示が出されるかもしれないと警告されてはいたが。地下なる神々よ！ なんと残酷な道を歩ませたまうのか――アトレイデスとアトレイデスを敵対させるとは！

ハレックはいった。

「香料《スパイス》トランスでさまよい出ていった可能性はないのか？」

「だからといって、なんのちがいがある？」ナムリがいった。「意図的であれトランスのせいであれ、外に出れば死ぬ」

「夜が明けたらすぐに捜索開始だ。保命《フレム》キットは持って出たのか？」

「気密扉のそばにはいつも何組か用意してある。よほどの馬鹿でなきゃ持っていくだろう。いまのところ、あいつが馬鹿に見えたことはない」

「だったら、仲間に通信を送れ。現状を伝えておくんだ」

「通信か、今夜は無理だ」ナムリは答えた。「嵐がくる。どの部族も、三日前から予兆をとらえてるぜ。真夜中にはここにくる。すでにもう外部との通信は断たれた。この地域をカバーする衛星と通信できなくなったのは二時間前だ」

ハレックは深々と嘆息した。激烈な砂嵐に巻きこまれれば、レトは確実に死んでしまう。肉は烈砂《れっさ》で骨から削がれ、残った骨も磨耗して粉末と化す。せっかくレトが偽装した死が、本物の死になってしまうのだ。ハレックは手の平にこぶしをたたきつけた。この砂嵐で、自分たちは群居洞《シエチ》に閉じこめられる。捜索隊を出すこともできない。しかも砂嵐の空電がもたらす電波障害により、この群居洞《シエチ》はすでに孤立している。

「神経刻印《ディストランス》はどうだ」ハレックはいった。

伝書コウモリの声に警告のメッセージを乗せ、よそへ放てるかと思ったのである。

ナムリはかぶりをふった。

「嵐の中でコウモリが飛べるかよ。しっかりしろ、ガーニー。コウモリは人間より敏感だ。嵐が通りすぎるまで岩壁で縮こまってるさ。いちばんいいのは、衛星がまた電波を拾えるようになるのを待つことだ。そうしたら外へ出られるかもしれん——小僧の成れの果てを見つけにな」

「保命キットを持って出たのなら、砂の中に潜ってやりすごせるわ」サビーハがいった。

小声で毒づきながら、ハレックはふたりに勢いよく背を向け、足どりも荒く通路へ出ていった。

平和は解決策を求めるものだが、われわれは臨機応変の生きた解決策を見いだせていない。ただ解決策を追い求めるのみ。お定まりの解決策は、定義上からも、死んだ解決策でしかない。平和は成果を奨揚しないくせに、過ちがあればここぞと糾弾する。それが平和のやっかいなところだ。

――「父の遺訓」
ムアッディブのことば
ハルク・アル＝アーダによる再構成

「母があの男に修行をつけている？　ファラッディーンに？」

アリアは怒りと疑念を意図的にないまぜにした顔でダンカン・アイダホをにらみすえた。

航宙ギルドの輸送母船がアラキス周回軌道に乗ったのは、現地時間で正午のことである。

一時間後、なんの通告もなしに、ごくさりげなく、身元を隠すでもなく、降下船に乗ってアイダホがアラキーンに降着。羽ばたき機《ソプター》で〈大天守〉屋上の発着場に降り立ったのは、それから数分後のことだった。急な到着の報を受け、衛士たちとともに発着場で儀礼的な出迎えをするあいだ、終始よそよそしい態度をとっていたアリアは、いまは〈大天守〉の北縁にある自身の私用区画にいて、アイダホとふたりきりで立っている。アイダホは実直かつ正確に、演算能力者《メンタート》ならではのやりかたでデータを強調しつつ、報告を行なった。

「なにを血迷って、母はそんなことを」アリアはいった。

アイダホはこの発言を、演算能力者《メンタート》の問題としてあつかった。

「あらゆる指針を総合するならば、レディ・ジェシカは良好なバランスをたもっていて、血迷ってはいない。彼女の正常性指数は――」

「ちがう！」アリアは声を荒らげた。「いったい母はなにを考えてるのといってるの」

自分の感情面におけるバランスをたもつには、演算能力者《メンタート》の冷徹さに退避するしかない――そう理解していたアイダホは、こう答えた。

「わたしの計算によれば、レディ・ジェシカが考えているのは、孫娘の婚約のことだ」

アイダホは意識して無表情をたもった。ややもすれば自分をひと呑みにしそうな激しい悲しみを隠すための仮面である。ここにはもうアリアはいない。アリアは死んでしまった。

つかのま、アイダホはありし日のアリアを想い、心が求めるままに思い描いた愛しい女《ひと》のイメージを眼前のアリアにだぶらせようとしたが、演算能力者《メンタート》としての自分をそのような自己欺瞞でだますには限界があった。人の姿をしたこの怪物は憑依されている。アリアを動かしているものは邪悪な精神だ。アイダホの金属の目と無数の小孔群は、思い出にあるアリアたちの姿を自由自在に視覚処理中枢へと呼びだせる。だが、そのイメージの数々をひとつに統合すれば、そこにはもうアリアはいない。アリアの表情は憑依した者の求めに応じて変化してゆく。アリアはもはや、悪霊じみた思考プロセスが実行されているだけの媒体なのである。

「ガニーマはどこに?」アイダホはたずねた。

アリアは手を横にひとふりし、問いをはぐらかした。

「スティルガーの管理下に置いたわ、イルーランといっしょに」

(中立の場に移した、と)アイダホは思った。(叛逆する各部族に、またしても譲歩したわけか。アリアは地歩を失いつつあるのに、それに気づいていない……それとも、承知のうえでそうしているのか？　ほかにもなにか理由があるのか？　スティルガーはアリアについたのか？)

「婚約の件だけれど」アリアは考えこんだ顔になって、「コリノ家の状況はどう？」

「サルーサにひしめく主家の遠縁たちがファラッディーンにおもねっている。権力の座に返り咲いた暁には、おこぼれにあずかろうとして」

「そして母は、そのファラッディーンに、ベネ・ゲセリットの教育を施している……」

「ガニーマの夫にはふさわしい教育じゃないか？」

アリアは心の中で苦笑した。ガニーマの、あのすさまじい怒りを思いだしたのである。ファラッディーンには教育を受けさせておこう。ジェシカは死体を教育しているに等しい。なにもかもがむだになる。

「それについては、じっくり考えてみなくては」とアリアはいった。「それにしても……ずいぶん口数がすくないのね、ダンカン」

「きみの質問を待っているのさ」

「そう……。わかっているでしょうけれど、あなたに対しては怒り心頭なのよ？　よくも母を、ファラッディーンのところへ連れていけたものね！」

「それらしく見せろと命じたのはきみじゃないか」

「おかげで、あなたたちふたりが捕虜になった、と発表するはめになったわ」

「わたしはきみの命令にしたがっただけだ」

「ときどき、ものごとを字義どおりに解釈しすぎて、融通がきかなくなるのよ、あなたというひとは。もうすこしで裏切られたかと思いこむところだったわ。もっとも、そこまで徹底したからこそ……」

「当人に勘づかれることなく、レディ・ジェシカを排除できた」アイダホはあとを受けた。「それに、ガニーマのためを思えば、むしろこの結果には感謝してもらいたいと——」

「おおいに感謝していますとも」アリアはうなずき、心の中でこう思った。

(ダンカンはもう信用できない。アトレイデス家に対するばかげた忠誠心に凝り固まっている。なんとか理由をつけて、遠くに追いやって……始末してしまわなければ。もちろん、事故を装って)

アリアはアイダホの頰をなでた。

アイダホはみずからに強いてアリアの愛撫に反応を示し、その手をとってキスをした。

「ダンカン、ダンカン、こんなことをいうのはとても悲しいけれど——あなたをわたしのそばに置いてはおけないの。ここではあまりにもいろいろなことが起こりすぎているし、心から信用できる相手はほとんどいないし」

アイダホはアリアの手を放し、その先を待った。

「ガニーマはタブールへ送らざるをえなかったのよ」アリアはつづけた。「ここの情勢は、はなはだ不穏なの。奇巌《きがん》地帯からきた叛逆者の一団がカハ砂盆の灌漑用水路《カナート》を破壊して、灌漑用水が砂地に流れだしてしまってね。おかげでアラキーンは食糧不足。あの砂盆にはまだ砂鱒《すなマス》が棲息しているから、流出した水はすっかり吸いつくされたわ。むろん、対策はとっているけれど、そちらに人手をとられて、なにかと手薄な状態」

じっさい、アイダホはすでに、〈大天守〉でアリアを警護する女性衛士の数がめっきりすくなくなっていることに気がついている。

(奥砂漠の反体制ゲリラは今後もアリアの防衛体制を脅かす。それがわからないのか?)

「タブールはまだ中立状態よ」アリアは説明した。「いま現在も交渉を継続中。現地には司祭会の代表団を率いさせてジャヴィードを派遣しているわ。それでもね、タブールにはあなたにもいってほしいのよ。あそこの者たちを監視するために。とくにイルーランを」

「あれはコリノだからな」

アイダホはうなずいたが、アリアの目には夫を拒否する意志がありありとうかがえた。怪物に乗っとられたアリアは、なんとわかりやすくなってしまったことか!

アリアは手をひとふりした。

「では、出発して、ダンカン、わたしの心がくじけて、ここにとどめておきたくならないうちに。あなたがいないあいだ、ずっとさみしかった」

「わたしもだよ。きみに会えなくなってから、ずっとだ」

ありったけの悲しみをこめて、アイダホはこのことばを告げた。

あまりにも悲痛な声に驚き、アリアはまじまじとアイダホを見つめた。それから、

「わたしのために、おねがい」と答えた。

しかし、心の中で思ったことはこうだった。

(あわれなものね、ダンカン)

つづけて、声に出しては、こういった。

「タブールへはジアに運んでもらうわ。ソプターはここに戻してもらう必要があるから」

(ジアレンカ——アリア気に入りの女性衛士か。あの女には気をつけないと)

「わかった」

アイダホはふたたびアリアの手をとり、キスをしてから、かつてアリアのものであった愛しいからだを見つめた。立ち去るときには、その顔をまともに見ることができなかった。アリアの目の奥から自分を見つめていたのは、だれかほかの人間だったからである。

〈大天守〉の屋上にあがる途中、答えの得られなかった数々の疑問が頭をもたげてきた。アイダホはそれらを正面から検証した。つねにデータの徴候を読みとらずにはいられない演算能力者《メンタート》にとって、アリアとのやりとりはきわめて大きな負荷を強いられるものだった。

〈大天守〉に常駐している女性衛士のひとりとともに、ソプターのそばで待機しながら、アイダホは鬱然とした表情で南を眺めやった。想像力の働きにより、〈防嵐壁《ぼうらんへき》〉のはるか彼方にあるタブールの群居洞《シエチ》が見える。

(おれをタブールへ連れていくのに、なぜジアを? ソプターをここに戻すなど、手間のかかる仕事ではないだろうに、なぜわざわざジアが操縦を? そもそも、当のジアはなぜいっこうに姿を見せない? なにか特別な指示を受けているのか?)

アイダホは警戒の目で自分を見ている女性衛士をちらと見てから、いきなりソプターの操縦席へ乗りこみ、機外に身を乗りだした。

「アリアに伝えてくれ。このソプターはスティルガーの部下に操縦させて、早々にここへ返す」

衛士に抗議するひまを与えず、即座にドアを閉め、エンジンを始動した。衛士が判断に窮し、機外に立ちつくすのが見えた。むりもない。アリアの配偶者をだれが咎められよう。衛士が腹を決めないうちに、アイダホはソプターを宙に浮かばせた。

ソプターの機内でひとりきりになると、アイダホはアリアを悼み、全身をわななかせ、身も世もなく噎《むせ》び泣いた。

アリアは逝ってしまった。もう二度とあのアリアに会うことはできない。

涙がとめどなく〈トレイラクスの目〉から流れ落ちていく。そうやって涙に噎びながら、アイダホはつぶやいた。

「〈デューン〉のすべての水をして砂漠に流出せしめよ。それだけの水量をもってしても、わが涙の量には遠くおよばぬ！」

演算能力者《メンタート》らしからぬ大仰な表現を口にしてしまったことに気づき、アイダホは現状で行なうべき冷徹な状況分析を自分に強いた。なにより、いまは操縦に注力する必要がある。ソプターを飛ばすことには心を安らがせる効果があり、アイダホはふだんのように自分の手綱をとることができた。

（ガニーマはふたたび、スティルガーとともにいる。それに、イルーランもいる）

それにしても、自分を送りとどける役目に、なぜジアほどの腹心が指名されたのか？

アイダホは演算能力者《メンタート》の視点からそれを評価しなおし、出た結論に慄然とした。

（おれは事故死させられる手はずだったんだ）

この岩山の祠《ほこら》に、とある統治者の頭骨を納める。祈りは無用。この祠は哀悼そのものの墓所となったのだから。ただ風のみがこの場所の声を聞く。夜行性動物の鳴き声も、上天をゆくふたつの月の偉観も、万物はみなこの者の時代が終わったことを告げている。もはや嘆願者が訪ねてくることもない。訪《おとな》う者たちは饗宴の場から去った。この岩山を下る小《こ》径《みち》の、なんと荒涼としていることか。

――アトレイデス公爵某の
祠に刻まれた碑文

一見それは、いかにも単純そうな錯覚をいだかせた。まだ観《み》ていない幻視を避けるのはいとも簡単そうだ。だが、ついついそう思ってしまいがちであることに、レトはちゃんと気がついていた。まだ観ぬ未来は因果の糸が何本も絡みあって固定され、ついには自分をがんじがらめに縛ってしまう。レトにはしかし、適切な糸を探りだせる新たな手がかりがあった。いまのところ、自分がジャクルートゥーから逃げだす幻視の糸を観たことはない——これである。真っ先に断ち切らねばならないのはサビーハに通じる糸だ。

レトはいま、夕影衰えゆくなか、砂嵐の強風からジャクルートゥーの露頭を護る岩壁の東端にうずくまっていた。保命《フレム》キットの活力錠と食料は摂った。あとは体力の回復を待つばかり。この時代には石膏平原と化しているアズラク湖は——蟲《ワーム》が台頭するより前の時代、満々の水をたたえていたあの場所は——現在地の西にある。岩壁にさえぎられて見えない東には、ベネ・シェルクが——広大な砂床《さしょう》を取りまいて点在する新入植地があった。南に広がるのは〈恐怖の地〉こと、タンザルーフト絶砂地帯だ。差しわたし三千八百キロにもおよぶこの地域には、荒涼とした地形が広がるなか、ところどころに草むす砂丘地帯と、草に水を施す導風器が点在している。これらはアラキス生態環境改造計画の一環をなし、世話する係員がたまに空路で訪れるくらいで、長く滞在する者はいない。

（いくなら南だな）とレトは思った。（ガーニーもそう見当をつけるだろう）

いまは相手の予想と完全に異なる行動をとるべきではない。

じきに暗くなる。そうなれば、この仮の隠れ場所を出発できる。南の地平を眺めやった。

地平線ぞいに暗い灰褐色の空が金切り声をあげ、煙のようにうねっている。波打つ砂塵の燃えるライン——砂嵐だ。大岩床《だいがんしょう》から立ち昇る巨大な砂嵐の目、竜巻のような巨大な渦は、獲物を求めてくねる蟲《ワーム》のようにも見えた。まる一分ものあいだ、レトは中心の渦を凝視し、それが右へも左へも動いていないことを確認した。その事実から心に浮かんできたのは、フレメンのこんな古諺《こげん》だった。

〈中心が左右にぶれぬとき、それはこちらに直進している〉

嵐が向かってきているとなれば、対応は変わる。つかのま、タブールがある西の彼方を眺めやった。砂漠の宵は灰褐色に包まれて、一見、平穏な世界に見えるが、一帯には風で角を削られて丸みを帯びた砂礫が積もりかけており、ほの白い光沢を放って砂塵に非現実的様相を帯びさせている石膏平原も、だんだんと砂に埋もれつつある。いままで観たどの例にも、自分がこの巨大な砂嵐という灰色の蛇を生き延びられた幻視はなかった。といって、砂中に深く埋もれて砂表に出られなくなる幻視も観たことがない。観たことがあるのは、自分が強風で転がされる幻視だけだが……しかしそれは、このあとで実現するのかもしれない。

緯度にして数度におよぶ巨大砂嵐は、荒れ狂う風沙で地上の世界を平定しつつ、早くも間近に迫っている。こうなればリスクを冒すしかない。このようなケースでは、古くから伝わる対処法があった。友人の友人から聞いたという又聞きレベルの話でしかないが……疲労してはいてもまだ砂表にいる蟲《ワーム》を見つけだし、体節環の側面の下に〈産砂《うぶすな》〉フックを打ちこんで動けなくしておいてから、巨体の風下側に潜み、嵐を乗りきるというものだ。だが、その奔放な無謀さには心魅かれるものの、勇敢さと無謀さのあいだには、決定的な一線がある。あの砂嵐がここに到達するのは、どんなに早くとも深夜だろう。時間はある。それまでにどの程度、幻視の糸を断ち切れる？　すべてを切れるか？　最後の一本まで？

（ガーニーは、ぼくが南へ向かうことまでは予想できても、嵐の中であえてそうするとは思わないだろう）

　南に位置するジャクルートゥーを眺めやり、巨大な露頭に抜け道はないかと目で探った。漆黒の深い峡谷がひとすじ、曲がりくねりながら巨巌の中を突きぬけている。その峡谷の内部を、大小さまざまな砂が混じりあい、濁流のような音を轟かせつつ、巨巌の向こうに広がる砂漠へ流れ出るようすは、まるで水流のようだ。口の中がひどく乾き、ざらざらになるのをおぼえながら、レトは保命キットを背負い、峡谷をめざして歩きだした。残照は天に宿っているので、だれかに姿を見られる恐れがあるとはいえ、いまは時間との競争だ、この程度の危険はやむをえない。

　峡谷の入口に達したとき、いかにも中央砂漠帯らしく、日はつるべ落としで一気に昏《くら》くなった。南のタンザルーフト絶砂地帯にいたる経路を照らす明かりは、砂塵にかすむ月の光しかない。無数の先人記憶たちが持つ恐怖の経験により、鼓動が速まるのをおぼえた。自分はまさに遺体取水器へ入っていこうとしている。もうじき襲いくるのは、フレメンが恐怖から最凶の砂嵐につけた別名——〈大地の遺体取水器《ファヌィ・ナー》〉なのである。しかし、どんな事態を迎えるにせよ、これ以降の幻視は観ていない。これから先、一歩進むごとに後方へ離れていくのは、香料《スパイス》がもたらす禅那《ディヤーナ》——すなわち直観的な創造性で拡張された禅意識と、それが生む因果の動かざる連鎖だ。当面は百歩ごとに、すくなくとも一歩は横に移動して、新たに獲得した内なる現実との、ことばを超えた霊的な交流を持つように心がけよう。

(どのような形であれ、とうさま、最後にはあなたのもとへいきつくでしょう)

左右にそびえる峡谷壁のあいだには鳥たちが身を潜めている。居場所はわからないが、いるとわかるのは、鳥たちが小さな音を立てているからだ。フレメンならではの知恵で、その音をたよりに、暗闇に沈む峡谷の底を進んでいく。しばしば割れ目に差しかかった。そのたびに、緑色に光る不気味な目が見えた。砂嵐の襲来を知って割れ目の中に避難し、うずくまっている動物たちの目だった。

やがて峡谷を通りぬけ、砂漠に出た。足の下で生きている砂が動き、呼吸して、深部の動きと潜在的噴気を伝えている。後方をふりかえり、上を見あげた。ジャクルートゥーの上部には月光に照らされた熔岩《ようがん》の層が見えた。この巨巌の大半は高温と高圧で再結晶した変成岩でできている。アラキスはいまも未来に向けて変化している最中なのだ。

蟲《ワーム》を呼びだすため、ここで起震杭《サンパー》を砂に打ちこんだ。起震杭がリズムを刻みはじめると、離れた場所に潜んで見張り、聞き耳を立てる。アトレイデス家のタカを描いた印章指輪は、寛衣《ディシュダーシャ》のひだを小さく袋状に縫った中に隠してあり、気がつくと無意識のうちに右手が動いて、その指輪を布の上から握っていた。ガーニーはこれを見つけたはずなのに、手をつけずにいてくれた。ポールの指輪を見たとき、ガーニーはなにを思っただろう？

（とうさま、もうじきです）

蟲《ワーム》は南から現われた。途中にいくつかある露頭を避けるため、ジグザグに近づいてきた蟲《ワーム》は、期待したほど大きくはなかったが、いまさら変えようがない。そのコースを読み、砂煙を撒き散らして起震杭に襲いかかる蟲《ワーム》にフックを打ちこむと、鱗におおわれた体側をすばやく這い登る。フックで刺激を与え、蟲《ワーム》の向きを変えさせるのはたやすかった。蟲《ワーム》の上の高みにあがったことで、ロープが風にはためきだす。レトは砂塵にけぶる南の星々に視線を凝らし、蟲《ワーム》の進路をそちらへ向けさせた。

（嵐のただなかへ）

第一の月が昇るころ、レトは砂嵐の高さを目測し、到達の時間は予想よりも遅くなると見当をつけなおした。遭遇するのは陽が昇ってからだ。砂嵐は前にも増して勢力を拡大し、大いなる飛躍に向けてエネルギーを蓄えつつある。生態環境改造チームは大急ぎで対応に追われることになるだろう。あの巨大さたるや、まるで惑星自体が意識的な怒りを持ち、奥砂漠の改造チームに抵抗しているかのようだ。その怒りは、改造の範囲が広がるにつれ、ますます高まっているように思える。

　夜どおし蟲《ワーム》を駆り、南へ走らせた。走らせながら、足裏を通じて伝わる巨体の動きから、蟲《ワーム》に残る体力の把握を心がけた。折にふれて、西へコースをずらさせてやったが、これは蟲《ワーム》がつねに西へ西へと向かいたがっていたからだ。目に見えない縄張りの境界があるのか、それとも迫りくる嵐への対策が意識に深く根差しているのか。蟲《ワーム》はふつう、強烈な風沙を避けるさい、砂中へ潜りこむが、この個体にはいま、それができない。〈産砂《うぶすな》〉フックを打ちこまれて、体節環同士のあいだに隙間ができているためだ。

　真夜中をまわるころ、蟲《ワーム》にはいろいろと疲労の兆しが表われはじめた。レトは背甲部を尾根状に走る大突起列にそって後方へ移動し、突き棒を軽く尾部に打ちつけ、移動速度を落とさせてやったが、それでも南進はつづけさせた。

　砂嵐と遭遇したのは払暁である。最初のうちは砂漠の夜明けらしい光景が広がっていた。はるか彼方まで、微動だにせず重畳《ちょうじょう》する、砂面が泡だったかのような無数の砂丘——。

だが、やがて風威が強くなりだしたため、レトは保水《スティル》スーツのフェイスガードを閉じた。濃さを増してゆく砂塵の中、まもなく砂漠は額縁のない灰褐色の一枚絵と化した。ついで、砂の針が頬を打ち、まぶたを刺しはじめた。とうとう粗粒砂《そりゅうさ》が舌にあたりだすにおよんで、レトは悟った。いよいよ決断の時だ。リスクを冒し、疲れきった蟲《ワーム》を静止させ、あの古い伝承のとおりにしてみるべきか？　ほんの鼓動ひとつぶんのあいだに、そんな選択肢には見切りをつけ、ふたたび蟲《ワーム》の尾部まで移動して、体節環に隙間を生じさせていたフックをはずした。もうほとんど動けなくなっていた蟲《ワーム》は、たちまち砂中に潜りはじめた。勢いを増す砂嵐の中で、排熱代謝により、蟲《ワーム》の後方には熱風の渦が排出されている。フレメンの子供は、幼少時にかならず聞かされる物語を通じて、蟲《ワーム》尾部の後方に立つのが危険であることを学ぶ。蟲《ワーム》とは酸素工場にほかならない。化学反応にともなう大量の発熱に、体内で発生する摩擦熱が加わるため、蟲《ワーム》が通過したあとには高熱の排気流が尾を引く。

　足元で砂が荒々しく渦巻きはじめた。レトは最後のフックをはずし、尾部後方の熱風を避けるため、大きく横に飛びおりた。いまやすべてが、蟲《ワーム》が潜りこみ、〝耕された〟形の砂に手早く潜れるかどうかにかかっている。

　左手に砂を凝結させる静電式の器具を持ち、手近にある砂丘の風下側に穴を掘りだした。ここまで乗ってきた蟲《ワーム》は疲れきっているから、砂表に浮上する余力も、白とオレンジ色の巨大な口で自分をひと呑みにしようとする余力もないはずだ。左手の器具で砂を固めては穴を掘るかたわら、右手で保命キットの保水《スティル》テントを取りだし、いつでも膨らませられる用意をととのえた。穴掘りが完了するまで、かかった時間は一分たらず。砂丘の風下側に掘りあげ、砂壁を固めた穴の中に手早くテントを押しこむ。そののちテントを膨らませ、中に這いこんだ。括約弁の開閉シールを閉めるまぎわ、外に砂の静電式凝結器を突きだし、機能を反転させた。凝結を解かれた風下側の砂が、どさどさっとテントの上に崩れ落ちてきた。即座に括約弁を閉めたため、中に入りこんだ砂粒はごくわずかだった。

　ここからはいっそう急がなくてはならない。テントの内側から凝結器で生地をなぞり、周囲の砂を凝結させていく。砂中シュノーケルを砂上に突きだしても意味がない。じきにシュノーケルの先端も砂に埋もれて、外気を取り入れられない状態になる。これは特大の砂嵐なのだ。この規模の嵐に屋外で遭遇して生還した者はまずいない。頭上に降り積もる砂は何トンにもおよぶだろう。自分の身を保護してくれるのは、膨らませた保水テントの薄っぺらい生地と、周囲で凝結させた砂の層しかない。

　テントの床に横たわり、胸の上で手を組んで、みずからを休眠トランスに誘《いざな》った。この状態だと、肺が動くのは一時間に一度だけだ。この状態でどれだけ命をつなげられるかはわからない。砂嵐がぶじに通り過ぎ、この脆弱な避難所が露出せずにすんでいれば、外に這い出られる可能性はあるが……そうでなければマディーナ・ッ＝サラームに——平安の地にいっているかもしれない。いかなる成りゆきを迎えるにせよ、数多い幻視の糸を断ち切る必要があることはわかっている。一本一本、切っていかなくてはならない——最後の一本、〈黄金の道〉が残るまで。でないと、父の跡継ぎとしてカリフ《カリーファ》の座には就けない。救世主《デスポシニ》の親族として、みじめなカリーファまがいになり、ひたすら父の偉功を讃えるのはごめんだ。司祭がこんなにも不愉快きわまりないたわごとを口にするとき——「彼《か》の方の結晶質《クリス》ナイフ、悪霊どもを打ち払わん！」——二度と沈黙を通したりはしない。

そんな覚悟を固めるレトの意識は、時を超えて交錯する道《タオ》の網にすべりこんでいった。

　いかなる惑星系にも、より高次の秩序がもたらす明確な影響が存在する。これはしばしば、地球産の生物を新規に開拓された惑星へ持ちこむさいに顕在化することだ。どこの惑星であれ、棲息する環境が似通っていれば、そこに棲みつく生物は驚くほどよく似た適応形態を発達させるのである。ここでいう形態とは、たんに姿形にとどまらない。個体同士の生存連携や、連携における関係性も含まれる。この相互に依存する秩序と、その秩序におけるわれわれの生態的地位について人類が行なってきた探求は、そこに強い必然性があることを示している。しかしながら、その探求は同一性を是とする保守派の論拠に利用されうる。そうした曲解はつねに、系全体に深刻な悪影響をもたらしてきた。

――「〈デューン〉の破局」

ジェシカは説明した。

「息子はじっさいには未来を観ていたわけではないの。創造の過程と、それが持つ関係性——人類が眠る神話との関係性を見ていたのよ」

よどみなく説明はしても、あまり性急にことを運びはしない。隠れて見ている者たちは、ジェシカがしようとしていることに気づくや、ただちになんらかの形で妨害に入るだろう。

ファラッディーンは、背後の窓からななめに射しこんでくる午後の光に包まれた状態で、床の上に座していた。ジェシカは窓とは反対側の壁際に立っており、この位置からだと、中庭庭園に植えられた一本の樹の樹冠がよく見える。だが、ジェシカが見つめているのは生まれ変わったファラッディーンの姿だった。以前よりも細身で筋骨たくましい体格は、何カ月にもおよぶ修行の必然として、魔法のような効果が生まれた結果にほかならない。

ジェシカを見つめる若者の目はきらきらと輝いている。

「息子が観ていたのは、存在する力がやがて創造するはずの形、外部の干渉さえなければ、形作られていたはずの事象よ」ジェシカはつづけた。「自分を慕う仲間たちに背を向けるかわりに、自分自身に背を向けたの。意に沿うものだけを受け入れることを拒否したのね。

なぜなら、それが道義的に臆病なことだからよ」

ファラッディーンはジェシカの話に無言で耳をかたむけ、その内容を吟味し、検証し、ききたいことが明確に形をなすまで質問を控えることを学んでいた。これまでジェシカが語ってきた、分子記憶に対するベネ・ゲセリット流の見方は前説で、話は当然のように、ポール・ムアッディブに対する修女会の分析法におよんだ。しかしファラッディーンには、ジェシカの言動が影絵芝居めいたものに見えていた。ジェシカの話すことには、表面的な意図に隠れて、また別の意図が無意識的に投影されているように思える。

「わたしたちが行なってきたありとあらゆる観察のうち、これはとくに重要なものなの」以前にジェシカは、そういったことがある。「生命とは、それを通じて宇宙が自己表現をするための仮面。わたしたちは、人類とその支えとなる全生命が自然の共同体を形成する――そしてそこに属する生命全体の運命は、個々の運命に左右されると想定しているの。したがって、究極の自省ともいうべき運命への愛《アモール・ファーティー》に相対する段階では、わたしたちは神を演じることをやめて教育へと立ち返る。終局において、わたしたちは個を選び、その個が可能なかぎり自由であるように努めさせるのよ」

ファラッディーンにはわかっていた。ジェシカはこれからある重要な行為をしなければならない。その行為が監視装置ごしに注視している者たちにもたらす影響も承知している。

ゆえに意味ありげな視線をドアに送ることは控えた。ファラッディーンの微妙な態度からそんな思いに気づけるのは、よほどの修行を積んだ目だけだが、ジェシカは的確にそれを見てとり、微笑を浮かべてみせた。微笑したところで監視者になにかわかるわけでもない。微笑はしょせん、微笑でしかないのだから。

「これは一種の卒業式」ジェシカはいった。「あなたにはこのうえなく満足しています、ファラッディーン。では、お立ちなさい」

ファラッディーンはうながされたとおり、立ちあがった。そこに立ったことで、背後の窓の外に見えている樹冠をさえぎる形になった。

まさにその瞬間、ジェシカは直立不動の姿勢をとり、こう告げた。

「ここにおいて、わたしはあなたにこう告げる義務があります。

〝聖なる人間存在として、われはここに立つ。ここにわれが立つのと同じく、いつの日か汝も立たねばならぬ。汝の存在がわれのごとくになることを祈らん。未来は不確実にして不確実のままであるべきもの。未来はわれらが自己の希望を描くカンバスにほかならぬ。なればこそ、ヒトの精神はつねに無地の美しきカンバスに対面しうる。われらにあるは、いま、この瞬間のみ。この瞬間を通じて、われらは聖なる存在に対面し、自身を継続的に捧げん――その存在をともに分かちあい、創造せんがために〟」

左手のドアが勢いよく開き、ティエカニックが飛びこんできたのは、ジェシカがまさにそう語りおえたときだった。平然とした態度を装ってはいるが、その血相は内心の思いを雄弁に物語っている。

「わが君《マイ・ロード》……」ティエカニックはつぶやいた。

だが、もはや手遅れだった。ジェシカのことばはひととおり口にされ、すべての準備が実行に移された。

ファラッディーンはもはやコリノではない。

ベネ・ゲセリットになったのである。

ＣＨＯＡＭ《チョーム》役員会を構成する貴兄らにはどうにも理解できぬようだが、交易における真の誠実さとはなにかを、貴兄らはいっこうに見いだせずにいる。貴財団のために、職員が命を懸ける――そのような話を最後に耳にしたのはいつのことか。おそらく諸君の欠陥は、命令を下せば職員たちにものを考えさせ、尽力させられるという誤った想定にある。歴史を通じて、宗教関係者から軍の幕僚にいたるまで、その誤謬《ごびゅう》はあらゆる人間や組織につきものであった。幕僚たちが自国を破滅に導いた歴史は枚挙にいとまがない。宗教の誤りについては、トマス・アクィナスを読め、とだけいっておく。ＣＨＯＡＭの中核をなす貴兄らについては、なんというたわごとを信じているのかとあきれるほかはない！　人間たるもの、自身のもっとも内なる衝動が赴くままに、おのれの為《な》したいことを為すべきではないか。

人は交易機構でもなければ命令系統でもない。偉大なる文明を機能させる存在にほかならぬ。あらゆる文明はその文明を構成する個人個人の資質に負うところが大きい。人間を過度に組織化し、規則で過度に縛ろうとするならば、偉大なる文明へ向かう意欲を抑圧することになる。結果として、人間はもう働かなくなり、文明は崩壊する。

――CHOAMへの書簡
〈伝道者〉のものとされる

レトが休眠トランス状態を脱したのは、自分では状態の変化をほとんど識別できない、ごくごく微妙な兆しがきっかけだった。あるレベルから別のレベルへ、たんに意識内での遷移があったというべきか。

自分がどこにいるかはわかる。活力がふたたび全身に行きわたっていく。だが、酸素が涸渇した保水《スティル》テントの中によどむ悪臭からは別のメッセージが感じとれた。いまこのとき動かなければ、自分は時間なき網に――あらゆる事象が同時に進行する永遠の〈いま〉に――搦めとられたままになってしまう。そうした状態に魅かれる気持ちもあった。いまは〈時〉が〝全知性の集合精神が形成する合意〟として見えている。時空とはレトの精神が勝手に宇宙につけた区分にすぎない。しかしレトとしては、自分にとって魅力的な予知がもたらす多様な幻視群から、いまは脱出するしかなかった。ここで大胆な選択を行なえば、暫定的な未来を変えてしまう可能性があるからだ。

いまこの瞬間に必要な大胆さとはなにか？

トランス状態には後ろ髪を引かれる。しかし、すべての未来を収める神秘界、アラム・ル＝ミサールから現実の宇宙へ移ってみて、両者は同じものでしかないことがわかった。この意外な事実をたもつためには、宇宙を暗号化するリハーニの魔法がほしいところだが、いま最優先で求められているのは生存のための決断にほかならない。生に対する飽くなき欲求が、信号を神経系全体に行きわたらせた。

即座に右手を伸ばし、砂の凝結器を置いてあったあたりを探す。器具を探りあてると、全身をひねって腹這いになり、テントの括約弁から器具を突きだした。右手がやわらかな砂に潜りこんだ。暗闇の中、饐《す》えた空気に追いたてられるようにして凝結器をオンにし、砂を硬化させ、テントの外に這い出ていく。そこからはすばやく動き、砂を固めながら、急角度で上へ上へと掘り進めた。掘った坑《あな》が身長の六倍ほどに達したころ、夜闇《やあん》と清浄な空気のもとに出た。出た場所は長く湾曲した砂丘の、月明かりに照らされた風上側の斜面だった。砂丘の頂《いただき》からは下へ三分の一のあたりだ。

頭上には第二の月が出ていた。月はすみやかに夜天を移動して、砂丘の頂を越え、姿が見えなくなり、それと入れ替えに、満天の星が見えるようになった。砂漠をぬう道の脇の、月光を浴びて輝く岩場にも劣らぬほど明るい。レトは〈さまよえる者座〉を求めて星空をふり仰ぎ、探しあて、〈さまよえる者〉が伸ばす腕の先に視線を動かして、格別に明るい光を放つ南極星、〈魚の口《ファム・ル＝フート》〉を見つけだした。

（レトよ、おまえのろくでもない宇宙は健在だぞ！）

間近から見た宇宙は、まわりに広がる大量の砂のように激しく動く場所、変化する場所、唯一性の上に唯一性が積み重なった場所だった。しかし、こうやって遠くから見る宇宙は無数の星々のパターンにしか見えない。そしてこのパターンは、絶対的なものへの信仰を招きがちだ。

（絶対的なものを盲信すれば、人はゆくべき道を見失いかねない）

そんな思いから連想したのは、フレメンの唱歌にあるこんな一節だった。

〝タンザルーフトで道見失い、いっしょに命も見失う〟

パターンは人を導くが、陥穽《かんせい》にもなる。パターンが変化しかねないことを、人は憶えておかねばならない。

深々と深呼吸をしてから、行動を再開した。凝結させた砂の坑をすべりおり、テントをしぼませ、保命《フレム》キットにしまいこみ、また砂上に這いあがる。

東の地平が葡萄《ぶどう》酒色を帯びだしていた。レトは保命キットを背負い、砂丘の頂に登ると、夜明け前のひんやりした空気の中に立ち、地平に顔を出した朝陽が右の頬を温めだすまでそのままの姿勢でいた。それから、砂漠の照り返しを抑えるため、目の周囲をペイントで黒く塗った。砂漠には抵抗するのではなく、下手《したて》に出たほうがいい。それはわかっている。ペイントを保命キットに収納し、蓄水ポケットに通じるチューブの一本から水を吸おうとした。が、チューブからは水が数滴、きれぎれに出てきただけで、あとはなぜか空気しか出てこなかった。

砂の上にすわりこんで保水スーツの点検に取りかかり、ようやくのことで踵圧《しょうあつ》ポンプの異常にいきあたった。細身のナイフで巧妙に切断されている。いったん保水スーツを脱ぎ、補修したものの、すでに取り返しのつかないダメージを与えられたあとだった。からだが宿す水分のうち、すくなくとも半分は失われてしまっただろう。保水テントで水分が維持されていなかったなら……。そんなことを考えながらスーツを着おえ、このような事態を想定していなかった自分に奇異な思いをいだいていた。幻視なき未来が孕む危険は、まさしくそこにある。

砂丘の頂にうずくまり、この地の寂寥《せきりょう》感に身を委ねた。砂上に目をさまよわせ、微妙な噴気の気配はないか、砂丘にわずかでも不規則性はないかと探しもとめる。それは香料《スパイス》の名残《なごり》かもしれないし、蟲《ワーム》が出てくる兆しかもしれない。だが、あの砂嵐によって、砂漠はすっかり均質に均《なら》されていた。ややあって、砂の深みからシャイー＝フルードを呼びだすため、保命キットから起震杭《サンパー》を一本取りだし、砂に打ちこんで回転させた。それがすむと、すこし離れて蟲《ワーム》の出現を待った。

長い時間がたって、ようやく蟲《ワーム》が近づいてきた。その接近は、目より先に耳がとらえた。低い地鳴りが空気を震わす音を聞きつけて、東の彼方を眺めやる。待つうちに、とうとう砂上にオレンジ色の口が覗いた。砂《さ》海《かい》の深みから飛びだした蟲《ワーム》は、すさまじい音を立てて砂煙を奔出させ、ぐんぐん空中に伸びあがっていく。もうもうたる砂塵にまぎれて、その巨体はほとんど見えない。湾曲した灰色の巨壁が目の前を通過するとき、レトはすかさず体側にフックを打ちこみ、やすやすとその体節環に取りついた。体側を登りながら、蟲《ワーム》を大きくカーブさせ、南に向きを変えさせる。

突き棒で尾部を打たれて、蟲《ワーム》は速度をあげた。追い風にあおられてローブがはためき、背中に張りついてくる。そのため、突き棒で追いたてられる蟲《ワーム》と同じく、自分も追いたてられているような感覚をいだき、同時に圧倒的な創造の流れを股間に感じた。どのような惑星にも興隆期があるように、どのような生物にもそれはある。レトはそのことを自分に思いださせた。

この蟲《ワーム》はフレメンのいう〈爆音種《グラウラー》〉だった。砂の上では尾部を用いて前進し、しきりに頭部を砂中につっこませては爆音を轟かせ、そのたびに細長い巨軀が山なりに浮きあがるタイプだ。しかしこれは足の速い個体で、そのぶん排熱の量も多く、追い風を背に受けて進んでいることから、尾部より後方に放たれる排熱が前へと押し流され、レトはしじゅう熱い風にさらされることになった。運ばれてくる熱い酸素の流れは刺激臭に満ちていた。

蟲《ワーム》が南へ爆走していくあいだ、レトは自分の心も自由に疾走させ、この旅が自分の生における新しい儀式であると考えようとした。そうすればこの旅を、〈黄金の道〉にいたるために支払う代償と考えずにすむ。古《いにしえ》のフレメンのように、自分は多くの新しい儀式を導入せねばならない。それはわかっている。自分の人格が多数の記憶パーツに分割されることを防ぐためにも、自分の魂をついばもうと群がる先人の記憶たちを永遠に閉めだしておくためにも、新しい儀式が必要だ。相反するいくつものイメージ、けっして統合されることのない数々のイメージを、これからは生の緊張で――自分を内部から動かす偏光的な力で――包みこんでやらなくてはならない。

（つねに新しいものを追いもとめるんだ）とレトは思った。（自分の幻視の中からつねに新しい糸を見つけだすんだ）

午後も早い時間になり、進行方向やや右に突き出た隆起が目を引いた。近づくにつれて、その隆起はゆっくりと高さを増していき、ぽつんと孤立した、幅のせまい岩石丘と化した。ちょうど予想したとおりの場所に、それはあった。
(まず、ナムリ……そして、サビーハ。きみたちの同胞がぼくの存在にどう対処するかを見てみようじゃないか)

これは未来に通じる、もっとも微妙な幻視の糸だ。露骨な脅威でもあったが、いっそう危険なのは、あそこが秘める誘惑にほかならない。

岩石丘へは直行せず、迂回しながら近づいたため、長い時間にわたってその形状が変化して見えた。こちらから近づいていくというよりは、向こうから近づいてくるかに思えるひとときもあった。

そろそろ疲れの出てきた蟲《ワーム》が、しきりに左へそれようとしだした。レトは大きな体側をすべりおりると、新たに数本のフックを打ちこみ、巨大生物をまっすぐ前方に進ませた。そうやって進むうちに、メランジ特有の刺激臭がほのかに鼻孔を刺した。行く手に豊かな香料《スパイス》塊がある兆しだ。ややあって、スミレ色に変色した砂地の横を通過した。香料《スパイス》噴気が爆発的に発生した跡だった。変色地帯を通りすぎ、ある程度離れるまでは、しっかり蟲《ワーム》の手綱を取ることに集中した。通過してしばらくのうちは、鮮烈なシナモン臭の香気を孕《はら》む風があとを追いかけてきた。しばらくして、レトは蟲《ワーム》に新たなコースをとらせ、岩石丘へまっすぐに進ませた。

だしぬけに、はるか遠い南の砂床《さしょう》上空で色彩がきらめいた。人目をはばかる気配のない大型人工物が、陽光を反射して虹色の光を放ったのだ。レトは双眼鏡を取りだし、オイル・レンズのピントを合わせた。ずっと南方に、旋回するため機体を傾かせた羽ばたき機《ソプター》の、陽光にきらめく翼が見えた。香料《スパイス》探索機らしい。その直下では巨大な採取工場《ハーヴェスター》——別名、這行車《クローラー》が、殻を脱ぎ捨てるサナギのように、巨体を運んできた翼葉機を切り離そうとしていた。双眼鏡をおろしたとたん、採取工場は点にまで縮まった。ハズハブに——つまり、砂漠のとてつもない広さに——圧倒される思いだった。だが、こちらから見えるからには、香料《スパイス》ハンターにもこちらが見えているにちがいない——砂漠と空のあいだの黒い点として。フレメン世界では、そういう点は人間を示すものと相場が決まっている。当然、向こうもこちらを警戒しているだろう。そして、ようすをうかがっているだろう。砂漠で出会ったフレメン同士は、相手の正体が判明するか、相手に害意がないと納得するまで、けっして気を許さない。高度に発達した帝国文明と、その洗練された法律の保護下にあってさえ、フレメンは馴致《じゅんち》なかばの蛮族だ。未定着の結晶質《クリス》ナイフは持ち主の死とともに分解する。そのナイフが分解する覚悟をつねに固めているのが、フレメンという民族なのである。

（そこにぼくらが救われる要素がある——その野性の中にこそ）

彼方の香料《スパイス》探索機が翼を振った。右翼を下に、つづいて左翼を下に。地上の採取工場に合図したのだ。操縦者たちはいまごろ、こちらが一頭の蟲《ワーム》に乗ったひとりの人間だけではないと想定し、後方の砂漠をも走査しているにちがいない。

レトは蟲《ワーム》を左に回頭させ、これまでのコースを逆もどりする形で向きを変えさせると、体側をすべりおり、ジャンプして蟲《ワーム》から距離をとった。突き棒から解放された蟲《ワーム》は、呼吸数回ぶん、拗《す》ねたように砂上にとどまったのち、砂に潜りはじめたが、前部三分の一ほど潜りこんだところで、急に動かなくなった。駆っていた時間が長すぎたのだ。

レトは蟲《ワーム》に背を向けた。当面はそこにじっとしているだろう。探索機は依然として翼を振り、砂上の仲間に合図を送りながら、這行車《しゃこうしゃ》の上空を旋回している。電子的通信手段を避けていることからして、あれは密輸業者に金で雇われたフレメンの背教者と見ていい。ハンターたちはあそこで香料《スパイス》採取作業をしているはずだ。這行車の存在がそれを物語っている。

探索機がもういちどだけ旋回してから、両翼を畳んで旋回を中断し、まっすぐこちらに向かってきた。ほどなくそれが、祖父が最初にアラキスへ導入した軽ソプターの一種だとわかった。ソプターは頭上で一度旋回してから、レトが立っている砂丘の尾根ぞいに飛び、そこでバンクして、着陸するため、風上に向きを変えた。砂塵をふりまいて着陸した先はレトから十メートルと離れていない位置だった。レト側の側面のドアがすこしだけ開き、部厚いフレメンのローブを着た男がひとりだけ降りてきた。右胸には槍の紋章の縫取りがある。

　フレメンはゆっくりと近づいてきた。一歩ごとに時間をかけて、レトを値踏みしているようだ。男は長身で、目は全体が香料《スパイス》の濃い藍色に染まっている。保水《スティル》スーツのマスクに隠れて、顔の下半分は見えない。頭部を保護するためフードは眉まで覆いかぶせてあった。ローブの動きから、布地の下で毒針銃《マウラー》を握っていることは明らかだ。

　男は二歩離れたところで立ちどまり、眉根を寄せ、けげんな顔でレトを見おろした。

「われわれみなに幸あれ」レトはフレメンの伝統的なあいさつのことばを口にした。

　男は周囲を見まわし、荒涼たる砂漠を目で探ってから、レトに視線をもどした。

「ここでなにをしている、小僧」男の声は、保水スーツのマスクでくぐもって聞こえた。

「蟲《ワーム》の潜《もぐ》り坑《あな》に栓でもしにきたか？」

　レトはもういちど、フレメン伝統のことばを口にした。

「砂漠はわが家だ」

「ウェン？」男がきいた。〝どこへいく〟という意味だ。

「ジャクルートゥーからきた。まっすぐ南へ」

だしぬけに、男が高笑いをした。

「いやはや、ビティーハ！　はじめてだよ、このタンザルーフトでおまえほど妙なやつを見るのはな」

「ぼくはきみの矮小《わいしょう》スイカじゃないぞ」

いうにことかいて、これはない。ビティーハとは、砂漠の辺縁に自生する小型スイカのことなのだ。発見した者にはその水分を摂る権利がある。

「べつにおまえを飲んじまいやしないさ、ビティーハ」男はいった。「おれはムリーズ。このターイフのアリーフだ」

男はそういって、彼方にある香料《スパイス》採取用の這行車にあごをしゃくった。

レトはこの男がグループの裁定者《アリーフ》と名乗り、同行者たちをターイフと呼んだことに気がついた。集団や仲間を意味するターイフの呼称で呼び、魂の絆で結ばれた兄弟を意味するイフワーンとは呼ばなかったということは……この男は雇われの背教者にまちがいない。

必要な糸がここに見つかった。

レトが黙っているので、ムリーズがたずねた。

「小僧、名は？」

「ビティーハでいい」

ムリーズは身を震わせてくっくっと笑い、

「ここでなにをする気か、まだ聞かされてないな」といった。

「蟲《ワーム》の行跡を探している」

レトの回答は宗教的な表現で、これは自身の信仰のため、そして個人的な啓示のために、巡礼《ハッジュ》の旅をつづけているという意味だ。

「ガキのくせにか」ムリーズはかぶりをふった。「さて、どうしたものかな、おれたちを見ちまったからには」

「なにを見たというんだ？　ぼくはジャクルートゥーの名を口にしたが、そちらはなんの反応も見せていないぞ」

「謎かけときたか。じゃあ、あれはなんだ？」

ムリーズはそういって、遠い岩石丘にあごをしゃくった。

レトは幻視で知った名を口にした。

「シュロックだ」

ムリーズが身をこわばらせた。レトは動悸が速まるのをおぼえた。

長い沈黙のあいだ、ムリーズが心の中で葛藤し、浮かんでくる答えをかたはしから切り捨てているのがわかった。

　シュロック！

　各群居洞《シエチ》では、食後の粛とした物語タイムにおいて、隊商宿であるシュロックのことを何度も聞かされる。聴き手はつねに、シュロックを架空の存在、物語の中だけにある場所、興味深いことの起こる場所としてのみ認識する。レトもその物語を思いだした。こうだ。

　砂漠のはずれで行き倒れている身元不明の男が発見され、群居洞《シエチ》へと連れてこられた。男は救出者たちの問いにいっさい答えず、ようやく開いた口から出てきたのは、だれにもわからないことばだった。日々が過ぎても男は依然として問いには答えず、服も着替えず、いっさい協調的な態度を見せようとしない。そしてひとりきりになるたびに、両手で妙なしぐさをする。群居洞《シエチ》じゅうのさまざまな専門家がこの身元不明者を調べに呼ばれたが、なにひとつわからない。そこへ、はなはだ高齢の老女が戸口の前を通りかかり、男の手の動きを見て、笑いながらこう説明した。

「その男はね、父親が香料《スパイス》入り繊維で縄をなうしぐさをまねしてるだけだよ。シュロックじゃあ、まだそんなやりかたをしてるんだね。孤独をまぎらそうとして、手慰みに故郷の習慣をまねてるのさ」

　ここから得られる教訓は――。

〝シュロックの古い流儀には、秘密をまもる効果がある。そして、〈生命の黄金の糸〉に属すると感じさせる効果もある〟

　ムリーズが黙ったままなので、レトはことばを重ねた。

「ぼくはシュロック出の身元不明者だ。手の動かし方しか知らない」

　相手がすばやく頭を動かすのを見て、レトにはムリーズがこの物語を知っていることがわかった。ムリーズはゆっくりと、どすのきいた低い声で問いかけた。

「おまえ、人間か？」

「きみと同じようにね」

「ガキにしてはえらく妙なしゃべりかたをする。さっきもいったように、おれは裁定者だ。タクワーに対処する資格がある」

（まあ、それはそうだろう）とレトは思った。

裁定者《アリーフ》の口から出るとき、タクワーという語は差しせまった脅威を意味する。本来は、悪霊の存在によって引き起こされる恐怖のことで、古株のフレメンのあいだではきわめて真剣に信じられている概念だ。アリーフは悪霊を殺す方法をいろいろ心得ており、つねに信任される。それというのも、〝アリーフは残酷になることなく無情になる知恵を持ち、慈悲心こそがより苛烈な残酷さをもたらすことを知っているから〟だ。

しかし、これは願ってもない展開だったので、レトはいった。

「では、どんなマシュフドでも受けよう」

「どんな霊的試験《マシュフド》にせよ、おれが裁定者となる」ムリーズは答えた。「受け入れるか？」

「ビ＝ラー・カイファ」レトは答えた。この場合、〝異論はない〟の意味だ。

ムリーズの顔に狡猾な表情が浮かんだ。

「やれやれ、なぜこんなことを許してやるのやら。さっさとこの手で殺しちまえば世話がないんだがな。ま、おまえはこんなチビスイカだし、おれには息子がいたが死んじまった。こい。シュロックに戻って部族会議《イスナード》を召集する。そこでおまえの処遇を決めよう」

しかし、レトは気づいていた。ムリーズの言動の端々からうかがえるのは、強い殺意だ。こんな甘言にだまされる人間がいると本気で思っているのだろうか。

「知っているよ、シュロックが〈スンニ派共同体《アフル・アッ＝スンナ・ワ・ル＝ジャマーア》〉であることは」

「小僧っ子が実社会のなにを知ってる」

ムリーズはそういって、先に立ってソプターに向かうよう、身ぶりでレトに指示した。

レトは指示にしたがったが、背後からついてくるフレメンの足音に耳をそばだてていた。

「秘密をまもる最良の方法は、世人たちにもうその秘密を知っていると思わせることだ」

前を歩きながら、レトはいった。「そうすれば、だれもその秘密についてたずねなくなる。

ジャクルートゥーを追われた〈棄民《きみん》〉の裔《すえ》であるきみたちは、その点、巧妙だったと思う。シュロックが——伝承に出てくるあの場所が——実在するなんて、だれが信じるだろう。そのうえ、密輸業者であれ、ほかの何者であれ、〈デューン〉に人知れず出入りしようともくろむ者にとっては、都合のいい場所でもある」

ムリーズの足音がぴたりととまった。

レトはふりかえった。現状では、ソプターの側面は背中側、左翼は左側にある。

ムリーズは半歩離れたところに立ち、マウラー銃の銃口をレトに突きつけていた。

「どうやらおまえ、ガキじゃないな」ムリーズはいった。「おれたちをスパイしにきた、いまいましい矮人《こびと》か！　ガキにしちゃ賢《さか》しげにしゃべるやつと思ったが、しゃべりすぎて馬脚を露わすのが早まった」

「まだまだしゃべることはあるぞ。ぼくはレト、ポール・ムアッディブの嫡男だ。もしもぼくを殺せば、きみときみの一族は砂の中に沈む。ぼくを生かしておけば、引き立ててもやろう」

「おれをたばかれると思うな、この矮人めが」ムリーズは歯をむきだした。「レトはいま、実在のジャクルートゥーにいる。さっきおまえが、そこからきたと……」

その先は尻すぼみに消えた。銃を持った手をわずかにおろし、けげんな顔で眉根を寄せ、目をすがめてレトを見つめだす。

期待どおり、相手はためらいを見せた。レトはすかさず、全身の筋肉を使って左に飛ぶそぶりを見せた。じっさいには一ミリとて動いていない。が、誘いに釣られたフレメンは、レトから見て左に大きく銃を振り動かした。そのとたん、銃を持つ手が翼端にぶつかり、衝撃でマウラー銃がふっ飛んだ。体勢を立てなおすひまを与えず、レトはムリーズの横をすりぬけざま、当人の結晶質《クリス》ナイフを引き抜き、背中にぐっと押しつけた。

「切っ先には毒が塗ってあるな」レトはいった。「ソプターの仲間に指示しろ、その場にとどまれ、ほんのすこしも動くなと。さもなくば、きみを殺さざるをえなくなる」

ムリーズは痛めた手をさすりながら、ソプターの副操縦席にいる男にうなずきかけた。

「相方のビハーレスにはいまのが聞こえた。岩のように動かずにいる」

あまりもたもたしていると、ふたりが打開策を考えつくだろうし、這行車《しゃこうしゃ》の仲間たちがいつようすを見にくるかもわからない。レトは口早にいった。

「きみたちにはぼくが必要なんだ、ムリーズ。ぼくがいなかったら、蟲《ワーム》も蟲《ワーム》が産む香料《スパイス》も〈デューン〉から消えてしまう」

フレメンが身をこわばらせるのがわかった。

「妙だな、どうやってシュロックのことを知ったんだ。ジャクルートゥーでは、いっさいシュロックの話は出なかったはずだが」

「では、ぼくがレト・アトレイデスだと認めるんだな？」

「ほかのだれであるはずがある？　しかし、どうやって――」

「きみたちがここにいるからだよ」レトは答えた。「シュロックは実在する。となれば、あとの推理は簡単だ。きみたちはジャクルートゥーが壊滅したさいに逃亡した〈棄民〉の裔にちがいない。さっき探索機が翼で地上に合図を送るのを見たが、あれが意味するのは、遠くで傍受されかねない通信手段を避けているということだ。それに、きみたちは香料《スパイス》を採取している。であれば、それを交易に用いる。取引相手は密輸業者しかいない。そして、きみたち自身も密輸業者であると同時に、フレメンでもある。とすれば、シュロックの者以外ではありえない」

「おれにおまえを殺させようとしたな。なぜだ？」

「どのみち、シュロックに着けば、殺すつもりだったんじゃないのか？」

　ムリーズの全身に暴力の気配が膨れあがった。

「滅多なまねはするなよ、ムリーズ」レトは警告した。「きみの正体はもうわかっている。これまでにもさんざん、不注意な旅人から水分を絞ってきただろう。いまはもう、それがあたりまえの儀式になっている。さもなければ、たまたま遭遇した人間の口を封じようとするわけがない。さもなければ、秘密を守れるわけがない。スイカ《ビティーハ》とはいいえて妙だ！　毒気のない呼び方と甘言で安心させる腹だったんだな？　ぼくの水分をすこしでもここの砂に染みこませるのはもったいないと思ったわけだ。そして、おおぜいの旅人と同じく、ぼくもここで消息を断てば――タンザルーフトに呑まれたということで片がつく」

　ムリーズは右手で〈蟲《ワーム》の角《つの》〉の印《いん》を結んだ。レトのことばによって呼びだされた魔術《リハーニ》を祓《はら》うためだ。古株のフレメンは、演算能力者《メンタート》をはじめ、理屈を並べて自分たちを煙に巻くやからをいっさい信用しない。それを知っているレトは、苦笑しそうになるのをこらえた。

「さてはナムリのやつ、ジャクルートゥーでおれたちのことを洩らしたな？」ムリーズがいった。「こんど会ったら、やつの水分を――」

「いつまでも馬鹿なまねをしていたところで、得るものはないぞ」レトはいった。「さあ、どうする、ムリーズ。〈デューン〉全体が緑したたる草、樹、開けた水域におおわれてもいいのか」

「そんなことになるものか！」

「すでに進行していることだろう、目の前で」

　怒りとはがゆさとで、ぎりぎりと歯嚙みをする音が聞こえた。ややあって、ムリーズは絞りだすように問いかけた。

「どうやって緑化を防ぐ？」

「環境改造計画はすべて頭に入っている。弱みも強みもひとつ残らず。ぼくがいなければ、シャイー＝フルードは永遠にいなくなってしまうだろう」

　狡猾さの戻ってきた声で、ムリーズはいった。

「だったら、なにをこんなところでぐだぐだしゃべってるんだ？　おたがい、手詰まりだ。おまえはナイフを持っている。だが、おれを殺せば、ビハーレスがおまえを撃つ」

「そのまえに、きみのマウラー銃を回収するさ。そして、そのソプターをいただく。ああ、操縦はできるんだ」

　フードの下で、ムリーズの眉間に縦じわが刻まれた。

「おまえが自分で名乗るとおりの者でなかったらどうする？」

「父にぼくの見分けがつかないはずがないだろう」

「そっちか！　そっちから知ったのか、え？　しかし……」ムリーズはかぶりをふって、「やつの道導《みちしるべ》となっているのはおれの息子だ。息子の話では、おまえたちふたりが会ったことは……いったいどうやって……」

「すると、ムアッディブが未来を読めることは信じていないんだな」

「もちろん、信じてるさ！　しかしあいつは自分のことを……」

ふたたび、ムリーズのことばは尻すぼみに消えた。

「父がきみたちの不信に気づいていないと思うのか？」レトはいった。「ぼくがこの場に、正確にこのタイミングできたのは、きみと会うためだったんだ、ムリーズ。きみのことはすべて知っている。なぜなら幻視で観《み》たからさ……子息のこともね。きみが自分に絶大な自信を持っていること、父を軽んじていることも知っている。砂漠における自分の矮小な領土を確保しつづけようと画策していることも知っている。とはいえ、ぼくがいなければ、このちっぽけな砂漠の領土は失われてしまう。永遠にだ、ムリーズ。〈デューン〉の環境改造は行きすぎた。父にはもはや、ほとんど幻視が観えなくなっている。これからはもう、きみたちはぼくに頼るしかなくなるんだよ」

「あの盲目の……」ムリーズはいいかけ、その先を呑みこんだ。

「父はもうじきアラキーンから帰ってくる」レトはいった。「そうすれば、父がどれほどものが観えなくなっているのかがわかる。きみたちもずいぶんフレメンの流儀から離れてしまったものだな、ムリーズ」

「どこがだ？」

「父はきみたちにとってワドクワイヤス——施《せ》水《すい》者だ。きみの一族は父が砂漠にひとりでいるところを発見し、シュロックに連れ帰った。じつに価値のある発見だったろうさ！

香料《スパイス》の採取地よりずっと大きな価値を持つ存在——施水者を見つけたんだからな！　父はきみたちと暮らすようになった。その結果、父の水分はきみの部族の水分と混じり合った。父はきみたちの〈魂の川〉において、その一部となったんだ」ここでレトは、ムリーズの背中に一段と強くナイフを押しつけた。「じっとしていろよ、ムリーズ」

　事前に釘を刺して左手を持ちあげ、ムリーズのフェイスガードをはずし、下に落とす。

　レトがしようとしていることに気づいて、ムリーズはいった。

「おれたちふたりを殺した場合、どこへいく？」

「ジャクルートゥーへ戻る」

　レトは露出している親指をムリーズの口に突っこんだ。

「噛んで血を飲め、ムリーズ。さもなくば、殺す」

　ムリーズはためらったものの、思いきりレトの親指を噛んだ。

　レトは相手の喉ぼとけが動き、血を呑みこむのをたしかめてから、背に押しつけていたナイフを引っこめ、ムリーズに返した。

「これでぼくは施水者となった」レトはいった。「ぼくが部族の心証を害しないかぎり、もうぼくの水分を絞ることはできない」

　ムリーズはうなずいた。

レトはあごで銃を指し示した。

「きみの銃はあそこに落ちている」

「もうおれを信用するということか？」

「信用しなければ、〈棄民〉と暮らしようがないだろう？」

またしても、ムリーズの目に狡猾そうな表情が浮かんだが、こんどのは計算高そうな、損得を秤《はかり》にかけているような眼差しだった。腹に期するものがあるのだろう、ムリーズは唐突に背を向け、マウラー銃のところへ歩いていき、翼のステップのところに戻ると、

「こい」といった。「蟲《ワーム》の巣に長居しすぎた」

予知される未来は、かならずしも過去に判明した規則に束縛されるとはかぎらない。数ある存在の糸はあまたの未知なる規則によって絡みあう。予知された未来は自前の決まりごとを主張するのだ。それは禅スンニ派の戒律にも科学の法則にもしたがわない。予知が構築するのは相対的完全さなのだから。予知はいまこの瞬間になされる事象を要求し、つねに警告を与える――すべての糸を過去の生地に織りこめはしないのだと。

――『言の葉《カリマ》――ムアッディブのことば』
シュロックに関わる註釈

ムリーズは慣れたようすで羽ばたき飛行機《オーニソプター》をシュロック上空に浮かばせた。ムリーズの横で副操縦席にすわったレトは、武器を構えたビハーレスの存在を背後に感じたままだ。

いまはなにもかもが順調に――自分がしがみつく幻視の細い糸に則《のっと》って――進んでいた。この糸が失敗した場合、どうしたものだろう。神は偉大なり《アッラー・アクバル》。ときに人は、より偉大なる秩序に身を委ねねばならなくなる。

シュロックの岩石丘は、砂漠ではひときわ目だつ。それなのに存在が知られていないということは、多くの賄賂が収められ、多くの口封じがなされ、多くの友人が政府上層部にいるということだ。シュロックの中央部は大きく陥没して皿状窪地となり、周囲を部厚い垂壁《すいへき》で囲まれていた。垂壁内側のところどころに覗く裂け目は、上空からは識別しにくい峡谷の入口らしい。どの入口も下側にはヒカゲハマアカザやハマアカザが密生しており、垂壁と接する窪地の辺縁には、円周状にオウギバ椰子《ヤシ》の林ができていた。であるからには、この岩石丘には水が豊富に存在しているにちがいない。椰子林の内側は砂地になっていて、緑のシュロの葉と香料《スパイス》繊維で作った粗末な小屋が点在していた。上空から見ると、小屋は砂の上にばらまいた緑色のボタンのようにも見える。あそこに住んでいるのは〈棄民〉のなかの棄民たち――死んだときにしか窪地より下層の洞窟網に入れない者たちだ。

ムリーズは峡谷入口のひとつからほど近い砂地に羽ばたき機《ソプター》を着陸させた。ソプターの前には砂上に一軒の小屋が建っていた。屋根は砂漠蔦《ヅタ》とベジャート草の葉で葺《ふ》いてあり、壁面は熱溶着した香料《スパイス》布でおおわれている。最初期にあった原始的な保水《スティル》テントを現代によみがえらせたようなしろもので、それはシュロックに住む者の一部が劣化した暮らしを送っていることを示していた。ああも粗雑な作りでは水分が逃げてしまうし、夜は付近の茂みから吸血性害虫がわんさと入りこんでくる。では、父はこんな場所に住んでいるのか。それに、かわいそうなサビーハも。懲罰として、こんなところに送りこまれるなんて。

　ムリーズからソプターを降りろと指示されて、レトは砂の上に飛びおり、大股で小屋に歩いていった。峡谷の入口のほうでは、おおぜいが椰子のあいだで作業をしていた。全員、襤褸《ぼろ》を着ていて、ひどく貧しそうだ。自分にもソプターにも、だれひとり目を向けようとしない事実は、シュロックでの抑圧ぶりを雄弁に物語っている。働き手たちの向こうには灌漑用水路《カナート》の存在を示す岩の堤が見えており、それが暗示するとおり、あたりの空気にはたっぷりの水分が感じられた。小屋のそばを通りすぎ――間近から見ると、思ったとおり、粗末な作りだった――椰子林の奥まで進んでいって、灌漑用水路《カナート》の暗い流れを覗きこむ。肉食魚の通過跡が作る渦が見えた。働き手たちはレトと目を合わせまいとしつつ、連なる岩堤《いわづつみ》に積もった砂を掃きだしている。

　ムリーズが背後に立ち、話しかけてきた。

「おまえが立っているのは魚と蟲《ワーム》の境界だ。周囲にある峡谷のそれぞれには、一頭ずつ、蟲《ワーム》がいる。この灌漑用水路《カナート》にはずっと掩いをかけていない。もうじき魚は掬《すく》いだすことになっている。砂鱒《すなマス》を引きつけるためにな」

「だろうね」とレトは答えた。「養殖場というわけだ。砂鱒と蟲《ワーム》を外星に売るための」

「これはムアッディブの入れ知恵だぞ！」

「知っているとも。しかし、きみたちが養殖する蟲《ワーム》も砂鱒も、ひとたび〈デューン〉から離れてしまえば、長くは生きられない」

「いまはまだな。だが、いつの日か……」

「一万年はむりさ」

そういって、レトはふりむいた。ムリーズのうろたえた顔が目に入った。灌漑用水路《カナート》の中と同じように、さまざまな疑問が脳内で渦巻いているのだろう。ムリーズはいま、このようなことを思っているにちがいない。このムアッディブの息子には、ほんとうに未来が読めるのか？ いまでもまだムアッディブは未来が読めたと信じこんでいる連中がいるが……そんなことの真偽をどうやって見分けられるんだ？

ほどなく、ムリーズはレトに背を向け、先に立ってあの小屋に歩きだした。作りの雑な気密扉を開き、中に入れと身ぶりでうながす。奥側の壁に香料《スパイス》オイルのランプが一灯だけ吊るされて燃えており、その下に、扉には背を向けて、小柄な人物がうずくまっていた。燃えるオイルは濃厚なシナモン臭を放っている。

ムリーズは嘲るような口調でその人物の説明をした。

「ムアッディブの群居洞《シエチ》でこきつかえと、新たに送られてきた流人《るにん》がいてな。そこの女がそうだ。しっかり働けば、当面は自分の水分を絞られずにすむ」

ここでムリーズは、レトに向きなおった。

「世の中にはそうやって水分を奪うことが非道だと思うやつらもいる。レースのシャツを着たフレメンどもめ、自分の新しい町でゴミの山を築きながら、平気な顔をしやがって！〈デューン〉にゴミの山なんぞ前代未聞だ！　ここにくるあいつのような手合いは――」

ムリーズはランプの下の人物を指さして、「――たいてい恐怖で半狂乱になってやがる。軟弱なお仲間からは引き離されて、本物のフレメンにも受け入れてもらえん。おれのいう意味がわかるか、レト＝ビティーハ？」

「わかるとも」

うずくまっている人物は、ぴくりとも動いていない。

「おまえはおれたちを導くというが」ムリーズはいった。「フレメンを導けるのは流血をいとわぬ者だけだ。おまえみたいなやつが、おれたちをどこへ導けるというんだ？」

「クラリゼックにだよ」

うずくまった人物に注意を向けたまま、レトは答えた。

　ムリーズは藍色に染まった目の上で眉根を寄せ、食い入るようにレトの顔を見つめた。クラリゼックだと？　それはただの戦争や革命などではない。〈終滅の戦嵐《タイフーン・ストラグル》〉だ。最古のフレメン伝説に由来するそれは、宇宙終末時に荒れ狂う大戦争を意味する。クラリゼックだと？

　長身のフレメンは身をこわばらせ、ごくりとつばを呑みこんだ。この小僧め、町住みのめかし屋フレメンなみに言動の予想がつかん！　そう思いながら、ムリーズはうずくまる人物に命じた。

「女！　リバーン・ワーヒド！」これは〝香料《スパイス》入りの飲み物を持て！〟の意味だ。

　女はためらった。それを見て、レトは声をかけた。

「いうとおりにしたほうがいい、サビーハ」

　女はぎょっとしたようすで勢いよく立ちあがり、くるりとふりむいた。目が離せないといったようすで、まじまじとレトを見つめる。

「この女を知ってるのか？」ムリーズがたずねた。

「ナムリの姪だよ。ジャクルートゥーでしくじって、ここに追放されてきたんだ」

「ナムリの？　しかし……」

「リバーン・ワーヒド」レトはうながした。

サビーハはふたりの横をかすめるようにして、貧弱な気密扉の外に出ていった。素足が駆けていく音が聞こえた。

「遠くまではいかん」指先で鼻の脇をなでながら、ムリーズはいった。「ナムリの親族か、ふむ、おもしろい。なにをしくじった？」

「油断して、ぼくを脱出させてしまった」

それだけいうと、レトは背を向け、サビーハのあとを追いかけた。サビーハは用水路の縁に立っていた。レトはその横に歩みより、水面《みなも》を見おろした。まわりのオウギバ椰子《ヤシ》林からは鳥たちのさえずりと羽音が聞こえている。それに混じって、働き手たちが岩堤上の砂を掃く音も。レトはそのまま、サビーハに倣《なら》って水流の底を覗きこみ、水面に映りこむ風景を見つめた。目の隅には、椰子の葉に止まる鮮やかな青色のインコたちが見えている。一羽が灌漑用水路《カナート》の上を横切って飛び、その姿が水面で魚が作りだす銀色の渦と重なって、鳥も魚も同じ天穹《てんきゅう》でともに泳いでいるかに見えた。

サビーハが咳ばらいをした。

レトはたずねた。

「ぼくが憎いかい？」

「わたしに恥をかかせたもの。一族みんなの前で、恥を。あのあと、部族会議《イスナード》が開かれて、わたしはここへ流罪になったわ。わたしの水分を絞らせるために。なにもかも、あなたのせい！」

　近づいてきていたムリーズが、すぐうしろで笑った。

「そして、ここで再会したというわけだ、レト＝ビティーハ。おれたちの〈魂の川〉にはたくさん支流があるようだな」

「しかし、ぼくが与えた水分はきみの血流を流れている」ふりかえって、レトはいった。「それは支流なんかじゃない。サビーハはぼくの幻視の一部における運命の女《ひと》であって、ここで出会う定めにあったんだ。そもそも、ぼくがあそこを逃げて砂漠を越えてきたのは、このシュロックで自分の運命を見つけるためだった」

「おまえと、あの……」

　ムリーズはサビーハを指さしていいかけ、頭をのけぞらせて大笑いした。

　レトはいった。

「きみにもサビーハにも信じられないことだろうが、これは憶えておいてくれ、ムリーズ。ぼくは……自分の蟲《ワーム》の行跡を見つけた」

　そう口にしたとたん、目に熱いものがあふれるのをおぼえた。

「このひと、死者に水分を手向けてる……」サビーハがつぶやくようにいった。

ムリーズでさえ、畏怖の面持ちでレトを見つめていた。心底から魂を揺さぶられたのでないかぎり、フレメンが涙を流すことはありえない。動揺のあまり、ムリーズはフェイスガードを閉じ、眉の上までローブ《ジャラーバ》のフードを引きかぶった。

ムリーズごしに後方を見やって、レトはいった。

「ここシュロックでは、いまも砂漠の縁に夜露が宿るよう祈る。いけ、ムリーズ。そして、クラリゼックに備えて祈れ。請けあおう。クラリゼックはかならず訪れる」

フレメンの話法は簡潔をもってよしとし、表現の正確さを重要視する。そこには絶対性の幻想があふれており、この幻想こそは、予定説的宗教を育む肥沃な大地となるものだ。さらにフレメンは講釈をたれることを好む。万物にそなわった恐るべき不安定さと対峙《たいじ》するにあたり、紋切型の口舌《こうぜつ》を口にするのである。フレメンいわく、

「われわれは入手できる知識のすべてを網羅した百科全書などないことを知っている。それは神のなせる業だ。しかし、人が学べることであれば、なんであれ、人は受け入れられる」

宇宙に相対する、このナイフのように鋭いアプローチから、フレメンは自分たちの運命に関わる兆しや吉凶に関し、空想的な信仰をつむぎだす。それがフレメンのクラリゼック伝説——〈宇宙の終末時における大戦〉の

起源である。

——ベネ・ゲセリットの私的報告書／フォリオ８００８８１

「安全な場所にかくまわれてるそうだ」四角くりぬいた岩屋の入口で、ナムリがにっと笑い、ガーニー・ハレックに報告した。「あんたのお仲間に報告するといい」

「その安全な場所とはどこだ？」ハレックはたずねた。

ナムリの口調が癇《かん》にさわった。ジェシカの命令でいいように操られているという感触も不満をつのらせる。魔女め！　あの女の説明はわけがわからない。わかったのは、レトが恐るべき記憶人格群の制御に失敗すればたいへんなことになる、という警告だけだ。

「だから、安全な場所さ」ナムリは答えた。「教えていいといわれてるのはそこまでだ」

「どうやって状況を知った？」

「伝書コウモリが届いた。神経刻印《ディストランス》されてな。サビーハもいっしょにいる」

「サビーハだと！　あの娘、また逃がすんじゃ——」

「こんどはちがう」

「あの子を殺す気か？」

「そいつはもう、おれの判断することじゃない」

ハレックは渋面を作った。

（神経刻印《ディストランス》か）

ろくでもない洞穴コウモリどもは、どのくらい飛行距離があるんだ？　あのキーキーという鳴き声に秘密のメッセージを組みこまれて、夜の砂漠をパタパタ飛んでいるところはちょくちょく見るが、この地獄みたいな惑星でどのくらい遠くまで飛べる？

「おれがじかに会う必要があるな」ハレックはいった。

「それは許しが出んよ」

心を鎮めるため、ハレックは大きく深呼吸をした。捜索隊の報告を待つこと、二日二晩。三日めの朝を迎えて、自分がまとっていた役割が融けてしまい、一糸まとわぬ姿になったような感覚に陥った。そもそも、指揮官の役割を好きになった例《ためし》はない。指揮官はいつも待っていなくてはならないからだ——ほかの者たちがおもしろそうな任務や危険な任務に従事しているあいだ。

「なぜ許しが出ない？」ハレックはたずねた。

安全だという触れこみでこの群居洞《シエチ》を手配した密輸業者は、なにかというとはぐらかすばかりで、隠しごとが多すぎる。このうえナムリまでもが隠しごとをするというのか。

ナムリは答えた。

「この群居洞《シエチ》を見せただけでも、手の内を明かしすぎだと思う連中がいるんでな」

ナムリのことばに威嚇の響きを感じとったハレックは、百戦練磨の戦士らしく、悠然とした態度をとり、ナイフの柄《つか》には手をかけず、かつ即座に抜ける位置に手を持っていった。できれば防御場《シールド》がほしいところだが、蟲《ワーム》への影響に配慮して持ちこみが禁止されているし、持ちこめたとしても、砂嵐がもたらす静電気を帯びている場所では作動時間が短い。

「そういう秘密主義は、協定のうちにないぞ」

「おれがあいつを殺していたとして、そいつは協定にあったか？」

ハレックはまたもや、レディ・ジェシカから警告されていない〝目に見えぬ力〟により、自分が操られているのを感じた。あの女の計画ときたら、じつにいまいましい！　ベネ・ゲセリットなど信用すべきではなかったかもしれん――そう思ったとたん、いや、これは不忠だという意識がこみあげてきた。レディ・ジェシカから問題点を説明されてはいたし、ハレック自身、あらゆる計画と同様、この計画も状況に応じて修整する必要があることは理解していたのだから。そもそもこの計画は、いかなるベネ・ゲセリットのものでもない。計画を立てたのはアトレイデス家のジェシカ――ハレックの友であり、後ろ盾以外の何者でもない人物なのである。レディ・ジェシカの支えがなかったら、自分はいま住んでいるよりもずっと危険な宇宙を放浪していただろう。

「おれの問いには答えられんようだな」ナムリがいった。

「おまえが手を下してもいいのは、あの子が……憑依されているとわかったときだけだ」

ハレックは答えた。「つまり、忌み子化が確認された場合にかぎられる」

ナムリは右耳のそばにこぶしをあてがって、

「あんたの女主人は、おれたちに忌み子を見分ける試験方法があるのを知っていた。手を下すかどうかの判断をおれに一任したのは賢明だったよ」

ハレックはいらだち、眉根を寄せた。

ナムリはつづけた。

「教母さまがおれに出した指示はあんたも聞いてたろう。おれたちフレメンにはああいう巫女《みこ》さまを理解できるが、外星人にはむりらしい。フレメンの女はときどき自分の息子を死なすんだぜ」

眉根を寄せたまま、ハレックは問いかけた。

「まさか、もうあの子を殺したんじゃあるまいな？」

「生きてるさ。安全なところにいる。香料《スパイス》もずっと与えてもらえる」

「しかしおれには、レトが試練を生き延びた場合、祖母のもとへ連れていく務めがある」

ナムリは肩をすくめただけだった。

自分に引きだせる答えはこれが限度か、とハレックは悟った。くそったれめ！　こんな不明確なことだらけで、ジェシカのところへ帰れるもんか！　思わず、かぶりをふった。

「なんだって変えようもないことをきく？」ナムリがいった。「あんたのことだ、報酬はたんまりもらってるんだろうが」

ハレックは険しい顔でナムリをにらんだ。フレメンめ！　こいつら、外星人はみんな、金目あてだと思ってやがる。しかし、いまのナムリのことばには、フレメンの偏見以上の情報が含まれていた。ベネ・ゲセリットの〈観法〉を修行した者には、いまのひとことで、ここに他の勢力も入りこんで暗躍していることがわかる。このジャクルートゥーなる場所自体、陽動の中の陽動の中の陽動のにおいが……。

無礼なほどなれなれしい態度に切り替えて、ハレックはいった。

「レディ・ジェシカがお怒りになるぞ。場合によっては、軍隊を――」

「無神論者《ザナーディク》が！」ナムリが毒づいた。「きさまなぞ、ただの使い走りだろうが。きさまの立ち位置は〈融和《モーハラタ》〉の埒外だ。〈清廉の民《フレメン》〉のためなら、喜んできさまの水分をもらってやる！」

ハレックはナイフの柄《つか》に手をかけ、攻撃を受けた場合に備えて左の袖に仕込んでおいたささやかなサプライズの準備をととのえながら、

「はて、どこにも水などこぼれちゃいないぜ」といった。「自尊心で目が曇ってるんじゃないのか、おまえ」

「きさまのお大事なレディ・ジェシカが、どこかに軍隊を差し向けたりなぞするものかよ。きさまを生かしておいてやったのはな、そいつを思い知るまで待つつもりだったからだ。きさまが心静かに遺体取水器《ファヌィ》に収まることは断じてないと思え、外星のクズ野郎。おれは〈清廉《フレメン》の民〉のひとりだが、きさまは――」

「アトレイデス家の家士のひとりにすぎんさ、たしかにな」ハレックはおだやかな口調で答えた。「しかし、おまえのくさい首からハルコンネンの軛《くびき》をはずしてやったのも、そのおれたちクズ野郎なんだぜ？」

ナムリは白い歯をむきだし、言い返した。

「きさまのレディはサルーサ・セクンドゥスの虜囚《とりこ》だろうが。きさまがレディからきたと思っていた指示の出どころは、じつはあの女の令嬢だ！」

超人的な自制をもって、ハレックは声を平静にたもった。

「それはそれでかまわんよ。アリアは……」

ナムリが結晶質《クリス》ナイフを引き抜いた。

「きさまが〈天の子宮〉のなにを知ってるというんだ！　おれはあの方のしもべだ、この男娼野郎。あの方のご命令により、きさまの水を奪ってやる！」

　いうなり、ナムリは岩屋の入口からまっしぐらに突進してきた。

　だが、そうした見せかけの無謀さに引っかかるハレックではない。ローブごと勢いよく左腕をはねあげ、ローブ裏に縫いつけておいた厚手の隠し布を飛ばし、ナムリのナイフを絡めとった。そのままナムリの頭にローブのひだをかぶせ、自分のナイフを相手の顔面に突きあげる。ローブの布ごしに、刃先が顔面に突き刺さる手応えがあった。ほぼ同時に、硬い表面が胸にぶつかってきた。ナムリがローブの下に金属製ボディアーマーを着こんでいたのである。顔を突き刺されたナムリは、金切り声の怒声を発してうしろへのけぞり、床に倒れこんだ。そこであおむけになったまま口から血を噴き、ハレックをにらみつけていたが、その目からはだんだんと光が失われていった。

　ハレックはふうっと息を吐きだした。ナムリのどシロウトが。ローブの下にアーマーを着こんできて、おれに気《け》どられないとでも思ったか。心の中で、ハレックはナムリにそう語りかけつつ、隠し布を回収し、それでナイフの血をぬぐって鞘に収め、つぶやいた。

「おれたちアトレイデス家のしもべがどれほど鍛えてるか、これでわかったろう、阿呆」

　深呼吸をしながら、考える。

（さて、おれはだれの陽動だ？）

ナムリのことばには真実の響きがあった。ジェシカはコリノ家の虜囚となり、アリアは自分の邪悪な計画を遂行しつつある。ジェシカ自身、アリアが敵にまわる可能性について何度も警告を発していた。よもや当人が虜囚になるとは予想だにしていなかっただろうが……。ともあれ、自分にはしたがうべき命令がある。真っ先に試みるべきは、この場から脱出することだ。さいわい、ローブをまとってしまえばフレメンの見分けはつきにくい。

ナムリの死体を岩屋の片隅に引きずっていき、上からいくつものクッションをのせて隠し、床の血だまりに敷物《ラグ》をかぶせた。処理がおわると、自分の保水スーツのノーズチューブとマウスチューブを調整し、砂漠に出る者ならみなそうするようにマスクをつけ、ローブのフードを引きかぶり、長い通路に出た。

（ふだんどおりにしていれば、怪しまれることはない）

その思いどおり、悠然と歩いていく。奇妙に自由になったような感覚があった。危険の中へ踏みこんでいくのではなく、危険から脱するような感じだった。

（レトのあつかいについては、レディ・ジェシカの計画を好もしいと思ったことがない。こんど会ったら、本人にそういってやろう。もし会えたらな）

なぜなら、もしもナムリのいったことがほんとうであれば、ひときわ危険な代替計画が発動することになるからだ。アリアがレトをつかまえた場合、長くは生かしておくまい。

とはいえ、背景にはいつでもスティルガーがいる。あの良きフレメンが——良きフレメンならではの迷信に凝り固まった男がいる。

自分を送りだすに先だって、ジェシカはこう説明した。

「スティルガーが本来持つ性質の上には、ごくごく薄い文明的なふるまいの層があるの。その層を剝ぎとるための手段はね……」

ムアッディブの精神は、ことばだけでは量れない、その名において制定された法の条文でも量れない。ムアッディブはつねに、独善的な権力者に対して——食わせ者に対して——教条的狂信者に対して——内なる怒りを心に燃やしてきた。肝要なのはこの〝内なる〟怒りである。それによって、ムアッディブはなかんずく、ひとつのことを教え示してくれたからである。それはすなわち——。

〝人は社会正義のあと押しを受けたときにかぎり、苦境に耐えられる〟

——『フェダイキンの盟約』

レトは小屋の薄壁に背中をあずけてすわり、サビーハに注意を向けたまま、幻視の糸がつぎつぎにほぐれていくさまを見つめていた。この時点でサビーハはコーヒーを煎《い》れおえ、横に一式を置いていた。いまはレトと向きあう形でうずくまり、レトの夕食をかきまぜているところだ。夕食は添加したメランジのにおいが強烈にただよう粥《かゆ》だった。サビーハは外側が藍色のしみで染まった鉢にかがみこみ、大匙で手早く一心にかきまぜている。細い顔は香料《スパイス》を加えた粥の表面に向けたまま、よそに目を向けようとしない。小屋の内壁には保水《スティル》テントの機能を持つ薄膜が張ってある。サビーハのすぐ背後には明るい灰色の素材で大きなつぎを当てた一画があり、そこにサビーハの影が踊っていた。影を投げかけている光源は、料理の炎と一灯しかないランプのちらちら揺れる光だ。踊る影はあたかも灰色の後光をまとっているかのようだった。

そのランプに、レトはいたく好奇心を引かれた。シュロックの〈棄民《きみん》〉は香料《スパイス》オイルをふんだんに用いる。照明器具は発光球ではなく、ランプなのである。〈棄民〉はひときわ古いフレメンの伝統に則《のっと》ったとされる形で、よそから追放されてきた棄民を垂壁の内側に囲い、奴隷化していた。かと思えば、羽ばたき飛行機《オーニソプター》を何機も保有しているし、最新型の香料採取工場《スパイス・ハーヴェスター》も複数持っている。〈棄民〉は過去と現在が粗雑に入り混じった存在なのだ。

サビーハは粥の鉢を床に置き、レトのほうへ押しだして料理の火を消した。

レトは鉢に手をつけようとしなかった。

サビーハがいった。

「あなたが食べないと、わたしが罰せられるのよ」

レトは答えず、サビーハを見つめて考えた。

（ここでサビーハを殺してしまえば、ひとつの幻視が消滅する。かといって、サビーハにムリーズの計画を明かせば、それはそれでまた別の幻視が消滅する。ここで父がくるのを待っていれば、この幻視の糸は糸から成長して強靭な縄と化す）
考えながら、幻視の糸を仕分けしていった。なかには気を引かれる幸福な幻視もあった。サビーハとのある未来は、レトの予知意識の中に魅力的な現実をもたらし、ほかの幻視をすべて閉めだしてしまったが……それも糸を終端までたどり、つらいエンディングを観《み》るまでのことだった。

「どうしてそんなふうにわたしを見つめるの？」サビーハがたずねた。

レトはこんども返事をしなかった。

サビーハはいっそうレトの近くに鉢を押しだした。

レトはごくりとつばを呑もうとしたが、口の中は乾ききっていた。サビーハを殺したい衝動が膨れあがる。その衝動を受けて、全身がわななきだすのを感じた。ひとつの幻視を打ち砕き、思うさま好き勝手にふるまえたら、どんなにかいいだろう！

「ムリーズの命令なのよ、これは」サビーハはそういって、鉢に手を触れた。

そう、ムリーズの命令だろうとも。迷信は万事を圧倒する。ムリーズは自分にも読める幻視を求めてるんだ。あの男は太古の未開人と変わらない。手に入れたいのはばらまいた牡牛の骨の並びで未来を占う呪《まじな》い師でしかないのだから。ムリーズはレトの保水スーツを〝ただの用心だ〟といって奪いとった。この辛辣なことばは、ナムリとサビーハに対するあてこすり――〝うかうかと捕虜を逃がすのはマヌケだけだ〟という含みだ。

しかしムリーズには、感情の面で深刻な問題があった。〈魂の川〉である。ムリーズの血流にはすでにレトの水分が流れている。ムリーズとしては、レトに死の脅威を突きつけ、水分を完全に奪うきっかけを虎視眈々と狙っているだろう。自分は命を狙われてばかりだ。

（あの父にしてこの子あり、か）

「香料《スパイス》は幻視をもたらすだけ」サビーハがいった。レトがずっと黙っているので、不安になったらしい。「同心《タウ》の饗宴で何度も幻視を観たわ。悪い影響なんかないわよ」

（ここか！）とレトは思った。

からだがひとりでにこわばり、ぴくりとも動かせなくなった。皮膚が冷たく、湿っぽく感じる。ベネ・ゲセリットの修行に意識を奪われたのだ。ひとつの光点から放たれる光、それが大きく外へ広がっていき、サビーハと棄民の仲間全員にまばゆい幻視を投げかけた。古《いにしえ》のベネ・ゲセリットの知識は、この状況を明示的にこう言い表わしている。

〝言語なるものは生命のありかたにおける特殊性を反映して構築される。各々の特殊性はその単語によって、またその仮定条件と文章構造によって認識されるもの。まずは阻害の原因となる要素を探しもとめよ。特殊性は生命の存在が阻害される場所、動きが阻害され、凍てつく場所にこそ顕われる〟

このときレトは、サビーハを独自の幻視が作れる存在として見た。サビーハのみならず、ほかの人間もみな同じ力を持っている。しかしサビーハは、香料《スパイス》饗宴が生む自分の数々の幻視を軽蔑していた。その手の幻視は心を乱すばかりなので、意識から除外し、意図的に忘れてしまわなくてはならない。サビーハの仲間はシャイー＝フルードの幻視を待ち望む。なぜなら、蟲《ワーム》の存在は彼らの幻視の多くを支配するものだからだ。彼らはさらに、砂漠のはずれで朝露を採取する幻視を待ち望む。なぜなら水分は自分たちの生存の根幹だからだ。そのいっぽうで、彼らは潤沢な香料《スパイス》を享受し、砂鱒《すなマス》を灌漑用水路《カナート》に誘いこむ。サビーハはさりげなく、粥とともに予知の幻視を押しつけてくるが、そのことばの中にははっきりと目だつ手がかりがあった。サビーハは絶対性に依存し、有限の限界を探しもとめている。それもこれも、自身の肉体に触れる恐ろしい決断に踏みきる勇気が持てないためだった。せまい視野で宇宙をとらえ、そのせまい視野の中に収まるもの、時の停まったものとして見ているのも、そうと思わなければ恐ろしくてたまらないからだろう。

それとは対照的に、レトは自分自身の純然たる動きを感じている。自分は無限の次元を収蔵する膜であり、それらの次元を正視しているがゆえに、恐ろしい決断に踏みきれる。

(父がそうしたように)

「食べなきゃだめなの！」サビーハがいった。だだっ子のような声になっていた。

この時点ではもう、レトは幻視の全パターンをひととおり観ていたので、選ぶべき糸がわかっていた。

(われを被《おお》うはわが皮膚にあらず)

立ちあがり、ローブをまとう。からだを保護する保水スーツの上からではなく、素肌の上から着ると、妙に違和感があった。香料《スパイス》繊維を溶融した床を踏むのは素足なので、床の上に持ちこまれた砂の感触が伝わってきた。

「なにをする気？」サビーハがたずねた。

「ここの空気は悪い。外の空気を吸いにいく」

「逃げられないわよ。どの峡谷にも蟲《ワーム》がいるんだし。灌漑用水路《カナート》の向こうに踏みこめば、蟲《ワーム》があなたの水分から存在を感じとるわ。ここに閉じこめられている蟲《ワーム》はとても敏感でね。砂漠にいる蟲《ワーム》とはわけがちがうの。だいいち――」ここで、痛いところをついてやったという声になって、「――あなた、保水スーツを着てないじゃない」

まだサビーハから自主的な反応を引きだせるだろうかと思いながら、レトはたずねた。

「だったらなぜ、そんなに心配そうなんだ？」

「だって、これを食べてないし」

「食べないと、きみが罰を受けるからか」

「そうよ！」

「しかしぼくはもう香料《スパイス》びたりだ。一瞬一瞬が幻視の連続なんだよ」そういって、素足の片足で鉢を指し示した。「それは砂にぶちまけるといい。だれにもわからない」

「見張られてるもの」小声になって、サビーハがいった。

レトはかぶりをふると、自分の幻視からサビーハを閉めだした。それによって、自分が新たな自由に包まれるのを感じた。この哀れな駒を殺す必要はない。サビーハはダンスのステップを教わることもなく、他者の音楽に合わせて踊っているだけだ。いまだに自分が力を――シュロックとジャクルートゥーの血に飢えた砂賊に重宝がられる力を――持っているという幻想にしがみついたまま。レトは戸口に歩みより、気密扉に手をかけた。

サビーハがいった。

「ムリーズが戻ってきたら、ものすごく怒るわよ――」

「あれはもうガワだけの商売人だ。わが叔母に中身を吸いつくされてしまっている」

サビーハは立ちあがった。

「わたしもいっしょに外へいく」

レトは思った。

(ぼくがあのときどうやって逃げだしたか、憶えているんだな。いまのサビーハはぼくをつなぎとめる力が弱いと感じている。サビーハの多様な幻視は、よく考えろと当人に訴えかけているはずだ)

しかしサビーハは、幻視の声に耳を貸そうともせず、ただただこう考える。

〝せまい峡谷内に閉じこめられた蟲《ワーム》の横を、どうやってすりぬけられるというの。たとえシュロックから外に脱出できたとしても、保水スーツも保命《フレム》キットもなしに、どうやってタンザルーフトを生きぬけるというの〟

「自分の幻視を見すえるには、ひとりになる必要がある」レトは答えた。「きみはここに残ってくれ」

「だから、どこへいくつもり?」

「灌漑用水路《カナート》へ」

「夜になると砂鱒がうじゃうじゃ湧いてくるわよ」

「ぼくを食べはしないさ」

「ときどき蟲《ワーム》が用水路のすぐ向こうまでくるの。用水路を越えようものなら……」
蟲《ワーム》に乗っていくつもりか、という含みを持たせて、そこからはことばをにごした。

まだサビーハには多少とも自分の幻視を拾えるのだろうかと思いながら、レトはいった。

「フックもなくて、蟲《ワーム》に乗れるはずがないだろう？」

ふたたび鉢の前にうずくまり、大匙で藍色の粥をかきまぜながら、サビーハはたずねた。

「じゃあ、戻ってきたら食べてくれる？」

「あらゆることにはタイミングというものがあるんだよ」

レトはこのとき弱い〈操《からく》り声〉を使い、自分の望みをサビーハの意思決定に関わらせた。

「あとでムリーズがきて、あなたが幻視を観たかどうかたしかめるわよ」
当人にはそれと感じとれなかったはずだ。

「ムリーズにはぼくなりのやりかたで対処する」

レトはこのとき、サビーハの動きがひどく鈍く、のろのろしたものになっていることに気がついた。レトの誘導によって、すべてのフレメンに共通する特性が自然と誘発されたようだ。フレメンは日の出とともに、はなはだ活発になるが、日没を迎えると、きわめて無気力でふさぎこむことが多い。すでにサビーハは睡眠と夢にひたりたがっている。

レトはサビーハをあとに残し、ひとりで夜の闇に出た。

夜空には満天の星がきらめいており、まわりには星空をさえぎってそびえる黒々とした垂壁が識別できた。椰子の葉をくぐり、灌漑用水路《カナート》へ歩いていく。

長いあいだ、レトは用水路の岩堤にうずくまり、峡谷の奥からこやみなく聞こえる砂のこすれあう音に耳をかたむけていた。音からすると、かなり小型の蟲《ワーム》だ。小さいからこそ、この目的に選ばれたにちがいない。小さな蟲《ワーム》であれば、運びだすのが楽になる。この蟲《ワーム》をどうやってつかまえてきたのかを考えた。狩人はふつう、水のミストをかけて蟲《ワーム》の動きを鈍らせる。これはフレメンが同心《タウ》饗宴／香料《スパイス》変質の儀式に使うため、蟲《ワーム》を捕獲するさいに用いる伝統的な方法だ。だが、この個体が水没させられて殺されることはない。ギルドの輸送母船に載せられて、野望をいだく購入者の惑星へ運ばれていくからである。ただし、その惑星の砂漠では湿度が高すぎる。アラキスの極端な乾燥状態は砂鱒の力で維持されてきた。そのことを理解している外星人はまずいない。もっとも、それももはや過去の話になってしまった。奥砂漠にあるこのタンザルーフトでさえ、空気中に含まれている水分は、かつて蟲《ワーム》が遭遇したどのような多湿環境のそれよりもはるかに多い。例外は、蟲《ワーム》が水没死させられるフレメンの貯水池だけだ。

サビーハが背後の小屋の中で動きだす気配がした。そわそわとせわしなく動きながら、自身が抑圧した幻視を覗き観ている。幻視の外で彼女とともに生き、訪れる一瞬一瞬を、そのつど驚きを持って分かち合う暮らしとは、いったいどんなものだろう。その思いは、香料《スパイス》に由来するどのような幻視よりずっと強くレトを魅了した。先行きが不透明の未来と向きあうことには、たしかに新鮮さがある。

〝群居洞《シエチ》でのキスは価値が二倍、街なかでのキスよりも〟

フレメンのこの古諺《こげん》がすべてを言いつくしていた。伝統的群居洞《シエチ》には、はっきりわかる慎み混じりの奔放さが見られる。その慎みは、ジャクルートゥー／フォンダクの住民にも残ってはいるが、ほんのわずかでしかない。失われたものの大きさを目《ま》のあたりにして、レトは悲しみをおぼえた。

ゆっくりと、ごくゆっくりと、いつはじまったのかもわからぬまま意識に浸透しだしたその音は、気がつくと、まわりのいたるところで多数の生物が蠢《うごめ》く、かさかさという音に変化していた。

〈砂鱒だ〉

じきに、ひとつの幻視から別の幻視へ遷移する瞬間がくる。レトは砂鱒の動きを自分の内部の動きとしてとらえていた。フレメンは長年にわたって、この奇妙な生物と暮らしてきたため、ほんのすこしでいいから貴重な水をエサに使えば、手のとどくところに砂鱒をおびきよせられることを知っている。渇きでいまにも死にそうになりながら、残り数滴の水をエサに用いて、このギャンブルに挑んできたフレメンは数多い。というのも、一匹の砂鱒をこすって得られる緑色の蜜からは、ちょっとしたエネルギーが得られるためである。もっとも、砂鱒狩りはふつう、子供たちの役目だ。採取した砂鱒は遺体取水器《ファヌィ》のところへ持っていく。これは遊びも兼ねている。

その〝遊び〟が、いまの自分にとってなにを意味するかに気づき、レトは身ぶるいした。砂鱒の一匹が砂上をすべってきて、むきだしになった片足の上に差しかかった。そこで砂鱒はとまどったものの、用水路に流れる大量の水に魅かれ、そのまま乗り越えていった。つかのまながら、レトは自分が下した恐ろしい決断の現実をひしひしと感じた。

(砂鱒の手袋)

これは子供の遊びで、一匹の砂鱒を片手でつかみ、その手全体に延ばして広げ、生きた手袋にするというものだ。このとき砂鱒は、人間の肌の毛細血管を流れるわずかな血流を感じとるものの、血液中の水分以外のなにかを忌避して、やがて手を離れ、砂上にすべり落ちてしまう。落ちた砂鱒は拾いあげ、香料《スパイス》繊維で編んだ籠に放りこむ。籠の中で香料《スパイス》に触れると砂鱒はおとなしくなるので、あとは遺体取水器に収めるだけでいい。

いましがたの砂鱒が用水路に落ちこみ、群がる肉食魚に食われる音がした。水に入った砂鱒は吸水してやわらかくなる。子供たちもそのことは幼いうちに学習していて、つばをちょっとつけるだけでも甘い蜜を分泌させられることを知っている。レトは水面のバシャバシャという音に耳をかたむけた。砂鱒としては用水路に移り棲みたい。が、用水路には流れがあり、肉食魚が回遊しているので、かたはしから捕食されてしまう。

それでも砂鱒はやってきて、つぎつぎに用水路へ飛びこんでいく。

右手で付近の砂を探った。指が皮革質の外被にふれた。砂鱒だ。期待どおり、大きめの個体だった。砂鱒は逃げようとするどころか、積極的に手の上へ這い登ってきた。レトは左手で砂鱒の外形をなぞった。おおむねダイヤ形をしている。頭部はなく、四肢もなく、目もないのに、的確に水を探しあてる生きもの。砂鱒が多数集まると、それぞれが繊毛を伸ばしておおまかに接合しあい、ひとつの大きな袋状構造を形成する。これは内部に水を取りこむためだ。こうして水を隠すことによって、自分たちが成長して迎える最終形態、巨大なシャイー＝フルードを〝毒物〟から護るのである。

砂鱒が手の上で蠢き、ぐんと長く延びた。それと同時に、事前に選んだ幻視においても、対応するイメージもぐんと長く延びるのを感じた。

（この糸だ、ほかのはちがう）

砂鱒が延びるにつれて薄くなり、手のますます広い範囲を被っていった。いまだかつて、レトの手と同様の手に遭遇した砂鱒はいない。細胞のひとつひとつが香料《スパイス》で過飽和状態になっている手などはじめてだ。いっぽう、いまだかつて、生きてこのような状態に置かれ、理性をたもっていられた人間もまた存在しない。香料《スパイス》トランスでハイライトされた確信をもとに、レトは繊細に酵素バランスを調整した。レトの中で統合された無数の人生と記憶から得られた知識にしたがい、精密な調整を加える。ほんの一瞬でも集中をゆるめれば、調整過剰でいつ死に包みこまれるかもわからない。同時に、自分自身を砂鱒と同化させ、砂鱒を喰らい、砂鱒に喰らわせ、砂鱒のことを学ぶ。トランスによる幻視が雛型を与えてくれたおかげで、それを正確になぞりさえすればいい。

　砂鱒がいっそう薄くなり、手を被う範囲がますます広がっていき、腕にまでおよんだ。ここでレトはもう一匹を探りあて、最初の砂鱒の上にかぶせた。接触したとたん、二匹は狂おしくのたうちだした。繊毛同士が絡みあっていく。やがて両者は一体の薄い膜となり、ひじまでを包みこんだ。こうして砂鱒は、子供の遊びで作られるのと同じ、生きた手袋と化したわけだが……あれよりも薄いし、触覚の感度も高い。微妙な調整により、皮膚との共生体に仕立てあげたからである。地面に手をつき、砂に触れてみた。生きた手袋ごしに、砂のひと粒ひと粒までもが触覚でわかった。これはもはや砂鱒ではない。単体の砂鱒より頑丈で強力になっている。しかも、以後、ますます強力になっていくはずだ。ほどなく、手袋が第三の砂鱒を探りあてた。こんどの個体は進んで最初の二匹に飛びつくと、両者と合体し、積極的に新しい役目をになった。皮革質のやわらかな合体砂鱒は腕を這い登り、肩に達した。

レトはひたすら融合に意識を集中し、拒否反応を起こすことなく、新たな皮膚と身体の融合をはたした。自分がここで達成したことの恐ろしい結果については、意識のどこにも懸念はない。意識すべきは、トランスによる幻視が不可欠であることだ。〈黄金の道〉はこの試練を通ってのみたどれるのだから。

ローブを脱ぎ捨て、全裸で砂の上に横たわった。長い手袋でおおわれた片腕を、集団で移動する砂鱒の通り道に伸ばす。ガニーマといっしょに、一匹の砂鱒をつかまえたときのことはよく憶えている。砂にこすりつけているうちに、砂鱒は縮み、ミニチュアの蟲《ワーム》ともいうべき硬直した筒の形になった。体内に満ちているのは、あの緑色の蜜だ。筒の一端をそっと噛んで傷をつけ、その傷が塞がらないうちにと、急いで数滴の甘い蜜を吸いだしたものだった。

やがてレトは、全身を砂鱒に被いつくされていた。生きた被膜の内側で、自分の血流が脈打っているのが感じられる。一匹が顔を被って広がろうとしかけたが、乱暴にこすってやると、長く延びて細い巻物状になった。〝巻物〟の全長はミニチュア蟲《ワーム》よりずっと長く、硬くもならず、柔軟なままだ。縁を噛んでみたところ、どんなフレメンも経験したことのないほど多量の蜜が、細い小流となって口中に流れこんできた。蜜から得たエネルギーがからだじゅうをめぐりだすのが感じられた。奇妙な興奮が身内に横溢《おういつ》していく。それからしばらくは、顔にかぶさろうとする薄膜を丸める作業に追われたが、丸めた筒を用いて、あごから額にかけ、顔面を囲む堤を築いたおかげで、その作業も必要なくなった。ただし、耳だけは露出させておく。

　これからは幻視を検証しなくてはならない。

　全身を砂鱒の膜で被ったまま立ちあがり、小屋へ駆けもどろうとした。が、予想以上に脚が速く動き、バランスを崩して砂につっこんでしまった。すぐさまからだを回転させ、飛び起きたものの、こんどは宙に二メートルもジャンプするはめになった。着地ののちはふつうに歩こうとしたが、やはり動きが速すぎた。

（とまれ！）と自分自身に命令する。

　即座に神経《プラーナ＝ビンドゥー》と筋肉組織を弛緩させ、五感全体を意識プールに集中させた。これによって、〈絶えざる現在時〉がもたらす内なる波紋の焦点を合わせ、それを通じて〈時〉を知覚し、幻視を介して自分の動きを事前に把握するよう努めた。その結果、全身を包む膜は幻視が予知したとおりに動くようになった。

（われを被《おお》うはわが皮膚にあらず）

筋肉をこの増幅された動きに適応させるためには、すこし練習する必要があった。歩くたびに制御しそこねて倒れ、地に転がった。ほどなく、砂上にすわりこんだ。あごの下に盛りあがった個体が堤を乗り越え、口を被う膜になろうとしていたため、つばを吐きかけ、噛みつき、甘い蜜を吸う。手でしごかれて個体は丸まり、下に落ちた。

　砂鱒と身体の融合が完了するには、もう充分な時間がたっている。レトは姿勢を変え、うつぶせになると、その体勢で這い進みはじめた。被膜が砂にこすれている。砂の感触ははっきりと感じるが、砂がじかに地膚《じはだ》をこすることはない。しかも、泳ぐようなしぐさを数回くりかえしただけで、砂上を五十メートルも進んでしまった。その結果として肉体が感じたのは、摩擦がもたらすぬくもりだけだった。

　膜はもう、鼻や口を被おうとはしていないが、この先には〈黄金の道〉にいたるための、二番めの大きなステップが待っている。これまでの奮闘で、すでにレトは用水路を越え、蟲《ワーム》が閉じこめられている峡谷に入っていた。こうしているいまも、レトの動きに魅かれて、蟲《ワーム》が近づいてくる音が聞こえている。

　その場に立って蟲《ワーム》の到着を待とうと、勢いよく立ちあがりかけたが、増幅された動きに慣れていないため、うつぶせの格好のまま、一気に二十メートルも峡谷の奥へ進むはめになった。必死に肉体をコントロールしながら、尻を砂について起きあがり、そうっと立ちあがって背筋を伸ばす。ふと見ると、すぐ目の前で砂が大きく盛りあがろうとしていた。星の光に照らされて、砂山は怪物じみた大きさにせりあがっていく。まもなく砂が左右に分かれ、その下から蟲《ワーム》の姿が現われた。レトの身長ふたつぶんしか離れていない位置で、ほの暗い星影のもと、結晶質の歯列を淡く光らせている。ぽっかりとあいた口の奥には、ゆらめく淡い炎が見えた。香料《スパイス》の強烈な芳香がレトを押しつつむ。しかし蟲《ワーム》は、それ以上近づいてこようとはしない。目の前にとどまったまま、じっと動かずにいる。ほどなく、岩石丘の上部をぐるりと取り囲む垂壁の上に第一の月が昇った。月光を反射してきらめく蟲《ワーム》の歯列は、その内側、ずっと奥深くに、化学的な炎の妖しい光を燃えたたせている。あまりにも奥深くにある光に、深層心理に染みついていたフレメンの恐怖が頭をもたげ、逃げだしたい気持ちに駆られた。それでも動かずにすんだのは、幻視の支えもあったし、長らく訪れを待っていたこの瞬間に魅了されたからでもある。いまだかつて、生きている蟲《ワーム》の口の、これほど近いところに立ち、かつ生き延びた人間は存在しない。レトはそっと右脚を動かして――そのとたん、指が砂の畝《うね》にあたり、反射的に踏んばろうとしたため、蟲《ワーム》の口めがけて勢いよく突き進む形になった。危ういところで砂に両ひざをつき、動きをとめる。

それでも蟲《ワーム》は動こうとしない。

　どうやら蟲《ワーム》は砂鱒の存在だけを感じとっているようだ。蟲《ワーム》が同じ生活環に属する深砂の幼生体を攻撃することはない。縄張りに侵入してきたほかの蟲《ワーム》なら攻撃するし、露出した香料《スパイス》に引きよせられはする。その驀進を食いとめられるものは水の障壁しかない。そして砂鱒は体内に水を溜めこんでおり、それ自体、水の障壁そのものにほかならない。

　実験のため、片手を蟲《ワーム》の禍々《まがまが》しい口につっこんでみた。蟲《ワーム》は一メートルほど後退した。自信を深めたレトは蟲《ワーム》に背を向け、自分の筋肉に対し、砂鱒の被膜で得た新たなる力と折りあうよう、教えこみにかかった。動作に気を配りながら、用水路に向かって引き返す。蟲《ワーム》は背後でじっと動かぬままだ。こみあげる喜びとともに、流れる水の障壁を飛び越え、砂上を十メートルほど進んだところで地に寝そべり、笑いながら転げまわった。

　そのとき、あたりに光が射した。小屋の気密扉が開いたのだ。ランプが放つ黄色と紫の光の中に、サビーハがシルエットとなって浮かびあがり、レトを見つめている。

　レトは笑いながら、また峡谷のほうへ走り、用水路を飛び越え、蟲《ワーム》の目の前で停止し、そこで向きなおって、両手を大きく広げ、サビーハを眺めやり、

「見ろ！」と呼びかけた。「蟲《ワーム》はもう言いなりだ！」

　サビーハが呆然と突っ立ったままなので、レトはきびすを返し、蟲《ワーム》を迂回して、峡谷の奥に駆けこんだ。新たな皮膚の使い方がわかってくると、ごくわずかに筋肉を曲げ伸ばし

するだけで走ることができた。力をこめる必要などはまったくなかった。あえて脚に力をこめれば、砂の上を飛ぶように疾走し、顔の露出した部分にあたる風が熱く感じられる。峡谷のはずれに達すると、ストップするかわりに、上へ十五メートルほどもジャンプし、垂壁につかまって、そこから虫のように岩壁を這い登り、頂上まで上がった。頂《いただき》からはタンザルーフト絶砂地帯が一望できた。

月明かりのもと、砂漠は広大な銀色のうねりとなり、はるか彼方まで広がっている。

その光景に、レトの狂騒的な高揚感は鎮まっていった。

その場にうずくまり、自分のからだがいかに軽いかを実感する。はげしく動いたことで、全身がうっすらと汗の膜に被われていた。保水《スティル》スーツを着ていれば、この汗は吸収され、濾過《ろか》繊維によって塩分を除去されるところだ。だが、こうして力を抜いていると、砂鱒の被膜にみるみる汗が吸われていく。保水スーツに吸収されるよりも早い。レトは考えこみながら、下唇の下の被膜を部分的に丸め、口に放りこみ、蜜を飲んだ。

いまの問題は口をカバーできない点にある。フレメン流の思考が染みついているため、呼吸するたびに水分が失われていくのは落ちつかず、被膜の一部を口にかぶせようとした。が、被膜が鼻孔を塞ごうとしたので、上唇の上の被膜を丸め、鼻孔への侵入を防ぐ堤とし、しばし手で押さえてその状態を固定させた。ひとりでに、砂漠の流儀で呼吸をしはじめる。

鼻から吸って、口から吐いて。息を吐くたびに、口の上にかぶせた被膜が小さく膨れたが、はがれることはなかった。これで呼気の水分が外に漏れることはないし、鼻孔が塞がれることもない。〝スーツ〟の改良はうまくいったようだ。

そのとき、一機の羽ばたき機《ソプター》が月面をよぎり、バンクして翼を広げ、着陸体勢に入った。着陸するのは、おそらく垂壁内側の窪地、左へ百メートルほどのあたりだ。レトは機体を見送ってから向きを変え、通ってきた峡谷ごしに窪地を眺めた。用水路の向こうに多数の光が見える。おおぜいが動いているらしい。かすかな叫び声も聞こえた。ヒステリックな響きをともなっている。ソプターから降りてきたふたりの男がこの峡谷へ向かってきた。月明かりを反射して武器がきらめいている。

（霊的試験《マシュフド》か）とレトは思い、気持ちが沈んだ。

いまこそ〈黄金の道〉に向けて偉大な飛躍をはたすときだ。いまのレトは砂鱒の被膜という、自己修復型の生体保水スーツをまとっている。アラキスでは、これはとてつもない価値を持つ……ただし、その代償を理解するまでは。

（ぼくはもうヒトじゃない。この夜に起こることは伝説となり、関与者のだれにも想像がつかないほど大きく壮大なものに成長する。しかしそれは、その伝説は、そのうち事実として定着するだろう）

岩石丘の外側を見おろし、下に広がる砂漠までの距離を目測した。二百メートルというところか。急斜面にはところどころ、月影を受けて岩棚や裂け目が浮かびあがっているが、それらをつなぐ道はない。レトは立ちあがり、大きく息を吸うと、うしろをふりかえり、近づいてくるふたりの男を目に収めてから、断崖の縁に歩みより、空中に身を躍らせた。三十メートルほど降下したところにせまい岩棚があったので、脚をたわめてそこに着地し――増強された筋力が着地の衝撃を吸収してくれた――即座に横へ跳んで別の岩棚に乗る。そこに小さな岩の突起が突き出ていたので、それを両手でつかみ、姿勢を安定させたのち、もう二十メートル降下し、また別の突起をつかんだ。そうやって、突起や岩棚づたいに、下へ下へと降りていき、最後の四十メートルは一気に跳びおりた。ひざを曲げて着地した先は砂丘の風下側で、勢いよく砂塵をふりまきながら斜面をすべり落ちる格好になった。砂丘と砂丘とのはざまに落ちつくと、急いで立ちあがり、となりの砂丘の頂にひと飛びで飛び移る。岩石丘の峡谷からわめき騒ぐ声が聞こえてきたが、それにはかまわず、跳躍に意識を集中し、砂丘の頂から頂へと跳びつづけた。

増幅された筋力が馴じんでくるにつれて、官能的な歓びすら感じるようになってきた。一気に距離を踏破するこの動きに、こんな歓びを感じようとは……これは砂漠のバレエだ。いまだかつてだれも経験したことのない、タンザルーフトへの挑戦だ。

もうそろそろ羽ばたき飛行機《オーニソプター》の乗員たちがショックを克服し、機体に乗りこんで追跡にかかる頃合いだろう。そう判断したレトは、手ごろな砂丘の、月光があたってはおらず、影になった側の斜面に坑《あな》を掘り、潜りこんだ。新たに得た力をもってすれば、砂は比重の重い液体のように軽かったが、あまり速く動くと、体温が危険なほど高くなるのがまずい。掘るうちに、砂丘の向こう側、月光に照らされた側の斜面に頭が突き出た。その時点で、被膜がふたたび鼻孔にかぶさっていることに気づき、その部分を取り除いた。そのさい、坑掘り作業で流れた汗を新たな皮膚が吸収しようとして脈動しているのがわかった。

レトは被膜を使ってチューブをこさえ、口にくわえて蜜を飲みながら、頭だけを斜面に突きだした格好であおむけになり、頭上の星空を見あげた。シュロックからはおそらく、十五キロは離れただろう。ほどなくして、大きな鳥のような影が星空をよぎっていった。ソプターが追いついてきたのだ。そのあとから、もう一機。そしてまた、もう一機。翼の羽ばたくかすかな音と、出力を絞ったジェット推進の音が聞こえた。

生きているチューブで蜜を吸いながら、レトは待った。第一の月が天をよぎっていった。

そのあとから、第二の月も。

夜明けの一時間前、レトは砂丘の頂に登って空を探った。もうどこにも追手は見えない。

これで自分は、二度と引き返せない道へ踏みだしたことになる。行く手に待ち受けるのは時空の罠だ。それは自分と全人類に対し、忘れがたい教訓を与えるべく待ちかまえている。

北東に向きを定め、ジャンプをくりかえしてもう五十キロ進んだあと、日中の陽射しを避けるために砂丘へ潜りこんだ。砂鱒のチューブを使って、砂表にごく小さな孔を残し、そこから外気を取りこむ。レトがこうして生体被膜との共生方法を学んでいるのと同様、生体被膜もレトとの共生方法を学びつつあるようだ。ただし、自分の肉体に対して被膜がほかになにをしているのかは、なるべく考えないように努めた。

（あすになったら、ガラ・ルーレンを襲撃しよう）とレトは思った。（あそこの群居洞《シエチ》で灌漑用水路《カナート》を破壊して、水を砂に流出させる。そのつぎは〈風の袋〉村、〈古き裂け目〉付近の村、ハーグ峠の村。そうやって一カ月も破壊をつづけていれば、生態系の改造は、ゆうに一世代は後退する。それだけあれば新たなタイムテーブルを設ける余裕が持てる）

蛮行を非難される相手は、むろん反旗を翻した諸部族だ。なかにはジャクルートゥーのことを思いだす者もいるだろう。アリアはそれらへの対応で手いっぱいになると見ていい。ガニーマについては……。心の中で、ガニーマに記憶を取りもどさせることばを口にした。しかし、その件はあとでもいい……絡みあうこの恐ろしい糸を生き延びたあとで考えよう。〈黄金の道〉が砂漠の彼方で自分を誘っている――目をあければ見えそうなほどたしかな実体を持った存在ででもあるかのように。それはいったい、どのようなものなのだろう。

動物が生きていくためには地上を移動しなければならず、各個体の存続そのものが、その移動にかかっている。同様にして、長らく封印されてきた人類の魂は、その上を移動するための道を必要としている。

そこでレトは父親のことを考え、自分にいった。

（もうじき人間対人間として、とうさまと語りあうときがくる。その状況を描きだすのは、たったひとつの幻視だけだ）

生存限界は気候によって定まる。気候の変化は長期にわたるものであり、一世代ではとても傾向を把握しきれない。この生存環境を決定づけるのは極端な気候である。よそから隔絶され、人数に限りのある集団であれば、さまざまな気候帯を経《へ》めぐり、年間を通じた気象の移り変わりを経験し、ときにこんな感想を洩らすこともあるかもしれない。

「いやあ、こんなに寒い年は生まれてはじめてだ」

じっさい、こういった移り変わりは肌で感じられる。しかし、何年にもおよぶ長期的な平均値の変動となると、なかなか注意がおよばないものだ。どの惑星においても、生存するために人間が学ばなくてはならないのは、長期的変動への警戒である。ゆえに、人は気候を学ばねばならない。

――「アラキス、その変質」

アリアはベッドの上で蓮華座を組み、〈恐怖を退ける連禱《れんとう》〉を唱えて精神を落ちつかせようとしたが、頭の中に響きつづける嘲笑にまどわされ、集中することができなかった。声は現実の声のように聞こえる。相手がアリアの耳を、精神を牛耳っているからだ。

「これはなんの茶番だ？　なにを恐れる？」

　ふくらはぎの筋肉が、いまにも走りだそうとするかのように、または逃げだそうとするかのように痙攣《けいれん》した。だが、逃げられる場所はどこにもない。

　着ているのは、惑星ペイリア産の最高級シルクで仕立てた金色のナイトガウンのみで、たるみはじめた肢体のラインが透けて見えている。いまは〈刺客の刻〉を過ぎたばかり。夜明けは近い。赤い上掛けの上に載っているのは、細線記憶媒体《シガワイヤー》スプールに記録した過去三カ月ぶんの報告書だ。空調のうなりと、スプールに貼ったラベルが微風に煽られて動く音が聞こえた。

　補佐官たちがおそるおそる起こしにきたのは二時間前のことだった。破壊活動に関する最新情報を知らせにきたのである。アリアはスプールにまとめた報告書を持ってこさせ、一連の活動にそれとわかるパターンを見いだそうとしたが……。

　とうとう連禱はあきらめた。

　一連の破壊活動は反体制派のしわざにちがいない。その点は明らかだ。ムアッディブの宗教に叛意《はんい》を持つ者はますます増えつつある。

「それのなにが問題なのだ、ん？」頭の中の声が嘲笑するように問いかけてきた。

　アリアは荒々しく首をふった。ナムリは期待はずれだった。そもそも、あれほど胡乱《うろん》な二重スパイを信じた自分が馬鹿だったのだ。補佐官たちはスティルガーも信用できない、あの男は隠れ反体制派のひとりだと耳打ちしてくる。それに、ハレックはどうなった？　つきあいのある密輸業者どもといっしょに地下へ潜ったのか？　その可能性はある。

　報告書スプールのひとつを取りあげた。

（加えて、あのムリーズ！）

　あの男は血迷ったにちがいない。唯一可能な説明はそれだ。そうでなければ、わたしは奇跡を信じざるをえなくなる。人間には、ましてや子供には（それがレトのような子供であっても）、シュロックの岩石丘から飛びおりて生存し、砂丘の頂《いただき》から頂へジャンプをくりかえしながら、砂漠を踏破して逃げることなどできはしない。

　手を載せたスプールがひどく冷たく感じられた。

　では、レトはどこにいる？　ガニーマはレトが死んだものと信じこんでいる。読真師《どくしんし》もガニーマの話を裏づけた。レトが人狩り虎《レイザ・タイガー》に殺される場面を見たのは真実だという。では、ナムリとムリーズの報告にあった子供は何者か？

　ぶるっと震えがきた。

　破壊された灌漑用水路《カナート》はすでに四十にも達し、その水はすべて砂に吸われた。体制派のフレメンも反体制派のフレメンも、どいつもこいつも迷信深い田舎者ばかり！　報告書は神秘的なできごとの記述であふれている。いわく、砂鱒《すなマス》が灌漑用水路《カナート》へ飛びこみ、水中で分裂して無数の微小な砂鱒になった。いわく、蟲《ワーム》たちがみずから進んで溺死した。いわく、第二の月からしたたった血がアラキスに垂れ、落ちたところで巨大な嵐が巻き起こった。じっさい、嵐が発生する頻度は増えている！

　タブールに監禁してあるダンカンのことを思う。スティルガーに強く命じて幽閉させてあるが、いまごろはじれていることだろう。ダンカンもイルーランも、一連の凶事の陰に隠れた真の意味とやらを言い立てるばかりだ。なんと愚かな！　放ったスパイたちでさえ、一連の突飛なヨタ話に影響されてしまっている！

　なぜガニーマは、人狩り虎《レイザ・タイガー》の件を頑としてゆずらないのか。

　ためいきをついた。細線記憶媒体《シガワイヤー》スプールに記された報告のうち、朗報といえるほどのものはひとつしかない。ファラッディーンが、〝困難の時にある貴女《きじょ》を支え、婚約式典の準備を手伝う〟ため、コリノ家の親衛兵《サーダカー》一隊を派遣するといってきた件、これだけである。アリアはほくそえみ、脳の中で深く響く笑い声とともに、喉の奥で笑った。すくなくとも、婚約にまつわる計画は順調だ。迷信にとらわれた寝言の数々についても、いずれきれいに払拭する論理的な説明が見つかるにちがいない。

その間《かん》に、ファラッディーンの私兵を使ってシュロックを閉鎖させ、すでに反体制派とわかっている者たち、とくに反体制派の指導者《ナイーブ》たちを逮捕させる。スティルガーの逮捕も議論したが、それはやめておけ、と内なる声が制止した。

「まだ早い」

「母と修女会がまだなにか企んでいることはたしかね」アリアはつぶやいた。「母はなぜファラッディーンに修行を?」

「おおかた、あの若僧にのぼせあがったのだろう」老男爵は答えた。

「あの冷血女が？　それはないわ」

「ファラッディーンにあの女を返せと頼むつもりではないだろうな」

「それがどれほど危険かは承知しているわよ！」

「よろしい。ときに、最近、ジアレンカが採用した、あの若い男の補佐官だが……名前はアガルヴェスといったか。そう、ブエル・アガルヴェスだ。今夜、あの男をここに……」

「だめ！」

「アリア……」

「もうじき夜明けなのよ。性欲まみれのヒヒじじい！　今朝は軍事委員会の会議があるの。司祭たちは――」

「やつらを信用してはならんぞ、愛しいアリアや」

「いわれるまでもないわ！」

「よしよし。で、このブエル・アガルヴェスだが……」

「だめだといったでしょう！」

心の中で老男爵は黙りこんだ。が、それと引き替えに、アリアは頭痛に悩まされだした。左の頬に発した痛みが徐々に上へ這い登っていき、頭の中にまで達した。以前、老男爵にこのトリックを使われ、廊下という廊下を走りまわらされたことがある。今回は頑としてゆずらないつもりだった。

「あまりしつこいと、鎮静剤を服《の》むわよ」

老男爵にも本気だとわかったらしい。頭痛はしだいに引いていった。

「ま、よかろう」きげんをそこねた声だった。「またの機会にな」

「またの機会にね」とアリアは答えた。

汝その力をもて砂を分かち、砂の中なる竜たちの首《こうべ》を砕けり。しかり、
我は汝を見ゆ、ひとつの獣《けもの》のごとくになりて砂丘より上《あが》りきたれる汝を。
汝には仔羊のごとき角ふたつありて竜のごとくに語れり。

――『オレンジ・カトリック聖典　改訂版』
「アラン書」第二章四節

それはつねに変わらぬ啓示だった。幻視の糸が何本も撚《よ》りあわさって一本の縄になる。いずれそうなることが、意識を持ったそのときからわかっていたような気がする。レトはタンザルーフトの砂漠に広がる夕べの影を眺めわたした。北へ百七十キロいけば、そこはもう〈古き裂け目〉だ。ムアッディブが押し広げるよりはるかむかし、〈防嵐壁《ぼうらんへき》〉に口をあける曲がりくねったその裂け目《クレバス》を通って、最初のフレメンが砂漠へ移り住んだのである。

レトの心にはもう疑念は残っていない。自分がなぜ、ひとりで砂漠に立っているのかもわかっている。そして、この惑星の全土が自分のものであり、自分の意のままになるべきものとも感じている。さらに、自分を人類のひとりひとりと結びつける縁《えにし》の糸も感じた。かてて加えて、論理的感覚を育む経験に基づいた宇宙、絶え間のない変転の流れにあって、それと認識できる秩序を備えた宇宙にとり、なによりも必要とされる要素との絆をも。

（ぼくはこの宇宙を知っている）

レトをここまで運んできた蟲《ワーム》は、砂を踏み鳴らして呼びよせた個体だった。呼びよせたさい、蟲《ワーム》は目の前に高々とそそりたち、従順な畜獣のように静止した。レトはその背中に飛び乗ると、生体被膜で強化した両手だけを使って体節環の隙間をこじあけ、蟲《ワーム》が砂中へ潜りこむのを防いだ。その後は夜どおし北へ走らせたので、蟲《ワーム》はどんどん疲弊していった。体内の珪素＝硫黄〝工場〟を限界まで酷使させられ、尾部から熱い酸素風の流れを盛大に吐きだしつづけた結果だった。追い風になると、その熱風が前に押しやられ、渦を巻いて押し包んでくるため、ときにレトは朦朧となった。そしてそのつど、心中で奇妙な経験をくりかえした。レトの幻視は内省的かつ円環的な主観性を持ち、それが内なる祖先たちのもとへと向かい、過去の地球におけるさまざまな人生の一部を強制的に再体験させられ、変わりゆくいまの自分とそれらとを比較させられたのである。

すでにレトは、自分がヒトとして認識される存在からかなり離れてしまっていることを実感するようになっていた。ここにくるまでのあいだ、香料《スパイス》と見れば、わずかであっても貪欲に摂取してきたため、全身を被う生体被膜の素体は、もはや砂鱒《すなマス》ではなくなっている——レト自身がもはやヒトではなくなっているのと同じように。繊毛はレトの肉体に根を張り、悠久の年月を経て今後も変容しつづける、新たな生体を形成しつつあった。

(この態様を観て、とうさま、あなたはこうなることを拒絶した。正面から向きあうには、あまりにも恐ろしいことだから)

レトは父親の最期について信じられている風説を知っている。なぜ信じられているかも知っている。

(ムアッディブは予知のせいで死んだことになっているが……)

しかしポール・アトレイデスは、まだ命のあるうちに現実宇宙から神秘界《アラム・ル＝ミサール》へ移った。息子があえて相対しようとしているものから逃げだした。

そしていまは、ただの〈伝道者〉にすぎない。

レトは砂上にうずくまり、北をにらみつづけた。問題の蟲《ワーム》は北からやってくる。そしてその背中にはふたりの人間が乗っているはずだ。若いフレメンと盲目の男が。

一群の蒼白いコウモリが頭上に差しかかり、南東に進路を変えた。暮色を深めゆく空に、ランダムな点の群れとなって散らばるコウモリの飛行コースを逆にたどれば、経験豊富なフレメンなら、どこの寝ぐらから出てきたのかをすぐに見ぬく。それゆえ、〈伝道者〉はその寝ぐらを迂回していくにちがいない。なぜなら、目的地があのシュロックだからだ。ひとたび野生のコウモリに興味をいだかせ、シュロックに近づかせようものなら、以後はコウモリがよそ者を秘密の場所に導く案内役になってしまう。

　出現した蟲《ワーム》は、はじめのうちこそ、砂漠と北天の境目を動く黒い影として見えていたが、マタール――〝砂嵐の衰えとともに、高高度から降りそそぐ砂の雨〟にまぎれてかすんで見えた時期を過ぎ、だんだんと近づいてくるにつれて、その姿がくっきりと見えるようになってきた。

　レトがしゃがんでいるのは砂丘の頂《いただき》だが、基部付近では冷えこみが進み、うっすらと湿り気を帯びている。鼻孔にほのかな湿度を感じとり、口を被う生体被膜の膨張している部分を調整した。いまはもう滲出地《しんしゅつち》や吸い出し井戸を見つけて水分を補給する必要はない。母チェイニーの遺伝子を得て、フレメンの特質を受け継いだレトの腸は他民族よりも長く、大きくなっており、水分はそこに溜めこめるようになっている。そして、途中で遭遇した水分という水分は、生きている保水スーツが吸収して内部に蓄えてくれていた。こうしてすわっているいまも、生体被膜の砂に接地している部分は、仮足《かそく》＝繊毛を砂中に伸ばし、どんなにわずかであれ、回収できるエネルギーを吸収している。

近づいてくる蟲《ワーム》を観察した。蟲《ワーム》上に立つ若い道導者《どうどうしゃ》は、この時点でレトに気づいており、砂丘の上の小さな点としてとらえているはずだ。これだけ距離が離れていると、蟲《ワーム》を駆るあの若者にはまだ、こちらの物体がなんなのかわからないだろう。しかしフレメンには、このような場合にどう対処すべきかのノウハウがある。未知の物体は危ない。それゆえ、若い道導者が示すであろう反応は、幻視の助けがなくとも十二分に読めた。

予想どおり、蟲《ワーム》はわずかにコースを変え、まっすぐレトのほうへ向かってきた。大型の蟲《ワーム》には、何度となくフレメンの武器として使われてきた歴史がある。アラキーン宇宙港の戦いでは、シャッダム四世を打ち破るうえでおおいに功があった。ところが——この蟲《ワーム》は急に乗り手のいうことをきかなくなった。レトから十メートルほど離れたところで停止し、若者がいくら突き棒でたたいても、砂一粒ぶんたりとも前に進もうとしなくなったのだ。

やおら、レトは立ちあがった。砂の中に伸びた繊毛が、生体被膜に引きもどされるのがわかった。口の被膜をはずし、フレメンのあいさつで呼びかける。

「アフラン・ワ・サフラン！」

〝ようこそ、ようこそ！〟

盲目の男は蟲《ワーム》の背中で道導者のうしろに立ち、片手を若者の肩にかけていたが、ここで頭をのけぞらせ、行く手に立ちはだかる者のにおいでも嗅ごうとするかのように、鼻孔をレトのほうへ向けた。夕陽が男の額をオレンジ色に染めている。

「いまのは何者か？」盲目の男は道導者の肩を揺すってたずねた。「なぜ停止する？」

ノーズチューブを挿入しているので、男の声は鼻にかかって聞こえた。

若者は恐怖の面持ちでレトを見おろしながら、問いに答えた。

「砂漠のまっただなかに男がひとり。見た目は子供です。踏みつぶさせようとしたのに、蟲《ワーム》がいうことをききません」

「なぜもっと早くに教えなかった」盲目の男がやんわりと叱責した。

「砂漠のまっただなかに、たったひとりなんですよ！　どうにでもできると思ったんです。しかし、こいつは悪霊にちがいない」

それを聞いて、レトはいった。

「ジャクルートゥーの真の息子ならではの言いぐさだな。そして、盲目の方――あなたは〈伝道者〉どのですね？」

「いかにも、そう呼ばれている者だ」

答えた〈伝道者〉の声には恐怖がにじんでいた。なぜなら、彼はついに、ここで自分の過去と対面したからである。

「園庭とはいかないけれど、歓迎します。今宵、この場所を分かち合いましょう」

「おまえは何者だ？」〈伝道者〉は語気を強めた。「なぜわれらの蟲《ワーム》を止めた？」

〈伝道者〉の声には、レトの正体を見ぬいたとおぼしき慄然とした響きがあった。記憶をあさり、分岐する幻視のこの糸を呼びだして……自分がここで果てるかもしれないことに気がついたのだろう。

「こいつは悪霊だ！」若い道導者が声を張りあげた。「ここから逃げなきゃ。でないと、おれたちの魂は――」

「だまれ！」〈伝道者〉が一喝した。

「ぼくはレト・アトレイデス。きみの蟲《ワーム》が止まったのは、ぼくが止まれと命じたからだ」

〈伝道者〉は無言のまま、凍りついたように立っている。

「さ、とうさま」レトは水を向けた。「そこから降りて、ともに一夜を明かしましょう。甘い蜜の用意もあります。お手持ちの保命《フレム》キットには食料と水の瓶も入っているはずです。砂の上でたがいの晩餐を分かち合おうではありませんか」

「レトならまだ子供のはずだ」〈伝道者〉は疑念を呈した。「それに、コリノ家の策謀で命を落としたとも聞く。加えて、おまえの声には子供らしいところがまったくない」

「ぼくのことはよくごぞんじでしょう。かつてのあなたと同じく、齢のわりに小柄ですが、太古に遡る豊富な経験がありますからね、声もそれを反映しているんです」

「こんな奥砂漠でなにをしている？」

「無事《ブジ》」とレトは答えた。〝無にありて無の外《ほか》を求めず〟という意味の禅語である。これはさる禅スンニ派の漂泊者が、なにごとであろうと気負うことなく周囲と調和し、泰然と行なった故事に由来する。

〈伝道者〉は道導者の肩を揺さぶった。

「あれは子供か？　ほんとうに子供か？」

「なんてことだ《アィャ》……」恐怖に満ちた視線をレトにすえて、若者は答えた。

大きく身をふるわせるようにして、〈伝道者〉は吐息をついた。

「ちがうのか」

「あれは子供の姿をした悪霊だ」

「さあ、ここで一夜を過ごしましょう」レトはくりかえした。

「いわれたとおりにしよう」〈伝道者〉は道導者にうながし、肩にかけていた手を放すと、蟲《ワーム》の体側をすべりおり、途中でジャンプして、やや離れた砂の上に立った。ふりかえり、道導者に指示を出す。「蟲《ワーム》をここから連れ去り、砂漠の彼方へ解き放て。疲れきっているゆえ、われらを襲いに戻ることはあるまい」

「でも、いうことをきかない！」若者が弱音を吐いた。

「だいじょうぶだ、ちゃんときくから」レトはいった。「ただし、蟲《ワーム》に乗って逃げようとしたら、その個体に命じてきみを殺させる」

レトは蟲《ワーム》の横にまわり、敏感な部分には近づかないようにして、〈伝道者〉たちがきた方向を指し示した。

「さ、いけ」

若者は自分が立っている場所の、ひとつうしろの体節環を突き棒で打ち、体節環同士を開いたままにしてあるフックを揺さぶった。蟲《ワーム》はゆっくりと砂の上をすべりだし、若者がフックを側面下の隙間に打ちこむのに合わせて、すべりながら横へ回転しだした。

〈伝道者〉はレトの声をたよりに砂丘の斜面を登ってくると、レトから二歩の距離をとり、立ちどまった。そのすみやかで的確な動きぶりを見て、これは容易ならざる相手だな、とレトは判断した。

ここが幻視の分岐点でもある。

レトは語りかけた。

「スーツのマスクをはずしてもらえますか、とうさま」

〈伝道者〉はうながされたとおり、フードをうしろに落とすと、口をカバーするマスクを下に引きおろした。

レトは〈伝道者〉の顔をじっと観察し、よく見知った自分の顔と比較した。たしかに、共通する特徴がある。その特徴が光の線でなぞられているかのようにきわだって見えた。それらの特徴は漠然と折り合って、明確な境目のない遺伝子の渡り廊下を形成している。類似性は見まがいようがない。それらの特徴は、無垢で快活だった時代の父、水と潤いにあふれていた時代の父、惑星カラダンの奇跡の海を知る父からレトへ受け継がれたものだ。しかしいま、ふたりはアラキスの命運を決める分岐点に立っていた。ふたりの周囲では、夜のとばりが砂丘の波に降りようと手ぐすねを引いている。

「さあ、とうさま」レトは語りかけながら、左のほうに目をやった。

あの若い道導者は、蟲《ワーム》を解き放った場所から重い足どりでこちらへ戻ってきていた。

「ムー・ジーン」右手で空を切るしぐさをしながら、〈伝道者〉はいった。

これは本来、〝なにひとつよいことがない〟の意味だ。この場合は不興を表わしている。

「クーリッシュ・ジーン」レトはおだやかな声で応じた。

これは〝こんなにもよいことはかつてない〟の意味である。ついで、アトレイデス家の戦闘語に組みこまれている最古のチャコブサ語でつけたした。

「〝退かぬ、断じて退かぬ！〟この精神を忘れるわけにはいきません、とうさま」

〈伝道者〉はがっくりと肩を落とし、両手を左右の虚ろな眼窩にあてがった。これは長年、使っていなかったしぐさだ。

「生まれたとき、あなたに視界を貸したことがありましたね。そのとき、あなたの記憶を覗きました」レトはいった。「だから、あなたの決断も知っています。あなたが隠れ住む場所へもいってきました」

「知っている」〈伝道者〉は両手をおろした。「そうか、この道をゆくか……」

「あなたがつけてくれた名前の由来となった人物は、かつて紋章にこのフレーズの原形を縫い取らせたでしょう。すなわち、〝退かぬ《ジ・スュイ》、断じて退かぬ《ジ・レスト》！〟」

〈伝道者〉は深々とためいきをついた。

「どこまで推し進めた？　おまえが自分に加えた変化のことだ」

「〝われを被《おお》うはわが皮膚にあらず〟です、とうさま」

〈伝道者〉は身ぶるいした。

「それでわかった。わたしがここを通ることを、どうやっておまえが知ったのかがな」

「はい。自分の記憶の中を探って、自分の肉体が訪ねたことのない場所を絞りこみました。とうさまと過ごす一夜が必要だったので」

「わたしはおまえの父親ではない。たんなる貧相な紛《まが》いもの、残りかすだ」〈伝道者〉は近づいてくる道導者の足音が聞こえる方向へ顔を向けた。「もう幻視を通じて未来を観ることはせぬ」

〈伝道者〉が話しているうちに、夜がつるべ落としに砂漠をひと呑みにし、それと同時に、満天の星々が一気に夜空を埋めつくした。レトも近づいてくる道導者のほうに顔を向け、大声で呼びかけた。

「ウバーク・ウル・クハール！」〝だいじょうぶか！〟

返ってきたことばはこうだった。

「サバーハ・ン・ナール！」〝どうにかな！〟

押し殺した声で、〈伝道者〉が警告をささやいた。

「あの若いの——アサーン・タリークは危険な男だぞ」

「〈棄民〉はみんな危険ですとも」低いがごくふつうに会話する口調で、レトは答えた。

「ですが、ぼくにしてみれば危険ではありません」

「それがおまえの観た幻視なら、共有してはおらぬ」

「たぶん、あなたにはほかに選択肢がないのでしょう」レトは答えた。「あなたはフィ・ル＝ハキーカ——〝真実を求める者〟だから。そしてあなたは父《アブー・ドゥール》——〈定かならぬ数限りなき時道の父〉でもある」

「わたしは罠に仕掛けられたエサでしかない」〈伝道者〉の声は苦渋に満ちていた。

「そしてアリアは、そのエサに食いつきました。ですが、ぼくは気にいらないのですよ、そのエサの味がね」

「一線を越えてはならぬぞ！」〈伝道者〉が険しい声を出した。

「もう越えています。われを被うはわが皮膚にあらず」

「まだ遅きに失してはおらぬやも――」

「いいえ、失しています」レトはいっぽうに首を傾け、耳をすませた。ふたりの話し声をたよりに、アサーン・タリークが砂丘の斜面を登ってくる音が聞こえる。その音のほうに向かって、レトは声をかけた。「ようこそ、シュロックのアサーン・タリーク」

若者はレトのすぐ下で足をとめ、星明かりのもと、黒々とした影となって斜面に立った。肩の角度といい、小首のかしげかたといい、腰が引けているのがわかる。

「そう、そのとおり」レトはいった。「シュロックを脱出したのはこのぼくだ」

「わたしが聞いたところでは……」〈伝道者〉がいいかけた。そしてふたたび、「待て、一線を越えてはならぬ！」

「もう越えているんですよ。あなただって、盲目にもどれといわれたら困るでしょう？」

「それで困るわたしだと思うか？」〈伝道者〉は問い返した。「協力者はわたしのために立派な案内役を用意してくれた。そこの若者が見えぬか？」

「見えていますとも」レトはふたたび、アサーン・タリークに顔を向けた。「ぼくの声が聞こえなかったのか、アサーン？　シュロックを脱出したのはこのぼくだ」

「おまえは悪霊だ」若者は震え声で答えた。

「悪霊だよ、きみにとってはね。しかしきみも、ぼくにとっては悪霊だ」

そのことばとともに、レトは自分と父親のあいだに緊張が高まるのを感じた。まわりに展開されていくのは、ある種の影絵芝居だ。意識なき影絵＝記憶の群れが投影されていく。父親の記憶群が予知能力者の影絵となり、対応に手間どりながら、この瞬間という馴じみある現実から幻視を選《え》りわけているのが感じられた。

そんな幻視の戦いをタリークも感じとり、斜面の下へ何歩か後退した。

〈伝道者〉がかぼそい声でいった。

「未来を制御することなどできぬ」

重い荷物を持ちあげようとするかのような、必死に絞りだした声だった。

そのときレトは、〈伝道者〉とのあいだに不協和音を感じた。それは宇宙の一要素——レトが全霊をかけて格闘している要素だった。自分か父親のどちらかが、いますぐ行動に出なければならない。その行動を通じて決断を下し、ひとつの幻視を選ばねばならない。

そして、そう、たしかに父のいうとおり、宇宙をなんらかの方法で絶対的に制御しようとすれば、なんらかの武器を造らざるをえず、最終的にはその武器によって、自分が宇宙に打ち破られることになる。単一の幻視を選び管理するということは、一本の細い糸の上でバランスをとること――高所に張ったタイトロープの上の、左右どちらを見ても宇宙的な孤独しかない状況において、神を演じることと同義なのだ。自分の競争相手である父は、〈逆説による休止としての死〉へ退行することができない。そして父も幻視とその法則を知りつくしている。旧来の幻視はすべて消えようとしていた。どちらかが動けば、相手もそれに対応した動きをとらざるをえなくなる。いまやレトと父親にとり、唯一意義のある確実な真実は、自分たちを幻視という背景幕から引きはがすものにほかならない。安全な場所などはどこにもない。あるのはただ関係性の一時的な変動――強制された制約の中で定められ、避けえぬ変化に紐づけられた変動のみ。双方が頼れるものといえば、死にもの狂いの孤独な勇気しかないが、レトはふたつの点で優位な立場にあった。ひとつは、もう引き返せないところまで道をたどってしまったこと。そしてもうひとつは、自分に対する恐ろしい結果をすでに受け入れてしまっていることだ。父親はまだ引き返す余地があると思っており、最終決断を下していない。

「越えてはならぬ！　越えてはならぬ！」〈伝道者〉がしわがれた声でくりかえした。

（ぼくの優位性が見えているんだな）とレトは思った。

ごくふつうに会話する口調で、身内の緊張を――他の位相での戦いにおいて欠かせないバランスをとる努力を――押し隠しながら、レトはいった。

「真実を盲信するわけではありません。自分で創造していく未来以外に信を置くつもりもありません」

そう口にするとともに、自分と父のあいだに、なんらかの動きを感知した。なにかしらざらついた性質のものが、レト自身の中にあるはなはだ主観的な信念にのみ触れたのだ。その信念により、レトは自分が〈黄金の道〉の道導《みちしるべ》を設置したことを知った。いつの日か、それらの道導は、〝人間であること〟がどういうことかを教えてくれる。その日にはもう人間ではなくなっている生命体からの、それは奇妙な贈り物だった。もっとも、こうした道導は、いちかばちかの賭けに出る者であればつねに設けるものだ。じっさい、それらが内なる先人たちの作る風景に点在していることが感じられたし、それを感じることにより、みずからを究極の賭けに送りだすこともできた。

静かに空気のにおいを嗅いで、自分も父も訪れることがわかっているきっかけを探る。残る疑問はただひとつ。はたして父は、下で待つ若者、あの怯えた道導者に〝やめよ〟と警告するのかどうかだ。

　ほどなくレトはオゾン臭を嗅ぎとった。これは防御場《シールド》に起因するにおいにほかならない。若きタリークが〈棄民〉からの命令にしたがい、危険なアトレイデス家のふたりをともに抹殺しようとしているのだ。それによって引き起こされる、恐るべき結果を知りもせず。

「やめよ」〈伝道者〉がかすれ声で警告した。

　しかし、レトにはもうわかっていた。これこそが待っていたきっかけだ。オゾン臭こそ感じるものの、周囲に空気のきらめきはない。タリークが作動させたものは擬似シールド――シールドと相性の悪い惑星アラキスで使うため、特別に開発された防御装置だ。だが、擬似シールドでもホルツマン効果が使われることに変わりはない。このホルツマン効果は蟲《ワーム》を怒り狂わせ、引きよせる。そうなった蟲《ワーム》は、どうやっても止めることができない――水であれ、砂鱒の存在であれ、なにをもってしても。そう、タリークは砂丘の斜面に擬似シールド発生装置を埋めこんだのだ。いまは危険地帯からそっとあとずさっている。

　レトは砂丘の頂を蹴った。父親の制止する声が聞こえたが、強化された筋肉は圧倒的な跳躍力を発揮し、矢弾《やだま》のような鋭さで宙を飛んだ。突きだした右手で保水《スティル》スーツの上からタリークの喉頸《のどくび》をわしづかみにすると同時に、左手を勢いよく腰にまわし、命運の尽きた相手のローブをつかむ。ボキッという音とともに頸の骨が折れた。着地と同時にからだをひねって砂を蹴り、精密に調整された機器のごとく正確に、擬似シールド発生装置が埋めこまれた地点へダイブする。指で発生装置を探りあて、砂中からつかみだし、大きな弧を描いてはるか南の彼方へ投擲《とうてき》した。

ややあって、装置が落ちたあたりの遠い砂漠から、地鳴りと砂をかきわけるすさまじい音が轟いた。音はじきに収まり、静寂が戻ってきた。

レトは父が立つ砂丘の頂を見あげた。依然として敵対的ではあるが、打ちのめされてもいる。あそこにいるのはポール・ムアッディブ、視力を失い、怒りに身を焦がし、レトが受容した幻視から逃げた結果、絶望の縁に立つ男だ。ポールの精神はいま、禅スンニ派のこのような長い公案《コウアン》を——修行者に与えられる課題を——思い浮かべていることだろう。

〝正確なる未来を予知する行為にありて、ムアッディブは発展と成長の要素を予知能力に導入せしがゆえに、ヒトの存在を見得せり。しかれども、それゆえに、みずからのうちに不安定を生ず。秩序ある予知の絶対性を希求すべく、無秩序を増幅せしめ、予知を歪めしゆえはこれなり〟

ひとっ飛びで砂丘の頂に戻り、レトはいった。

「これからは、ぼくがあなたの道導者となります」

「無用だ！」

「では、シュロックに戻るのですか？　たとえあそこの者たちがタリークを連れていないあなたを受け入れたとしても、いまごろあそこはどうなっているでしょうね？　あなたの目でそれが観えますか？」

　それを受けて、ポールは息子に相対し、眼球なき眼窩をすえた。

「おまえにはわかっているのか？　たったいまおまえがここに創造した宇宙のことが？」

ここを強調したからには、父にもわかっているのだ。ともによく知っているあの幻視が、恐るべき方向に向かって動きだしたことが。その幻視が現実となるためには、時の流れのある瞬間において、ある創造行為がなされねばならなかったことも。その瞬間において、意識ある宇宙全体は時間の直線的な景観を分かちあう。その景観は秩序だった進歩という性質を備えるものだ。ふたりはいま、この時の流れに、動く乗り物に飛び乗るようにして乗った。降りるときにもまた、同じような形で降りるほかない。

　レトはこの〝乗り物〟に多重の幻視という手綱をかけ、自身の幻視によって補強された時間景、多重の直線と多重の円環で構成された時間景でバランスをとった。いまのレトは盲者の宇宙における目明きだ。そこではひとりレトのみが秩序ある原理を普及させられる。なぜなら、父はもう、手綱をとってはいないからである。レトの時間景において、過去を変えたものはひとりの息子だった。そして、至遠の未来において、いまだ夢想だにされたことのないひとつの思考が、いまこのときに影響をもたらし、レトの手に手綱をとらせた。

唯一、レトの手のみに。

ポールもその現実は把握していた。なぜなら、彼にはもはや、レトがどうやって手綱を取っているのかがわからなかったからである。わかるのは、レトがヒトならざる者となる結果を受け入れたという事実のみ。それゆえに、ポールは思った。

（ここにこそ、自分が待ち望んだ変化がある。なぜ自分はその変化を恐れていたのか？ それはこの変化が〈黄金の道〉につづくものだからだ！）

レトはいった。

「ぼくがこの道をゆくのは進化に目的をもたらすためです。その結果として、われわれの生に目的を与えるためでもあります」

「何千年も生きるのがおまえの望みか？ 自分がどのように変化するのか、すでに知っているのにか？」

レトはすぐに理解した。父のいう変化とは、肉体的な変化のことではない。ふたりとも、肉体面の変化は織りこみずみだった。レトは以後、ひたすら肉体の変化に適応していく。〝われを被《おお》うはわが皮膚にあらず〟の発展的適応をひたすら推し進めていく。生体被膜の飛躍的進化は宿主《しゅくしゅ》側の飛躍的進化と融合し、ひとつの変容となって表われる。やがてその変容が実現したとき――もしも実現するならば――とてつもない大きさを持った思考する生物がこの宇宙に出現するだろう。そして宇宙は、レトを崇拝することになる。

しかし、ちがう、そういった肉体的な変化のことではない……ポールがいっているのは内なる変化のことだ、その変化が招く、信奉者に負担を強いる思考や意思決定のことだ。

「あなたが死んだ——と、そう思っている者たちが」レトはいった。「どういっているか知っているでしょう？　あなたの辞世のことばとされるもののことです」

「もちろんだ」

「〝これより余は、生ける者の務めとして、すべての生きとし生ける者が為《な》さねばならぬことを為す〟——そんなこと、あなたはひとこともいっていない。それなのに、あなたが還らぬ人になったと思いこんだある司祭は、これをあなたの口から出たことばに仕立ててしまった。あきれた嘘つきもいたものです」

「その者を嘘つきと呼ぶつもりはない」ポールは大きく吐息をついた。「辞世のことばとしてはなかなかに秀逸だ」

「このまま、新たな展望の開けた宇宙にとどまりますか？」レトはたずねた。「それとも、シュロックの窪地にある小屋に戻りますか？」

「ここはもう、おまえの宇宙だからな」

敗北感に満ちた父のことばは、レトの心を責めさいなんだ。父ポールは個人的な幻視の、最後の糸を収束しようとしたにすぎない。何年も前にタブールの群居洞《シエチ》で行なった選択はそれである。だからこそ父は、〈棄民〉が——ジャクルートゥーの裔《すえ》が——企てた復讐の道具になるという役割を受け入れたのだ。〈棄民〉たちの悪しき色に染まりはしたものの、それでも父がこの道を選んだのは、レトが選んだこの宇宙の景観を回避したかったからにほかならない。

　レトが受けた悲しみはあまりにも大きかったので、しばし口をきくことができなかった。何分かして、やっとのことで声を絞りだし、レトはいった。

「だからあなたは、アリアを罠にかけ、そそのかし、混乱させ、怠惰と誤った決断の道に誘いこんだのですね。そしていま、アリアはあなたが何者かを知っている」

「知っている……うむ、アリアは知っている」

　ポールの声はすっかり老けこんでいた。それでもまだ、内に異議の数々を秘めており、食いさがるだけの気概は残っていたと見えて、こういった。

「かなうことなら、おまえの幻視をぬぐい去ってしまいたいところだが……」

「何千年にもおよぶ平和な時代の幻視をですか？　ぼくが人類に与えようとしているのは、まさにそういうものなんですよ？」

「それでは眠っているも同じだ！　停滞だ！」

「そのとおりです。それに加えて、ある種の暴力をも許容します。それは人類がけっして忘れない教訓となるでしょう」

「おまえの与える教訓などくそくらえだ！　おまえが選ぶものと同種の未来を、わたしが観ていないとでも思うのか！」

「観ているでしょうね」

「おまえが観た未来は、わたしが観た未来よりもましか？」

「ましということはありません。たぶん、もっと悪いでしょう」

「では、おまえに抵抗すること以外、わたしにどうしようがある？」

「殺すこと、でしょうか」

「それですむと思うほど素朴ではない。おまえが勢《はず》みをつけた社会の動きのことは知っている。おまえが灌漑《カナート》用水路を破壊していることも、社会不安を醸成していることも知っている」

「そして、アサーン・タリークはもう、シュロックに戻ることはない。あなたとしては、ぼくとともに新たな道をたどるか、どの道も歩まないか、ふたつにひとつしかないんです。なぜなら、これはもう、ぼくの開いた展望の中だから」

「おまえの道につきあう気はない」

（父の声はこんなにも老いていただろうか）とレトは思った。

そうと気づいたことで、胸を締めつけられるような哀切をいだきながら、声に出してはこういった。

「この寛衣《ディシュダーシャ》には、タカをあしらったあの指輪——アトレイデス家の印章指輪が隠してあります。お望みなら、お返しします」

「あのときわたしは、死んでおくべきだった」ポールはかすかな声で答えた。「あの晩、砂漠に歩み出たとき、わたしはほんとうに死にたいと願っていた。といって、この世界を捨てて去るわけにはいかぬこともわかっていた。ゆえに、風体を変えて舞いもどり——」

「伝説を正そうとした、と」レトはあとを受けた。「知っていますよ。あの晩、あなたが向かった場所にはジャクルートゥーの豺《やまいぬ》どもが待ちかまえていた。あなたの幻視能力がほしかったからです。しかし、あなたは最初から知っていたのでしょう？　連中がそこにいることも、その目的も」

「要請は拒否した。あの者たちには啓示のひとつも与えてやったことはない」

「しかし、〈棄民〉の悪しき色には染められてしまった。あの者たちは、あなたに極上の香料《スパイス》を摂らせて、目の前に女と夢を積みあげた。それに、あなたはじっさい、幻視を観て行動していたではありませんか」

「ときどきはな」

（なんと卑怯に聞こえることだろう）レトはそう思いつつ、声に出してたずねた。

「タカの指輪、受けとりますか？」

ポールはいきなり砂上にすわりこみ、星空をさえぎる黒いしみと化した。

「いらぬ！」

（では、とうさまはその道が無為であることを知っているんだ）

これはいろいろなことを物語っているが、まだ情報が足りない。幻視同士の鬩《せめ》ぎ合いは、どれを選択するかという微妙な次元から、対立する幻視を一気に破棄する次元へ移行した。ポールは自分が勝てないことを承知しているが、それでもなお、レトが選び抜いたたったひとつの幻視を無に帰せしめようとしている。

ややあって、ポールはいった。

「たしかにわたしはジャクルートゥーの悪しき色に染まった。しかし、そういうおまえも、おまえ自身を特異な色に染めているではないか」

「そのとおりです」レトは認めた。「なにしろ、あなたの息子ですからね」

「そして、良きフレメンでもあるのだな？」

「はい」

「ならば、盲者が最期を迎えに砂漠へ赴くことを許してくれるか？　自分なりの安らぎを見つけにいかせてくれるか？」

ポールはそういって、そばの砂を軽くたたいた。

「いいえ、許しません」レトは答えた。「とはいえ、どうしてもというなら、自分の胸にナイフの切っ先をあてて倒れこむ権利はあると答えましょう」

「そしてわが亡骸をおまえのものにすると？」

「そのとおりです」

「それはだめだ！」

（では、その道も知っているわけだ）

ムアッディブの亡骸をその息子が霊廟に祀《まつ》れば、レトの幻視はいっそう補強される。

レトはたずねた。

「あのこと、〈棄民〉たちに話していませんね、とうさま」

「話したことはない」

「ぼくは話しましたよ、ムリーズに。クラリゼックを――〈終滅の戦嵐《タイフーン・ストラグル》〉のことを」

ポールはがっくりと肩を落とし、

「なんということを……」とつぶやいた。「なんということを」

「ぼくはもう砂漠の生き物なんです、とうさま。相手がコリオリの嵐であっても、そんなことをいうんですか」

「クラリゼックにいたる道を避けたわたしを臆病者と思うか」ポールの声はかすれがちで、震えてもいた。「ああ、おまえのことは深く理解している、息子よ。占いや予言はつねにそれなりの苦しみをともなう。しかしわたしは、ありうべき未来を見誤ったことがない。そして、クラリゼックは筆舌につくしがたい苦しみをもたらす」

「あなたが行なった聖戦《ジハード》など、夏のカラダンでくりだすピクニックのようなものでしょう――クラリゼックにくらべればね」レトはうなずいた。「それでは、あなたをひとまず、ガーニー・ハレックのところへ連れていくとしましょうか」

「ガーニーだと！　あの男はわが母を通じて修女会に仕えているのではないのか」

　ここにおいて、レトは父の幻視における限界を知った。

「ちがいます、とうさま。ガーニーはもうだれにも仕えてはいません。ガーニーがどこにいるかは知っていますし、あなたをそこへ連れていくこともできます。そろそろ新たなる伝説を創る頃合いでしょう」

「なにをいっても、心変わりさせることはできぬか。ならば、せめておまえに触れさせてくれ。おまえはわたしの息子なのだから」

レトは右手を伸ばし、宙を探る指を受けとめ、その力強さを感じとり、同じ力で応え、ポールの腕が加えようとするあらゆる強烈な圧迫に抵抗した。

「いまではもう、毒を塗ったナイフでさえぼくを害することはできません」レトはいった。

「すでに化学組成からして変わっているので」

眼球なき眼窩から涙を流しながら、ポールは手を放し、脇にたらした。

「わたしがおまえの道を選んでいたなら、シャイターンのビクーロスになっていただろう。おまえはなにになる？」

「当面、ぼくも人々から悪魔《シャイターン》の伝道者《ビクーロス》と呼ばれるでしょうね。しかし、いずれは驚異の目で見られるようになる。最終的には理解されます。もっと遠くまで未来を観ていれば、そこまでわかったでしょうに。あなたの手は善も為したけれど、悪も為したんです」

「しかし、悪かどうかは、そのできごとが起きてみなければわかるまい！」

「大いなる悪というのは、たいていそういうものです。あなたはぼくの幻視の一部だけをかいま観たにすぎない。観る力が足りなかったのでしょう」

「わたしが〈時〉の外に長くとどまっていられなかったことはおまえも知っているはずだ。それに、発生する前から悪とわかっていた行ないなど、断じてしたことがない。わたしはジャクルートゥーとはわけがちがう」よろよろと立ちあがった。「わたしのことを〝夜にひとりで笑う者〟と思うか？」

「残念です、あなたが根っからのフレメンになれなかったことは。われわれフレメンは、裁定者《アリーフ》に委ねるということを知っています。われわれの裁定者は、いくつもの悪の中からましな悪を選ぶことができる。フレメン《われわれ》にとっては、ずっとそうだったんです」

「フレメンだと？　おまえはそのフレメンを運命の奴隷にしようとしているではないか」

ポールは一歩踏みだし、奇妙におずおずとした物腰で生体被膜に被われたレトの腕に触れ、その腕を上へ上へとたどっていき、むきだしになっている耳にさわり、頬をなで、最後に唇をなぞった。「ああ……まだ生身が残っている部分もあるのだな。新たな肉体を得て、おまえはどこへいく？」

　そういって、ポールは手をおろした。

「ヒトが瞬間から瞬間へ未来を創造できるところへ」

「おまえはそういうが……忌み子もまた、同じことをいうかもしれぬぞ」

「ぼくは忌み子ではありません、そうなっていた可能性はあるけれど。忌み子になるのがどういうことかはアリアの例で目《ま》のあたりにしました。アリアの中にはいま、悪霊が棲みついています、とうさま。ガニーもぼくも、その悪霊の正体を知っている。その正体は、あの老男爵——あなたの祖父です」

ポールは両手で顔をおおい、しばし肩を震わせていた。ややあって両手をおろしたとき、その口は固く引き結ばれていた。

「わが領家は呪われている。わたしは祈念していた——おまえが指輪を砂漠に投げ捨ててくれることを。わたしを否定し、逃亡して……別の暮らしを送ることを。おまえは平穏な暮らしを送るべきだったんだ」

「その代償は？」

長い沈黙ののち、ポールは答えた。

「目的を定めれば、そこにいたる道はおのずと定まる。わたしが自分の主義を貫く戦いに敗れたのはただ一度——ただ一度だけしかない。救世主《マフディー》位を受け入れてしまったことだ。チェイニーのためにしたことだが、その結果、わたしは悪い指導者になってしまった」

レトにはかけることばがなかった。この決断を下したときの記憶は、自分の中にもあるからである。

「おまえに嘘をつくことはできぬ——自分自身に嘘がつけぬようにな」ポールはいった。

「その自覚はある。すべての人間はそのような相談相手を持つべきだ。その相談相手に、ひとつだけききたい。〈終滅の戦嵐《タイフーン・ストラグル》〉はほんとうに必要なのか？」

「クラリゼックにいたるか、人類が滅びるかです」

ポールはレトの声に真実の重みを聞きとり、低い声でこう答えた。

「わたしが観たなかに、そのような選択肢はなかった」

その声には、息子の幻視がはるかに広範囲におよぶことを認めた響きがあった。

「修女会はそうは思っていないでしょう」レトは答えた。「さもなければ、祖母の下した決断の説明がつきません」

そのとき、一陣の冷たい夜風が吹ききたった。風はポールのローブをはためかせ、脚にまとわりつかせた。

「保命《フレム》キットを持っているでしょう、とうさま。いま、保水《スティル》テントを膨らませますから、今夜はその中でくつろぎましょう」

ポールにはかぶりをふることしかできなかった。なぜなら、彼にはわかっていたからだ。今夜であろうと、別の夜であろうと、もう二度とくつろぐことはできない。〝稀代の英雄、ムアッディブ〟は破滅させておく必要がある。それはかつて自分でも言明したとおりだ。以後は〈伝道者〉として生きていくほかに、残された道はないのである。

フレメンとは、自分たちが住む惑星系の変動や相互関係を、身をもって経験し、その経験を経て意識的／無意識的に象徴学を発達させた、最初の人間集団だった。そして、惑星のどこにいても、気候を半数学的な言語で表現できる、最初の人間集団でもあった。この言語で記述された象徴は、外界との関係を表現する（かつ内面化する）。言語自体、それが表現する系の一部をなしている。書き文字としては、それが描写する対象の形態を含んでいるといえよう。生命維持を可能とするきわめて深い局地的知識も、この言語の発達に寄与するところが大きい。この言語／体系の相互作用が関わる範囲は、フレメンが自身を〝広く地域を渉猟し、餌を食《は》む動物〟と見なしている事実からもたやすく推し量れよう。

——『リエト＝カインズの物語』

ハルク・アル＝アーダ著

「コーヒーを持て《カーヴェ・ワーヒド》」

スティルガーは片手をあげて合図を出し、ひとつしかない戸口の外に立って控えている補佐に命じた。スティルガーはいま、ひと晩じゅう話し合いをつづけてきた飾り気のない岩屋の中にいる。ここはふだん、フレメンの老指導者《ナイーブ》が質素な朝食をとるのに使う岩屋だ。じっさい、そろそろ朝食どきではあったが、消耗する長い夜を過ごしてきたあとだけに、食欲が湧かなかった。スティルガーは立ちあがり、こわばった筋肉をほぐしはじめた。戸口のそばに置かれた低いクッションにはダンカン・アイダホがすわり、あくびを噛み殺している。昨夜来、スティルガーと話し合いをつづけ、いつしか夜が明けていることに気づいたのは、ついいましがたのことだった。

「すまんな、スティル」アイダホはいった。「夜どおしつきあわせてしまった」

「ひと晩じゅう起きていれば、そのぶん、一日が長くなる」

スティルガーはそう答え、戸口の外から運ばれてきたコーヒーのトレイを受けとった。低い座卓をアイダホの前に押しやり、その上にトレイを置いてから、アイダホと対座する形で腰をおろす。

ふたりとも、哀悼の意を示す黄色のローブを着ているが、アイダホのローブは借り物の古着だった。タブールの住民は、アトレイデス家の緑の作業服を見ると怒りだすからだ。

スティルガーは濃い茶色の液体を太い銅作りのポット《ディッラ》からカップにつぎ、ひとくちだけすすって、アイダホにカップをかかげてみせた。これは古くからつづくフレメンの風習で、〝飲んでも安全だ、同じものを自分も飲んだ〟を意味する。

コーヒーを煎《い》れたのはハラーで、ちょうどスティルガーの好みどおりに仕あがっていた。豆は赤みがかった褐色に焙煎し、まだ熱いうちに石臼で粉末状に碾《ひ》いて、すぐさま煮出す。そのさい、メランジもひとつまみ加えてある。

アイダホは香料《スパイス》の香る芳香を味わってから、慎重に、しかし大きな音を立ててすすった。スティルガーを納得させられたかどうかは、まだ自信がない。演算能力者《メンタート》としての能力は、明け方を迎えるころには鈍っていた。なにしろ、これまでの全演算結果に対し、ガーニー・ハレックのメッセージに含まれていた重大なデータがついに突き合わせられたのだから。

アリアはレトの生存を知っていた！　知っていたのだ！

その裏にはジャヴィードも一枚嚙んでいるにちがいない。

「やはり、制約を解除してもらわねば」ややあって、アイダホは議論を蒸し返した。

スティルガーはゆずらなかった。

「中立的立場を貫くことに同意した以上、厳格な判断を下さざるをえん。ガニーはここにいれば安全だ。おまえとイルーランもここにいれば安全だ。だが、メッセージを送らせるわけにはいかん。メッセージを受けるぶんにはかまわんが、送るのは禁止する。対外的な約束は破れん」

「これは客にふさわしい処遇とはいえないぞ。死線をともにかいくぐってきた古馴じみにふさわしい処遇でもない」

これは前にも使った論法だった。アイダホもそれは自覚している。

スティルガーはカップを下におろし、トレイの所定の位置にきちんと置くと、もっぱらカップを見つめたまま、答えた。

「われわれフレメンがいだく罪悪感は、他民族のそれとは根本原因がちがう」

スティルガーはそこで面《おもて》をあげ、アイダホの顔をじっと見つめた。

アイダホは心の中で、

（ガニーを連れてここを出るよう、なんとかスティルを説得しなければ）と思い、
声に出してこういった。

「なにも罪悪感の嵐を呼び起こそうとしてるわけじゃない」

「心得ている。いまのはフレメンの考え方を強調してみせたにすぎん。なんといっても、

われわれが相手にしているのはまさしくそれなのだからな。フレメン――アリアでさえ、フレメンへの対応には配慮せざるをえん」

「では、司祭会は？」

「司祭会はまた別の問題だ。やつらは民衆に、罪が生む灰色の風を呑ませたがる。それも、先々まで、ずっとだ。あの見さげはてた悪習によって、やつらはおのが敬虔さをたしかめようとしているのさ」

スティルガーは淡々としゃべっているが、アイダホはその口調に苦々しさを感じとり、苦々しく思うのなら、なぜ泰然と構えているのだろうといぶかしんだ。

「それは大むかしから踏襲されてきた専制政治の手法だ」アイダホはいった。「アリアはその手法をよく知っている。善良な臣民には罪の意識をいだかせなくてはならない。罪の意識を生むのは失敗したという自覚だ。巧妙な専制君主というやつは、一般大衆に対して失敗の機会をたっぷり与えてやるんだよ」

「気づいているとも」スティルガーはそっけなく応じた。「だが、改めてこのことを指摘してもらわねばならん。おまえがいうその巧妙な専制君主とは、おまえの女房だ。ムアッディブの妹だ」

「だから、アリアは憑依されているといっているだろう！」

「そう指摘する者は多い。いずれは審問を受けさせねばなるまい。しかし当面は、喫緊《きっきん》の検討事項が山積している」

アイダホは悲しい顔でかぶりをふり、スティルガーに訴えた。

「これまで話したことは検証できることばかりだ。ジャクルートゥーとの連絡は例外なく〈アリアの大聖堂〉を通じてなされていた。双子に対する陰謀についても、加担した者が〈大聖堂〉にいる。蟲《ワーム》を惑星外へ売却した利益も〈大聖堂〉に入った。糸という糸はみなアリアの摂政府――摂政自身につながっているんだ」

スティルガーは左右に首をふり、深々と吐息をついて、

「ここは中立地帯だ。対外的な約束は破れん」

「事態をこのまま放置しておいていいはずがない！」

スティルガーはうなずいた。

「同感だ。アリアは側近の環に閉じこもり、その環は日ごとに縮まっていく。おおぜいの妻を持ったわれわれの古い風習と同じだな。多すぎる妻を持った男は不能になる」ここでスティルガーは、アイダホに物問い顔を向けた。「おまえがいうには、アリアはおまえを裏切って、ほかの男どもをたらしこんでいる。〝セックスを武器にして〟――というのがおまえの言いぐさだ。それが事実であれば、おまえは完全に合法的な処置を講じることが

できるぞ。間のいいことに、ジャヴィードはアリアのメッセージを携えてこのタブールの群居洞《シエチ》にきている。あとはただ、おまえが――」

「きみの中立的な群居洞《シエチ》でことを起こしてもいいのか？」

「いいや。だが、外の砂漠でなら……」

「隙を見て、わたしが逃げだしたらどうする？」

「そんな隙など、おれたちが見せるものか」

「スティル、誓ってほんとうだ、アリアは取り憑かれている。いったいどうしたらきみを納得させられるのか……」

「証明のむずかしいことだからな」

これもまた、夜どおしの議論でスティルガーが何度も口にした論法だった。

アイダホはジェシカのことばを思いだし――切りだした。

「しかしきみには、証明する手段がいろいろあるじゃないか」

「ある。ひとつだけ」そういって、スティルガーはふたたび、かぶりをふった。「ただしそれは、苦痛に満ちた、取り返しのつかない結果をもたらしかねない手段だ。ついさっき、罪悪感に関するフレメンの考え方を説いたのはそのためだと思え。われわれフレメンは、いかなることであれ、みずからを滅ぼしかねぬ罪悪感はいっさいいだかぬが、ひとつだけ例外がある。憑依審問だ。ここの問題に関しては、審問者、すなわち部族の者全員が、全面的に責任を負う」

「前にも行なったことがあるんだな？」

「教母さまが講話でわれらの歴史を省略されたはずがない。前にも行なっていることは、おまえも知っているはずではないか」

　アイダホはスティルガーの声にいらだちを感じとった。

「誘いをかけて、きみから情報を引きだそうとしたわけじゃないさ。ただ――」

「長い夜であったし、答えの出ぬ疑問だらけだったからな。そして、すでにもう朝だ」

「やはり、ジェシカにメッセージを送ることを許してもらわねばならない」

「それはつまり、サルーサにメッセージを送るということにほかならん。おれは軽々しく約束はせぬ。口にしたことはかならず守る。だからこそタブールは中立たりえているのだ。おまえには沈黙を守ってもらうぞ。このことは部族じゅうの者に通達してある」

「しかし、アリアをここに連れてきて審問を受けさせなければ！」

「場合によっては、そうなるやもしれん。まず第一に、情状酌量の余地があるかどうかを調べねばなるまい。失政については酌量してもよかろう。不運だったという点にも酌量の余地はある。運の悪い状況がつづくのは、人間だれしもあることだ。それは憑依などではまったくない」

「わたしがたんなる寝とられ夫ではなく、復讐の口実として憑依をふりかざしているわけでもない――そういう確証がほしいのか」

「余人は知らず、このおれがそんな思いをいだくはずがあるか」スティルガーは破顔した。ことばのきつさを和らげるためだ。「われらフレメンには伝統に関する独自の科学がある。ハディースだ。演算能力者《メンタート》や教母に恐怖をいだくとき、われわれはハディースに立ち返る。われらに正せぬ唯一の恐怖は、〝みずからの過ちが生む恐怖〟とされる」

アイダホはなおも食いさがった。

「とにかく、レディ・ジェシカに報告する必要がある。ガーニーがいうには――」

「あのメッセージ、ガーニー・ハレックからのものではないかもしれんぞ」

「差出人がガーニー以外であるはずがない。われわれアトレイデスの者にはメッセージの真贋《しんがん》を判別する方法がいくらでもある。せめて、スティル、メッセージの一部でいいから、検証を――」

「ジャクルートゥーはもうない。はるかむかしに、あそこは滅ぼされた」スティルガーは腰を浮かし、アイダホの袖に触れた。「いずれにせよ、戦える者を派遣する余裕はない。いまは危難の時だ。灌漑用水路《カナート》に対する脅威もある……わかるな？」

ふたたび腰を落として、老指導者《ナイーブ》は先をつづけた。

「さて、アリアについてだが――」

「アリアはもういないんだ」

「と、おまえはいうが」スティルガーはもうひとくちコーヒーをすすると、別のカップにおかわりをついだ。「しばらく、そのことは置け、わが友なるアイダホよ。腕に刺さった破片を抜くのに、腕そのものまでは切らぬ。ふつうはな」

「では、ガニーマの話をしよう」

「その必要はない。ガニーマはおれの縁者だ、おれの保護下にある。ここであの子に害をなそうとする者はおらん」

（そう呑気にかまえていられる状況じゃないんだぞ）とアイダホは思った。

だが、スティルガーは立ちあがろうとしていた。話しあいはこれで打ち切ると示唆するためだ。

アイダホは手をついて立ちあがった。ひざがこわばっている。ふくらはぎも痺《しび》れていた。アイダホが立ちあがったとき、あの補佐が入ってきて、一歩脇にどいた。補佐のあとから入ってきたのはジャヴィードだった。アイダホはそちらに向きなおった。スティルガーは四歩離れたところに立っている。

アイダホはほんの一瞬もためらうことなく、一連の流れるような動作でナイフを抜き、襲われるとは予想だにしていなかったジャヴィードの胸に突きたてた。自分でもナイフを抜きつつ、ジャヴィードがよろよろとあとずさる。そこで戸口に向きなおり、前のめりに戸口の外へ倒れこんだ。脚をひくひくと痙攣させている。じきに息絶えた。

「悪いうわさを広められてはまずいのでな」とアイダホはいった。

補佐はナイフを抜いて立っていたが、どう対処するか苦慮しているらしい。アイダホはすでにナイフを鞘に収めている。黄色いローブの裾にはわずかな返り血がついていた。

「おれの名誉を踏みにじったな！」スティルガーが怒声を発した。「ここは中立地帯だと——」

「喚《わめ》くな！」アイダホは一喝し、愕然としている指導者《ナイーブ》をぐっとにらみつけた。「首輪をつけられる腑抜《ふぬ》けに成りさがったか、スティルガー！」

首輪はフレメンの肺腑を抉《えぐ》る三大罵倒のひとつだ。スティルガーの顔からみるみる血の気が引いていった。

「おまえは奴隷だ」アイダホはたたみかけた。「水と交換にフレメンを売った下種《げす》だ」

これは三大罵倒の二番め——かつてのジャクルートゥーが滅亡を招くきっかけとなったことばにほかならない。

スティルガーはぎりっと歯噛みすると、結晶質《クリス》ナイフの柄《つか》に手をかけた。補佐は戸口に横たわる死体からあとずさっている。

アイダホは指導者《ナイーブ》に背を向け、戸口に向かって歩みだし、ジャヴィードの死体と戸口のあいだのせまい隙間に差しかかるや、ふりかえりもせぬまま、三番めの罵倒を投げかけた。

「おまえの血が残ることはない、スティルガー。おまえの一族の末裔におまえの血を引く者が残ることはない」

「どこへいく、演算能力者《メンタート》」

戸口を通りぬけようとするアイダホの背に、スティルガーが問いかけた。極地から吹く寒風のように冷たい声だった。

「ジャクルートゥーを見つけにだ」アイダホは依然としてふりむかない。

スティルガーはすらりとナイフを引き抜いた。

「おれが探す手助けをしてやれるかもしれんぞ」

アイダホはすでにもう、部屋の外の通路に足を踏みだしている。立ちどまることなく、アイダホはいった。

「ナイフで手助けしてくれるというなら、水盗っ人、うしろからこの背中に突きたてるがいい。悪霊に首輪をつけられたクズにはふさわしいやりかただ」

スティルガーはだっと飛びだすと、わずか二歩で岩屋を横切り、ジャヴィードの死体を踏みつけ、通路に出ていたアイダホに追いついた。ふしくれだった手で腕をつかんで立ちどまらせ、乱暴にふりむかせる。歯をむきだし、抜き身のナイフを構え、アイダホの顔をにらみすえた。激情に駆られるあまり、相手の顔に奇妙な微笑が浮かんでいることにさえ気づかなかった。

「ナイフを抜けっ、この演算能力者《メンタート》の外道！」スティルガーが罵声を浴びせた。

アイダホは笑った。そして、スティルガーの両頰に鋭く平手を見舞った――左手で一度、右手で一度――都合二度の、強烈な平手打ちを。

ことばにならない怒声とともに、スティルガーはナイフをアイダホの腹部に突きたて、ぐいとねじって刃を上に向けるや、下から上へ横隔膜を断ち、心臓までも切り裂いた。

アイダホは胸を抉るナイフにもたれかかり、上目遣いにスティルガーを見やると、薄く笑った。ここにおいて、突如として冷たい衝撃に見舞われ、スティルガーの怒りは完全に霧消した。

「アトレイデス家のために、二度死ぬ、か」かすれ声で、アイダホはいった。「二度めは一度めより……ましな死にざまではなかったな」

ぐらりと横にかしぎ、前のめりに倒れた。傷口からあふれる血が岩の床に広がっていく。

血がしたたるナイフごしに、スティルガーはアイダホの死体を見つめていたが、やがて深々と、身をわななかせて息を吐いた。背後にはジャヴィードが息絶え、横たわっている。目の前には〈天の子宮〉アリアの夫が息絶え、横たわっている。スティルガーがみずから手にかけたのだ。いまのは指導者《ナイーブ》が自分の名の名誉を守るためのやむなき処置だった――あるいは指導者《ナイーブ》が請けあった中立を脅かしたから罰したのだ、という弁明も成りたつかもしれない。しかし、ここで死んだこの男はダンカン・アイダホだ。なんと釈明しようと、どんな〝情状酌量の余地〟があろうと、摂政の夫を殺して見過ごしにされることはない。たとえアリアが内心では許したとしても、公の立場では夫の復讐を宣言することになる。なんといってもアリアはフレメンだ。フレメンを統治する以上、フレメン流以外の対応はありえない。わずかたりともフレメンの流儀から逸脱することは不可能だ。

そこまで考えたとき、これぞまさに、アイダホが〝二度めの死〟によって招こうとした事態であることに思いいたった。

顔をあげると、二番めの妻のハラーが、愕然とした顔で自分を見つめていた。周囲にはハラーも含む人垣ができている。どちらを向いても、部族の者はみな、一様に同じ表情を浮かべていた。衝撃。そして、この事態がなにを招くかを理解している顔。

ゆっくりと、スティルガーは背筋を伸ばし、ナイフを袖でぬぐってから、鞘に収めた。

そして、ごくさりげない口調で、自分を見つめる多数の顔に語りかけた。

「おれとともにくる者は、ただちに荷造りをせよ。人をくりだして蟲《ワーム》たちを呼びよせろ」

「どこへいくの、スティルガー？」ハラーがたずねた。

「砂漠の奥地へ」

「わたしもいくよ」

「あたりまえだ、おまえにもきてもらう。わが妻は全員連れていく。それに、ガニーマも。あの子を連れてこい、ハラー。ただちにだ」

「ええ、スティルガー……ただちにね」そこでハラーはためらった。「イルーランは？」

「本人にまかせる」

「了解、わが夫」ハラーはまだためらっていた。「まさか、ガニーマを人質にする気？」

「人質だと？」予想だにしない発想に、スティルガーは心から驚いた。「まったく、女というやつは……」

スティルガーはそういって、爪先でそっとアイダホの死体をつついた。

「この演算能力者《メンタート》が正しければ、おれはガニーマの唯一の希望となる」

そこで思いだしたのは、レトの警告だった。そして、

〝くれぐれもアリアには気をつけて。ガニーマを連れて逃げてくれ〟

フレメンに倣《なら》って、惑星学者はこぞって生命をエネルギーの一表現形と見なすようになり、全体を統合するさまざまな関係を探しもとめている。情報の細かい断片、小片、小塊が包括的な理解へと成長していく過程で、フレメンの民族的英知は新たな確実性へと昇華しゆく。フレメンが民族として持つものを、ほかの民族が持てないということはない。エネルギーの関係性を知る感覚を発達させればいいだけのことだ。エネルギーが諸事のさまざまなパターンを吸収し、それらのパターンで諸事を築きあげるさま、それを観察しさえすればいいのである。

――「アラキスの破局」
ハルク・アル＝アーダ記

トゥエクの群居洞《シエチ》は〈準防嵐壁《ぼうらんへき》〉北側の東端にあり、防嵐壁からは岩壁が控え壁状態に突きだして、群居洞《シエチ》の高い入口を覆い隠している。ガーニー・ハレックはその岩壁の影で岩場に立ち、群居洞《シエチ》の者らが下す結論を待っていた。はたして連中、自分を匿《かくま》うだろうか。視線を外へ、北に広がる砂漠へと向けてから、つぎに上へ向け、青灰色に染まる朝の空を見あげる。ここに巣食う密輸業者たちは、ハレックが——こともあろうに、外星人が——蟲《ワーム》をつかまえてここまで乗ってきたことに愕然としていたが、愕然としたのはハレックのほうも同様だった。フレメンが蟲《ワーム》に乗るところはいままでに何度も見てきた。あんなこと、はしこい人間ならだれにだってできる。

砂漠に注意を戻した。銀の砂漠には陽光を反射する岩場と灰緑色の菜園が点在している。灰緑色の部分は水が魔法の力を発揮した箇所だ。突如として気づいたのは、あのすべてがエネルギーの、生命の、ひどく脆弱な容れ物でしかないということだった。なにもかもが、変化のパターンが唐突に破綻したために脅かされている。

この状況をもたらした原因はわかっていた。岩場から下を見れば、砂漠にあわただしい動きが見える。群居洞《シエチ》の者たちが砂鱒《すなマス》の死骸を満載した円形容器を転がして、つぎつぎに洞内へ運び入れているのだ。蒸留装置にかけて水分を回収するためだった。砂鱒の死体は何千という数におよぶ。群れは砂漠に流出する水に引きよせられてやってきた。そして、ハレックを動揺させているのは、その流出する水だった。

ハレックは岩場の上から、群居洞《シエチ》の菜園と、その外縁を流れる灌漑用水路《カナート》ごしに、外の砂漠を眺めやった。用水路にはもう貴重な水は流れていない。用水路の石壁にはいくつも穴があいている。内張りの石壁を壊されたことで、水は砂漠に流れだしてしまっていた。あの穴をあけたのは何物だろう？ 用水路のひときわ脆《もろ》い区画には、長さ二十メートルに達する裂け目が口をあけているところもある。場所によっては、砂が砂漠側へ押しやられ、水を吸収する窪みができていた。砂鱒が大挙して群がってくるのは、その窪みの部分だ。群居洞《シエチ》の子供たちは、かたはしから砂鱒をつかまえては殺している。

いちおうは、修理班が用水路の破壊された石壁を直そうとしてはいた。わずかに残った灌漑用水を、優先的に給水すべき植物へ撒きにいく者たちもいる。トゥエクに設置された導風器の下には巨大な貯水池があるが、いまは水門を閉じてあった。破壊された用水路に水が流れこまないようにするためである。太陽発電式のポンプも運用が停止されている。灌漑用水は、干あがっていく用水路の底にわずかに残った水と、群居洞《シエチ》内部の貯水池から苦労して運びだされる水とでまかなっている状況だ。

気温があがりだすにつれて、ハレックのうしろにある気密扉の金属フレームがピシッ、ピシッと音を立てはじめた。その音につき動かされたかのように、ハレックは自分の目が用水路のもっとも遠い屈曲部に吸いよせられるのをおぼえた。水がひときわ盛大に砂漠へ流出したその一画には、庭園を夢見た群居洞《シエチ》の植栽設計者たちにより、一本の特別な樹が植えられていた。早急に用水路を復旧させないかぎり、あの樹は立ち枯れてしまうだろう。風沙で痛めつけられ、いかにも弱々しげな長い枝葉をたらしているヤナギの樹——。そのようすを、ハレックはじっと見つめた。その姿はまるで、自分自身とアラキスが置かれた新たな現実を象徴しているかのようだった。

(ヤナギもおれも、ここではよそ者だからな)

群居洞《シエチ》の中では、結論を出すのにずいぶん時間がかかっていた。だが、優秀な戦闘員は使い道があるはずだ。密輸業者たちはつねに優れた人材を必要としている。といっても、密輸業者になど幻想をいだいてはいない。いまどきの密輸業者は、二十年以上もむかし、公爵さまの領地が侵略され、逃げだしたときに匿ってくれたあの連中とは気組《きぐみ》がちがう。昨今の密輸業者はまるで性根がすわっておらず、利益一辺倒だ。

改めて、弱々しいヤナギに注意をもどし、そこでふと思った。新たな現実という砂嵐は、ここの密輸業者もその仲間も、ひとしなみに蹂躙《じゅうりん》してしまうのではなかろうか。さらには、スティルガーと脆弱な中立派をも吹きとばし、いまだアリアに忠誠を誓う部族もろともに吹きとばしてしまうのではあるまいか。最終的には、この惑星自体を植民地化してしまう。

そういう実例はこれまでにも見たことがある。そもそもガーニーは、自分の母星がそんな運命をたどるという苦い経験をしてきた男だ。市街に住むフレメンはみな洒落者になり、郊外の民はただ安逸をむさぼるばかり。僻地《へきち》の群居洞《シエチ》に蔓延《まんえん》しだした歴然たる堕落ぶりは、このような密輸業者の隠れ家にさえおよんでいる。この状況を鑑《かんが》みるに、〝植民地化〟は避けようがない。地方はもはや都市部の植民地だ。地方民の心の持ちようは軟弱になった。迷信からではなく欲望から、骨抜きの方向に傾いたのだ。この群居洞《シエチ》ですら、いや、ここだからこそ、住民は被支配者特有のいじましい暮らしを送っている。自由の民の堂々たるそれではなく。ここの者たちは猜疑《さいぎ》心《しん》が強く、秘密主義的で、すぐに逃げを打つ。そして、いかなる権威の介入にも反抗的態度をとる。それがどんな権威であろうとも。摂政であれ、スティルガーであれ、密輸業者の評議会であれ……。

（信用できんな、ここのやつらは）

ガーニーとしては、ここの密輸業者どもを利用して他の勢力に対する不信を増大させる腹だった。悲しいことではあった。昔日《せきじつ》の自由の民の、ギブ・アンド・テイク精神はもう存在しない。古い流儀は儀式的なことばに矮小化され、本来のありようは忘却の彼方だ。

　アリアはこれまでずっと巧妙にやってきた。政敵は懲らし、味方にはいい思いをさせる。帝国軍はランダムに配置転換しているので、主戦力がどれなのか、はたからはわからない。

それに、スパイども！　地下なる神々よ《あれにはまいった》。アリアはよほどみごとにスパイを使いこなしているにちがいない！

ハレックには、諜報活動と防諜活動の恐るべきリズムが手にとるように把握できていた。アリアは今後も両者を駆使して政敵の足元を掬《すく》うつもりだろう。

（フレメンがこのまま目を覚まさずにいるなら、アリアの勝ちだな）

そのとき、背後の気密扉がカチリという音とともに開いた。出てきたのはこの群居洞《シエチ》の案内役で、メリディスという名の男だった。メリディスは背が低く、ヒョウタンのような胴体を貧弱な脚で支えており、そんな体格で保水《スティル》スーツを着ているものだから、いっそう醜悪に見える。

メリディスがいった。

「受け入れることになった」

ハレックはその声に、こすっからいごまかしを聞きとった。声から察するところ、この避難所には一時的にしかいられそうにない。

（羽ばたき機《ソプター》を一機、かっぱらうまでが限度だな）

声に出して、ハレックはいった。

「貴評議会に感謝する」

　そこで思いだしたのは、この群居洞《シエチ》名の由来となった人物、エスマー・トゥエクのことだった。何者かの裏切りにより、何十年も前に殺されたエスマーなら、このメリディスという男を見たとたん、その場で喉を掻き切っていただろう。

未来の可能性を絞りこむいかなる道も、致命的な罠になりうる。人類は迷宮の中を通る細い道を手探りで進んでいるわけではない。固有の機会に満ちた広大な地平を走査しているのだ。迷宮内で絞りこまれていく視点に魅かれるのは、砂中に鼻を埋《うず》める生きもののみ。生殖がもたらす固有性と差異こそは、種の生命線を保護するものにほかならない。

——『航宙ギルド便覧』

「なぜちっとも悲しくないの？」

謁見室の天井に向かって、アリアは問いかけた。この謁見室は小さくて、十歩もあれば横断できるし、十五歩で部屋の突きあたりまでいってしまえる。側面には高くて細い窓が二枚あり、そこからアラキーン市街の屋根の向こうに〈防嵐壁《ぼうらんへき》〉を遠望できた。

そろそろ正午を迎えるころで、太陽はこの帝都が建設された皿状窪地をじりじりと焼き焦がしている。

アリアは視線をおろし、ブエル・アガルヴェスを見すえた。この男はタブールの群居洞《シエチ》出身者で、いまは〈大聖堂〉付衛士隊長、ジアレンカ・ヴァレフォルの副官を務めている。アガルヴェスが携えてきた知らせは、ジャヴィードとアイダホが死んだというものだった。謁見室はアガルヴェスとともに入室してきた追従屋、側近、衛士たちでいっぱいの状態だ。外の通路は人でごったがえしている。ということは、アガルヴェスのメッセージはすでに広まっているということだろう。

アラキスでは、悪い知らせが広まるのは早い。

このアガルヴェスというのは小柄な男だった。フレメンにしては丸顔で、その丸さには小児めいたものがある。水満状態がふつうになった新世代のひとり、それがこの男なのである。アリアの目にはこの男にふたつのイメージがだぶって見えた。ひとつは真剣な顔で藍色の目を陰らせ、いかにも深刻そうに口元を引き結んだ男のイメージ。もうひとつは、過敏で傷つきやすい男——極端に傷つきやすい男のイメージ。とくに気にいっているのは、この男の唇のふくよかさだった。

いまだ正午にすらなっていないというのに、室内にたれこめる痺れたような静寂から、アリアは日暮れどきであるかのような錯覚をいだいた。

（アイダホも、死ぬなら日暮れどきにすればよかったのに）

「なにゆえに、ブエルよ、おまえがこの知らせを伝える使者となったのか」

アリアは問いかけ、相手の顔にすぐさま浮かんだ表情から、アガルヴェスがこの問いを予期していたことがわかった。

アガルヴェスはごくりとつばを呑もうとしてから、ささやきよりも多少は大きい程度のしわがれた声で答えた。

「わたくしはジャヴィードさまとともに、タブールへと参りました。ご記憶にございますでしょうか。ことが起きたのち……わたくしはスティルガーに伝言を託されたうえで送りだされました。そのさい、〝わが最後の忠義をこの者に託す〟とも告げられました」

「最後の忠義――それはどういう意味か」

「ぞんじません、レディ・アリア」アガルヴェスは赦しを請うように答えた。

「では、改めて、現地で見たことを説明せよ」

そう命じたアリアには、自分の肌が驚くほど冷たく感じられた。

「わたくしが見ましたのは……」アガルヴェスはおどおどと頭を上下させつつ、アリアの足元の床に視線を落として、「聖なるご夫君さまが中央通路の床に倒れられ、絶命されておられるお姿でございました。ジャヴィードさまは中央通路の近く、横手の通路に倒れて、やはりこときれておられました。女たちはすでに、おふたかたを遺体取水器《ファヌィ》へ運ぶ準備をしておりました」

「おまえはその現場へ、スティルガーに呼ばれていったのだな？」

「さようでございます、マイ・レディ。スティルガーに呼ばれまして。呼びにきたのは、背中曲がりのモディボーなる、スティルガーがあそこの群居洞《シェチ》で伝令役に使っている男でございました。モディボーは事情も説明せず、スティルガーから呼んでこいといわれたと申しますばかりで」

「それで現場にいくと、わが夫の亡骸が床に倒れているのを見た、と？」

アガルヴェスはつかのま、アリアの目を見あげたものの、ふたたびアリアの足元の床に視線を落とし、こくこくとうなずいた。

「さようでございます、マイ・レディ。ジャヴィードさまも付近でこときれておられて。スティルガーが申しますには……申しますには、聖なるご夫君さまがジャヴィードさまを手打ちになさったと――」

「そしてわが夫を、おまえの話では、スティルガーが――」

「スティルガーは自分の口で、はっきりとわたくしに申しました、マイ・レディ。これは自分の手によるものであると。本人が申しますには、聖なるご夫君さまがスティルガーを激怒させたがゆえに、あのような仕儀にいたったのだと……」

「激怒……」アリアはくりかえした。「具体的な顛末は？」

「申しませんでした。その点につきましては、どの者もです。だれにきいても答えようとしないのでございます」

「そののち、この知らせを携えて、わたしのもとへ送り返されたのだな？」

「さようでございます、マイ・レディ」

「おまえにできることはなにもなかったのか」

アガルヴェスは唇を湿らせた。それから、

「スティルガーがわたくしに命令しましたので、マイ・レディ。あそこはスティルガーの群居洞《シエチ》でございますれば……」

「なるほど。では、おまえはつねに、スティルガーの命令に服従するのか？」

「かつては服従しておりました、マイ・レディ――部族の絆から解放されますまでは」

「解放されたというのは、おまえがわが隷下に組みこまれたときのことか」

「いま服従いたしておりますのは、あなたさまだけでございます、マイ・レディ」

「ほんとうに、そうか？　答えよ、ブエル。元指導者《ナイーブ》たるスティルガーを殺せとわたしが命じれば、おまえはそれにしたがうか？」

アガルヴェスはしだいに覚悟が固まっていく顔でアリアの視線を受けとめた。

「そうお命じになられるのでしたら、マイ・レディ」

「では、そう命ずる。スティルガーがどこへ去ったか、心当たりはあるか？」

「砂漠へ——。それだけしかわかりかねます、マイ・レディ」

「部族の者を何人連れていった？」

「おそらく、動ける者の半数を」

「そのなかには、ガニーマとイルーランも含まれているのだな！」

「さようでございます、マイ・レディ。出奔した者たちは、女、子供、荷物をかかえて、動きが制約されます。スティルガーは全員に今後の方針を選ばせました——自分と行動をともにするか、部族の絆から解放されるかを。多くの者は解放されることを選びました。いずれ新たな指導者《ナイーブ》を選ぶことでございましょう」

「その者どもの新指導者《ナイーブ》はこのわたしが選ぶ！　それはおまえだ、ブエル・アガルヴェス。スティルガーの首を持ってきた暁には、その日のうちにおまえを新指導者《ナイーブ》としよう」

戦いによって指導者《ナイーブ》の地位を奪取するなら、なんの問題もない。それがフレメンの流儀だからだ。

アガルヴェスはいった。

「ご命令のままに、マイ・レディ。お与えいただけます兵力は――」

「ジアに相談せよ。スティルガーら捜索のため、あまり多くのソプターを割いてはやれぬ。ほかの場所で必要だからな。しかし、戦闘員は充分な数を期待してよい。スティルガーはみずからの名誉を毀損した。喜んでおまえにしたがう者はおおぜいいよう」

「それでは、手はずをととのえにまいります、マイ・レディ」

「待て！」

アリアはしばしアガルヴェスを観察し、この軟弱な幼児じみた男の監視にだれをつけたものかと考えた。信用できることがわかるまで、この男は間近から厳重に監視させておく必要がある。適任者はジアが心得ているだろう。

「わたくしは、退出をうながされたのではございませんので？　マイ・レディ？」

「まだ退出してよいとはいっておらぬ。スティルガー捕縛に臨むおまえの作戦について、余人をまじえず、私室で詳細に詰めておく必要がある」アリアは片手を顔にあてがった。

「悲嘆にはくれまい、おまえがわが夫の復讐をはたすまではな。ただし、数分でかまわぬ、気持ちを落ちつかせる時間をもらうぞ」

いったんことばを切り、手を下におろして、

「侍女のだれかに別室へ案内させよう」小さく手招きをして、侍女のひとりを呼びよせ、耳元にささやきかけた。これはこのたび、侍女長に任命したシャルスだ。「別室へ連れてくる前に、あの者に湯浴みをさせ、香油をつけさせよ。あの男、蟲《ワーム》くさくてかなわん」

「かしこまりました」

アリアは立ちあがり、感じてもいない悲しみの仮面をかぶって向きを変え、私用区画へ逃げだした。寝室に入ると、脇柱にたたきつけるようにしてドアを閉め、口汚くののしり、地団駄を踏んだ。

(ダンカンめ、いまいましい！　なぜ！　なぜ！　なぜ！)

アリアは事件の背後にアイダホの意識的な挑発を感じとった。あの男はジャヴィードを殺し、スティルガーを挑発した。だとすれば、わたしとジャヴィードの関係を知っていたことになる。すべてはダンカン・アイダホからのメッセージとして——最後のひと刺しとしてとらえねばならない。

もういちど地団駄を踏んでから、私室内をどすどすと歩きまわった。

(ダンカンめ！　ダンカンめ！　ダンカンめ！)

スティルガーは反体制派のもとへ去った。ガニーマを連れて。イルーランもだ。

(どいつもこいつも、たてついてばかり！)

　足どりも荒く歩きまわるうちに、足の裏に激痛が走った。落ちていた金属を踏みつけてしまったらしい。小さく叫んで足元を見おろすと、踏みつけたのは金属のバックルだった。荒々しく拾いあげ——それがなにかに気づき、凍りついた。銀とプラチナで造られた古いバックル——この品は、カラダン時代にアトレイデス家の当主であったレト一世公爵が、剣聖ダンカン・アイダホを召しかかえるさいに下賜《かし》したものだ。ダンカンがこれをつけているところは何度となく見たことがある。そんな大事なものを、ここに捨てていった？

　アリアの手は震えながらバックルを握りしめた。アイダホはこれをここに残していった……いつ……いつ……？

　涙がどっと流れだした。フレメンの強力な意志力をもってしても、押しとどめることができない。口角が下がり、顔には渋面が刻まれ、頭の中でかつての戦いが再開されるのがわかった。心中の闘争は指先にまで、さらには爪先にまで広がっていく。自分がふたりに分裂したように感じた。いっぽうの自分は、この新たなねじれ現象を驚愕の目で見ている。もういっぽうの自分は、胸に広がりゆく圧倒的な苦悩に屈伏しようとしている。いつしか涙は両目からとめどなくあふれだし、心の中で驚愕している自分は不満げに問いただした。

「だれが泣いている？　泣いているのはだれだ？　いま泣いているのはだれだ？」

　しかし、何物もアリアの涙をとめることはできなかった。芽生えた圧倒的な苦痛が胸を焼き焦がし、全身を駆けめぐりだす。たまらずに、アリアはベッドに身を横たえた。

それでも、心底から驚愕したなにかが問いただす声は執拗につづいた。

「だれが泣いている？　泣いているのはだれだ？……」

　これらの行為により、レト二世は進化の連鎖からみずからを切り離した。入念に考えぬかれた切除行為を行なうにあたって、彼はこう述べている。

「独立した存在であるためには、記憶やしがらみを絶たねばならない」

かの双子はふたりとも、記憶より重要なものがあると見ていた。彼らにとって記憶とは、計測過程――自分たちが従来の人間からどれほど大きく掛け離れた存在であるかを量るものでしかなかったのだ。しかし、記憶と決別するため、レト二世としては、自身を進化の流れから切り離すという大胆な行動に踏みきらざるをえなかった。それというのも、真の創造とは、創造者から独立したものと認識していたからである。ゆえに彼は、進化の連鎖をふたたび演じることを拒否し、こういった。

「それもまた、わたしを人間性から遠くへ遠くへと引き離すものだ」

彼がそこに見たものは、このような含みである。すなわち、
〝生命には真に閉ざされた系など存在しない〟
――『聖なる変容』
ハルク・アル＝アーダ著

破壊された灌漑用水路《カナート》の外側に広がる湿った砂地には昆虫がひしめき、それを捕食しにきた鳥たちの楽園となっていた。群がっているのは、オウム、カササギ、カケスなどだ。露出する玄武岩地盤に設けられた新興町《ジャディーダ》は、残っていた新様式町の最後のひとつだった。いまはもう人が住んではいない。ガニーマは朝のうちの、さほど陽射しが強くない時間を選び、廃棄された〝群居洞《シエチ》〟を囲む緑地を見てまわるうちに、動きをとらえた。ヤモリの群れだった。新興町《ジャディーダ》を囲む土塀の中には、一羽のサバクシマセゲラが巣を作っていた。ガニーマの認識では、この町は居住地《シエチ》だが、じっさいには安定化処理済の日干し煉瓦を積んだ低い住居の集合体で、砂丘を押し返すため、町を取りまく緑地帯が設けられている。町があるのはタンザルーフト絶砂地帯の中で、シハーヤの尾根からは南へ六百キロ離れたあたりだ。維持する者がいないので、この群居洞《シエチ》はすでに砂漠へ融けこもうとしていた。住居の外壁は強烈な風沙で侵蝕が進み、緑地帯の植物は枯れかけ、農作物区画は焼けつく

陽光で地面がひび割れている。

それでも、破壊された用水路の外側の一画では、いまも砂が湿ったままになっていた。これは用水路に水を供給する巨大な導風器がまだ機能していることの裏づけだ。タブールからの逃避行をはじめて数カ月、一行は何度か、このように廃棄された場所に――〈砂漠の悪霊〉によって住めなくされた集落に――身を寄せられるかどうかを試してきた。ガニーマ自身は〈砂漠の悪霊〉など信じていないが、用水路が破壊された跡は目に見える厳然とした事実にほかならない。

ときおり遭遇する反政府派の香料《スパイス》ハンターたちから、北部居住地の状況は聞いている。数機の羽ばたき機《ソプター》が――一説によれば、多くてもせいぜい六機らしい――スティルガーを求めて捜索飛行を行なっているものの、アラキスは広いし、砂漠は逃亡者側に有利に働く。スティルガー率いる小勢《こぜい》を索敵・殲滅する任を帯びた部隊もあるというが、その指揮官でタブール出のブエル・アガルヴェスは、兼任している役目もあり、しばしばアラキーンに戻っているそうだ。

反政府派によれば、自分たちとアリアの部隊との交戦はほとんど起きていないという。〈砂漠の悪霊〉がランダムに出没するので、アリアも両陣営の各指導者《ナイーブ》も、拠点の防衛を最優先にせざるをえない。密輸業者たちさえ用水路を襲撃されていたが、それでも連中がスティルガーを追って砂漠を捜索しているのは、首にかかった賞金が目あてのようだ。

老フレメンならではの水に対する絶対確実な嗅覚にしたがって、スティルガーが小勢をこの新興町《ジャディーダ》に導いてきたのは、昨日の日没まぎわのことだった。南方に向かえば遠からずパルミラ椰子《ヤシ》園にたどりつく——そうスティルガーは請けあったが、いつになればそこへたどりつけるかとなると、具体的な日数を明かそうとしない。その首にかかっている額は、以前なら惑星をまるごと買えるほどの大金だというのに、スティルガーはいつも上機嫌で、一行のなかでもひときわ楽天的に見える。

「われわれにとっては、ここはよい滞在地になるな」到着したとき、スティルガーはそういって、まだ機能している導風器を指さした。「われらが友人たちは、多少の水を残していってくれたようだ」

いまの一行は総勢六十人の小規模なグループになっている。老人、病人、幼児らは南のパルミラ椰子園に送られて、そこで信頼のおける部族に吸収された。いま残っているのは屈強な成員ばかりだ。そして北部にも南部にも、友人は多い。

ガニーマはいぶかしんだ。スティルガーはどうして、この惑星でいま起きていることを議論しようとすると拒むのだろう。状況の変化が見えていないのだろうか。灌漑用水路《カナート》がつぎつぎに破壊されるにつれて、北部でも南部でも、フレメンはかつて各部族の縄張りを示していた境界線内に引きこもりつつある。この動きは、帝国全域でも同じ状況が起きていることを示す徴候でしかない。ひとつの状況は他の状況を映す鏡なのだから。

ガニーマは保水《スティル》スーツの襟の下に手をあてて、気密状態をととのえなおした。心配していたのとは裏腹に、ここでは驚くほど自由に動ける。内なる先人たちに患わされることはもうないが、ときどきその記憶が意識に侵入してくるのを感じることもある。そういった記憶から、生態環境改造がなされる以前、この砂漠がどのような場所だったかがわかった。たとえば、以前はもっともっと乾燥していたこと。保守が不十分なここの導風器がいまも機能しているのは、処理する空気の湿度がむかしよりも高いからだ。

　以前はこの砂漠を避けていた生物たちも、多数の種が新たに棲息を試みはじめている。同行者の多くは、昼行性フクロウの繁殖ぶりに驚きを示す。こうしているいまこのときも、アリドリの群れが見えた。用水路の損壊部から広がる湿った砂地には、昆虫の群れが列をなしてぞくぞくと入ってきている。アリドリたちは敏捷に跳ねまわり、ダンスしながら、昆虫をかたはしから捕食していた。アナグマの姿もすこしは見られるが、なんといっても、小型のトビネズミが圧倒的に多い。

　ここに住んでいた新時代型のフレメンは、迷信的な恐怖に取り憑かれたにちがいない。それはスティルガーとて同様だった。この新興町《ジャディーダ》がついに砂漠へ還されるにいたったのは、十一ヵ月でじつに五回も用水路を破壊されたからである。住民たちは、〈砂漠の悪霊〉に破壊された箇所を四回まで直したものの、五回めの破壊がなされるにおよび、これ以上は水を失うリスクを冒して住みつづけられないと判断したのだろう。

同じことは、すべての新興町《ジャディーダ》で、さらに古手の群居洞《シエチ》の多くでも起こっていた。新たに建設された九つの居住地のうち、八つまでもが廃棄されている。古手の群居洞《シエチ》に成立していた共同体の多くは、新たに住民を受け入れたため、かつてなく混み合っている状況だ。そして、砂漠が新たな状況を迎えているのとは対照的に、フレメンは旧来の生き方に逆行しつつあった。あらゆることに吉凶を見るようにもなっている。蟲《ワーム》がタンザルーフト絶砂地帯以外で姿を消しつつある？ それはシャイー＝フルードがそう決めたからだ！

また、死因不明の状態で見つかる蟲《ワーム》の死体も増えている。蟲《ワーム》は死後、すみやかに砂漠の塵《ちり》にもどる。とはいえ、急速に朽ちゆく巨大な死体は、たまたま遭遇したフレメンたちを恐れおののかせるに充分なものだった。

スティルガーの小勢も、つい先月、そうした巨大死体に遭遇し、魔に魅入られたような感覚をふりはらうのに四日を要した。死体は腐敗にともなう刺激臭と毒の気を放っていた。腐ってゆく巨体が横たわっていたのは巨大な香料《スパイス》噴気跡の上で、一帯の香料《スパイス》は、おおむね使いものにならなくなっていた。

　ガニーマは用水路の観察をおえ、新興町《ジャディーダ》に向きなおった。すぐ目の前には崩れた土壁がある。かつてはムスタアマルの——母屋に付属する栽培小屋の——壁だったものだ。昨日、純然たる好奇心から小屋内を調べてみたところ、石の容器の中に酵母を使わない香料《スパイス》入り薄焼パンのストックが見つかった。

　そのときいっしょにいたスティルガーは、こういってパンをすべて破棄した。

「フレメンがちゃんと食えるものを残していくことはありえん」

　ガニーマは、そうとはかぎらないのではないかと思ったものの、そう口にしてしまうと口論になることを危惧し、黙っていた。フレメンは変わりつつある。かつてのフレメンは、自然のニーズにうながされるままに——水や香料《スパイス》の確保、交易の必要性などから、砂床《さしょう》を自由に往来していたものだ。時報の代わりは動物の行動だった。しかし、いまでは動物も新たに奇妙なリズムで活動しているし、かたやフレメンは、北部〈防嵐壁《ぼうらんへき》〉の影のもと、往時のウサギ穴のような洞窟の中に閉じこもって、身を寄せ合う暮らしにもどっている。タンザルーフト絶砂地帯まで出張っていく香料《スパイス》ハンターは稀になり、いまや古《いにしえ》の流儀で砂漠を往来するのはスティルガーの小勢しかいない。

　ガニーマはスティルガー本人と、アリアに対するその恐怖を信頼していた。近ごろではイルーランも、奇妙なベネ・ゲセリット流の思考方法に立ち返り、スティルガーの論拠を補強している状態だ。しかし、はるか遠いサルーサでは、まだファラッディーンが生きている。いつの日か、あの男には罪を清算させねばならない。

銀灰色を帯びた朝の空をふりあおぎ、自分の心の中を探った。どこにいったら支援者が見つかるだろう？　自分の目にはまわりじゅうで起きているさまざまな変化が見えている。それを伝えたとして、耳を貸してくれる者がどこにいるだろう？　報告が事実であれば、レディ・ジェシカはサルーサにいる。アリアは最高権力者に祭りあげられ、自分を大きく見せることに汲々《きゅうきゅう》とし、現実から遠くへ遠くへと流されていく。ガーニー・ハレックはどこにも見つからない。ただし、いたるところに目撃例はあるが。〈伝道者〉はどこかの隠れ場所に潜ってしまい、あの異端的な挑発は人々の記憶から薄れつつある。

それに、スティルガーという存在の重みも。

ガニーマは壊れた土塀ごしに、貯水池の修理を手伝っているスティルガーを眺めやった。〈砂漠の意志〉としての役割がきわだつにつれて、その首にかかった賞金は月ごとに膨れあがっていく。

もはやなにもかも意味をなさない。なにもかも。

あの〈砂漠の悪霊〉とは何者なのだろう。砂上に打ち倒されるべき偽りの偶像のように、つぎからつぎへと灌漑用水路《カナート》を破壊していく存在はなんなのだろう。はぐれ蟲《ワーム》だろうか？

それとも反政府派の第三勢力で——多数の人間が関与している？　あれが蟲《ワーム》のしわざとはだれも思っていない。破壊するため用水路に激突すれば、どんな蟲《ワーム》も水で死んでしまう。〈砂漠の悪霊〉の正体を、〝アリアの救世主《マフディー》位を打倒し、アラキスを旧時代の体制に復古させようともくろむ革命主義者の一団〟だと信じているフレメンも多い。その説を信じる者たちは、旧制復古を歓迎すべきだという。凡庸さを維持することしか能のない、貪欲な宗教統治者の世襲制など廃絶してしまえ、ムアッディブが築きあげた真の宗教に立ち返れ。それがその者たちの主張だ。

　身をわななかせ、大きくためいきをついた。

（ああ、レト。あなたが生きてこのありさまを見られなかったことがうれしいくらいだわ。わたしもやがてはあなたのもとへいく。けれど、わたしのナイフはまだ血に濡れていない。アリアとファラッディーンの血に、ファラッディーンとアリアの血に。アリアに憑依している悪霊は老男爵で、あの状態も看過できない）

　そのとき、ハラーが新興町《ジャディーダ》の奥から現われ、足音を立てない着実な歩法で近づいてきて、ガニーマの前で立ちどまり、たずねた。

「ひとりでなにをしてるんです、こんなところで？」

「ここは奇妙なところだわ、ハラー。出ていったほうがいい」

「スティルガーはここで、ある人物を待ってるんですよ」

「え？ 初耳だわ」

「なにもかもあなたに話す必要があるものかしら。ないでしょう《マーク》？」ハラーはガニーマのローブの前に突きでた水のパックをぽんぽんとたたいた。「あなたは妊娠できるおとなの女性？」

「妊娠なら何度だってしているわ、数えきれないほどにね。ことばの応酬ゲームなんかで子供あつかいして、わたしを馬鹿にするのはやめなさい！」

ガニーマの声に含まれた毒に気圧《けお》されて、ハラーは一歩あとずさった。

「あなたたちは愚者の集団よ」ガニーマは片手で新興町《ジャディーダ》全体を、さらにはスティルガーと部族の者たちが行なっている活動を指し示した。「あなたたちなんかについてくるんじゃなかった」

「ついてこなかったら、いまごろは死んでいますよ」

「たぶんね。でもあなたたちには、目の前の正しい道が見えていない！ スティルガーが待っている相手とは、何者なの？」

「ブエル・アガルヴェス」

ガニーマはまじまじとハラーを見つめた。

ハラーは説明した。

「ひそかに連れてくるんですよ、〈赤い峡谷〉の群居洞《シエチ》にいる友人たちが」

「ブエルはアリアの使い走りよ？」

「目隠しして連れてくるそうで」

「スティルガーはそんな与太を信じたの？」

「ブエルから会見を申し入れてきたとか。こちらの条件はすべて呑むといっている由」

「どうしてわたしにひとことの相談もなく？」

「相談したら、あなたが反対するとわかっていたからですよ」

「反対するもなにも……狂気の沙汰だわ！」

ハラーは眉をひそめ、いいかけた。

「忘れてはいけません、ブエルは……」

「あなたの縁者よね！」ガニーマは語気を強めた。「あの男はスティルガーの従兄弟《いとこ》の孫。知ってるのよ。ただし、ファラッディーンもまた、わたしの縁者。いつの日か、かならず血で贖《あがな》わせてやると誓ったあの男がよ。縁戚関係でわたしがナイフを収めると思う？」

「神経刻印《ディストランス》を介してやりとりしていますからね。だれもこの集団を追ってはきませんよ」

ガニーマは低い声で答えた。

「こんなことをしても、けっしてよい結果にはつながらないわ、ハラー。ただちにここを出ていかなくては」

「では、凶兆を読んだと？　たしかに蟲《ワーム》の死体は見ました！　もしやあれが――」

「迷信は子宮に押しこんで、どこかよそで生まれさせなさい！」ガニーマは声を荒《あら》らげた。

「この会見もこの場所も、わたしは気にいらない。それで充分じゃない？」

「いますぐスティルガーに、あなたの――」

「自分でいいにいくわ！」ガニーマは足どりも荒く、ハラーの前を通りすぎた。

その背中に向かって、ハラーが邪を祓う〈蟲《ワーム》の角《つの》〉を象《かたど》った印《いん》を結んだ。

結局のところ、いくらガニーマが恐怖を訴えても、スティルガーは一笑に付しただけで、ガニーマがただの子供のひとりであるかのように、砂鱒を探してきなさいと指示しただけだった。ガニーマは新興町《ジャディーダ》に戻り、廃棄された家々の一軒に逃げこんで、隅にうずくまり、怒りをこらえた。しかし、怒りはあっという間に消え去って、代わりに内なる先人たちの蠢動《しゅんどう》を感じた。つづいて思いだしたのは、だれかのこのような声だった。

「彼らを行動不能にしてしまえば、ものごとは計画どおりに運ぶ」

（なんて奇妙な考えだろう）

しかし、それがだれのことばなのかを、思いだすことはできなかった。

かつて不当に相続権を奪われた経験から、ムアッディブは終生、不当に権利を奪われた者たちの代弁をつづけた。個々人をその者が信じるように教わったことから遠ざけようとする、あるいは正当な権利として得られるはずのものから遠ざけようとする、きわめて不当な措置を糾弾しつづけた。

――『救世主位《マフディー》――ひとつの分析』

ハルク・アル＝アーダ著

ガーニー・ハレックはシュロックの岩石丘で垂壁の頂《いただき》にすわっていた。そばには香料《スパイス》入り繊維のラグを敷き、その上に九弦楽器《バリセット》を載せてある。岩石丘には中央の部分に大きな窪地があり、ハレックはその窪地を円周状に取り囲む部厚い垂壁の縁にすわって、窪地にひしめく労働者たちを見おろしているところだった。かつて〈棄民《きみん》〉たちが香料《スパイス》を撒き、蟲《ワーム》を誘いこむのに使った砂の斜面は、いまでは新たな灌漑用水路《カナート》で封鎖されていて、用をなさない。斜面には樹木が植えられて、砂が崩れるのを防いでいる。

ハレックが頂に腰をすえて、すでに一時間以上。そろそろ昼飯どきだ。ここにきたのは、人のいない場所で考える時間がほしかったからだった。眼下で働いているのは人間だが、ハレックの目には、なにもかもがメランジに直結する動きに見えている。レトの個人的な見積もりによれば、香料《スパイス》の生産量はやがてハルコンネン時代におけるピークの十分の一にまで落ちこみ、そこで安定する。帝国じゅうの在庫は、元帳へ転記するたびに、価値が倍々に跳ねあがっている状況だ。メトゥーリ家の領有する惑星ノーヴァブルンズの土地は、全土半分の売却がわずか三百二十一リットルのメランジで成立したという。

〈棄民〉たちは、悪霊に使役されているかのごとく、一心不乱に働いている。おそらく、そのとおりなのだろう。食事の前に、〈棄民〉たちはかならずタンザルーフト絶砂地帯の方角に向かい、擬人化されたシャイー＝フルードに祈りを捧げる。〈棄民〉たちの目に、レトはそのように映っているらしい。〈棄民〉の目を通じて、ハレックには未来が見えた。人類の大半がそんな見方を共有している未来がだ。ハレックとしては、そのような未来が望ましいものかどうかよくわからない。

ここの労働と祈りのパターンを確立したのはレトである。レトはハレックが盗んできた羽ばたき機《ソプター》を操縦して、ハレックと〈伝道者〉をシュロックまで連れてきてから、素手で当地の用水路を破壊し、巨岩を五十メートル以上も遠くへ放り投げた。即座に〈棄民〉が止めに入ったが、真っ先に飛びかかってきたひとりの首を、レトは目にもとまらぬ速さで片腕をひとふりして刎《は》ね、後続の者たちをかたはしからひっつかんでは仲間のもとに投げつけた。そののち、〈棄民〉たちの武器を嘲笑い、悪霊そのものの声で大喝していわく、

「毒針銃《マウラー》など効かぬ！　おまえたちのナイフではわれに傷ひとつつけることもできぬぞ！われがまとうはシャイー＝フルードの肌なれば！」

　ここにおいて、〈棄民〉たちは相手が何者かに気づき、レトが逃げだしたときのことを——岩石丘の頂の高みから〝砂漠の上へじかに飛びおりた〟ときのことを——思いだした。急いでひれ伏す〈棄民〉たちに向かって、レトは指示を下した。

「ここにふたりの賓客をお連れした。ご両所をお護りし、手厚くもてなせ。灌漑用水路《カナート》は再建し、植栽を充実させ、オアシス庭園を設けよ。いつの日か、われはここを拠点とする。おまえたちがすることはわが拠点をととのえることだ。以後、香料《スパイス》を売却してはならぬ。採集した香料《スパイス》はあますところなく蓄積しおけ」

　指示は連綿とつづき、〈棄民〉たちは恐怖にすくみあがった目でレトを見つめ、一言も洩らさず指示を耳に収めた。

なぜなら、ここにおいて、ついにシャイー＝フルードが砂漠より顕現したからだ！

シュロックにくる前、ハレックはガーディーン・アル＝ファリーとともに、反体制派の拠点のひとつ、ルードンの孤立丘《ガレ》にある小規模な群居洞《シエチ》にいた。そこへいきなり、レトが盲目の連れをともない、蟲《ワーム》を駆って訪ねてきたわけだが、あのときは、レトにこれほどの力があるとは思いもしなかった。話を聞けば、いまはもう蟲《ワーム》がめったに見られなくなった古い香料《スパイス》採取ルートを経由し、砂漠を渡ってきたのだという。途中、蟲《ワーム》にとっては猛毒になるほど砂中水分濃度の高い一帯がいくつかあり、そのつど迂回を余儀なくされたそうだ。レトたちが群居洞《シエチ》に着いたのは正午をまわってまもなくのことで、警備の者たちにより、談話室がある岩屋に連れてこられたのは、そのすぐあとのことだった。

あのときの記憶は、いまもハレックの脳裏にくっきりと焼きついている。

「では、これが〈伝道者〉か」と、そのときハレックはそういった。

盲《めし》いた男の周囲を歩きまわり、しげしげと観察しながら、ハレックはこの人物に関するさまざまな物語を思いだした。群居洞《シエチ》の内部では保水《スティル》スーツのマスクをはずしていたので、老いた顔が隠されることもなく、よく見知った人物の面影がうかがえた。そう、そこにはたしかに、レトの名前の由来となったレト前公爵の容貌に通じるところがあった。偶然の一致だろうか？

「この人物にまつわる物語はあるのか？」ハレックがたずねた相手は横にいるレトだった。

「この人物は砂漠から帰ってきたおまえの父親か？」

「そういう物語を聞いたことはある」レトは答えた。

ハレックは横に向きなおり、少年を観察した。レトが着ているのは奇妙な保水スーツで、顔のぐるりと耳まわりだけが露出しており、露出した部分の周囲は丸まって、畝のように盛りあがっていた。その上から黒いローブをはおり、足には砂漠用ブーツを履いている。説明してもらわねばならないことは山ほどあった。なぜこの群居洞《シエチ》へきたのか――それに、どうやってシュロックから脱出できたのか。

「なんのために〈伝道者〉を連れてきた？」ハレックはたずねた。「ジャクルートゥーの連中、〈伝道者〉はやつらのために動いているといっていたが」

「もうちがう。ここへ連れてきたのは、アリアがこのひとを死なせたがっているからだ」

「で？　ここが避難所だとでもいう気か？」

「きみがこのひとの避難所なんだよ」

この間《かん》ずっと、〈伝道者〉はふたりのそばに佇み、やりとりを聞いているだけで、話がどちらの方向へ向かうのかを気にするようすも見せなかった。

「このひとはよく仕えてくれたんだ、ガーニー」レトはいった。「アトレイデス家はまだ、われわれによく仕えてくれた者に報いるという良識をすっかり失ってはいない」

「アトレイデス家？」

「いまはぼくがアトレイデス家そのものだからね」

「ばあさまに命じられた試練が完了もしないうちから、おまえはジャクルートゥーを逃げだした」ハレックは冷たい声で応じた。「そんなやつが、なにをごたいそうに――」

「このひとの命は、きみ自身の命と同じくらい大切に護ってもらわねば困る」

ハレックの反論など存在しないかのように、レトは語をつぎ、たじろぐことなく視線を受けとめた。

ハレックはジェシカから、ベネ・ゲセリット流の精密な観察手法を多数たたきこまれている。レトのことばからは、冷静な自信以外、なにひとつ感じとれなかった。とはいえ、ジェシカの命令はいまも有効だ。

「ばあさまからは、おまえの教育を完了することと、憑依されていないかを確認すること、この二点を指示されている」

「憑依されてはいない」淡々とした答えが返ってきた。

「なぜ逃げた？」

「ナムリはぼくがなにをしようと殺せと命令されていた。命令の出どころはアリアだ」

「おまえ、読真師《どくしんし》か？」

「そのとおり」これもまた、自信に裏づけられた、淡々とした返事だった。

「ガニーマも？」

「ちがう」

ここにおいて、〈伝道者〉が沈黙を破り、ぽっかりあいた眼窩をハレックのほうに向け、レトを指さしてこういった。

「おまえごときが、この者を試せるとでも思うのか」

ハレックは〈伝道者〉に目を向けようともせず、ぴしりといった。

「口をはさむな。問題のなんたるかも、試練がもたらす結果も知らんくせに」

「ああ、結果ならよく知っている」〈伝道者〉は答えた。「かつてわたしは、自分がしていることを理解していると思いこんでいた老女の試練を受けた。あとでわかったように、結局その老女は、なにひとつ理解していなかったのだがな」

意外なことばに、ハレックは〈伝道者〉を見た。

「おまえも読真師か？」

「読真師にはだれでもなれる。おまえでさえもだ。読真術とは、自分が持つ感情の性質について自分に正直になることを要諦とする。そのためには、すみやかな認識を可能とする真実との内なる合意が必要だ」

「なぜ口をはさむ」ハレックは結晶質《クリス》ナイフの柄《つか》に手をかけた。この男、何者だ？

「わたしは現状に応えようとしているにすぎぬ」〈伝道者〉は答えた。「母はみずからの血を祭壇に捧げることもできようが、わたしにはほかに動機がある。それにわたしには、おまえのかかえる問題が見えているぞ」

「ほほう？」ここまでいわれて、ハレックはほんとうに興味をそそられた。

「レディ・ジェシカがおまえに命じたのは、オオカミ《ジゥブ》とイヌ《カラブ》の区別をつけることだ。その定義によれば、オオカミとは権力を持ち、その権力を濫用《らんよう》する者のことを指す。しかし、オオカミとイヌのあいだには、両者の区別をつけにくくする要素――〝黄昏《たそがれ》の時〟とでもいうべきものがある」

「たしかに、おおむね同じようなことをいわれはしたが」そこでハレックは気がついた。このやりとりを聞きに談話室へ入ってくる群居洞《シエチ》の者がますます増えてきていることに。

「なぜその内容を知っている？」

「なぜなら、わたしはこの惑星のことを熟知しているからだ。わからないのか？ 惑星の構造をよく考えてみろ。表面の下には、岩盤、土、堆積物、砂がある。それはこの惑星の記憶、歴史年表の構図といっていい。人間にも同じことがいえる。イヌは自分がオオカミだったころのことを憶えている。それぞれの宇宙は個々の存在の核を中心にまわっており、その核から外へ向かってすべての記憶が積み重なっているんだ——表層にいたるまで」

「非常におもしろい話だが……それがおれの命令を実行する件とどう関わってくるんだ」

「心の中にある自分の歴史年表をじっくりと見てみろ。動物が意思を疎通しあうように、それと意思を疎通するんだ」

ハレックは左右に首をふった。この〈伝道者〉には、ついつい話に引きこまれてしまう直截《ちょくせつ》さがある。これはアトレイデス家の血統に何度も見てきた特徴だ。それに、この男が〈操《からく》り声〉の力を使っていることを示す、すくなからぬ徴候もあった。ハレックは心臓が早鐘のように鳴りだすのをおぼえた。まさか、ほんとうに、この人物は……？

「ジェシカは究極の試練を望んだのだよ。ストレスを与えて、孫息子の内奥に秘められた下地をさらけださせるつもりでな」〈伝道者〉がいった。「その下地は常時そこにあり、隠れてなどいなかったというのに」

ハレックはレトに向きなおり、じっとその顔を見つめた。自分の意志で見たのではない。抵抗しがたい力によって、からだがひとりでに動いたのである。

〈伝道者〉は強情な生徒に講義するように話をつづけた。

「この若き者がおまえを混乱させるのは、この者が単一の存在ではないからだ。この者は共同体にほかならぬ。抑圧下にあるすべての共同体がそうであるように、どの成員がその共同体を統治することになってもおかしくはない。その者が発する命令がつねに恵み深いものとはかぎらぬ。なればこそ、忌み子の物語などが生まれてくるのだ。おまえはすでに、ガーニー・ハレックよ、この若き共同体に多大な害をなした。すでに変容が始まっていることがわからぬか。この若き者は圧倒的に強大な内なる存在たちを隷下に統合せしめた。それはもはや、くつがえせぬ。目がなくとも、わたしには見える。かつてのわたしはこの者と対立していたが、いまはこの者に服従している。この者は〈癒す者〉なのだ」

「あんた、何者だ？」ハレックは問うた。

「おまえの目に見えている以上の者ではない。わたしを見るな、この者を見よ、おまえが教育し、試すよう命じられたこの者を。彼は苦難によって成った。何者も生きては還れぬ環境をも生き延びた。それがゆえに、ここにいる」

「そういうあんたは何者なんだ？」ハレックはふたたびたずねた。

「いったであろう、このアトレイデスの若き者のみを見よと！　この者は人類という種の要求に対する究極の回答にほかならぬ。この者は人類の体制に、過去の偉業の成果を再度挿入するであろう。ほかのいかなる人間も、この者が知る形より正確に過去の偉業を知ることはできぬ！　しかるにおまえは、それほどの人物を殺そうとしたのだぞ！」

「おれはこの子を試せと命じられただけで、殺そうとは——」

「したではないか！」

「この子は忌み子か？」

力ない笑い声が〈伝道者〉のからだを揺さぶった。

「おまえがふりかざしているのはベネ・ゲセリットのたわごとだ。あの者どもが創りだす神話がどれほど人類に惰眠をむさぼらせてきたことか！」

「あんたは……ポール・アトレイデスなのか？」

「ポール・アトレイデスはもう存在せぬ。あの者はいと気高き道徳の象徴として立たんとしながら、すべての道徳的主張を放棄してしまった。あの者は神なき聖者となったのだ。口にするのは冒瀆《ぼうとく》のことばばかり。そもおまえは、なにをもって、わたしを——」

「あんたがポール・アトレイデスの声でしゃべってるからだ」

「こんどはわたしを試そうというのか？　ことばに気をつけよ、ガーニー・ハレック」

　ハレックはごくりとつばを呑み、みずからに強いて、いまの会話を冷静に観察しながら立っているレトに注意を向けた。

「ほんとうに試されているのはだれだ？」〈伝道者〉が問いかけた。「もしや、レディ・ジェシカが試そうとしている相手は、おまえではないのか、ガーニー・ハレック？」

この問いがひどく心をかき乱すものであることにハレックは気づいた。どうして自分はこの〈伝道者〉のことばに心を揺さぶられるままになっているのだろう。しかし、主人が放つ神秘的な雰囲気にしたがうことは、アトレイデス家の家臣に深く根づいた習い性だ。今回の任務を説明するさい、ジェシカは通常よりもずっと神秘的な雰囲気をまとっていた。ここにおいて、ハレックは悟った――自分の中で、いま、なにかが変わろうとしている。そのなにかは、ジェシカに課されたベネ・ゲセリットの訓練を通じてのみ縁に触れられるものだ。漠然と怒りがこみあげてきた。自分は変わりたくなんかないのに！

「神を演じているのはおまえたちのうちのだれだ。演じる目的は？」〈伝道者〉は問いを重ねた。「その問いに答えるには、理性だけに頼っていてはかなわぬぞ」

ゆっくりと、意識的に、ハレックはレトから意識を引きはがし、盲いた男に目を向けた。ジェシカはいつもいっていた。戒律《カイリツ》を――〝汝の為《な》すべきこと、為すべからざること〟のバランスを会得するようにと。ジェシカはそれを、単語も成句もなく、規則も議論もない、ひとつの規律だと表現した。それはハレック自身の内にある真実――すべてを魅きつけてやまない真実の、鋭い縁だ。目の前にいる盲者のことば、その口調、その態度、それらのなにかにより、怒りはひとりでに燃えつきて、ハレックの心に深い冷静さをもたらした。

「わが問いに答えよ」〈伝道者〉がうながした。

ハレックは感じた。相手のことばが、この場所、この瞬間、それが求めているものへの集中度を深めるのを。宇宙における自分の立ち位置はおのが集中度によってのみ定まる。もはやハレックの中には一片の疑念も残っていない。この人物はポール・アトレイデスだ。ポールは死んではいなかった。生きていて戻ってきた。そしてこの、もはや子供ではないレト――。ハレックは改めてレトを見た。真摯《しんし》にレトを見た。目のまわりにはストレスの跡が見える。その立ち姿にはバランス感覚が、閉じたままの口には歪んだユーモア感覚がうかがえた。レトはまばゆい毫光《ごうこう》の焦点にいるかのように、まわりから隔絶されて立っている。ただそのことを受け入れるだけで、ハレックは心の調和を獲得した。

「教えてくれ、ポール」ハレックはいった。「おまえの母親は知っているのか？」

〈伝道者〉は嘆息し、答えた。

「わたしは死んだ――修女会が知っているのはそれだけだ。わたしを生き返らせようとはしないでくれ」

なおも〈伝道者〉のほうを見まいとしながら、ハレックはいいかけた。

「しかし、なぜあの女《ひと》は――」

「母は為さねばならぬことを為しているまで。母の生は母が決める――自分が多くの生を司《つかさど》っているという考えのもとに。ゆえに、われわれは全員、神を演じているといえる」

「しかし、おまえは生きている……」ハレックはささやくようにいった。

ここにおいてハレックは、〝ポールが生きている〟という認識に引きずられ、とうとうこの人物に向きなおり、正面から顔を見つめた。自分よりも若いというのに、長年の砂漠暮らしですっかり老けこみ、ハレックの倍は齢《よわい》を重ねているように見える。

「どんな意味があるのだろうな」ポールがたずねた。「〝生きている〟ということには」

ハレックはまわりを見まわした。フレメンたちが自分たちを見つめていた。どの顔にも疑念と畏怖が浮かんでいる。

「母がわたしの得た教訓を学ぶ必要に迫られた例《ためし》はなかった」これはまさしく、ポールの声だ！「神であるということは、これ以上はないほど退屈で堕落した状態でしかない。自由な意志の創造にはそれなりの意義がある。神とは眠りの中へと逃避し、自分が夢見る生きものたちの無意識に対して投影を行ない、その中でのみ生きていたいと願う存在かもしれぬ」

「しかし、げんにおまえは生きているじゃないか！」

ポールは旧友の声が孕《はら》む興奮を無視して問いかけた。

「ガーニー、おまえはほんとうに、霊的試験《マシュフド》において、この若き者を双子の妹と戦わせるつもりでいたのか？ なんと愚かしい発想であることか！ その場合、双子はそれぞれ、こういっていただろう——〝だめだ！　殺すなら自分を殺せ！　相手を生かしてくれ！〟とな。そのような試験を行なったとて、なんの意味があろう。そもそも、生きているとはどういうことだ、ガーニー？」

「そんな試験をするつもりはなかったさ」ハレックは反論した。

だが、周囲のフレメンたちはじわじわと詰めよっており、その動きぶりに、ハレックは剣呑なものを感じた。一同はポールを凝視しており、レトに目を向けてはいない。

そのレトが、ここで口をはさんだ。

「とうさま」

「うむ……うむ……」ポールは空気のにおいを嗅ごうとするかのように、頭を上に向けた。

「すると、ファラッディーンか！」

「たがいの感覚ではなく、思考をたどれるのは、便利でいいですね」

だが、ハレックにはその思考を追うことができず、なんのことかたずねようとしたとき、レトに腕をつかまれ、問いを思いとどまらされた。

「それをたずねてはだめだ、ガーニー。ぼくが忌み子ではないかとまた疑いはじめるかもしれないから、それは禁ずる！　あるがままに聞き流してくれ、ガーニー。どうあっても質問するというなら、身の破滅を招くことになるぞ」

じつはこの時点で、ハレックはもう疑念に押しきられそうになっていた。ジェシカからこのような警告を受けていたからだ。

「あの子たちはとても巧妙に人をだますの。誕生前に覚醒した者は、そういうものなのよ。あの子たちは、あなたが夢にも見たことのないトリックをいろいろと弄するでしょう」

ハレックはゆっくりとかぶりをふった。おまけにポールまでいる！　地下なる神々よ《なんということだ》！　ポールは生きていて、しかも自分が生みだした〝疑問符〟の肩を持っている！

周囲のフレメンたちは抑えのきかない状態になっていた。おおぜいが押しあいながら、ハレックを押しのけ、レトとポールのあいだに割りこんできて、ふたりをもみくちゃにし、口々に質問を投げかけだした。

「あなたさまはムアッディブなのですか？　ほんとうにムアッディブなのですか？　あの男がいったことは事実ですか？　どうかお答えください！」

「わたしのことは、ただ〈伝道者〉とのみ思ってもらわねばならぬ」フレメンたちを押し返しながら、ポールはいった。「わたしはもう二度とふたたびポール・アトレイデスにもムアッディブにもなれぬ。チェイニーの連れあいでもなければ、皇帝でもない」

欲求不満の鬱積したフレメンたちが筋の通った答えを得られなかった場合、どのような行動に出るかはわかったものではない。それを恐れたハレックが割って入ろうとしたとき、レトが人波をかきわけて進みだした。ハレックがレトの身に起こった恐ろしい変化を目《ま》のあたりにしたのは、このときがはじめてだった。

「道をあけよ！」

すさまじい雷声で大喝するや、レトは自分より大きなフレメンたちを右に左に押しやり、突き倒し、両手で殴りつけ、何人もが抜いたナイフの刃先を手でつかんでもぎとっていく。一分とたたないうちに、まだ立っているフレメンはすっかり肝をつぶし、壁に背をつけ、ことばもなく立ちつくしていた。レトは父親のとなりに立ち、一同に命じた。

「シャイー＝フルードが口を開くとき、みなみな、ただ平伏《へいふく》せよ」

何人かのフレメンが抗議しようとしかけたとたん、レトは岩屋の外へ出る通路から岩の一角をもぎとり、素手で粉々に砕いてみせた——その間《かん》、終始微笑を浮かべたままで。

そして、いった。

「おまえたちの群居洞《シエチ》を引き裂いてやることもできるのだぞ、おまえたちの目の前でな」

「〈砂漠の悪霊〉……」だれかがつぶやいた。

「おまえたちの用水路もだ」うなずきながら、レトはことばをついだ。「同じようにして引き裂いてやる。われわれはここにこなかった、いいな？　聞いているか？」

いくつもの顔が恐怖に駆られて屈伏し、こくこくとうなずいた。

「ここにいる者はだれもわれわれを見てはいない」レトはいった。「ひとことでも見たと洩らそうものなら、またここへ戻ってきて、砂漠へ放りだす。水を持たせずに」

ハレックはいくつもの手が宙にかかげられ、邪を祓う印《いん》を結ぶのを見た。〈蟲《ワーム》の角《つの》〉の印だった。

「これより、われわれは出立する。父は連れていく。われらが旧友もだ」レトはいった。

「ソプターの準備をせよ」

そののち、レトはふたりを機体に乗せて、このシュロックへとやってきた。その機上で、迅速に行動しなければならない理由の説明がなされた。その言はこうだった。

「ファラッディーンがすぐにでもアラキスへ到着しようとしている。そして、父がすでにいったように、きみは真の試練を見ることになる、ガーニー」

いま——ハレックはシュロックの岩石丘で、垂壁の頂から下の窪地を見おろしながら、このところ毎日そうしているように、きょうもまた自分に問いかけた。

「試練とはなんだ？　あれはどういう意味なんだ？」

しかし、レトはもうシュロックにはいない。

そしてポールは、答えることを拒否している。

　教会と国家、科学的思考と信仰、個人とその個人が属する社会、そして進歩と伝統――これらのすべては、ムアッディブの教えの中で両立しうる。ムアッディブはわれわれに対し、妥協できない対立関係などは存在しない、そんなものが存在するのは人間の思いこみの中だけだ、と教えてくれた。どんな人間も〈時〉のヴェールをかきわけることができる。過去の中にも、自分の想像の中にも、未来を見いだすことができる。そうすることにより、人ははじめて、内なる存在の中に意識を取りもどせるのだ。そのとき人は、宇宙とは整合した全体であり、自分が宇宙と一体不可分の個であることを悟るであろう。

――「アラキーンの〈伝道者〉」
ハルク・アル＝アーダ記

ガニーマは複数の香料《スパイス》ランプが投げかける光の輪からずっと離れた場所に座し、ブエル・アガルヴェスを見つめていた。気にいらない。この男の丸い顔も、しきりに動く眉も、しゃべるときに脚を揺するしぐさもだ。ああやって脚を揺すっていると、自分のことばが本人だけに聞こえる音楽で、それに合わせて踊っているように思える。

（この男、スティルガーと交渉しにきたのではないわね）ガニーマは心の中でつぶやいた。

この男が口にする語のひとつひとつ、見せる動きのひとつひとつが、それを確信させる。そう思うにつけ、ガニーマは評議会の輪からいっそう遠ざかった。

すべての群居洞《シエチ》にはこのような会議のための場所がある。打ち捨てられたこの新興町《ジャディーダ》の集会所は、ガニーマには窮屈に思えたが、これは天井がひどく低いためだ。じっさいには、スティルガー率いる小勢《こぜい》六十名と、アガルヴェス以下の十名を合わせても、広い集会所の一画を埋めているにすぎない。香料《スパイス》ランプの放つ光が天井を支える低い梁《はり》に反射していた。ちらつく灯火が投げかける影が壁面で踊るなかで、シナモン臭をともなって鼻を刺す煙が集会所内にただよっている。

交渉は、水分の祈りと夕餉《ゆうげ》ののち、黄昏どきにはじめられた。すでにもう一時間以上もつづいており、ガニーマにはアガルヴェスの行動に隠された流れの深さが見えずにいる。

そのことばには、一見、裏がないようだが、言動と目の動かし方が一致していない。

いま、アガルヴェスはスティルガーを支える班長のひとりが発した質問に答えていた。班長はハラーの姪にあたる若い女性で、名前をラジーアという。髪は黒く、苦行者めいた雰囲気をまとい、いつも口角を下げているため、人を信用していないような印象を与える。ただ、ガニーマの見るところ、この状況ではそうした表情が効果を発揮しているようだ。

「わたしは信じている、アリアさまが諸君全員に対して全面的赦免を与えられることを」アガルヴェスは答えた。「そのメッセージを携えてきたからこそ、わたしはここにいると思ってほしい」

ラジーアが問いを重ねようとしたとき、スティルガーが口をはさんだ。

「気がかりなのは、われわれがアリアをどれだけ信用するかということよりも、おまえがアリアにどれだけ信用されているかだ」

スティルガーの声には露骨な不信感がにじんでいた。もとどおりの地位にもどすという提案がどうにも信用できないのだろう。

「アリアさまがわたしを信用なさっているかどうかは関係がない」アガルヴェスは答えた。「率直にいって、信用しておられるとは思っていない。諸君を探しだすのに、あまりにも長い時間をかけてしまったからな。しかし、アリアさまがじつは諸君を捕縛したくないという感触はずっと持っていた。アリアさまは――」

「おれが殺した男の妻だ」スティルガーはあとを受けた。「あの男が自分で招いた事態であることはまちがいない。あの男が自分の胸にナイフの切っ先をあてて前に倒れこんだも同然のできごとではあった。しかし、おまえが持ってきた新たな提案となると、どうにも――」

　アガルヴェスは怒りの表情をひくつかせ、躍りあがるようにして立ちあがった。

「だからアリアさまはお赦しになるといっているだろうが！　何度いったらわかるんだ！　アリアさまは司祭会に指示なさり、大々的に聖なる指導を――」

「あなたがしたことは新たな問題の提起にすぎません」ラジーアの横から身を乗りだし、指摘したのは、イルーランだった。黒髪のラジーアとならぶと、ブロンドの髪が対照的に見える。「あなたはアリアのことばを信じたのかもしれませんが、アリアはほかの計画を企んでいるかもしれないでしょう」

「司祭会は――」

「可能性はいろいろ考えられます」イルーランはつづけた。「たとえば、あなたが単なる捜索責任者以上の役割を秘めている可能性もある。つまり、あなたはアリアの――」

「もういい！」アガルヴェスは怒りでわれを忘れ、片手をナイフの柄《つか》の上に浮かばせた。

皮膚のすぐ下に戦いも辞さない感情がうごめき、顔を歪ませている。「それならそれで、信じたいことを信じるがいい。だが、その女だけは我慢できん！　そいつの存在はおれを穢《けが》す！　触れるものをかたはしから穢してしまう！　おれは穢された。汚された。いまだかつて同族にナイフをふりかざしたことのないおれだが——今回ばかりは勘弁ならん！」

　そのようすを眺めて、ガニーマは思った。

（すくなくともあれだけは、あの男が口にした本音のようね）

　意外にも、スティルガーは笑い声を洩らした。

「ふむ、従兄弟《いとこ》の孫よ、赦せ。おまえが怒るのにも一理はある」

「では、同意してくれるのだな？」

「そんなことはいっておらん」

　またもやわめきかけたアガルヴェスに向かって、スティルガーがさっと手をつきだし、制した。

「これはおれのためにいうのではない、ブエルよ、この場にいるほかの者たちのためだ」

　そういって、周囲の同族を指し示した。「みなはわが責任のもとにある。アリアがどんな賠償を申し出るものか、ここはしばし検討しようではないか」

「賠償？　賠償などという話はひとことも出ていないぞ。赦免はするが、賠償など——」

「では、アリアのことばが真実であることをいかにして裏書きする？」

「タブールの群居洞《シエチ》とその指導者《ナイーブ》たる貴兄に、中立地帯としての完全な自治権を与える。アリアさまもいまは理解しておられるように――」

「アリアの側近にもどるつもりも、アリアに戦闘員を差しだすつもりも、おれにはない」スティルガーは念を押すようにいった。「そこを呑む気はあるか？」

スティルガーのことばに、ガニーマは軟化の兆しを感じとり、心の中で思った。

（だめよ、スティル、だめ！）

「そこまでせずともよい」アガルヴェスは答えた。「アリアさまの要求はガニーマさまを返してもらい、アリアさまが結んだ婚約の約定をはたしてもらうことだけで――」

「ようやく核心に触れおったな！」スティルガーが眉根を寄せ、つづけた。「おれを赦す代償はガニーマというわけだ。アリアはおれのことを――」

「分別があると考えておられる」アガルヴェスはあとを受け、腰をおろした。

　はらはらしながら、ガニーマは思った。

（スティルは条件を呑んだりはしない。いまは口出しは禁物。スティルはそんなことなどしない）

　そう思ったとき、左手後方で、小さくかさかさという物音がした。ふりかえろうとしたとたん、力強い両手でつかまれ、悲鳴をあげるひまもなく、麻酔薬のにおいがする厚手の布を顔にかぶせられた。薄れゆく意識のなかで感じたのは、自分が集会所のいちばん暗い部分にある戸口へ運ばれているということだった。そのとき思ったことはこうだ。

（予想して当然だったのに！　対策しておくべきだったのに！）

しかし、ガニーマを運ぶ手はおとなのもので、力が強く、とうてい身をよじって逃げることなどできない。

ガニーマが最後に憶えているのは、ひんやりした外気と、つかのま見えた星々、自分を見おろすフードをかぶった顔だった。その顔が、自分を運ぶ者にたずねた。

「怪我をさせはしなかったろうな？」

返答は聞こえなかった。星々がぐるぐるまわり、視界を流れ、まばゆい光の中に消えたからである。その光はガニーマの内なる核だった。

ムアッディブはわれわれに特殊な知識を与えてくれた。予知にまつわる洞察についての知識——具体的には、その洞察を取りまく働きと、それが〝観測線上〟に見える事象に対していかなる影響を与えるかの知識である(この〝観測線上に見える事象〟というのは、関係のある系において——予知能力者が明らかにし、解釈する系において、すでに起こると定まっている事象群を指す)。他所でも指摘されているように、このような洞察は、予知能力者当人に対する特異なトラップとしても作用する。予知能力者は自分が予知した未来の餌食になりかねないのである。このことは、比較的めずらしくない人間的な短所といえる。危険なのは、現実に起こる事象を予知する者たちが、みずからの信じる真実に拘泥するあまり、その事象を曲解してしまう可能性に気づきそこねることである。そういった者たちは、曲解された宇宙においては、相対立する存在なくしてなにも存在できないことを忘れてしまいがちとなる。

――『予知の幻視』
ハルク・アル＝アーダ著

吹き荒れる砂嵐が濃霧のように地平線を覆いつくし、昇りゆく朝陽をさえぎっている。砂丘の陰側では砂が冷たい。レトはパルミラ椰子《ヤシ》が作る環の外に立ち、砂漠を眺めやった。砂塵のにおいと葉のとがった椰子の芳香がただようなか、聞こえるのは人と動物が立てる朝の活動の音だ。この地のフレメンは灌漑用水路《カナート》を用いない。女たちが動物の革で作った袋で水を運び、最低限の水撒きを行なっているだけだ。ここの導風器は簡易なしろもので、砂嵐で簡単に壊れはするが、修理もたやすくできる。苛酷な暮らしに、苛酷な香料《スパイス》交易、そして冒険。それがこの地の暮らし方だった。ここのフレメンはいまも〝天国とは流れる水の音にほかならず〟と信じているが、むかしながらの自由の概念をたいせつにしており、その点はレトも分かち合っている。

（自由とは孤高の状態だからな）とレトは思った。

レトは生体保水スーツをカバーする白いローブのひだをととのえた。砂鱒《すなマス》の生体被膜がどれほど自分を変化させたかを、改めて実感する。そして、そう実感するときにはいつもそうであるように、深い喪失感を克服する必要にせまられる。もはや自分は純然たるヒトではない。血液中には奇妙な生物たちが泳いでいる。砂鱒の繊毛はいまやすべての組織に侵入し、体構造を調整し、変化させつつあり、砂鱒自体も変化してみずからを調整しつつあった。しかしレトは、以上を承知したうえで、失われた人間性という古い糸の束により、自分が寸断され、太古からの連続性を断ち切られたがために、自己の生が根源的な苦悩にとらわれるのを感じていた。とはいえ、このような感情の罠にとりこまれる過程が危険であることは知っている。よく知っている。

（未来は勝手に紡がれるままにしておこう）とレトは思った。（創造性を支配する唯一のルールは、創造そのものだしな）

砂漠から——重畳《ちょうじょう》する砂丘から——広大なる空無から——なかなか視線を離すことができなかった。レトはいま、前方に広がる砂漠、そして背後にあるオアシス、この両者の境界をなす一帯に立っている。この一帯には岩の露頭がいくつかあるが、茫漠たる砂漠は外部へと想像力を誘い、風、砂塵、ところどころにぽつんと生えた植物、そこに棲む動物、砂丘に融合する砂丘、砂漠に融合する奥砂漠に思いを馳せさせる。

背後から、朝の勤行《ごんぎょう》にともなう横笛の音《ね》とともに、水分を求める祈りが聞こえてきた。

ただし、唱和にはわずかな変更が加えられ、新たなるシャイー＝フルードに向けた讃歌になっている。そうとわかっていたので、朝の勤行はレトの心にひしひしと永遠の孤独を感じさせた。

（ふらりと砂漠に歩み出て、このまま消えてしまってもいいんだが……）

そうすれば自分の生は一変する。それはそれでまた意義のある生になるだろう。すでにレトは憑依に脅かされない生を送るすべを学んでいた。フレメンの神秘的信条を極限まで研ぎ澄ませもした。身につけたものはすべて必要なもの。それ以外はなにも身につけない。具体的には、はおったローブ、ローブのひだに隠したアトレイデス家のタカ紋印章指輪、自分のものならぬ皮膚、それだけだ。

このままここから歩み去ることはいともたやすい。

そのとき、空の高みに動くものが注意を引いた。翼端の羽根同士に隙間があることから、ハゲワシであることがわかった。その孤影に、レトは胸を締めつけられる痛みをおぼえた。開けた砂漠に棲むフレメンと同様、ハゲワシがこの地に棲んでいるのは、ここが生まれた地だからだ。もっとよい住《す》み処《か》など、フレメンもハゲワシも知らない。砂漠が彼らをしてそのように育てあげたのである。

だが、ムアッディブやアリアはフレメンに新たな流儀をもたらした。砂漠へ歩み去った父と同じ道をたどりがたい理由がそこにある。ふと、もっと幼いころにアイダホがいったことばを思いだした。

〝あのフレメンという連中ときたら！　じつに堂々たる生き方をする。生き汚いフレメンなど見たことがありません〟

それなのに、いまは生き汚いフレメンがいくらでもいる。

悲しみの波がレトを覆いつくした。自分はそのすべてを変えられるコースを突き進んでいる。ただしそれには、とてつもない代償をともなう。そして、そのコースを適切に維持することは、渦の中心へ近づくにつれてますますむずかしくなっていく。

行く手に待つのは、クラリゼック――〈終滅の戦嵐《タイフーン・ストラグル》〉だ……しかし、一歩でもコースをあやまれば、クラリゼックよりもっと悲惨な結果が待っている。

背後からはさまざまな声が聞こえていた。ややあって、子供のかんだかくて澄んだ声が、こういうのが聞こえた。

「あっ、あそこにいた」

レトはふりかえった。

子供に手を引かれて、〈伝道者〉がパルミラ椰子園から歩み出てきたところだった。

（どうしてまだ、あのひとのことを〈伝道者〉と思っているんだろう？）

その答えは、レトの心の中のまっさらな書字板に書いてあった。

（あのひとがもう、ムアッディブではなく、ポール・アトレイデスでもないからだ）

砂漠はあの人物をいまの状態へと変貌させた。砂漠だけではない。ジャクルートゥーの豺《やまいぬ》どもによるメランジの過量投与と絶えざる裏切り、それもあの変貌を招いた要因だ。〈伝道者〉は年齢よりもずっと老けこんで見える。老化を遅らせるはずの香料《スパイス》が、反対に老化を促進させてしまうとは……。

「わたしに会いたいとのことだが」

手を引いていた子供が立ちどまると、〈伝道者〉はいった。

レトはパルミラ椰子園の子供に目をやった。背丈は自分と同じほどだ。旺盛な好奇心が畏怖の念に打ち勝っているらしい。子供用保水《スティル》スーツのマスクの上で、幼い藍色の双眸がぎらぎらと光っている。

レトはその子に去るよう、手ぶりでうながした。

「ふたりだけにしてくれ」

つかのま、子供の肩に反抗的な態度がうかがえたものの、畏怖に加え、プライバシーを尊重するフレメンの流儀に逆らえなかったのだろう、おとなしく引き返していった。

やおら、レトはたずねた。

「ファラッディーンがもうアラキスにきていることは知っていますね？」

「ガーニーから聞いた。昨夜、羽ばたき機《ソプター》でここへ連れてこられたときに」

そう答えるかたわら、〈伝道者〉は思った。

（この者のことばはなんと冷徹に計算しつくされていることか。昔日のわたしのようだ）

「むずかしい選択を迫られています」レトはいった。

「すでに選択という選択をすませたのではなかったのか」

「その手の罠を、われわれはよく知っているはずですよ、とうさま」

〈伝道者〉は咳ばらいをした。レトが身にまとう、ぴんと張りつめた緊張感は、すべてを破綻させうる危険が目前に迫っていることを示している。いまのレトは、純然たる幻視にたよるのではなく、幻視の管理を行なおうとしているのだ。

「わたしの助力が必要か？」〈伝道者〉がたずねた。

「これからアラキーンへ戻ります。ぼくが道導者を務めますから、もしもいっしょにきていただけるのなら……」

「なんのために？」

「もういちどアラキーンで道を説いてもらうために」

「それもよかろう。彼《か》の地の者たちには、まだ説いていないことがある」

「もう砂漠へは戻れなくなっても――ですか、とうさま」

「おまえに同行すれば戻れぬと？」

「はい」

「なにごとであれ、おまえの決断にしたがおう」

「よく考えてみましたか？　ファラッディーンが帝都にいるのであれば、あなたの母君もいっしょにいるんですよ？」

「確実にな」

〈伝道者〉はふたたび咳ばらいをした。この咳ばらいは、ムアッディブであればけっして自己に許容しなかったであろう不安の表われだった。いまの肉体は、自制の塊というべき往時の状態から離れること久しい。精神はあまりにも頻繁に、ジャクルートゥーによって狂気にさらされつづけてきた。それに、〈伝道者〉はおそらく、アラキーンに戻ることは賢明ではないと考えているだろう。

「あなたとしては、つきあう必要はありません」レトはいった。「妹があそこにいる以上、ぼくは戻らなくてはなりませんが。あなたはガーニーとともに去ってもいいんですよ」

「そして、おまえひとりをアラキーンにいかせると？」

「そうです。ファラッディーンとは対面しなくてはなりませんから」

「わたしもつきあおう」〈伝道者〉はそういって、ためいきをついた。

このときレトは、〈伝道者〉の態度に古い幻視の狂気を微妙に感じとり、いぶかしんだ。

（このひとはいま、予知ゲームにふけっていたんだろうか）

いいや、父はもう二度と、あの道に進むことはない。限定的に未来を観ることの罠は、すでにもうよくわかっているはずだ。〈伝道者〉の口にするひとことひとことが、幻視を観る役目は息子に譲りわたしたことを裏づけている。この宇宙のすべてを、すでに息子が観通《みとお》していることを知っているのだ。

いま〈伝道者〉を悩ませているのは、むかしから存在する両極性だった。〈伝道者〉はパラドックスから逃げだし、別のパラドックスに飛びこんだ。そこに悩みの種がある。

レトはいった。

「では、何分かしたら出発しましょう。ガーニーに別れを告げてきますか？」

「ガーニーは同行させないのか？」

「生きていてほしいですからね、ガーニーには」

ここにおいて〈伝道者〉は、レトがまとう緊張感にみずからを開放した。周囲の空気に、足元の地面に、荒々しく揺れる緊張感が横溢している。その焦点に位置するのは、もはや子供ではない自分の息子だ。かつて幻視で経験した直截的な絶叫が、いまにも口をついて出てきそうだった。

（呪われしこの聖性よ！）

口中が恐怖でざらつくように感じられた。アラキーンでなにと対峙することになるかはわかっている。現地ではふたたび、自分たちにけっして平安をもたらすことのない、あの恐るべき凶悪な力と渡りあうことになるだろう。

父親の馬具で旅することを拒む子供——これは人間のもっとも稀有なる徳性の象徴である。「父と同じ道をたどる必要はない。父の決めたことにしたがう必要もなければ、父が信じたすべてのことを信じる必要もない。人間としての、自分自身の力をもとに、なにを信じ、なにを信じないか、どのような人物になり、どのような人物にならないかを、わたしは自分の判断で選ぶことができる」

——「レト・アトレイデス二世」
『ハルク・アル＝アーダ自伝』

〈大聖堂〉前の広場では、巡礼の女たちが太鼓と笛のリズムに乗って舞っていた。頭には日避《よ》けの被りものをかぶっておらず、装飾品はただ首飾りだけをつけており、身にまとう服は露出の多い薄物だ。からだをくるくると旋回させるのに合わせ、女たちの長い黒髪がまっすぐに伸びては、またばらばらに乱れて顔にまといつく。

アリアは〈大聖堂〉の高みに位置する窓から、魅了されると同時に反発もおぼえながら、眼下の光景を見おろしていた。午前もなかばになり、広場には香料《スパイス》入りコーヒーの香りがただよいだしている。香りの源は、日をさえぎるアーチ屋根の下に軒を連ねた売店だった。もうまもなく自分はあそこへ降りていき、ファラッディーンを出迎え、儀礼にしたがって贈り物を渡し、ガニーマとの初顔合わせに立ち会わなければならない。

なにもかもが計画のとおりに運んでいた。ガニーマは広場でファラッディーンを殺す。その後に沸き起こる騒乱のなか、事態を収拾する準備ができている人間は自分ひとりだけ。操り人形どもは操り糸に合わせて踊る。スティルガーは期待にたがわず、アガルヴェスを殺してくれた。自分ではそうと知らぬまま、ガニーマの誘拐班をあの新興町《ジャディーダ》へ導いたのは、当のアガルヴェスだ。下賜《かし》した新品の砂漠ブーツに、こっそりと信号発信器を仕込ませておいたのである。すでにスティルガーもイルーランも、〈大聖堂〉の地下牢に閉じこめてある。ふたりとも、あのまま死んでしまうかもしれないが、死なければそれはそれで、ほかにまた使い道があるかもしれない。じっくりようすを見たところで、べつに害になることもない。

　そのとき、ふたりのフレメンが眼下で舞う巡礼たちを見つめていることに気がついた。ふたりとも、脇目もふらず、ひたすら踊り子たちに視線を注いでいる。砂漠に端を発する男女平等の原則は、町や都市に住むフレメンにも残っているが、社会的な男女差はすでにだいぶ浸透してきていた。この点も計画どおりだ。分断し、弱体化させる。外星人の女とエキゾチックなダンスに対し、ふたりのフレメンが注ぐ視線の、旧時代とはちがう微妙な変化を、アリアははっきりと感じることができた。

（そうやって食い入るように見ているがいい。些事《ガフラ》で心をいっぱいにするがいい）

アリアの眼前にある窓は羽根板を開いてあるため、陽射しが急激に強くなりだしたのがわかった。この時期、日の出とともにあがりだした気温は、午前なかばを迎えてピークに達する。広場の石畳は焼けつかんばかりに熱くなっていることだろう。あの踊り子たちもつらいだろうに、それでも鮮やかに回転し、身を折り曲げ、両手と頭髪をふりまわして、狂騒的に奉納の舞をつづけている。ダンスを捧げる相手は〈天の子宮〉アリアだ。それを耳打ちしにきた側近のひとりは、外星人の女とその特異な崇め方を冷笑しながら、あれはイクス――禁断の科学技術が残る惑星からきた女たちですと報告した。

　アリアは鼻先で嗤《わら》った。あの女たちは、砂漠住みのフレメンのように無知で迷信深く、後進的だ……奉献の舞について報告するにあたり、表現に刺激的な色合いを添えようと、あの側近が冷笑とともに表現してみせたように。そういう側近も、あのイクス人たちも、イクスの由来が、忘れられた言語において九《IX》を表わす数字であったことは知りもしない。

心の中で憫笑《びんしょう》しながら、アリアは思った。

（あのまま踊らせておこう）

舞はエネルギーを浪費する——より破壊的な目的に使えたはずのエネルギーを。それに、あの調べは耳に心地よい。かぼそく咽《むせ》ぶような笛の音《ね》に、一対のヒョウタン太鼓の淡々とした響きと、手拍子の音。

ところが、突如として、その調べが大人数の発する歓声に呑みこまれる事態が起きた。歓声の出どころは広場の向こう端にある門付近だった。舞手たちは舞の振りをまちがえ、短い混乱を経てすぐに立ちなおりはしたものの、さっきまでの官能的な一心不乱さを失い、意識を広場の遠い門へ向けがちになっている。門からは群衆がなだれこみ、広場の石畳に広がりつつあった——灌漑用水路《カナート》の水門開放とともに、水が一気に流れこんでくるように。

アリアは流入してくる人波を凝視した。

いまではもう、人波が叫んでいることばも聞きとれる。なかでも、他を圧してひときわ大きく聞こえる叫びは——。

「〈伝道者〉！　〈伝道者〉！」

そこにはまさしく、あの男の姿があった。広がりゆく人波の第一波にあり、片手を若い道導者の肩にかけて、大股に歩いてくる。巡礼の踊り子たちは舞を中止し、アリアの真下にある〈大聖堂〉入口の石段に避難した。舞の観客たちもそこに加わっていく。アリアはその者たちの反応から畏怖を感じとった。アリア自身を押しつつむ感情は恐怖だ。

(よくもこんなまねを!)

警固司祭の一隊を投入しようとふりむきかけたものの、それが招く事態に気づき、思いとどまった。大群衆はすでに広場を埋めつくしている。盲目の幻視者がどのような説法をするのかと期待していることはまちがいない。説法を阻止しようものなら、どんな惨事になることか。

ぐっと両手を握りしめた。

(〈伝道者〉め!)

なぜポールはこんな挙に出たのか。人口の半数にとり、ポールは〈砂漠の狂人〉であり、それゆえ神聖なる存在だ。残る半数の者は、市場《バザール》や商店で〝〈伝道者〉はムアッディブにちがいない〟とささやきあっている。あんなにも不敬な異端を、救世主《マフディー》位がお見過ごしになるはずがない――本人がムアッディブでないかぎり。

群衆の中には難民の姿も混じっていた。群居洞《シエチ》が廃棄され、行き場を失った者たちで、みなぼろぼろのローブを着ている。広場は危険地帯と化した。ちょっとした刺激でどんな騒ぎに発展するかわかったものではない。

「摂政閣下？」

うしろから声がかかった。ふりかえると、控えの間に通じるアーチ戸口にジアレンカが立っていた。すぐ背後には武装した領家の衛士たちが控えている。

「どうしたの、ジア」

「マイ・レディ、ファラッディーンがお目通りを求めて、すぐ外にきております」

「ここに？　わたしの私室区画に？」

「さようでございます、マイ・レディ」

「ひとりだけで？」

「護衛が二名、それと、レディ・ジェシカもごいっしょです」

アリアは喉元に手をあて、母と最後に会ったときのことを思いだした。しかし、情勢は変わった。相互の関係性を司るのは新たな体制だ。

「ずいぶん性急なことね」アリアはいった。「押しかけてきた理由は？」

「耳にしたからと申しております……その、あれを」ジアは広場を一望する窓を指さした。

「ここからですと、広場がよく見えるからと」

アリアは眉をひそめた。

「そんな口実を信じたの、ジア」

「いいえ、マイ・レディ。おそらくは、あのうわさを聞きつけたのだと考えます。それで、閣下の反応を見たいのではないでしょうか」

「母の入れ知恵ね！」

「まずはそのとおりかと、マイ・レディ」

「愛しいジア――これから与えるきわめて重要な一連の指示を実行してもらえるかしら。そばにきなさい」

ジアは一歩離れたところまできて立ちどまった。

「マイ・レディ？」

「ファラッディーン、護衛たち、母に、まもなくここへ案内すると伝えて。そのあとで、ガニーマを連れてくるように。あの子にはフレメンの婚礼衣装一式で着飾らせてくること――装備をひとつも欠かすことなく、完璧にね」

「ナイフも、でございますか？」

「ナイフもよ」

「マイ・レディ、それでは――」

「ガニーマがわたしに危害をおよぼすことはないわ」

「ナイフをお与えしますと、所定の目的をはたされる以前に、スティルガーの身の安全を第一に考慮なさり、連れて逃げられる可能性が高いと信じるべき理由が――」

「ジア！」

「マイ・レディ？」

「ガニーマはもうスティルガーの助命嘆願をしているのよ。だからこそ、スティルガーはまだ生きているの」

「ですが、ガニーマさまは推定相続人です！」

「いいから、わたしのいうとおりになさい。ガニーマに準備をさせるように。それから、あなたがガニーマの面倒を見ているうちに、〈大聖堂〉の司祭を五人、広場へ遣わせて。〈伝道者〉をここに招くこと。声をかけられそうなタイミングを見はからって、丁重にね。くれぐれも、ことを荒だてないように念を押しておいて。力づくは禁物よ。穏当に招いてちょうだい。力づくは絶対にだめ。それから、ジア……」

「なんでございましょう」

無理難題ばかりをいう、との不満が漏れ聞こえそうな声で、ジアレンカはたずねた。

「〈伝道者〉とガニーマは、ふたり同時にわたしのところへ連れてくるように。わたしの合図を待って、そろって室内に通してもらう必要があるわ。いいわね？」

「ご趣旨、承りました。ですが――」

「いいから、やりなさい！　指示したことのすべてをよ」アリアは戸口へあごをしゃくり、側近の女戦士に退出するよううながした。ジアは出ていこうと向きなおったが、その背に向かって、アリアはさらに命令を投げかけた。「案内通知はとりやめるわ。出ていく途中、ファラッディーン一行をすぐここへ通すよう手配を。ただし、それに先だって、あなたがもっとも信用する十人を警護に置いていきなさい」

ジアは肩ごしにふりかえったものの、戸口へ歩きつづけながら答えた。

「ご命令どおりにいたします、マイ・レディ」

アリアは戸口から窓に向きなおった。あと何分かで、計画には血まみれの果実が実る。ここにあがってきたポールは、自分の聖なる主張に対して、自分の娘が〝慈悲の一撃《クー・ド・グレース》〟を加える場面を目のあたりにするだろう。

おりしも、ジアの差し向けた精鋭たちが入室してくる音がした。じきに、ことはおわる。すべてに片がつく。

勝ち誇った気分がこみあげてくるのをおぼえながら、アリアは眼下を見おろした。例によって、〈伝道者〉が石段の第一段にあがるところが見えた。若い道導者はそのとなりにしゃがんでいる。上段左のほうには黄色いローブを着た〈大聖堂〉の司祭たちが待機する姿が見えた。人波にはばまれて、それ以上は近づけないようだ。もっとも、あの者たちは群衆への対応に慣れている。うまく人波をかきわけて、標的のそばにたどりつくだろう。

おりしも、〈伝道者〉の大音声が広場に轟きわたった。そのことばを待っていた群衆は恍惚として耳をそばだてた。好きに聞かせておこう！ もうじき〈伝道者〉のことばは、本人が意図したものとは異なる意味にねじ曲げられる。そして、そのときはもう、それに抗議する〈伝道者〉はどこにもいない。

ファラッディーン一行が入室してくる音が聞こえた。

第一声はジェシカのものだった。

「アリア？」

うしろを見ようともせず、アリアは応えた。

「ようこそ、プリンス・ファラッディーン、母上。窓際に寄って、どうぞショーをごらんなさい」

ここでようやくふりかえると、大柄なサーダカーのティエカニックが、通行を阻止する衛士たちをにらみつけていた。

「ああ、これはぶしつけなまねを」アリアは衛士たちに指示を出した。「通してさしあげなさい」

明らかにジアの意を受けて動いているのだろう、衛士のうちのふたりがアリアの前まで歩いてきて、客たちから護るように立ちはだかった。他の衛士たちは左右に移動していく。

アリアは窓の右端に寄ると、客たちにうながした。

「ここはたしかに、広場を見わたす最良のポイントよ」

伝統的な黒の寛衣ローブ《アバー》をまとったジェシカが、じろりとアリアをにらみつけてから、ファラッディーンを窓際に導いてくると、自分はアリアの衛士たちからプリンスを隔てる位置に立った。

「ご配慮、痛み入る、レディ・アリア」ファラッディーンがいった。「あの〈伝道者〉のことはいろいろと聞きおよんでいるが」

「本人がいるのは、あそこ――」アリアはそういいながら、プリンスを観察した。

ファラッディーンはサーダカー指揮官の灰色の制服を着ていた。勲章や装飾はいっさいつけていない。からだつきはすらりとして、優美な動作は賞賛に値する。もしかすると、このコリノ家の御曹子、ただの座輿ですますよりも興味深い人物なのかもしれない。

そのとき、〈伝道者〉の声が室内に大きく響きわたった。窓際の拡声システムが外部の音を増幅したのである。骨をも振動させる声に魅了され、アリアはますます〈伝道者〉のことばに引きこまれた。

「気がつけば、われはザンの砂漠にいた」〈伝道者〉は大音声を張りあげた。「業風《ごうふう》吹きすさぶあの荒涼の地にだ。彼《か》の地にて、神はわれに命ぜられた——この地をば浄化せよと。なんとなれば、われは彼《か》の砂漠にて瞋恚《しんに》の炎に身を焦がし、彼《か》の砂漠にて悲痛な涙に咽《むせ》び、彼《か》の荒地にてわれらの流儀を捨てよと黙示されたからだ」

（惑星ザンの砂漠——）とアリアは思った。

これはフレメンの母体である〈さまよえる禅スンニ派〉が最初の試練に苦しんだ惑星の名前だ。それにしても、この内容！　体制派部族の各群居洞《シエチ》に対して行なわれた用水路の破壊活動は、自分の手柄であるとでもいいたいのか？

「汝らの土地に住む者どもは野獣なり」〈伝道者〉の大音声が広場じゅうに響きわたった。

「汝らの家に満てるは陰鬱なるけものなり。おのが家より逃げきし者は、もはや砂漠にて日を重ねることあたわず。然《しか》り、汝ら、われらの流儀を捨てたる者どもよ、汚れし巣にて汝らは死ぬ——以後もその道をゆくかぎり。しかれども、わが警鐘に耳を貸す者あらば、神は穴だらけの地を経て、神の山嶺へと汝らを導くであろう。然り、汝らを導くもの——それこそはシャイー＝フルードにほかならぬ」

低いどよめきが群衆のあいだから湧きあがった。〈伝道者〉は間を置いて、どよめきのあがった一帯に向け、眼窩がむきだしの顔を左右にふり動かした。ついで、高くかかげた両手を大きく広げ、神に呼びかけた。

「おお、神よ、わが肉体は切望せん、乾きと渇きの地をゆく汝の道を！」

〈伝道者〉の目の前にいた老女、擦《す》りきれてつぎあてだらけのローブを着ていることから、明らかに難民とわかる老女が、〈伝道者〉に向けて両手を差しだし、懇願の声をあげた。

「お助けくださいまし、ムアッディブ、お助けくださいまし！」

たちまち、アリアは恐怖で胸を締めつけられるような痛みを感じた。あの老婆、真実を知っているのではないか？　母親をちらりと見たが、ジェシカは微動だにせず、アリアの衛士たち、ファラッディーン、窓外の光景に注意を振り分けている。ファラッディーンは魅了されたようすで窓際に立ち、眼下の光景に見入っていた。

　アリアは窓外に目を戻し、広場を見おろして、〈大聖堂〉の司祭たちを探そうとした。いまはもう姿が見えない。ここからでは死角になる〈大聖堂〉の扉付近に移動し、石段の一段めまで最短距離で降りていけるルートを探っているのだろう。

〈伝道者〉が右手を老女の頭上に突きつけ、声を張りあげた。

「汝らこそ残る唯一の助けと知れ！　汝らは反旗を翻《ひるがえ》し者どもぞ。汝らが運びきたりし乾いた風は地を浄化せず、冷やすこともせぬ。汝らはわれらの砂漠が課す重荷を背負い、旋風《つむじかぜ》は彼《か》の地、彼の恐るべき地より出できたる。われはいままで彼の荒涼の地にあれり。砂漠帯のただなかで、水は毀《こぼ》たれし灌漑用水路《カナート》より砂上に流れ、流るる水は大地をよぎる。さらには、水が天より降ったこともある！　おお、わが友らよ、神はわれに命ぜられた。われらが主《あるじ》のため、砂漠に大いなる道を開通せしめよと。われは砂漠より汝らに神の声を伝えにきた者と思え」

〈伝道者〉はこわばってわななく指で足元の石段を指し示した。

「ここは永遠に住む者なき、捨てられし新興町《ジャディーダ》にてはあらず！　ここここそはわれらが天のパンを食らいし場所。しかして、ここここそは、闖入《ちんにゅう》者どもの発する喧噪がわれらをおのが故郷より追いたてる拠点にほかならぬ！　闖入者どもはわれらを荒廃の地へ——いかなる者も住めず、そばを通ることすらかなわぬ地へと追いたてる」

群衆は不安の面持ちで身じろぎし、難民も町住みのフレメンも周囲を見まわして、自分たちのあいだに立つ聖なる旅《ハッジュ》の巡礼たちを見つめた。

（このままでは流血の暴動を招く！）アリアは危惧した。（それでも、煽らせておこう。混乱にまぎれて、わが司祭たちがあの者を連れだすだろうから）

この時点で、五人の司祭が黄色いローブの緊密な塊となり、〈伝道者〉の背後の石段に迫っているのが見えた。

「砂漠にわれらが流した水は血と化した」大きく両手をふり動かしながら、〈伝道者〉はつづけた。「われらの土地に血が流されたのだ！　歓喜の声もて花を咲かせていたはずの、われらが砂漠を見よ。砂漠は闖入者を誘《いざな》い、われらのただなかで誘惑する。闖入者どもが求めるもの、それは暴力にほかならぬ！　闖入者どもの顔は固くマスクで閉ざされている――クラリゼックに吹く劫末《ごうまつ》の風を防がんとするがごとくに！　闖入者どもは砂の捕囚を集めんとて、大量の砂を回収しおる――深砂《しんさ》に埋もれた秘蔵物もろともに。邪悪なる業《わざ》にいそしむ闖入者どもを見よ。あの者どもの背にはこう書いてあるぞ。〝しかしてわれは砂上に立ち、一頭のけものの砂の中より上《のぼ》るを見たり。けものの頭には神の御《み》名《な》ぞ記されてあり〟！」

群衆のあいだから怒りを孕むつぶやきが漏れだした。いくつものこぶしがふりあげられ、ふりたてられだす。

「あの男、なにをしているんだ？」ファラッディーンがつぶやいた。

「わたしが知りたいわ」アリアは答え、片手を胸にあてた。

この瞬間が孕《はら》む恐怖に満ちた興奮に身がわなないている。この調子で煽動がつづけば、群衆は巡礼に牙をむく！

しかし、ここで〈伝道者〉はなかば身をひねり、穴のあいた眼窩を〈大聖堂〉の上層へ、この階層へとふりむけ、すっと片手をかかげて、高みにあるアリアの窓につきつけた。

「あそこにひとり、神を冒瀆する者が残っておる」〈伝道者〉は声を張りあげた。「神を冒瀆する者！　その名はアリア！」

痺れたような静寂が広場を呪縛した。

驚愕のあまり、アリアは硬直して立ちつくした。群衆に自分が見えないことはわかっている。が、それでも衆目にさらされているような、無防備な状態でいるような気がした。頭の中でしきりに〝落ちつけ〟となだめる声が、動悸を打つ鼓動と競い合うように響く。アリアには、眼下に広がる活人画のごとき光景を、ただ見つめることしかできなかった。

〈伝道者〉は指先をこの窓に突きつけたまま、微動だにしていない。

だが、〈伝道者〉の放ったことばは、下の司祭たちにはとても耐えられるものではなく、例の五人は怒声を発するや、人々を突き飛ばしながら石段を駆け降りだした。五人が下へ降りるにつれて、広場の群衆も呼応し、石段へ怒濤のように押しよせ、その圧力を受けた最前列の聴衆により、〈伝道者〉は石段の上段へ押しやられた。目の見えぬ〈伝道者〉がよろめき、若い道導者から引き離されていく。

そのときだった——揉み合う群衆の中、黄色い袖がぬっと人波の上に突きだされたのは。

その手は切っ先を下に向け、結晶質《クリス》ナイフをふりかぶっている。

アリアが見まもるうちに、ナイフが勢いよくふりおろされ、〈伝道者〉の胸に深く突き立った。

〈大聖堂〉の巨大扉が重々しく閉まりだす響きに、アリアははっとわれに返った。群衆を閉めだすために、警固隊が扉を閉じにかかったのだ。だが、群衆はすでにうしろへ退《ひ》き、石段の上に倒れた人物を遠巻きにしている。異様な静けさが広場にたれこめた。アリアの位置からはおおぜいが見えている。しかし、横たわっているのはそのひとりだけだ。

つぎの瞬間、群衆のあいだから悲鳴にも似た怒声があがった。

「ムアッディブが！　ムアッディブが殺された！」

「地下なる神々《なんということを》よ！」わななく声で、アリアはつぶやいた。

「神々に祈るには……すこし遅すぎたわね」ジェシカがいった。「地下なる神々《なんということを》よ！」

アリアは荒々しく向きなおった。忿怒《ふんぬ》に歪むアリアの表情を見て、ファラッディーンがぎょっとするのがわかった。

「殺されたのはポールよ！」アリアは叫んだ。「あなたの息子なのよ！　殺された人物がたしかにポールだと確認されたら、どんな事態になると思うの？」

ジェシカは長いあいだ、根でも生えたかのように、その場にじっと立ちつくしていた。

なぜそんなにわかりきったことをきくのだろう、とぼんやりと考える。そんな茫然自失の状態を脱することができたのは、ファラッディーンがそっと腕をつかみ、こうつぶやいてくれたおかげだった。

「マイ・レディ」

ファラッディーンの声には深い哀惜の念がこめられていた。伝わってくる思いの深さに、ジェシカは自分がいまにも息絶えてしまいそうなありさまなのではないかと不安になった。冷たい怒りを放射するアリアの顔から、ファラッディーンの同情と悲哀に満ちた顔に目を移し、ジェシカは思った。

(もしかするとわたしは、プリンスを想定以上の人物に育ててしまったのかもしれない)

いっぽう、アリアの叫びに疑問の余地はない。〈伝道者〉の声から聞きとった抑揚は、すべてジェシカの記憶に収まっている。そこには、ひとりの若者を将来の皇帝にすべく、長年にわたって自分が教えこんでいた技倆が歴然と聞きとれた。しかし、その人物はいま、〈大聖堂〉の石段上で、血まみれの襤褸《ぼろ》に包まれた無惨な肉塊となって横たわっている。

ジェシカは思った。

(わたしは些事《ガフラ》に目を曇らされていたんだわ)

ここでアリアが、側近のひとりに合図を出し、命令を発した。

「ガニーマをここへ」

ジェシカはみずからに強いて心の手綱を取り、いまの指示を自分に認識させた。

(ガニーマ？　なぜいまガニーマを？)

側近は控えの間のドアに向きなおり、閂《かんぬき》をはずせと手ぶりで指示しつつ、命令を口にしようとした。

そのとたん、ドアが大きく内側にへこみ、蝶番《ちょうつがい》が弾けた。つづいて閂までちぎれとび、かなりの力にも耐えられるように設計された部厚い繊維強化鋼鉄《プラスティール》のドアが戸枠からはずれ、内側に倒れてきた。

ドアを避けるため、衛士たちが飛びのきざま、いっせいに武器を抜きつれる。

ジェシカとファラッディーンの護衛二名は、コリノ家の当主をかばうべく、プリンスの周囲を固めた。

だが、開いた戸口に現われたのは、ふたりの子供だった。向かって右に立っているのは、婚約式の黒いローブを着たガニーマだ。左に立っているのはレトで、砂塵にまみれた白いローブの下に、つややかなグレイの保水《スティル》スーツを着ている。

アリアは倒れたドアから子供たちに視線を移し——自分がどうしようもなく震えていることに気がついた。

「一族そろって、お出迎えか」

口を開いたのはレトだった。レトはまずジェシカに会釈をし、

「おばあさま」といった。

それから、コリノ家のプリンスに注意を向けて、

「こちらがプリンス・ファラッディーンだね。アラキスへようこそ、プリンス」

ガニーマの目はうつろに見えた。右手を腰の儀式用結晶質《クリス》ナイフの柄《つか》にかけているが、その腕はしっかりとレトにつかまれたままで、兄の手をふりほどこうとしているようだ。レトが右腕を揺さぶると、ガニーマの全身もそれに合わせて揺れた。

レトは語をついだ。

「注目されたい、親族ご一同。わたしはアリー、アトレイデス家の獅子だ。そして彼女は——」ふたたび、ガニーマの腕を強力な手で軽く揺すり、からだ全体を揺らして、「——アルイェー、アトレイデス家の牝獅子と見知りおかれたい。われわれはきみたちをセケル・ネブウへ——〈黄金の道〉へと歩みださせるためにきた」

ここにおいて、ガニーマは深層催眠解除のキーワード、〝セケル・ネブウ〟を耳にし、封じられていた記憶がまっしぐらに、心地よく、意識の中へ流れこんでくるのをおぼえた。微小記憶が流入する入口の背後に門の番人となって浮かんでいるのは、内なる母の意識だ。

その瞬間、ガニーマは騒々しい先人たちに勝ったことを知った。いまの自分には門があり、必要なときだけそこから過去を覗きこめる。数カ月におよんだ自己催眠の抑圧を梃子に、ガニーマは自分の肉体を管理する安全な場所を確保できたのだ。レトに顔を向け、それを説明しようとしたとたん、自分がどこにいて、何者と立っているかに気がついた。

　レトが腕を放した。

「計画、うまくいった？」ガニーマはささやいた。

「十二分にね」とレトは答えた。

　ようやくショックから醒めつつあったアリアは、左にいる衛士の一団に叫んだ。

「この者どもをとらえよ！」

　レトは身をかがめ、倒れていたドアを片手でひょいと持ちあげると、衛士たちに向けて水平に投げつけた。衛士のうち、ふたりがうしろに撥《は》ね飛ばされ、ドアと壁にはさまれた。ほかの衛士が恐怖に駆られてあとずさる。重さ半トンはあるあのドアを、これほど軽々と投げてみせるとは！

　アリアは戸口に目をやり、外の廊下に衛士たちの死体が転がっていることに気づいた。あれもまたレトのしわざにちがいない。あんなにも堅牢なドアを押し破ったくらいだから。

　ジェシカも廊下の死体に気づき、レトの圧倒的なまでの力を目にしたことで同じ結論に達してはいたが、ガニーマのことばはベネ・ゲセリットの規律の中核に触れるものがあり、みずからを律して冷静さを維持した。孫娘は〝計画〟といっていたが……。

「計画とは？」ジェシカはたずねた。

「〈黄金の道〉――われわれが帝国を築きあげ、運営するための計画ですよ」答えたのはレトだった。レトはそこで、ファラッディーンにうなずきかけて、「ああ、どうか非道の者とは思わないでいただきたい、従兄《いとこ》どの。この行動にはきみを救う意味もあるのだから。アリアはガニーマを使って、きみを殺害させようと目論んでいたんだよ。しかしきみには、天寿をまっとうして、それなりに幸せになってほしいと思っている」

廊下からおそるおそる覗きこんでいる衛士たちに向かって、アリアは怒鳴った。

「命じたはずよ！　この者どもをとらえよ！」

だが、衛士たちは室内に入ってこようとしない。

「ここで待っていておくれ、妹よ」レトはいった。「これから胸の悪くなる仕事を片づけなくてはならないからね」

そして、室内を横切り、アリアのもとへ向かいだした。

アリアはあとずさり、部屋の隅に追いつめられ、うずくまりながらもナイフを抜いた。窓からの外光を受け、柄《つか》に何個も嵌《は》められた緑の宝石がきらめきを放つ。

レトは悠然と歩みよっていく。武器こそ持っていないが、両手を広げ、いつでも相手になれる体勢だ。

アリアがナイフを突きだし、飛びかかった。

レトは天井近くまで軽々と飛びあがり、左脚で軽くアリアを蹴った。足先が斜めに額をかすめる。それだけで額が切れ、アリアは傷口から血を飛沫《しぶ》かせて横ざまに倒れこんだ。取り落としたナイフが床をすべっていく。アリアは床を這い、ナイフを追おうとした。が、そのときにはもう、目の前にレトが立ちはだかっていた。

アリアはためらい、ベネ・ゲセリットの修行で身につけた技能のすべてを呼び起こした。床から立ちあがり、からだの力を抜いて身がまえる。

ふたたび、レトがアリアに歩みよった。

アリアは左手でフェイントをかけつつ、右肩を突きあげて反動をつけ、右の爪先を蹴りあげた。狙い定めた鋭い蹴りは、レトの腹を裂いていただろう――当たってさえいれば。

レトは片腕でなんなく蹴りを受けとめ、足首をぐっとつかみ、アリアのからだを大きくぶんまわしだした。鋭い風切り音が室内に響くほどの速さで、回転はいつまでもつづく。はためくローブがアリアのからだを打ちすえている。

ほかの者はみな頭を低くし、うしろに下がって見まもるばかりだ。

アリアが悲鳴をあげた。何度も何度も悲鳴をあげた。それでも回転は容赦なく、延々とつづいた。ほどなくアリアは悲鳴をあげることもできなくなった。

レトはゆっくりと回転速度を落として、叔母をそっと床に寝かせた。荒い息をしながら、アリアはぐったりと横たわっている。

おもむろに、レトはアリアにかがみこみ、語りかけた。

「あなたを壁にたたきつけることもできた。おそらく、そうするのがいちばんよかったのだろう。しかし、われわれはいま、主導権を握る戦いの渦中にある。であれば、あなたも機会を与えられるだけの資格がある」

アリアは血走った目を左右に走らせた。

「ぼくは内なる先人たちを征服した」レトはいった。「ガニーをごらん。ガニーもまた、内なる――」

ガニーマがことばを添えた。

「アリア、あなたにもやりかたを教えてあげるから――」

「断わる！」アリアはいった。むりやり絞りだされたような声だった。

アリアの胸がはげしく起伏しだした。ついで、その口からさまざまな声があふれだした。脈絡のないことば、罵声、懇願。

「そら見たことか！　だからいったじゃないか」

　こんどは別の声が、

「なぜこんなまねをする？　なにが起きてるんだ？」

　そしてまた別の声が、

「とめて！　この者たちをとめて！」

　ジェシカは目をおおった。ファラッディーンがそっと支えてくれるのがわかった。

　アリアの狂態はつづく。

「きさまを殺してやる！」つづいてアリアの口から吐きだされたのは、すさまじい呪詛のことばだった。「きさまの血を飲んでやる！」

　そのあとからは、さまざまな言語のことばがつぎつぎにあふれだした。すべてが混沌として、なにをいっているのかまったくわからない。

　外の廊下で縮こまっている衛士らが、邪を退ける〈蟲《ワーム》の角〉の印《いん》を結んでから、両手をぐっと握りしめ、耳を押さえた。アリアさまは憑依されている！

　かぶりをふりながら、レトは立ちあがった。そして、窓まで歩みよると、すばやく三度、強打して、本来ならば割れるはずのない、結晶《クリスタル》強化されたガラスを砕き割った。ガラスはすべてたたき落とされ、あとに窓枠だけが残った。

アリアの顔に狡猾な表情が浮かんだのはそのときだった。そして、ジェシカは耳にした——アリアの歪んだ口が、ジェシカ自身のものと似た、ベネ・ゲセリットの〈操《からく》り声〉のパロディともいうべき声を発するのを。

「この場にいる者！　全員、その場を動かないで！」

ジェシカは目をおおっていた手を下におろした。その手の平は涙で濡れていた。

アリアは起きあがって両ひざをつき、ふらふらと立ちあがった。

「みんな、わたしがだれだかわからないの？」

アリアは全員に問いかけた。それはかつてのアリアの声——もはや若くはないアリアが若かった時分の、麗《うるわ》しく快活な声だった。

「どうしてみんな、そんな目でわたしを見るの？」

アリアはそこで、ジェシカに懇願するような目を向けて、

「かあさま、みんなをとめて」

ジェシカはこのうえない恐怖に消耗し、左右に首をふることしかできなかった。ベネ・ゲセリットに伝わる古《いにしえ》の警告はすべて事実だったのだ。レトとガニーはアリアのそばでとなりあって立っている。ジェシカは双子に目をやった。この気の毒な双子にしてみれば、あのときの警告にどれほどの意味があったのだろう。

「おばあさま」レトがいった。その声にもまた、懇願の響きが含まれていた。「やはり、憑依審問をしなければなりませんか」

「どの口だ、憑依審問などとほざくのは！」

アリアの口から出てきたのは、不満もあらわな男の声だった。自儘《じまま》勝手で我欲の極みにあるような、下卑た男の声だ。

レトにもガニーマにも、その声の主が何者か、すぐにわかった。

ハルコンネン老男爵だ。

ガニーマの頭の中でも同じ声が響きはじめたが、たちどころに内なる門が閉じ、門前に母が屹立するのが感じられた。

ジェシカは沈黙をまもっている。

「では、こちらで決めさせてもらうとしましょう」無言の祖母に向かって、レトはいった。

「具体的な方法はあなたしだいだ、アリア。憑依審問を選ぶか、それとも……」

そういって、ガラスのなくなった窓にあごをしゃくる。

「このわしに選択を迫るとは、きさま、なにさまのつもりだ？」

アリアの声は依然として老男爵のものだった。

「その悪霊！」ガニーマがぴしりといった。「アリア自身に選ばせなさい！」

「かあさま」アリアが懇願した。こんどは小さな女の子の声になっている。「かあさま、みんな、なにをしているの？　かあさまはわたしになにをさせたいの？　なんとかして」

「自分でなんとかするんだ」レトはうながした。

　叔母の目の中から、ほんの一瞬ながら、ばらばらになったアリアの残滓がレトを見た。圧倒的な絶望にとらわれた眼差し――。それはすぐに消え去ったが、肉体は歩きだした。ぎくしゃくとした、不自然な歩きぶりだった。よろめき、つんのめり、たびたびコースをはずれはするものの、そのつど方向を修正し、一歩一歩、近づいていく――ガラスのない窓に向かって。

　つぎにその口から放たれたのは、老男爵の怒声だった。

「やめろ！　やめろというのがわからんか！　このわしが命じているのだぞ！　ええい、これでも食らえ！」

　アリアがふいに頭をかかえた。それでも、よろめきよろめき、窓への歩みをとめようとしない。とうとう太腿が窓枠に触れた。この時点でも、その口から撒き散らされるのは、依然として老男爵の声だった。

「やめろというに！　思いとどまれ！　あとはわしがなんとかしてやる。わしには計画があるんだ、な？　耳を貸せ。やめろといっておろうが。待たんか！」

アリアは頭から両手を引きはがし、窓ガラスの消えた窓枠をつかんだ。ついで、一気に窓枠を乗り越え、空中に身を躍らせた。

落下していく途中、その口からはひとことの悲鳴も漏れることはなかった。

室内にいる者全員が、屋外のようすに耳をそばだてた。群衆の叫び声、そして、はるか下の石段にアリアのからだが激突する、濡れた塊が落ちるような鈍い音。

ここでレトは、ジェシカに目を向けた。

「いったでしょう……アリアが哀れだと」

ジェシカは窓に背を向け、ファラッディーンの軍服に顔をうずめた。

ひとつの系全体を、その意識的な諸要素を突くことにより、より有効に機能させられるという仮定は、危険なまでの無知を露呈するものだ。このことはしばしば、みずからを科学者や科学技術者と呼ぶ者たちが見せる、無知なアプローチを通じて証明されてきた。

――『バトラーの聖戦《ジハード》』
ハルク・アル＝アーダ著

「兄はね、夜になると走りこむのよ、従兄《いとこ》どの」ガニーマがいった。「走りこむの。兄が走るところは見たことがある？」

「いや」とファラッディーンは答えた。

ファラッディーンはいま、レトに呼びだされ、〈大天守〉の小謁見室に入る控えの間で扉の前に立ち、通されるのを待っているところだ。ほど近くにはティエカニックもおり、なにやら落ちつかなげな顔でレディ・ジェシカとともに立っている。レディ・ジェシカは内に引きこもっているような、心だけがどこかへいってしまっているようなようすだった。朝食から一時間ほどしかたっていないというのに、すでに多くのことが動きだしている。航宙ギルドへの召喚状が送りだされ、CHOAM《チョーム》と領主会議《ラーンスロード》には通達が送りだされた。

ファラッディーンはどうにもアトレイデス家の双子のことが理解できずにいた。レディ・ジェシカから警告されていたものの、いざ当人たちを目の前にしてみると、とまどいを感じずにはいられない。いまだに婚約の話は残っているが、この婚約が孕《はら》む政治的意味はほぼ消えてしまった。帝位を継ぐのはレトだろう。その点に疑いの余地はない。むろん、あの奇妙な生体皮膚は取り除かねばならないだろうが……しかしいずれは……。

「兄が走りこむのは自分を疲れさせるため」ガニーマはつづけた。「兄はクラリゼックを体現する存在だからね。どんな風も兄ほど速くは走れないわ。砂丘の頂《いただき》から頂へ駆ける姿はぼやけて見えないの。わたしは兄が走るところを見たことがあるけれど。いつまでもいつまでも走りつづけて。とうとう疲れはてると、ようやく休憩をしに戻ってくるのよ。そのときはいつも、わたしのひざに頭をのせて、たずねるの、〝内なるかあさまにきいてくれ、どうすれば死ねるのか〟って」

ファラッディーンはガニーマをじっと見つめた。広場での暴動から一週間のあいだに、〈大天守〉は奇妙なリズムで活動しはじめていた。得体の知れない目的で訪ねてくる者もいれば、出ていく者もいる。〈防嵐壁《ぼうらんへき》〉の向こうでは熾烈な戦いがつづいているという。軍事顧問として把握している情勢をティエカニックにきいてみたところ、返ってきたのはそのような見解だった。

「きみのいっていることがわからない」ファラッディーンはガニーマにいった。「レトが死ぬ方法を見つけだすだって？」

「わたしはレトから、あなたに準備をはじめさせてくれとたのまれているの」

コリノ家の御曹子には妙に天真爛漫《らんまん》なところがある。ガニーマがそれに驚かされるのは、こんどがはじめてではなかった。これはジェシカの教育の賜物《たまもの》だろうか、それとも持って生まれた性質だろうか。

「なんの準備を？」

「レトはもうヒトではないのよ」ガニーマはいった。「きのうあなたは、レトがいつあの生体皮膚をはがすのかとたずねたでしょう？　そんなときはこないの。あれはもう、兄の一部で、兄もあれの一部だから。レトの見積もりでは、あの変容によって命が尽きるまで、四千年はかかるんですって」

ファラッディーンはつばを呑みこもうとしたが、口内が乾ききっていて、できなかった。

「なぜレトが走りこむのか、これでわかったでしょう?」

「しかし、そんなにも長く生きるのなら――」

「それはね、レトにとっては、ヒトであったころの記憶がかけがえのないものだからよ。あのおびただしい先人記憶のことを考えてごらんなさい、従兄どの――いえ、あなたには想像もつかないわね、あれを経験してはいないんだから。けれど、わたしは知っている。わたしにはレトの苦悩が想像できるの。レトはかつてどんな人間もなしえなかったほど、人々に多くの恩恵を施す存在になる。父はその負担から逃げようとして砂漠に去ったわ。アリアはその負担を恐れるあまり忌み子化した。ことこの点については、祖母といえども、右も左もわからない幼児みたいなものではあるけれど、ベネ・ゲセリットの持つすべての業《わざ》を駆使して、その負担とともに生きようとしてきたことはまちがいないわね。そもそも、教母になるための修行とは、そのためのものなんだもの。けれど、レトは! レトはね、孤高の存在。レトに代われる者なんて、どこにもいはしない」

ファラッディーンはガニーマのことばに呆然としていた。治世四千年におよぶ皇帝?

「ジェシカは知っているわ」ガニーマはそういって、祖母を眺めやった。「昨晩、レトが祖母に話したの。そのとき自分のことを、人類の歴史において最初の真に長期的な展望を持つ計画者と呼んだから」

「どういうものなんだ、その……計画とは？」

「〈黄金の道〉よ。あとであなたにも説明があるはず」

「わたしにも役割があるということか？　その……計画の中に？」

「わたしの連れあいとしての役割がね。レトは修女会の人類血統改良計画を接収するの。祖母からベネ・ゲセリットが夢見る教父の話は聞いていると思うけれど。レトは——」

「すると、われわれの役目は、たんに子を——」

「それだけではないわ」ガニーマはプリンスの腕をとり、親愛の情とともに、ぐっと力をこめた。「レトはわたしたちふたりに、重い責任のある仕事をたくさん用意しているのよ。なによりも、子供を儲けること。ほかにもやることはたくさんあるけれどね」

「しかし、きみはまだ幼いじゃないか」ファラッディーンはそっと腕をふりほどいた。

「そんなあやまちは、二度と犯さないことね」ガニーマは氷のように冷たい口調で答えた。

ここで、ジェシカがティエカニックとともに近づいてきた。

「ティエクの話だと、戦闘は惑星《アラキス》外にも飛び火しているそうよ。ビアレクの中央大聖堂が攻囲されているそう」

ファラッディーンは、この情報を口にするジェシカが妙に冷静だな、と思った。昨夜のうちに、報告書にはティエカニックと目を通した。反乱の火の手は、帝国じゅうに野火のごとく広がりつつある。もちろん、反乱は鎮定しなければならないが、レトが受け継いだ時点で、帝国は悲惨な状態にあり、再建に苦労させられるだろう。

「ああ、スティルガーがきた。みんな、あのひとを待っていたのよ」

ガニーマはそういって、ふたたびファラッディーンの腕をとった。

フレメンの老指導者《ナイーブ》は、砂漠時代から顔馴じみの元決死コマンド二名にともなわれて、後方の扉から控えの間に入ってきた。全員、白い縁どりのある黒のローブという正装で、頭には弔意を表わす黄色いヘッドバンド《イカール》をつけている。たしかな足どりで歩みよってくる三人のうち、スティルガーは終始、ジェシカだけに注意を向けていた。

ほどなく、ジェシカの前までくると、スティルガーは用心深く会釈した。

ジェシカはたずねた。

「まだダンカン・アイダホの死を気にやんでいるの？」

古馴じみから警戒心を向けられるのは、どうにも居心地が悪い。

「教母さま」とスティルガーはいった。

（では、それで通すつもりなのね）とジェシカは思った。（すべて形式的に、フレメンの規範どおりの言動をとる――流れた血は拭いがたし、と）

　ジェシカはいった。

「わたしたちの視点で見れば、あなたはダンカンから振られた役割を演じたにすぎないわ。アトレイデス家のために家臣たちが命を擲《なげう》つ例は、今回がはじめてではないのだし。なぜ家臣たちはそうするのかしらね、スティル？　あなただって、一度ならず、命を擲とうとしたことがあるでしょう？　それはなぜ？　そうすることで、アトレイデス家から大きな見返りがあるとわかっているから？」

「口実を設けて復讐をなさらなかったことには感謝しています」スティルガーは答えた。「しかし、孫息子どのと相談せねばならぬことが多々ございますれば。その結果しだいで、あなたさまと永遠に袂《たもと》を分かつことになるやもしれません」

「それはタブールがレトに臣従しないという意味？」ガニーマがたずねた。

　スティルガーはガニーマにひややかな視線を向けて、

「判断を留保する、ということです」と答えた。それから、唸るような声で、「わたしのフレメンも軟弱になってしまった。いまの状態は気にいりません。われわれは古い流儀を復活させます。必要とあらば、あなたがたと縁を切ってでも」

「しばらくは、古い流儀でやっていけるでしょう」ガニーマはいった。「けれど、砂漠は死にかけているのよ、スティル。どうするつもりなの？　蟲《ワーム》がいなくなって、砂漠までもなくなってしまったら？」

「そんな状況になるとはとても思えん！」

　ガニーマは答えた。

「今後百年のうちに――蟲《ワーム》の総数は五十頭を割りこんでいるでしょう。残っているものは衰弱した個体だけ、どれも保護区で手厚く管理されているはずよ。蟲《ワーム》が産む香料《スパイス》の使用は航宙ギルドだけに限定されるでしょうね。その価格ともなると……」ガニーマはかぶりをふった。「レトの出した予測値を見たわ。兄はこの惑星じゅうをくまなく訪ねているから、実情をちゃんと把握しているの」

「フレメンを臣下に置きつづけるための、新たなトリックではないでしょうな、それは」

「あなたがわたしの臣下であった例《ためし》がある？」

　スティルガーは渋面を作った。なにをいおうと、なにをしようと、この双子にはいつもやりこめられてしまう！

「昨夜、あの〈黄金の道〉とやらのことは、レトから聞かされましたが」スティルガーはぶっきらぼうにいった。「どうにも気にいりません！」

「それは不思議ね」ガニーマは祖母にちらりと目をやって、「帝国の大半の者は、諸手《もろて》をあげて歓迎するはずよ」

「われわれすべてを滅ぼすことがですか」スティルガーはぼそりと反論した。

「でも、〈黄金の道〉はだれもが希求するものよ。そうではなくて、おばあさま？」

「だれもが、ね」ジェシカはうなずいた。

「民衆が待ち望んでいるのは、やがてレトが与えるであろう、神王《ファラオ》が君臨する帝国なの」ガニーマはいった。「民衆が待ち望んでいるものは、豊穣《ほうじょう》な実りや盛んな交易が支える、恵みにあふれる平和なのよ。そこでは万人が完全に平等。〈黄金の支配者〉を除いては」

「そんなもの、フレメンには死と変わらん！」スティルガーが声を荒《あら》らげた。

「どうしてそんなことがいえるのかしら？ 折にふれて爆発する不平不満を抑えるには、兵士や勇士が必要でしょう？ だから、スティル、あなたもティエクの勇敢な仲間たちも、大忙しになるわよ」

スティルガーはサーダカーの高級将校に目をやった。ふたりのあいだに、理解しあったことを示す奇妙な連帯感が共有された。

「それにレトは、香料《スパイス》をも管理するわね」ジェシカが一同に思いださせた。

「それも、絶対的に」ガニーマがことばを添えた。

ジェシカによって醸成された新たな意識でこの発言を聞いていたファラッディーンは、そこに作為を聞きとった。ガニーマと祖母はしめしあっている。

「レトの治世下で平和は持続するの、いつまでも、いつまでも、いつまでも」ガニーマがいった。「戦争の記憶は風化するのみ。レトは人類を導いて、四千年ものあいだ、そんな安寧の世に暮らさせるのよ」

ここでティエカニックが、ファラッディーンに物問い顔を向け、咳ばらいをした。

「どうした、ティエク？」ファラッディーンは水を向けた。

「内密にお話ししたいことがございます、わがプリンス」

ファラッディーンはほほえんだ。ティエカニックが軍人的な立場からどのような疑問を持ったのか、見当がついたからだ。この場にいる者のうちで、すくなくとももうふたりは、その疑問がなにかわかっているだろう。

「安心しろ、サーダカーを手放しはしない」

「その必要はないもの」これはガニーマだ。

「こんな子供のいうことを真に受けられるのですか」

ティエカニックの語気はひとりでに鋭くなった。怒っていたからである。あそこにいる老指導者《ナイーブ》は、いま聞かされたさまざまな企みがどのような問題を招くか理解しているが、ほかにはだれも、この状況のたちの悪さを理解していない！

ガニーマが冷徹な笑みを浮かべ、うながした。

「説明してあげて、ファラッディーン」

ファラッディーンは嘆息した。この子供ではない子供の奇妙さを忘れるのはたやすい。この子と結婚してからの暮らしが思いやられる。親密さが増していくたびに、秘められていた叡知の奥深さに圧倒されてしまいそうだ。それはかならずしも楽しいだけの日々ではないだろう。だが、その叡知が欠かせないことをファラッディーンは認識しはじめていた。生産量が先細りとなった香料《スパイス》の絶対的管理！　たしかにそれは必要だ。香料《スパイス》なくしては、宇宙のなにごとも立ちゆかない。

「あとにしろ、ティエク」ファラッディーンは命じた。

「ですが――」

「いっただろう、あとにしろ！」

ここにおいて、ファラッディーンははじめてティエカニック相手に〈操《からく》り声〉を用いた。上級大佐《バシャール》がぎょっとした顔で目をしばたたき、口を閉じるのが見えた。

ジェシカの口元に微苦笑が浮かぶ。

それをよそに、スティルガーがつぶやいた。

「レトさまは、平和を語るその口で死をも口にする。〈黄金時代〉とはそういうものだといって！」

ガニーマがその不満に答えた。

「レトは人類を、死を正視することで、活気あふれる生の自由な空気に導くの！　レトが死を口にする理由は、それが避けられないものだからなのよ、スティル。死という制約があるからこそ、人は生きていることを実感する。レトの帝国が崩壊するときには……ええ、そのとおり、いつかはかならず崩壊するわ。あなたがたは、いま帝国じゅうで行なわれている戦いがクラリゼックだと思うかもしれないけれど、クラリゼックの到来はまだ先の話。ついにそれが訪れたとき、人類は生きているということがどういうものか、認識を新たにするでしょう。その認識は、人類の最後のひとりが生きているかぎり、記憶されることになるわ。わたしたちはもういちど厳しい試練を受けることになるのよ、スティル。そして、かならず試練を切りぬけるの。わたしたちはかならず、みずからの灰の中から復活する。かならずね」

それを聞いたファラッディーンは、ようやくガニーマの〝レトが走りつづけている〟ということばの含みを理解した。

（レトはヒトではなくなるのか）

スティルガーはまだ納得しておらず、

「だが、そのときにはもう、蟲《ワーム》はいない」と、唸るようにいった。

「ああ、蟲《ワーム》なら戻ってくるわ」ガニーマが請けあった。「すべての個体が二百年のうちに死に絶える。けれど、いずれまた戻ってくるの」

「どうやったら……」スティルガーのことばは尻すぼみに消えた。

ファラッディーンは、自分の心が予想もしていなかった事実に満たされるのをおぼえた。そして、ガニーマが口を開く前から、その内容がわかっていた。

「香料《スパイス》が払底《ふってい》すると、航宙ギルドは長い年月、ぎりぎりの運営を強いられることになるわ。その期間を支えるのは、ギルドとわたしたちの在庫だけ」ガニーマはいった。「けれど、クラリゼックのあとにはふたたび潤沢になるでしょう。蟲《ワーム》が復活するのよ――兄が砂漠に消えたそのあとに」

他の多くの宗教でもそうであるように、ムアッディブの〈生命の黄金の霊薬教《エリクシル》〉もまた魔術めいたものに堕してしまった。その神秘的なしるしは、たんなるより深い心理的な過程の象徴と化し、その過程は当然のごとくに極端へと走る。要するに、信奉者たちが必要としていたものは生き神さまだったのである。だが、生き神さまなどは存在しない。そして、そうしたいびつな状況は、ムアッディブの息子によって正されることになる。

――呂洞賓《リュイ・トンピン》のものとされることば

（呂洞賓とは、〈洞窟の客、呂《リュイ》〉の意）

レトは〈獅子の帝座〉にすわり、各部族の代表から臣従の礼を受けていた。ガニーマはその横、陛《きざはし》の一段下に立っている。大広間での式典はすでにもう何時間もつづいていた。

フレメンの部族という部族から派遣されてきた代表団とその指導者《ナイーブ》が、つぎつぎに臣従を誓っていく。各代表団は、恐るべき力を持った神に――万民に平和を約束する復讐の神に――ふさわしい献上品を携えてきていた。

レトが全部族から裁定者《アリーフ》を呼集したのはつい先週のことである。その場で裁定者全員が恭順の意を示したのは、力の一端を見せつけられた結果だった。たとえばレトは、全員の目の前で燃え盛る炎に飛びこみ、平然と現われ、間近から調べさせて、火傷ひとつ負っていないことをたしかめさせた。ナイフで突きかかるように指示し、貫通不能の生体皮膚で被《おお》った顔をはじめ、どこを突いても刃が通らないことを確認させもした。強酸を浴びても、ごくかすかに煙が立つだけで、いっさいダメージを受けることはなかった。裁定者たちが用意した毒をあおったうえで、平然と笑ってみせもした。

仕上げに一頭の蟲《ワーム》を呼び、裁定者たちに向きあう形で、その口を背にして立ってみせた。そののち、裁定者たちを引き連れてアラキーン宇宙港に移動し、そこで航宙ギルド所属の哨戒艦《フリゲート》を選ぶと、着陸フィンの一枚を持って艦全体をひっくり返してみせ、一同の度肝をぬいた。

以上のすべてを、各アリーフは恐怖に満ちた畏敬の念とともに、所属する部族の者らに伝えた。その結果、こうして全部族の代表団が臣従の礼を捧げにきたのだった。

丸天井を備えた大広間には吸音機構が組みこまれており、鋭い音は吸収するが、無数の足が絶えず立てる鈍い音については、開口部から流入してくる砂塵と燧石《すいせき》のにおいに乗り、巧みに吸音機構をすりぬけて、聴覚に訴える仕組みになっている。

式典に出ることを拒否したジェシカは、帝座の背後高くに設けられた覗き窓から式典の状況を見まもっていた。ここから覗き見ているとファラッディーンが気づいていることは知っている。そして、自分とファラッディーンが、双子の手の平で踊っていることもよくわかっている。レトとガニーマが修女会の企みを読んでいたのもむりはない！　なにしろ双子は、帝国に現存するどんなベネ・ゲセリットよりも優秀な集団、頭の中にいる偉大な教母たちの大集団にいつでも相談できるのだから。

もっとも、修女会に対しては、ジェシカ自身も思うところがあった。とくに、アリアを追いこんだ神話には憤懣やるかたない。

（恐怖の上に恐怖を重ねさせるなんて！）

ジェシカの中にも、何百世代にもわたって受け継がれてきた忌み子の運命がしっかりと刷りこまれている。アリアは希望があることを知らなかった。もちろん、アリアが歴代の先人記憶に屈伏したことは事実だ。アリアのたどった運命を考えれば、レトとガニーマがなしとげたことを正視するのがいっそうつらくなる。忌み子化を回避する方法が、ひとつどころかふたつもあったのだから。なによりもつらいのは、ガニーマが内なる先人たちに勝利したうえで、アリアを哀れむべき人と主張したことだった。ガニーマが救われたのは、強力な催眠によって意識に枷をかけられていたあいだ、恵み深い先人たちの支援を受けていられたからだという。そのような先人たちとつながっていられれば、アリアも救われたかもしれない。しかし、なんの希望もなく、いっさい助けの手も差しのべられないままに、結局は手遅れとなってしまった。アリアの水分は砂に注がれたのだ。

ジェシカはためいきをつき、注意を帝座のレトに向けた。レトの右ひじのすぐ横という栄誉ある位置には、ムアッディブの水分を収めた、ひときわ大きな〈カノーポスの壺〉が安置されている。レトが誇らしげに語ったところによれば、それを聞いた内なる父親は、この演出を笑うと同時に誉めてもいたという。

ジェシカがこの式典に参加すまいとの決意を固めたのは、この壺と、レトの中に内なるポールが存在しているとの発言が原因だった。レトの口を借りてポールがしゃべるなど、死ぬまで断じて受け入れがたい。それだけはたしかだ。アトレイデス家が存続してくれたことはうれしいものの、また別の形があったのかもしれないと思うと、とてもではないが平静ではいられなかった。

ファラッディーンは、ムアッディブの水分を収めた壺のとなりで蓮華座を組んでいた。

この席はファラッディーンが拝命した新設の名誉ある役職、皇帝付き祐筆《ゆうひつ》の定位置だ。

ファラッディーンは自分がこの新しい現実にうまく適応しつつあると感じていた。だが、ティエカニックはまだ新体制に憤っており、このままでは恐ろしい事態を招くと断言していた。ティエカニックとスティルガーは不信に基づいた盟友関係を築いており、レトにはそれがおもしろいらしい。

臣従の礼の儀式がつづくあいだ、ファラッディーンの意識は畏怖から退屈へ、退屈から畏怖へと何度も行き来していた。臣従を告げにならぶ者たち、比類なく精強な戦士たちの列は途切れることがない。帝座についたレト・アトレイデスに対し、この者たちが忠誠を新たにしたことに疑いの余地はなかった。アリーフたちが報告した内容にすっかり恐れをなしたのだろう、レトの前ではみな従順になっている。

とうとう臣従礼の儀式が終わるときがきた。陛の下でレトの前に立った最後の指導者《ナイーブ》は――〝皇帝の背中を護る誉れ高き地位〟に着任したスティルガーだった。通常、このとき献上するのは、香料《スパイス》、炎玉《えんぎょく》、その他の高価な献上品を満載した大籠だが、スティルガーが差しだしたのは、香料《スパイス》入り繊維を編んだヘッドバンド《イカール》だった。ところどころ、金と緑とでアトレイデス家のタカ紋をあしらった飾りがつけられている。

ガニーマはその意味に気づき、ふりかえってちらりとレトを見た。

スティルガーは陛を昇って、帝座から二段下の段にイカールを置き、深々と一礼した。

「このイカールは妹君をお護りするために砂漠へお連れしたさい、妹君がお使いになっておられたものにございます。これを献上の品といたしたく」

レトはほほえみそうになるのをこらえた。

「そなたが苦難の時を過ごしてきたことは承知している、スティルガー。その労《ねぎら》いとして、このなかにほしいものはあるか？」

そういって、高価な献上品の数々を指し示してみせた。

「ございません、わが君《マイ・ロード》」

「では、そなたの献上品を収める」レトは前に身を乗りだすと、ガニーマのローブの裾をつまみあげ、一部を細くちぎりとった。「そなたにはガニーマのローブの小片を下賜《かし》する。これはガニーマがそなたの営む砂漠のキャンプから連れ去られたときに着ていたローブだ。あのとき攫《さら》われたがゆえに、余は妹を助けにくることになった」

スティルガーはわななく手で布を受けとった。

「わたしを嘲弄なさるのですか、マイ・ロード？」

「嘲弄？　わが名にかけて、スティルガー、余がそなたを嘲弄することは断じてありえぬ。余が下賜したものはかけがえなき贈り物にほかならぬ。その布はつねに、心臓のちかくに持ち歩いていよ。人はみな過ちを犯すものであり、指導者はみな人であることを思いだすよすがとしてな」

スティルガーの喉から小さく笑い声が漏れた。

「いやはや、あなたさまはいかなる指導者《ナイーブ》になられることやら！」

「いかなる指導者《ナイーブ》とな？　指導者《ナイーブ》の中の指導者《ナイーブ》、それが余だ。そのことを忘れるな！」

「御意に、マイ・ロード」

部族の裁定者《アリーフ》から聞かされた報告を思いだし、スティルガーはごくりとつばを呑んだ。

（かつておれは、この人物を殺そうと思ったこともある。だが、もはや手遅れだ）

そこでスティルガーは、〈カノーポスの壺〉を見やった。美しい壺だった。本体部分はつや消し金で、その上に緑のふたがかぶせてある。

「あれはわが部族の水分でございます」

「そして、わが水分でもある。そなたに命じよう。壺の胴に記された碑文を読んでみよ。全員に聞こえるよう、大きな声でな」

スティルガーはガニーマにけげんな目を向けたが、新帝の妹は小さくあごをしゃくってみせただけだった。その冷たい反応に、背筋がぞっとするのをおぼえた。アトレイデスの小鬼どもは、おれのぶしつけさと過ちを責めておもしろがっているのか？

「読め」レトがうながし、壺を指さした。

　ゆっくりと、スティルガーは陛を最上段まで昇り、身をかがめて壺を見た。ほどなく、声に出して文面を読みあげた。

「〝この水は究極なる精髄にして、外へ流れゆく創造性の源なり。この水は動かざれども、あらゆる動きの根源にほかならず〟

　これはどういう意味でございましょう、マイ・ロード」

　スティルガーは思わずつぶやいた。書いてある文言に畏怖をおぼえたからである。自分には理解できていない心のどこかで、琴線に触れるものがあった。

「ムアッディブの肉体とは、昆虫が脱ぎ捨てる抜け殻のようなものだ」レトは説明した。

「ムアッディブは内なる世界を理解しつつも、外なる世界の掌握を軽んじ、それがゆえに破局を招いた。ムアッディブは外なる世界を平定しつつも、内なる世界は平定から除外し、それゆえに自身の子らを悪霊どもの毒牙にさらした。かかるがゆえに、〈黄金の霊薬《エリクシル》〉は〈デューン〉より消えゆく。しかれども、ムアッディブの蒔《ま》いた種は今後も消えることはなく、その水はわれらの宇宙を動かす」

　スティルガーはこうべをたれた。神秘的なことがらにはいつも混乱をおぼえる。

　レトはつづけた。

「元始と終末は一《いっ》なるもの。そなたは空気の中に生きるが、空気を見ることはかなわぬ。相《そう》とは閉じたもの。その閉じた状態より対極が生まれる。ゆえにわれらはクラリゼックを迎えるのだ。万物はのちに形を変えて戻りくる。そなたは頭で思考を感じるが、そなたの子孫は腹で思考を感じるであろう。タブールの群居洞《シエチ》へ帰れ、スティルガー。ガーニー・ハレックが現地で合流する——そなたの評議会の顧問としてな」

スティルガーは低い声でたずねた。

「わたしを信用してはおられぬ、ということでございますか、マイ・ロード」

「信用しているとも、全面的に。だからこそ、ガーニーをそなたのもとへ派遣するのだ。われらには遠からず新たな戦力が必要になる。ガーニーはその参加者を募りにいくと思え。そなたの忠誠の誓い、しかと受けとった、スティルガー。もう下がってよいぞ」

スティルガーは深々とこうべをたれ、あとずさる形で陛を降りていき、下に降りきったところで帝座に背を向け、大広間を出ていった。ここにおいて、ほかの指導者《ナイーブ》たちもそのあとにつづいた。〝最後の者は最初になるべし〟というフレメンの基本方針があるからだ。そのさい、一部の者がいまのやりとりについて問う声が帝座の上からでも聞きとれた。

「——いまのはなんの話だったんだ、スティル？」

「——あれはどういう意味だ、ムアッディブの水を収めた壺に書いてあったことばは？」

レトはファラッディーンに声をかけた。

「以上のすべてを記録したか、祐筆よ?」

「いたしました、マイ・ロード」

「祖母の話では、そなたはベネ・ゲセリット流記憶術の課程をしっかりとたたきこまれたそうだな。ちょうどよい、それを活用せよ。そばでカリカリと筆記されてはかなわぬ」

「御意、マイ・ロード」

「余の前にきて立て」レトは命じた。

ファラッディーンは指示にしたがった。ジェシカから施された修行にいまほど感謝したことはない。レトはもうヒトではなく、ヒトのようには思考しない事実を受け入れれば、〈黄金の道〉の道程はかつてない驚異と脅威に満ちている。

レトは帝座に座したまま、ファラッディーンの顔を見あげた。衛士たちは小声の会話が聞こえない程度に離れて後方に立っている。大広間の床に残るのは首脳部の顧問たちのみ、しかも畏れ多いからと、みな陛の一段めから距離をたもって立つ者ばかりだ。ガニーマが歩みよってきて、帝座の背もたれに片腕をあずけた。

レトはファラッディーンに小声で話しかけた。

「いまだきみのサーダカーを差しだすことには同意していないと聞いたけれど。いずれは差しだしてもらうときがくる」

　ファラッディーンは答えた。

「陛下には畏伏《いふく》しておりますが、それだけはなにとぞ」

「わがフレメンとは反りが合わない——そう思っているんだね？」

「いえ、新たに友誼を結んだあの両名、スティルガーとティエカニックの例に鑑みれば」

「それなのに、断わると？」

「まだ買収額のお申し出をうかがっておりませんので」

「それでは、ここで買収額を申し出なくてはならないな。きみが二度とそれを口にしないことはわかっているから。祖母が自分の役割を存分にはたしてくれて、きみにも理解する準備ができていることを祈るのみだよ」

「なにを理解せねばならぬのでございましょう？」

「いかなる文明も、かならず普遍的な神秘主義を持つ。それは変化に対する障壁となって行く手に立ちはだかり、つねに未来の世代を宇宙の変節に対処する準備ができない状態に陥らせてしまう。すべての神秘主義は、その手の障壁を醸成する——宗教的な神秘主義、英雄的な指導者を盲信する神秘主義、救世主を仰ぐ神秘主義、科学技術に関する神秘主義、自然そのものに対する神秘主義、そういったものがだよ。われわれが生きるこの帝国にも、ひとつの神秘主義が形作られてきた。それゆえに、帝国は崩壊しつつある。なぜならば、ほとんどの民衆には、神秘主義と自分たちが住んでいる宇宙との区別がつかないからだ。たとえるなら神秘主義とは、人が悪霊に取り憑かれた状態のようなもの。悪霊に無意識を乗っとられても、はたから見るかぎり、悪霊と本人との区別はつかない」

「ただいまのおことばには、ご祖母堂の叡知がうかがえます」

「すばらしいことだね、従兄《いとこ》どの。祖母はぼくに、おまえは忌み子かとたずねた。ぼくは否、と答えた。これがぼくの最初の欺瞞だったよ。ガニーマは忌み子化を回避できたが、ぼくはそうはいかなかった。そのため、メランジの過量投与で負荷をかけることにより、内なる先人たちとバランスをとる道を余儀なくされた。そして、その均衡状態において、騒々しい先人たちのなかに積極的な協力者を得る必要に迫られた。そのさい留意したのは、格別に悪辣な先人を避けることだ。ほどなく、内なる父の意識によって、ひとりの強大な支援者が精神の中に送りこまれてきた、じつのところ、いまのぼくは、父でもなければ、いまいった支援者でもない。さらにいえば、レト二世でもない」

「ご説明をいただきたく」

「その直截《ちょくせつ》な物言いは賞賛に値するね」レトはいった。「ぼくはその古代の大人物が――圧倒的に強力な力を持つ先人が――統括する精神の、ひとつの共同体なんだ。その先人は王朝を樹立し、興した王朝はぼくらの年月で三千年ものあいだつづいた。くだんの先人の名はハルム。その裔《すえ》が、ある代の先天的な脆弱さにさいなまれ、迷信に溺れた結果として、ついに途絶えてしまうそのときまで、ハルムの臣民たちは周期的な繁栄を謳歌していた。臣民は無意識のうちに、季節ごとの変化に合わせる形で活動していたという。ところが、その臣民たちが産む子も薄命になり、迷信深くなり、やすやすと神王の言いなりになってしまった。総合的に見れば、それは強力な民族ではあったんだ。種としての存続が習性として組みこまれていたし」

「その響きは気にいりませんね」ファラッディーンはいった。

「ぼくもだ。本音をいえばね」レトは答えた。「しかし、ぼくが創ろうとしている宇宙はそのようなものになる」

「なぜです？」

「それが〈デューン〉で学んだ教訓だからさ。われわれは死という存在を、ここで生きる者たちの上位に立つ支配的な亡霊と見なしてきた。その存在によって、死は人の生き方を変えてしまったんだ。そのような社会に住む民族はいずれ衰亡する。だが、それまでとは対照的な時勢が訪れたとき、その種の民族は興隆し、偉大で美しい存在となる」

「それはわたしの問いの答えになっていません」ファラッディーンは食いさがった。

「ぼくを信用していないんだな、従兄どのは」

「それはご祖母堂もご同様であられましょう」

「祖母に信用されないのには充分な理由がある」レトは答えた。「それでもなお、祖母がぼくを黙認するのは、そうせざるをえないからだ。ベネ・ゲセリットとは、結局のところ、実利主義者だからね。知ってのとおり、われわれの宇宙に対する見解を、ぼくは修女会と同じくする。きみにはそのような宇宙の記録をつけてほしい。統治にともなうさまざまな習慣を書きとめて、きみの目に見える万事を、その潜在的な脅威や価値の観点から分類し、記録していくこと。それがきみの仕事となる」

「陛下の祐筆拝命は承諾したとおりでございます」

「きみの真の才能、歴史家としての才能を生かせる役目として、興味もそそられたろうし、悪い気もしなかっただろう。過去に照らして現在を読む術《すべ》に着目すれば、きみは図抜けた才を持つ。幾度かの機会には、ぼくよりも的確に先を読んでいる」

「迂遠なほのめかしは好みません」

「いいだろう。きみは現在の落魄《らくはく》した領地に対し、際限なき野望をいだいてやってきた。祖母から際限のなさについて警告されなかったかい？　際限のない野望は夜間の投光器のようにわれわれを引きつけたあげく、その明るさによって眩惑してしまう——ここでいう明るさとはすなわち、際限あるものにもたらしうる過剰さのことだ」

「ベネ・ゲセリットの格言のようなことをおっしゃる！」

「とはいえ、はるかに的を射ているぞ」レトは答えた。「ベネ・ゲセリットは自分たちが進化の道筋を予測できると信じていた。それなのに、その進化の過程において自分たちに変化が起こることを見落としていた。修女会は、人類血統改良計画が進化したときにも、みずからが同じ立ち位置にいられると思いこんでいたんだよ。ぼくにはそういう再帰的な無分別はない。ぼくを見てごらん、ファラッディーン。ぼくはもうヒトではないだろう」

「それは妹君からお聞きして理解しました」ファラッディーンはためらった。それから、

「つまり、忌み子化でございますか？」

「修女会の定義に照らせば、そういえるかもしれない。ハルムは残酷な専制君主だからね。ぼくもその残酷さを共有している。だからきみには、ぼくのことを的確に見定めたうえで記録してほしい。ぼくは農夫の残酷さを持つ。そしてこの人類宇宙はぼくの農場なんだ。フレメンはかつて、ワシを家禽として飼い馴らした。ぼくとしては今後、飼い馴らされたファラッディーンをそばに置きたい」

ファラッディーンは険しい顔になった。

「わたしの鉤爪にお気をつけを、従弟《いとこ》どの。わがサーダカーが陛下のフレメンにおよばぬ

ことは承知いたしておりますが、それなりに深傷《ふかで》を負わせることはできましょう。それに、弱みと見れば襲いかかろうと隙をうかがっている豺《やまいぬ》どももうようよしておりますれば」

「きみという存在の価値をみごと活かしてみせよう、それは約束する」レトはそういって、前に身を乗りだした。「いましがた、ぼくはもうヒトではないといっただろう？　ぼくを信じることだ、従兄どの。ぼくの股間が子供を産ませることはけっしてない。なぜなら、ぼくにはもう股間がないからだよ。そしてそれゆえに、第二の欺瞞を働かざるをえない」

ファラッディーンは無言でその先を待った。レトがどの方向へ話を持っていこうとしているかが、ようやく見えてきたからだ。

「ぼくはあらゆるフレメンの規範にそむく」レトはいった。「それでもフレメンは諾《うべな》う。ほかにどうしようがあろう。きみには妹との婚約のためにここへきてもらったわけだが、きみとガニーマが婚約することはない。表向き、妹と結婚するのはこのぼくだ！」

「ですが、あなたさまには——」

「表向き、といっただろう。ガニーマにはアトレイデス家の血統を維持する役割がある。きみとふたりでね。それに、ベネ・ゲセリットの血統改良計画の件もある。あの計画は、いまはもう、ぼくの管掌下にあるんだ」

「それは受け入れられません」

「受け入れられない？　アトレイデス王朝の父となることが？」

「それはふつうの王朝ではありませんから。あなたは何千年も帝座にあるのでしょう？」

「そして、きみの子孫たちを、ぼくのイメージどおりに育てあげるつもりでいる。それは史上もっとも徹底的、かつ包括的な育成計画になるだろう。ぼくたちは小規模な生態系になるんだ。動物が生存先としてどのような系を選択するのであれ、その選択にさいしては、共通する世界の形態のもとで――つまりは、それこそが系なわけだが――複数の共同体がたがいに関係を持ち、依存しあい、協力しあうパターンが基本になる。やがてこの系は、史上類を見ないほど知識豊富な統治者を輩出することになるだろう」

「美辞麗句をならべてはいても、じっさいには胸の悪くなるような――」

「そこまでやらずして、どうすればクラリゼックを生き延びられるというんだ？　ここに断言しよう。クラリゼックはかならずくる」

「あなたは狂人だ！　帝国を崩壊させてしまう」

「もちろん、崩壊させるとも……なにしろ、ヒトではないからな。だが、すべてのヒトの心に新たな意識を創るつもりではいる。じつをいうと、〈デューン〉の砂漠の地下には、史上最高の宝が眠る秘密の場所があるんだ。うそではない。蟲《ワーム》が最後の一頭にいたるまで死に絶えて、アラキスの砂漠に残るメランジがすべて収穫しつくされたとき、この地下に眠る宝が宇宙全体を席巻する。香料《スパイス》の独占が生む力が消滅し、秘匿されていた備蓄が幅をきかせるにつれて、人類圏に新たな権力がつぎつぎに台頭するだろう。そろそろ人類は、みずからの本能にしたがって生きることを学びなおしてもいいころだ」

ガニーマは帝座の背もたれにかけていた腕をおろし、ファラッディーンのそばにやってきて、その手をとった。

「母が法律上の妃ではなかったように、きみも法律上の夫にはならない」レトはいった。

「しかし、ふたりのあいだにはきっと愛情が生まれる。それで充分じゃないか」

「一日一日、一瞬一瞬が、変化をもたらすの」ガニーマがいった。「人はそうした変化の瞬間を認識することで学ぶものなのよ」

ファラッディーンはガニーマの小さな手にぬくもりを感じとり、これから先もずっと、この手はそこにあるのだろうなと思った。それに、レトの論旨にはどうもつかみどころのない印象があるが、一度たりとも〈操《からく》り声〉を使ってはいない。これまでの話は、道理による説得ではなく、真心に真心でもって接する、腹を割った真情の吐露だった。

「それがわたしのサーダカーに対する買収額ですか？」ファラッディーンはたずねた。

「もっとだよ、もっともっとだ、従兄どの。きみの子孫たちに対しては帝国を進呈する。そしてきみには、平和を」

「陛下の平和が生むものとはなんでございましょう？」

「平和の対極にあるものさ」レトの声は冷静ながら、からかっているようでもあった。

ファラッディーンはかぶりをふった。

「わがサーダカーの買収額はきわめて高いようですね。売却の見返りに、わたしは祐筆の立場を賜り、あなたの王統の密かな父親になると？」

「そうなるな」

「陛下の〝平和を求める習い性〟に、無理にでもわたしを組みこむおつもりですか？」

「そのつもりだ」

「一生のあいだ、わたしは毎日、あなたに抵抗しますよ？」

「それこそは、従兄どの、きみに求める役目なんだよ。だからこそ、きみを選んだんだ。この役目は公式のものとする。きみに新たな名前を与えよう。いまこの瞬間より、きみは〈習い性に異を唱える者〉と呼ばれる。われわれのことばで、ハルク・アル゠アーダだ。どうした、従兄どの、なにをぼんやりしている。母からはしっかり教育を受けたはずだぞ。さて、では、きみのサーダカーをもらうとしようか」

「あげてしまったほうがいいわよ」ガニーマもいった。「どのみちレトは、どうにかして手に入れてしまうんだもの」

　ファラッディーンはその声に、自分を気づかい、心配しているような響きを聞きとった。では、愛情も芽生えているということなのか。レトは理性に訴えかけているのではない。求めているのは直観的飛躍だ。

「……差しあげましょう」

「ありがたい」

　レトはそういって、帝座から立ちあがった。液体を思わせる奇妙な動きだった。まるで、恐るべき力をごく繊細に制御しているようでもある。ついで、レトはガニーマに歩みより、そのからだをそっとまわして、ガニーマがうしろ向きになると、自分もくるりと回転し、妹と背中合わせになった。

「それでは、これを心に刻んでくれ、従兄のハルク・アル＝アーダ。これからはつねに、われわれはこのような位置関係になる。結婚しても、この位置関係はそのままだ。背中と背中を合わせて、たがいがたがいの反対側を見る。かつて一体であったときの状態を維持するために」

　レトは向きなおり、からかうような目でファラッディーンを見つめ、低い声でいった。

「そして、このことも憶えておいてくれるか、従兄どの。きみがガニーマに面と向かって相対するとき——きみがガニーマに愛や思慕の思いをささやきかけるとき——あるいは、ぼくがもたらす平和と心の平安に強く魅かれるとき——きみの背中は無防備であるということを」

それだけいうと、レトはふたりに背を向け、陛を下まで降りていき、うしろで待機している廷臣たちに合流したのち、衛星のように一同を引き連れて大広間を出ていった。

ガニーマが再度、ファラッディーンの手をとった。しかしその視線は、大広間の後方にそびえる巨大な扉の外に向けられていた——レトが出ていったのちも、長いあいだ。

「わたしたちのうちで、どちらかひとりが苦悩をかかえこまなくてはならなかったの」とガニーマはいった。「そしてね、強いのはいつも、レトのほうだったのよ」

訳者あとがき

〈デューン〉シリーズにおける本書の立ち位置や続巻の展望については、シリーズ全作を原文で読んでいる堺三保さんにおまかせして、ここでは翻訳メモ的なことを記しておこう。

シリーズ第三作の本書は、原書の刊行が一九七六年。六九年の前作から七年を経ているためか作風に変化が見られ、一段と気魄のこもった文章になった。作りも戯曲よりぐっと小説寄りになっている。ここぞという場面で迫真の対話が肝になる点はあいかわらずだが、随所にさりげなく伏線が埋めこんであり、一読しただけでは作者の意図がつかみきれないかもしれない。訳者は少々ヴァン・ヴォート的な風味も感じてしまった。

翻訳の底本は二〇一九年刊のエース・プレミアム版。エース・ブックス刊二〇〇八年版ハードカバーの改訂版だが、誤植の特徴からすると、本文は一九七六年の初版をそのままＯＣＲで復刻したもののように思える。

前作と同様、原書に地図は未収録。第一作から地理が微妙に変わっていることに加えて（たとえば前作では顎岩が第一作と異なる場所に転移している）、本書では砂漠の範囲が半減し、舞台は南半球にもおよぶ。こうなると、作者以外には地図の作りようがないが、当時多忙を極めていたハーバートにはとても執筆以外の余力などなかったのだろう。

本書では設定にも大きな変化が見られる。第二作まで、胎内覚醒者は歴代教母の意識と知識を受け継ぐ設定だった。が、本書ではそれに加え、祖先全員の（男性祖先については女性祖先が受胎するまでの）意識と知識を受け継ぐ設定になっている。前作にはアリアが母親の目で父親を恋人のように思う場面があったが、本書の設定では、父親の目で母親を恋人のように見る状況もありうるわけだ。

こうした変更も含めて、本書はいわば〝新規蒔き直し〟の巻。統治の失敗、国家の基盤作りの失敗、宗教国家の失敗、環境改造の失敗を、折からの環境問題の高まりをからめて整理し、作者なりの理想を追求した新生のための第一歩。それが本書だろうと訳者は思う。前作と打って変わって、今回は動きも多く、舞台も広く、構成も複雑きわまりない。

言語面の国際色は第一作を大きく上まわる。新たに登場したアラビア語百件強をはじめ、使われている非英語はすくなくとも二十カ国語。作中ではどの言語も、（チャコブサ語のように架空のものを除けば）何語か触れられていないので、訳者が気づきそこねた言語もありそうだ。非英語の綴りには、英語訛りなのか、遠未来だから意図的に変化させたのか、はたまたスペルミスなのか、本来の形と異なるものも多く、カナ表記の判断には悩んだが、原則として原音主義をとり、原語が明らかなものはその標準形に合わせ、不明確なものは作者の発音に、作者の発音が不明なものはオーディオブックの発音に合わせた。

　非英語のなかには伏線になっているものもある。また、〝無事〟のように、日本語ではあっても一般的な意味でなく、禅語の意味で使われている例もある。約二十件ある引用は出典の大半がキリスト教の『聖書』で、内容と深く関わるものばかり。これらについては、用語解説の形で次ページ以降にまとめたので、適宜ご参照いただければと思う。

　末尾ながら、本書の翻訳にあたっては、左記の方々に懇切丁寧なご教示をいただいた。上池利文氏（フランス語）、国吉理恵氏（アラビア語）、佐藤和孝氏（数学）、肥後時尚氏（古代エジプト語）、諸隈夕子氏（ケチュア語）、和田葉子氏（ブレトン語）。貴重なお時間を割いてお教えをいただいたみなさんに心よりお礼を申しあげたい。ただし、本文をすべて見ていただいたわけではなく、誤りがあればすべて訳者に責任があることをお断わりしておきます。

用語解説（内容に深く触れています）

●帝国

〈伝道者〉 The Preacher　上30頁1行　Preacher は説教者、訓戒者の意味だが、頭に the がつくと通常は伝道者ソロモンを指す。紀元前十世紀、古代ヘブライ王国のソロモン王は知恵者として名高く、伝承上は『旧約聖書』の「伝道の書」ほかを著したとされる。エジプトやフェニキアなど、周辺地域との貿易を通じて巨富を築き、本書に名前の見えるシバの女王とも交流があった。これも伝承で知られる〈ソロモンの指輪〉で天使や悪霊を使役したともいわれる。また、使徒パウロは（英語読みではポール）キリスト教の迫害者から熱心な伝道者に転向した人物。〈伝道者〉の説法には『聖書』からの断片的引用が随所にちりばめられている。

少佐《バトール》 Bator　上59頁14行　本書が初出の階級。内容から少佐くらいかと見当をつけた。なお、原文では上級大佐《バシャール》が将軍《バーセグ》の上の階級になっていたが、第一作の用語解説に合わせ、訳文では将軍《バーセグ》を上位にした。

蟲《ワーム》 Worm　上84頁9行　原文では砂蟲《サンドワーム》表記が26件なのに対して、蟲《ワーム》表記は180件ある。略称で通じるようになった面もあろうが、本書ではたびたび蟲《ワーム》を『聖書』の悪魔＝ドラゴンのアナロジーに用いているので、そこに同調させたものか。ワームはドラゴンの別称でもあり、作者はレトをドラゴンライダーに見たてた気もする。

灰色岩鷓鴣《ハイイロイワシャコ》 Rock Partridge　上84頁12行　キジ科の鳥。動植物名は原則として、地球に実在する種はカナ、架空種は漢字で表記しているが、カナで意味がつかみにくい種には本項のように漢字をあててある。サボテンの夜の女王《ダイリンチュウ》などもその例。

砂漠の空無地帯 Empty Quarter　上85頁11行　本書が初出で、Great Emptiness とも。奥砂漠《カダム》の奥地、とくに荒涼とした地域を指す。

アガメムノーン Agamemnon　上151頁9行　弟であるスパルタ王メネラーオスとともに、トロイアーを攻めたミュケーナイ王（第二作の用語集ではスパルタ王と誤記してしまい、申し訳ない）。両王はミュケーナイ王アトレウスの子息であることからアトレウスの子ら《アトレイデース》と呼ばれる。ガニーマのいう「血塗られた歴史」はトロイアー戦争を踏まえてのもの。本当にアトレイデースだったのである。映画やドラマの発音アトレイディーズは英語読み。

ウァレフォルとブエル Valefor & Buer　上164頁8行　アリアの臣下。どちらもソロモン七十二柱《はしら》の悪魔の名に由来すると思われる。ブエルは下巻後半で登場。

ムリーズ Muriz　上168頁4行　シュロック〈裁定者〉の男性。上500頁4行のムリーズは女性で、男女同名の可能性もなくはないが、姓と見たほうが自然だろう。既刊のフレメンに姓はなかったが、本書にはジアレンコ・ジャヴィードのように姓ある者も登場する。女性版の登場は「ムリーズ一族」と思わせる布石か。

アサーン・タリーク Assan Tariq　上168頁16行　ムリーズが姓ならば、息子アサーンがタリークなのはなぜか。父親との類似から実子のようだが、ムリーズの「息子は死んだ」という発言から（象徴的意味かもしれないが）、親族を養子にしたとも考えられる。ただ、タリークにはアラビア語で「道」の意味があるので、姓ではなく、〈伝道者〉の導き手を暗示する通称と想定し、初出のみ〝道導者《タリーク》〟とした。

嫉妬の角 Growing horns　上206頁13行　妻を寝とられた男の額に角が生えるという比喩表現。ふつうに使われる英語だが、念のため。

陽動（章全体）　上385頁～415頁　「アリア」の真の目的はジェシカ誘拐。本章における大立ちまわりは、誘拐の布石としてジェシカを脅かし、あえて脱出させるための、陽動の中の陽動。

奇貨、居《お》くべし Fortune passes everywhere　上511頁2行　既刊訂正です。
第一作・上320頁12行　〝資産のあまねく行きわたるべし！〟
第一作・中139頁11行　「どこでもお宝が最優先か」
第二作・下260頁14行　〝資産《フォーチュン》はあまねく行きわたるべし〟
以上を見出し語の形に。キーワードなのに不統一で申しわけない。

曾祖《そうそ》伯父《はくふ》 Uncle　下88頁2行　第一作でチェイニーはスティルガーの姪となっていたが、続巻も参照して続柄を整理すると、スティルガーから見てリエト＝カインズは甥、その娘チェイニーは又姪《まためい》、その子らは曾姪孫《そうてっそん》。リエトの母をスティルガーの妹とした場合（姉か妹かは不明）、双子から見たスティルガーは曾祖伯父となる。

〈蟲《ワーム》の角《つの》〉 The worm horns　下244頁5行　邪を祓う呪《まじな》いの印。三部作全体で砂蟲《サンドワーム》に角があるという描写はない。本書でたびたび『聖書』から引用される有角の竜や仔羊が、〝ドラゴン＝砂蟲《サンドワーム》〟に投影されているのだろう。

●アラビア語

しかり、われら彼《か》の者どもの顎下《がっか》まで～　上28頁2行　『コーラン《クルアーン》』第36章、「ヤー・スィーン」8節。

ファラッディーン Farad'n　上59頁15行　アラビア語では一般的な名前。作者の発音はファラドゥン。

アリーフ Arifa　上171頁1行　本書では、〈悪霊憑き〉かどうかを判断する〈裁定者〉。アリーファでは女性になるとのことで、男性を示すアリーフとした。

ディシュダーシャ Dishdasha　上395頁13行　『アラビアのロレンス』等でおなじみの、アラビア風ローブ。具体的な名称とイメージが出てきたのは本書がはじめて。

ケフィーヤ Keffiya　上396頁3行　アラブの王族などがかぶっているショール。これを飾り紐《イカール》で留める。

汝の兄が必要とするとき〜　上413頁2行　『ハディース』（ムハンマド言行録）237。

カーイム・マカーム Kaymakam　上497頁7行　本書では、摂政補佐官。アラビア語の表記を採ったが、オスマン・トルコの知事の意味では「カーイ・マカーム」。

アズラク湖 Lake Azrak　下61頁9行　アズラクは「青」の意。本書では石膏平原。

アル＝ラッザーク Ar-Razzaq　下91頁3行　アッラーが持つ九十九の美名のひとつで、〈施す者〉の意。

地獄の底に生える樹《ザックーム》の果実 The fruit of the Zaqquum　下180頁13行　前出（原文は Fruit of Hell　上201頁10行）は同じもの。『コーラン《クルアーン》』第37章62節ほか。

タンザルーフト絶砂地帯 Tanzerouft　下211頁10行　サハラ砂漠に実在する〈恐怖の地〉Tanezrouft（タンズルーフト）の綴りを一部入れ替えてある。

ファム・ル＝フート Foum al-Hout　下228頁5行　「魚の口」の意。南の魚座の一等星フォーマルハウトの原形。

ビティーハ Batigh　下236頁3行　原義は「スイカ」。原文ではメロンだが、ウォーターメロンの意味か。サハラ砂漠等での水分補給にはスイカが一般的。

マタール Matar　下302頁7行　「雨」の意。本書では砂嵐の衰えとともに、高高度から降りそそぐ砂の雨。

アフラン・ワ・サフラン Achlan, wasachlan!　下303頁14行　「ようこそ」。アラビア語での一般的なあいさつ。

カーヴェ・ワーヒド Kaveh wahid　下331頁3行　本文では「コーヒーを持て」の意。コーヒーを指すアラビア語はカフワなので、カーヴェは方言か意図的変形？

別のカップにおかわり Replaced the cup　下339頁4行　アラビア式煮出しコーヒーは底に粉がたまるため、カップごと新しくしている。恥ずかしながら、煮出し式であることに、本書を訳すまで思いいたらなかった。煮出し方式だと「淹《い》れる」の字は使えないので、本書では「煎《い》れる」（「煎じる」の意）に。

新興町《ジャディーダ》 Djedida　下367頁4行　アラビア語で「モダン」を意味する「ジャディード」の女性形。町だから女性形にしたのだろう。

〈習い性に異を唱える者《ハルク・アル＝アーダ》〉 Harq al-Ada　下469頁12行　原義は〝慣習を燃やす者（打ち壊す者）〟。

●古代エジプト語

レトとガニーマの会話で使われている〝古代言語〟は古代エジプト語ベースと思われる。この点については、エジプト学がご専門の筑波大学芸術系・助教、肥後時尚氏にご協力を仰ぎ、なるべく原文に沿った形の古代エジプト語として、斯《し》界《かい》の標準的な発音でカナ表記していただいた。はなはだ手間のかかる作業にご尽力くださった肥後氏に対し、この場を借りて深甚の謝意を捧げたい。以下の各項目には作者の発音やオーディオブックの発音も付しておく。

わたしの心をつかむもの〜 Mohw' pwium d'mi hish pash moh'm ka　上177頁8行

作中の古代エジプト語には英訳に沿った語が見つからず、復元は困難とのことで、肥後氏が苦労して推定された語[A]とオーディオ[B]ブックの発音を合成し、本文のカナ表記にした。ここは別の古代言語からも持ってきているのかもしれない。ＡＢの発音は「モウ・プウィウム・ドミ・ヒシュ・パシュ・モウ・ム・カ」。

立て、汝よ、立て！ Wabun 'k wabunat!　上177頁13行　原形は wbn.k wbn.ti と想定。ＡＢの発音は「ワブン・ク・ワブナット」。

やるなら手ぎわよくね Muriyat　上178頁2行　作中の表記に近い古代エジプト語として mri.tw を当てると、「人は（それを）愛する」、転じて、「それが望まれる」になる由。ＡＢの発音は「ムリヤット」。

ふたりで黄泉路《よみじ》～ L'ii ani howr samis sm'kwi owr samit sut.　上194頁10行　本文のカナ表記の直訳は、「もしわたしたちがともに行くために（黄泉路を）来るのなら、しかし、わたしひとりがそれを報告（するために）行くだろう」。ＡＢの発音は「リー・アニ・ハウル・サミス・スムクウィ・オウル・サミト・スート」。

アリアの行動は夏の夜の悪臭ふんぷんよ Alia darsatay haunus m'smow,　上197頁2行　作者は m'smow を「夏の夜の悪臭」としているが、このことばには悪臭や夏の意味がなく、「夏」は「シェムウ」で、「悪臭」は darsatay の satay の部分かもしれないとのこと。本文中のカナ表記はその想定のもとに再構成されたもので、直訳は「アリアは夏ににおいを彼女とともに拡げた」。ＡＢの発音は「アリア・ダルサティ・ハウヌス・ム・スモウ」。

カデシュ Kadesh　上385頁10行　古代シリアのオアシス町カデシュに由来か。ここではエジプトとヒッタイトの戦いがあった。

セケル・ネブウ Secher Nbiw　下6頁10行　研究者の方には一目で古代エジプト語が語源とわかるようだ。本書では〈黄金の道〉だが、原義は〈黄金の計画〉の意。大元の象形文字をラテン文字に翻字した標準形は、sḫr nbw。ḫの発音は「ク」に近いと考えられており、原文の綴りも一般向けとしてはありかもしれないという。作者はこれを「セシェール・ヌビウ」と読んでいる。発音の確認はしなかったのかもしれない。意味は「セケル」が「計画」で、「ネブウ」が「黄金」。前者に「道」の意味はないが、作者的にはまず〈黄金の道〉Golden Path がありきで、Path には「計画」の意味がふさわしいと考えたのだろう。
ちなみに、ベネ・ゲセリットの〈観法《ウェイ》〉、マオリ語のファヌイ、中国語のタオ、アラビア語のタリーク等、作者は「道」を意味する語が好きらしい。

ハルム Harum　下112頁16行　正体不明。諸説あるが、『千夜一夜物語』にも登場する人物ハールーン・アッ＝ラシードは（Harun は Harum とも綴る）、アッバース朝第五代カリフで、王朝創立者ではないため、本書の記述と合わない。
いっぽう、『旧約聖書』の「歴代誌上」第4章8節にはハルムの名が見える。

詳細不明なので、この人物を小説的空想で膨らませた可能性はある。
訳者は作者が想定していたのが古代エジプト初代の神王《ファラオ》ではないかと想像している。有史後の地球に三千年つづいた王朝は存在しないが、古代エジプト初期と三十一の王朝を合わせればほぼ三千年。この歴代王朝をひとつながりと考えると辻褄《つじつま》は合う。最初期王朝の創立者は名前がわかっていないので、作者は想像力をたくましくして、その人物にハルムと命名したのかもしれない。
と思っていたら、肥後氏から、ハルムはホル・エム（「〜の天空神ホルス」の意）を連想させるとのご示唆があった。古代エジプトの初期には神王《ファラオ》をホルスと同一視する見方があったので、作者はハルムなる語でファラオを暗示したのか。

黒い髪・白い肌・翠《みどり》の目　下191頁3行　クレオパトラーの暗示と思われる。

〈カノーポスの壺〉Canopic Jar　下454頁8行　古代エジプトで、ミイラにする遺体の内臓を収めるのに使った壺。古代ギリシア語読みではカノーポス、古典ラテン語読みではカノープス。伝承では、カノーポスはメネラーオスの操舵手で、死後に埋葬された地（死因と埋葬地は伝承で異なる）にその名前がつけられ、埋葬地で崇拝の対象となっていた壺との共通点から、後世に古代エジプトの内臓収容壺もこの名で呼ばれるようになった。ふたには人や動物の四柱《よはしら》が象《かたど》られ、四つ一組が一般的。壺ごとに収める部位が異なるが、本書では一壺のみで、中身は「水」。
　なお、アラキスはカノープスの第三惑星である。

背中合わせ　下470頁9行　例によって意味ありげだが、意図の不明確な行動のひとつ。最初はローマ神話の双面神ヤーヌスの暗示かと思った。ヤーヌスは門の守護神で、双面で前後を同時に眺め、ものごとの始まりと終わりを司《つかさど》る。が、肥後氏からホル・エムのご示唆を受けて、ふたつの可能性を思いついた。ひとつめは天空神ホルスの投影ではないかということ。ホルスは複数の神が集約された複合神で、太陽の目と月の目を持つ。とすればこの場面は双子の光と影、表と裏を象徴しているのかもしれない。もうひとつの可能性は、〈地平線におけるホルス〉こと、ホル・エム・アケト。この地方神はスフィンクスの原形といわれる朝陽の神で、その姿はハヤブサの頭とライオンの胴体で表わされる。古代ギリシア語における呼び名はＨａｒｍａｃｈｉｓ（ハルマキス）。古代ギリシア語でハヤブサの意の「キルケー」はタカの意味も持つことから、双子の姿勢はホル・エム・アケトの投影で、アトレイデス家（タカ）とコリノ家（ライオン）との統合を——そしてハルムをも象徴しているのかもしれない。

●各国語

人狩り虎《レイザ・タイガー》 Laza Tiger　上55頁2行　地球産のトラの変異種。別名、暗殺虎《アサシン・タイガー》。laza は「殺す」を意味するブレトン語（ブルトン語）、ラーザン lazhan（中期英語では lazaff）の見出し語のひとつである laza からとったものか？　確証がないため、

カナ表記は作者たちの発音にしたがった。

操獣士《レーフンブレヒ》 Levenbrech　上56頁15行　オランダ語＋ドイツ語の造語か。階級名のようだが意味は英語にすると Life（動物の）Breaker（調教師）？　であれば、階級名にはしづらいので、兵科として訳した。

一枚〜六枚 Shuc, ishcai, qimsa, chuascu, picha, sucta　上265頁16行　エクアドルでのケチュア語。1から6までの基数。本文では4と5を標準的な形で表記した。

〈融和《モーハラタ》〉 Mohalata　上413頁13行　ヒンディー語だとすれば「和合」「猶予」の意。

ルイ・ヴィヨー Louis Veuillot　上416頁5行　十九世紀フランスのジャーナリスト。

羽毛蠅《ピウメバエ》 Piume fly　上499頁2行　piume がイタリア語だとすれば、羽毛の意。

小域会議《シュセルロード》 Sysselraad　下54頁9行　本書では領主会議《ラーンスロード》の地方／下部組織。シュセルは中世デンマークの行政区画のこと。

〈尖上天《せんじょうてん》教〉 Shien-san-Shao　下173頁15行　該当しそうな漢語を見つけられず、内容に

合わせて造語した。中国語の翻訳や解説でも音訳されていることから判断して、該当する中国語がないのではなかろうか。

ファヌイ Huanui　下186頁2行　マオリ語で「道」の意味。遺体取水器の別名。本書で初登場した語で、物語の途中から急に使われだした。

禅那《ディヤーナ》 Dhyana　下214頁6行　サンスクリットで「瞑想」「禅」を意味する。「禅那《ぜんな》」はdhyana（ディヤーナ）の音訳。

無事《ブジ》 Bu ji　下306頁3行　一般的な日本語でいう「無事」（つつがなく）ではなくて、禅語。「すべてを悟ったのでなにも求めない」の意か。Nothing from nothingという作中での説明は〝無にありて無の外《ほか》を求めず〟としたが、最初の〝無〟は頻出する〈空無〉かもしれない。上147頁7行の「無事」は通常の用法のようだ。

退かぬ《ジ・スュイ》、断じて退かぬ《ジ・レスト》！　下309頁8行　フランス語。十九世紀クリミア戦争において、マラコフ要塞で撤退を勧められたマクマオン将軍のことばと思われる。

戒律《カイリツ》 Kairits　下385頁11行　日本語で「カイリツ」となっているが、第一作のフィクフ（戒律）とは別物か。

アリーとアルイエー Ari & Aryeh　下428頁10行　ヘブライ語。ともに「獅子」の意味。「牝獅子」はラヴィイェーだが、便宜上、原文どおりに訳した。

呂 洞賓《リュイ・トンピン》 Lu Tung-Pin　下451頁7行　りょ・どうひん。中国八仙のひとり。禅宗祖師のひとりにも数えられる。本書では（その名を借りた）架空の人物とされている。

●『聖書』からの引用（原文は欽定訳で、日本語訳とは差異があります）

ふたたび〝竜のあぎとへ〟　上63頁13行　「ダニエル書補遺」27節。

最初の者は最後になるべし　上73頁3行　「マタイ伝福音書」第20章16節。下459頁13行には対をなす「最後の者は最初になるべし」がある。

大天使ガブリエルは～　上96頁10行　「ヨハネの黙示録」の記述が下敷き。

我また一つの獣の砂より上るを見たり。～猛き息吹は蛇の怒声を放てり　上102頁1行　「ヨハネの黙示録」第13章11、12節。蛇を蟲《ワーム》のアナロジーとして使っている。

魔女を生かしおくべからず　上146頁16行　「出エジプト記」第22章18節。

カエサルのものはカエサルに　上159頁13行　「マタイ伝福音書」第22章21節。

聖なる書にはかくのごとく書かれてあり　上272頁2行　「コリント人への前の書」の、第15章45節。文語訳では「録《しる》して」の部分。

アーイル　下27頁16行　『旧約聖書』各所。〈殉難日〉としたが、本来はヘブライ語で「犠牲《いけにえ》の羊」の意。

われに背く者たち《レブ・カマイ》に告ぐ　下181頁12行　「エレミヤ記」第51章1節。

汝その力をもて砂を分かち～　下299頁1行　「詩篇」第74章13節。「海」を「砂」へと
変えてある。

しかり、我は汝を見ゆ、ひとつの獣の～　下299頁1行　「ヨハネの黙示録」第13章11節。
「海」を「砂丘」に変えてある。

アラン書　下299頁5行　「アラン書」は『オレンジ・カトリック聖典』の場合。実在の
引用元は右記二項目。

みずからの血を祭壇に捧げる　下381頁3行　「レビ記」第4章7節。

天のパン　下422頁8行　「ヨハネ伝福音書」第6章33節。

しかしてわれは砂上に立ち～　下423頁9行　「ヨハネの黙示録」第13章1節。「海」を
「砂」に、「けもの」の七つの頭をひとつに、「神を瀆《けが》す名」を「神の御名」に
変えてある。

〈デューン〉シリーズ概略

評論家
堺　三保

本作『デューン　砂丘の子供たち』（以下、『砂丘の子供たち』）で、砂の惑星アラキスにおけるポール・アトレイデスの物語は真の終わりを告げる。だが、アラキスとアトレイデ家の人々を巡る物語は、さらに書き継がれていくこととなる。本稿ではそれら続篇群の概要について紹介していきたい。

まずは本作『砂丘の子供たち』に続く正篇の後半三作について、簡単に解説していこう。

本作に続いてレトを主要登場人物とし（作中ではレト二世）、その治世の終焉を描いたのが『砂漠の神皇帝』（一九八一）だ。本作でレトが見た〈黄金の道〉の果てにある「平和」は、結果的には圧制であったとし、それに抵抗する人々が体制を崩壊させ、人類が銀河系全域に散らばっていく「大離散」と呼ばれる現象が起こるところまでが描かれている。

ここではっきりと確認できるのは、〈デューン〉という大河ドラマは、「正しい社会」を目指して常に新たな世代が前の世代の過ちを訂正しながら新たな道を模索していく物語であるということだ。『デューン　砂の惑星』でポールは銀河帝国をうち倒すが、『デューン　砂漠の救世主』では自己の政権のコントロールに失敗して姿を消すように、その子であるレトは『砂丘の子供たち』で新たな絶対君主となるが、『砂漠の神皇帝』ではその長い治世の終わりが描かれる。つまり、最初の二作と次の二作とは、それぞれポールとレトを主人公とした二部作として対となっている。

ところが、その後の『砂漠の異端者』（一九八四）と『砂丘の大聖堂』（一九八五）は、それまでの作品とはすっかり構成が変わる。ダンカン・アイダホの偶人《ゴウラ》を中心に据えつつ、多数の登場人物が入り乱れる群像劇として、「大離散」から数千年後の混乱した銀河の状況が描かれていくのだ。中でも、「誇りある女たち」と称する「大離散」から戻ってきた攻撃的な集団による侵略行為と、人々を連れてそれから逃れようとするアイダホとの戦いが大きくフィーチャーされ、『砂丘の大聖堂』のラストでは、それまで対立してきた誇りある女たちとベネ・ゲセリットとのあいだに和平が結ばれて一応の決着を見る。だが、なぜ誇りある女たちがそこまで攻撃的に勢力を拡大しようとしていたかという根本問題は解決されない。それは、彼らが「大離散」の果てで恐るべき敵と出会ったからだった……。

つまり、それまでの〈デューン〉シリーズが、前後篇二部作、それも前篇と後篇の間に時間的な間隔が空いているという構成を繰り返していたのに対して、『砂漠の異端者』と『砂丘の大聖堂』は、その後に続いて書かれる完結篇と合わせて、途切れなく物語が続く三部作の大長篇となるはずだったのだ。ところがその前にフランク・ハーバートが亡くなってしまう。

息子のブライアン・ハーバートは彼の遺志を継ぎ、ケヴィン・J・アンダースンと共同して、遺稿を元に完結篇を書くことを決意する。だが、その前にまず、十五年近く新刊が出ていなかったシリーズを読者に再認識してもらうため、正篇の前日譚である〈デューンへの道〉三部作（『公家《ハウス》アトレイデ』〔一九九九〕、『公家《ハウス》ハルコンネン』〔二〇〇〇〕、『公家《ハウス》コリノ』〔二〇〇一〕）を書いたのだった。これらは、正篇を読んだことのない若い世代の読者たちに正篇の登場人物の多くを紹介、まさに正篇へと誘導する「道」を作る新作となった。

そして、二人はさらにその前日譚である〈デューンの伝説〉三部作（*The Butlerian Jihad*〔二〇〇二〕、*The Machine Crusade*〔二〇〇三〕、*The Battle of Corrin*〔二〇〇四〕）を発表した。この三部作の役割は〈デューンへの道〉とは全く違う。これこそ、二人が完結篇を書く上で重要な鍵となる伏線を展開するものだったからだ。〈デューンの伝説〉は『デューン　砂の惑星』の時代よりも遠い過去の、人類と機械知性とが戦い、勝利した人類がコンピュータの使用を止めるようになった顛末を描いている。これによって〈デューン〉の世界では人間演算体である演算能力者《メンタート》や超光速航法をおこなう操舵士といった、特殊な人間を育成するようになったわけだが、戦いの詳細は今まできちんと言及されていなかった。〈デューンの伝説〉はそこを詳細に描いていた。それがなぜ完結篇への伏線になるかといえば、『砂漠の異端者』と『砂丘の大聖堂』で繰り返し言及されていた恐るべき敵こそ、一度は敗れた機械知性たちだったからだ。

　というわけで、六作の前日譚を経てようやく書かれた（長大になったため以下の二巻に分割された）完結篇である *Hunters of Dune*（二〇〇六）と *Sandworms of Dune*（二〇〇七）では、ついにシリーズ最大最強の敵として機械知性たちが登場することとなる。

　オムニウスとエラスムスという二体のロボットに率いられた機械知性は、強大な宇宙艦隊を繰り出して人類の版図に侵攻してくる。

　これに対抗するため、ベネ・ゲセリットと誇りある女たちは、人類側各勢力の協力を仰ぎつつ、なんとポールやジェシカ、アリア、レト二世ら、かつての「英雄」たちの偶人《ゴウラ》を製造、彼らに過去の記憶を呼び起こさせていく。

一方、実は既に機械知性たちの配下となっていた踊面術士《フェイスダンサー》たちは、ベネ・ゲセリット側の偶人《ゴウラ》生成を妨害しつつ、ハルコンネン男爵やもう一人のポール（パオロと呼ばれる）の偶人《ゴウラ》を生み出して、陰謀を張り巡らす。

オムニウスは、パオロとポールを戦わせ、勝った方が超クウィサッツ・ハデラックとして覚醒したところで、それを支配下に置き、それによって全人類を支配しようと画策していたのだ。

だが、その計略はポールによって破られ、何よりも幾度も偶人《ゴウラ》として転生を繰り返してきたダンカン・アイダホこそが真の超クウィサッツ・ハデラックとして覚醒する……。

というわけで、物語は二転三転の末、かつての主要登場人物たちが再度の生を受けたのち、それぞれの新たな結末を迎え、銀河に今度こそ平安が訪れる予感を残して、〈デューン〉の長い長い物語は終わりを迎える。

この完結篇のラストを読んだとき、筆者はかつてフランク・ハーバートが夢想していたのであろう「大団円」の美しさに、心を打たれた。これは、ずっと〈デューン〉を読んできた人々へのご褒美と言ってもいいだろう。

完結篇執筆後、ブライアン・ハーバートとケヴィン・J・アンダースンはさらに、ポールら主要キャラの外伝である〈デューンの英雄たち〉三部作（*Paul of Dune*〔二〇〇八〕、*The Winds of Dune*〔二〇〇九〕、*Princess of Dune*〔二〇二三〕）、〈デューン〉世界の覇権の鍵を握る様々な勢力について描いた〈デューンの大勢力〉三部作（*Sisterhood of Dune*〔二〇一二〕、*Mentats of Dune*〔二〇一四〕、*Navigators of Dune*〔二〇一六〕）、アラキス移住前のアトレイデス家を描いた〈カラダン〉三部作（*The Duke of Caladan*〔二〇二〇〕、*The Lady of Caladan*〔二〇二一〕、*The Heir of Caladan*〔二〇二二〕）など、前日譚や番外篇を書き続け、〈デューン〉世界における歴史の隙間を埋め続けている。こうして新作が発表される度、原典であるフランク・ハーバートによる正篇シリーズが増刷され、読み継がれているわけで、これはなんとも天晴れな親孝行と思える。日本でも翻訳紹介が進むことを願いたい。

本書は一九七八年十一月から一九七九年一月に三分冊でハヤカワ文庫ＳＦから刊行された〈デューン〉『砂丘の子供たち』の新訳版の二分冊のうちの下巻です。

訳者略歴　1956年生，1980年早稲田大学政治経済学部卒，英米文学翻訳家　訳書『宇宙（そら）へ』『火星へ』コワル，『書架の探偵』ウルフ，『七王国の騎士』マーティン，『デューン 砂漠の救世主〔新訳版〕』ハーバート（以上早川書房刊）他多数

HM=Hayakawa Mystery
SF=Science Fiction
JA=Japanese Author
NV=Novel
NF=Nonfiction
FT=Fantasy

デューン 砂丘《さきゆう》の子供《こども》たち
〔新訳版〕
〔下〕

〈SF2438〉

二〇二四年三月十日　印刷
二〇二四年三月十五日　発行

（定価はカバーに表示してあります）

著者　フランク・ハーバート
訳者　酒《さか》井《い》昭《あき》伸《のぶ》
発行者　早川浩
発行所　株式会社 早川書房
郵便番号　一〇一 - 〇〇四六
東京都千代田区神田多町二ノ二
電話　〇三 - 三二五二 - 三一一一
振替　〇〇一六〇 - 三 - 四七七九九
https://www.hayakawa-online.co.jp

乱丁・落丁本は小社制作部宛お送り下さい。
送料小社負担にてお取りかえいたします。

印刷・株式会社亨有堂印刷所　製本・株式会社明光社
Printed and bound in Japan
ISBN978-4-15-012438-0 C0197

本書は活字が大きく読みやすい〈トールサイズ〉です。